TRACES DE POUDRE

DU MÊME AUTEUR

Projection privée, Albin Michel, 1988.

Degré de culpabilité, Albin Michel, 1994.

Pour les yeux d'un enfant, Albin Michel, 1997.

Jugement sans appel, Albin Michel, 1998.

Un témoin silencieux, L'Archipel, 1999.

Nulle part au monde, L'Archipel, 2000.

La Dame de l'ombre, L'Archipel, 2001.

Équation à une inconnue, L'Archipel, 2002.

L'Affaire Tierney, Presses de la Cité, 2003.

La Loi de Lasko, L'Archipel, 2003.

RICHARD NORTH PATTERSON

TRACES DE POUDRE

traduit de l'américain
par Gerald Messadié

l'Archipel

Ce livre a été publié sous le titre
Balance of Power
par Ballantine, New York, 2003.

Si vous désirez recevoir notre catalogue et
être tenu au courant de nos publications,
envoyez vos nom et adresse, en citant ce
livre, aux Éditions de l'Archipel,
34, rue des Bourdonnais, 75001 Paris.
Et, pour le Canada,
à Édipresse Inc., 945, avenue Beaumont,
Montréal, Québec, H3N 1W3.

ISBN 2-84187-680-2

À Philip Rotner

*Une milice bien organisée étant nécessaire
à la sécurité d'un État libre, le droit des citoyens
à détenir et porter des armes ne souffrira pas de contestation.*

Deuxième amendement
à la constitution des États-Unis

Personnages de ce roman

LA MAISON-BLANCHE

Kerry Francis Kilcannon, président des États-Unis
Lara Costello Kilcannon, épouse du Président
Ellen Penn, vice-présidente des États-Unis
Clayton Slade, chef de cabinet du Président
Kit Pace, secrétaire chargée des relations avec la presse
Peter Lake, chef de la section des services secrets de la présidence
Liz Curry, directrice des affaires juridiques
Alex Cole, chargé des relations avec le Congrès
Jack Sanders, conseiller pour les affaires intérieures
Connie Coulter, attachée de presse de la First Lady
Francesca Thibault, secrétaire pour les relations sociales de la Maison-Blanche

FAMILLE DE LA PREMIÈRE DAME

Inez Costello, mere de Lara
Joan Costello Bowden, sœur puînée de Lara
John Bowden, beau-frère de Lara
Marie Bowden, nièce de Lara
Mary Costello, sœur cadette de Lara

SÉNAT DES ÉTATS-UNIS

Francis Xavier Fasano, sénateur républicain de Pennsylvanie, porte-parole de la majorité

Charles Hampton, sénateur démocrate du Vermont, chef de l'opposition au Sénat

Chad Palmer, sénateur de l'Ohio, président de la commission du commerce

Paul Harshman, sénateur de l'Idaho

Cassie Rollins, sénateur du Maine

Frank Ayala, sénateur du Nouveau-Mexique

Vic Coletti, sénateur du Connecticut

Macdonald Gage, sénateur du Kentucky

Dave Ruckles, sénateur de l'Oklahoma

Jack Slezak, sénateur du Michigan

Leo Weller, sénateur du Montana

Betty Shapiro, sénateur de Californie

Kate Jarman, sénateur du Vermont

Hank Westerly, sénateur du Nebraska

LOBBY DES ARMES À FEU

Charles Dane, président de Sons of the Second Amendment (SSA)

Bill Campton, directeur de la communication des SSA

Carla Fell, directrice juridique des SSA

Kelsey Landon, ancien sénateur de Louisiane et planificateur juridique des SSA

Jerry Kirk, vice-président de la Gun Sports Coalition

Martin Bresler, ancien président de la Gun Sports Coalition

LEXINGTON ARMS COMPANY

George Callister, président-directeur général

Mike Reiner, directeur du marketing

Norman Conn, directeur du contrôle-qualité

COSTELLO CONTRE LA LEXINGTON ARMS COMPANY ET AUTRES

Sarah Dash, avocate de Mary Costello

Robert Lenihan, avocat de Mary Costello

John Nolan, avocat de la Lexington Arms

Harrison Fancher, avocat des SSA

Gardner W. Bond, juge de district fédéral à la cour du district du nord de la Californie

Avram Gold, avocat personnel du président Kilcannon

Evan Pritchard, avocat de Martin Bresler

Angelo Rotelli, juge de la cour supérieure pour la ville et le comté de San Francisco

VICTIMES ET LEURS FAMILLES

Laura Blanchard, une étudiante de deuxième année à l'université Stanford

Henry Serrano, un vigile du service de sécurité

Felice Serrano, sa veuve

George Serrano, son fils

David Walsh, un vigile du service de sécurité

LES TÉMOINS DANS LE PROCÈS COSTELLO CONTRE LA LEXINGTON ARMS COMPANY ET AUTRES

Dr Callie Hines, chirurgien traumatologue du San Francisco General Hospital

Charles Monk, inspecteur des homicides, police de San Francisco

Ben Gehringer, repris de justice, membre de la Liberty Force, un groupe de racistes blancs

George Johnson, repris de justice, membre de la Liberty Force

Dr Frederick Glass, expert, témoin pour la Lexington Arms

Dr Larry Walters, expert, témoin pour Mary Costello

Dr David Roper, expert, témoin pour Mary Costello

LES MÉDIAS

Cathie Civitch, journaliste à NBC

Taylor Yarborough, journaliste à ABC

Carole Tisone, reporter au *San Francisco Chronicle*

LES LOBBYISTES

Tony Calvo, de la chambre de commerce américaine

Mary Bryant, de l'association nationale des industriels
John Metrillo, de la fédération nationale des entreprises indépendantes

LA FAMILLE DU PRÉSIDENT

Michael Kilcannon, père de Kerry
Mary Kilcannon, mère de Kerry
James J. Kilcannon, frère de Kerry et son prédécesseur au siège de sénateur du New Jersey, assassiné alors qu'il postulait à l'investiture du parti démocrate pour l'élection présidentielle

AUTRES

Elise Hampton, épouse du sénateur Chuck Hampton
Allie Palmer, épouse du sénateur Chad Palmer
Jack Halloran, procureur de la ville et du comté de San Francisco
Marcia Harding, chef de l'unité contre la violence domestique de Halloran
Caroline Masters, présidente de la cour suprême des États-Unis
Anna Chen, demoiselle d'honneur au mariage de Lara
Nakesha Hunt, idem
Linda Mendez, idem
Le révérend Bob Christy, président de l'Engagement chrétien
Warren Colby, ancien sénateur du Maine et prédécesseur du sénateur Cassie Rollins
Leslie Shoop, directeur de cabinet du sénateur Rollins
Lance Jarrett, président-directeur général du plus grand fabricant de puces de la Silicon Valley
Thomas Jencks, député, porte-parole à la chambre des représentants des États-Unis
Le Premier ministre de Grande-Bretagne
Le Premier ministre d'Israël
Le président de l'Organisation de libération de la Palestine
Mahmoud El Anwar, terroriste, chef de Al Quaeda.

Première partie

Le mariage

4 juillet – Week-end de la fête nationale

1

Joan se figea en sentant le canon du pistolet sur sa nuque.

Elle ne pensait qu'à cette arme qu'elle ne voyait pas. Son regard enregistrait à peine les images à la télévision : le Président et la future First Lady inaugurant le gala du 4 juillet sous l'obélisque de Washington.

Le métal froid sur sa peau lui transmettait la rage de John, dont l'haleine empestait l'alcool.

— Pourquoi ? murmura-t-elle.

— Tu le désirais.

Il s'exprimait d'une voix monocorde. *Qui ?* faillit-elle demander. Mais elle avait trop peur. Sa panique frisait la folie. Elle passa en revue les gens qu'elle avait vus au pique-nique, quelques heures plus tôt ; peut-être Gary, avec lequel elle s'était entretenue un moment.

— Je ne désire personne, répliqua-t-elle sur un ton désespéré.

La main de John frémit.

— Moi non plus, tu ne me désires pas. Tu me méprises, c'est ça ?

Soudain, son mari devint quasi-hystérique. Sa voix vira à l'aigu, accusatrice et paranoïaque. Joan paniqua. Qui sait quels noirs desseins jailliraient des profondeurs de son cerveau malade ?

Deux nuits auparavant, elle s'était réveillée en sueur du cauchemar de sa propre mort. Et qui s'occuperait de Marie ? Quelques instants plus tôt, leur fille était assise à la table de la cuisine, très concentrée sur la conversation qu'elle entretenait avec la poupée assise sur la chaise voisine. N'osant bouger,

Joan tenta de couler un regard vers la cuisine. Dans ce qui lui restait de raison, John avait attendu que Marie soit partie dans sa chambre. Ces derniers temps, la fillette avait développé une prescience de la violence imminente, qui l'avait incitée à chercher le calme. Un rituel silencieux unissait la fille et le père.

— Je t'en prie, supplia Joan.

Les veines de son cou tremblaient. L'instant suivant risquait d'être fatal. Elle savait d'expérience que ses protestations exaspéraient John et que la passivité lui apparaissait comme une insulte. Le canon du pistolet descendit jusqu'au bas de sa nuque, puis se détacha.

Joan baissa la tête. Un spasme lui secoua le corps. Elle l'entendit s'écarter de la chaise. Il la regardait. Elle se força à lever les yeux.

Il la gifla. Elle fut étourdie et sentit le sang couler de sa lèvre inférieure. John lui mit le pistolet dans la bouche.

Son mari. Le même qui rayonnait à leur mariage, devenu ce type effrayant et implacable dont la bedaine pointait sous le tee-shirt.

Avec un sourire sinistre, il appuya sur la détente. Le déclic fit crier Joan, mais il provoqua également la transformation de John. Il écarquilla les yeux, ouvrit la bouche mais ne dit rien, puis tourna les talons et se dirigea en titubant vers la chambre à coucher.

Joan s'effondra et se couvrit le visage de ses mains. Bientôt, il s'endormirait. Elle serait alors en sécurité. Demain matin, avant qu'il s'en aille, elle devrait supporter son mutisme, contrecoup de sa brutalité et de sa honte.

Au moins, Marie n'avait rien entendu.

Nauséeuse, la mâchoire douloureuse, Joan se dirigea vers la salle de bains. Elle se regarda dans la glace, ne parvenant pas à se reconnaître dans ce visage défait, à la lèvre ensanglantée. Elle tamponna le sang jusqu'à ce qu'il cesse de couler, se regarda encore, puis gagna la chambre de sa fille. Elle tourna prudemment la poignée pour glisser un regard à l'intérieur. Marie était accroupie, penchée sur la poupée qui avait jadis appartenu à sa grand-mère. Joan fut soulagée, puis l'amour la submergea.

Marie leva alors la main et gifla la poupée. Puis elle la prit dans ses bras et dit :

— Je ne le ferai plus. Tant que tu seras gentille.

Les larmes emplirent les yeux de Joan. Elle courut à la cuisine et vomit dans l'évier. Arc-boutée sur le rebord, elle mit du temps à ouvrir le robinet. Il fallait agir. Elle regarda par-dessus son épaule et chercha le numéro de téléphone, glissé dans le livre de recettes de cuisine relié de cuir. *Appelle-moi*, avait-il dit. *À n'importe quelle heure.*

Mais elle ne devait pas réveiller son mari. Elle souleva le combiné du téléphone de la cuisine. À la télé, les feux d'artifice dessinaient de gracieuses paraboles au-dessus de l'obélisque.

2

Le président Kerry Francis Kilcannon et sa fiancée, Lara Costello, observèrent un bouquet rouge jaillir au-dessus du Mall et retomber en pluie d'étoiles sur le Monument.

Pour goûter la chance exceptionnelle d'une soirée en tête à tête, ils avaient quitté la réception annuelle du personnel et s'étaient retirés sous le porche du deuxième étage de la Maison-Blanche. Une table avait été dressée pour eux, garnie de viandes froides, de fromage et de fruits. Une bouteille de chardonnay reposait dans un seau en argent, cadeau du président français. Lara prit la main de Kerry.

— Quand j'avais six ans, mon père nous a emmenées regarder les feux d'artifice à Crissy Field. Je me rappelle… Je tenais sa main en admirant les gerbes au-dessus du pont du Golden Gate. C'est le dernier souvenir que j'aie de lui.

Kerry détailla le visage qui lui faisait face : des yeux sombres et brûlants, des pommettes hautes encadrées de cheveux presque noirs. C'était ce visage qui l'avait propulsée du statut presque anonyme de reporter politique au *New York Times* à celui de journaliste vedette de la télévision. Comme beaucoup de femmes, supposa Kerry, l'image qu'elle s'était faite d'elle-même avait été forgée dans son adolescence ; elle était certes jolie, mais elle s'imaginait en étudiante parfaite, en fille aînée responsable, celle qui avait rendu sa fierté à sa mère, Inez Costello, et qui avait affranchi ses jeunes sœurs des embarras d'argent causés par la désertion de leur père. Même à trente-deux ans, Kerry le savait, elle se définissait par rapport à sa famille.

— J'espérais, dit-il, que tu te rappellerais plutôt la scène de *La Main au collet*, où Cary Grant et Grace Kelly, à Monaco, regardent les feux d'artifice de la fenêtre de sa chambre d'hôtel.

— Je me souviens, répondit Lara, amusée, qu'ils s'allongent sur le canapé et que la scène a été coupée à ce moment. Les feux d'artifice sont une métaphore.

— Exact. Typique des années cinquante.

Lara se pencha vers lui et lui donna un baiser rapide, puis posa la tête sur son épaule.

— Nous sommes au XXIe siècle, déclara-t-elle. On n'a plus besoin de métaphores.

Allongés dans un lit à baldaquin, ils écoutaient les dernières fusées éclater dans le ciel. Une lampe éclairait faiblement la chambre. Lara glissa les doigts dans les cheveux de son amant et observa en souriant :

— Tu n'es pas trop mal pour un président !

Elle obtint le sourire escompté. Les yeux de Kerry se plissèrent. Il n'avait pas eu une vie facile. Son premier succès en politique, son élection au Sénat à trente ans, avait été essentiellement dû à la mort de son frère, le sénateur James Kilcannon, assassiné à San Francisco au cours de sa campagne présidentielle. Lara avait alors dix-neuf ans ; elle avait remarqué, à la télévision, l'expression hagarde de Kerry, soutenant sa mère lors des funérailles. Sept ans plus tard, elle l'avait interviewé pour le *New York Times*. Ce qui l'avait frappée n'était pas le visage, étonnamment jeune pour un candidat à la présidence, mais les grands yeux pers. Cet homme avait reçu plus que son lot de chagrins. Elle en eut la confirmation plus tard, quand il lui raconta l'histoire de sa vie, ignorée de tous.

— Si tu dis vrai, répondit-il, c'est entièrement dû à ton influence. Un garçon catholique de Newark ne reçoit pas d'éducation en la matière. Et ce n'est pas Meg qui m'y a aidé non plus. Nous nous sommes rarement entraidés, d'ailleurs.

Lara aurait bien voulu que le chapitre Meg fût clos. Impossible : Meg les hantait. Kerry n'avait pu obtenir l'annulation de son mariage par l'Église, Lara et lui ne pourraient donc pas se marier religieusement. Heureusement, leur liaison, qui avait commencé alors que Kerry était encore marié, avait été soigneusement dissimulée. Ils ne s'étaient montrés ensemble en public qu'après le divorce et les primaires de Californie, quand Kerry avait échappé aux balles d'un assassin.

Elle effleura des doigts la cicatrice rouge près du cœur.

— Heureusement que nous nous sommes rencontrés, dit-elle. Nous avons vraiment eu beaucoup de chance.

— De la chance ? releva-t-il. Le mot est faible, on peut véritablement parler de miracle. Comme pour ma carrière.

Lara le savait : il considérait sa réussite comme un accident. Il devait son ascension à la mort d'un frère, puis à sa propre blessure, causes de la vague de sympathie qui l'avait porté au pouvoir avec une majorité infime, assurée par l'État de Californie. Il s'était alors senti investi d'une mission, inlassablement proclamée dans ses discours : « Éradiquer la violence par armes à feu comme on le fait pour une épidémie. »

— À propos de miracles, demanda-t-elle, ta réunion avec les fabricants d'armes tient toujours ?

— Quelques fabricants, rectifia-t-il, quelques bonnes âmes qui ne souhaitent pas que des gamins de quatre ans se tuent avec le pistolet que papa a acheté pour les protéger. Si tu en crois la SSA, demain on n'aura même plus le droit de posséder une arme, ironisa-t-il avant de poursuivre : En préparant la réunion, je me suis rendu compte que c'est finalement toi la plus acharnée dans cette campagne de désarmement.

— Moi ?

— Toi et toute ta profession.

Il tendit le bras pour saisir un magazine sur la table de chevet : c'était le mensuel de la SSA, sans doute le lobby le plus puissant de Washington. La couverture s'ornait d'une caricature de Kerry en Adolf Hitler. Il lut à haute voix :

— Des enquêtes indiquent que la plupart des journalistes des grands médias vivent dans des quartiers résidentiels, bien au-dessus de la piétaille que nous sommes. Nombre d'entre eux ont été formés dans des universités huppées où ils manifestaient déjà contre la guerre du Vietnam, fumaient de la marijuana, faisaient l'amour à tort et à travers et épousaient toutes les causes ultralibérales que leurs professeurs leur exposaient... À dire vrai, ce n'est pas mal vu, dit-il d'un ton sarcastique. *Toi*, par exemple, quel était ton problème ?

Lara glissa une main sous sa tête.

— Ma mère faisait des ménages et j'avais peur de perdre ma bourse. De plus, je suis née vingt ans après le Vietnam.

— Ça ne veut rien dire, tu as rejoint le mouvement. Écoute ceci. Une fois leur diplôme en poche, il leur fallait trouver un travail. Quel meilleur moyen de gagner un salaire et de changer le monde que de devenir journaliste à ABC, CBS, NBC, CNN ou d'écrire pour le *New York Times* ? C'est ton portrait craché, dit-il en prenant un ton accusateur. Une fois engagés, poursuivit-il, ces hommes et ces femmes de Yale, Harvard, Brown, Princeton ont répandu leurs préjugés. Ils ne savent même pas qui possède des armes. Mais, dès qu'un carnage causé par un tireur irresponsable a lieu, ils montent au créneau et condamnent toute la profession.

— Si l'on se place du côté des victimes, ça me semble tout à fait normal !

— Toi, tu as perdu ton objectivité. Tout comme moi.

Le ton se voulait moqueur. Mais il était amer. Les adversaires de Kerry le clamaient assez : il voulait venger la mort de son frère. La vérité était qu'il était las de consoler chaque année, avec les mêmes mots creux, des familles qui avaient perdu un être cher, mort par balles. Il vivait cela comme un échec politique et personnel.

— Tôt ou tard, dit Lara pour le rassurer, tu obtiendras du Congrès une loi convenable sur les armes à feu.

Il leva les sourcils et demanda d'un ton ironique :

— Avant ou après notre mariage ?

— Je l'ignore. Mais certainement avant que je trouve un travail.

Car c'était la pierre d'achoppement de ce mariage. Certes, Lara commençait à se résigner à sa future condition de First Lady, bien qu'elle ait toujours tenu à son indépendance, intellectuelle et matérielle. Kerry le comprenait, mais cela ne changeait rien au fait qu'en l'épousant elle perdrait son identité. Elle avait déjà été contrainte de se mettre en congé de NBC, pour éviter tout conflit d'intérêt. Elle avait un moment aspiré à la présidence de la Croix-Rouge, en tant que journaliste reconnue et ayant l'expérience des zones de combat. Mais il avait fallu y renoncer, de crainte que les grands donateurs ne demandent en échange des faveurs présidentielles. Elle avait envisagé d'autres postes, sans plus de chances ; ils déborderaient sur son emploi du temps officiel et ses loisirs avec Kerry.

— Pardonne-moi, dit-elle. J'étais égoïste. Tu comptes plus pour moi que la présidence de la Croix-Rouge.

Il le savait déjà, mais il parut soulagé.

— Ton sort est donc scellé, dit-il.

— L'amour m'aveugle, rétorqua-t-elle.

Il l'attira vers lui.

— Tu sais, j'ai quarante-trois ans, dit-il. Même si nous nous y mettons demain, le temps que notre premier enfant ait fini l'université, je serai bon pour l'hospice.

— Dis-le au pape.

— C'est ce que j'ai fait. Je lui ai fait savoir que Meg ne pouvait pas supporter l'idée d'avoir des enfants. Et il m'a enfin entendu.

— Tu veux dire qu'il consent à l'annulation ? demanda-t-elle, surprise.

— Oui.

— Depuis quand es-tu au courant ?

— Hier.

— Pourquoi ne me l'as-tu pas dit ?

— J'étais à Pittsburgh. Et je pensais qu'il valait mieux t'en parler de vive voix.

Elle éprouva un énorme élan d'amour pour son fiancé. Elle était parvenue au seuil de ce palais des miroirs que serait la présidence, où chaque instant de leur vie serait épié sans pitié, où leur mariage même pouvait s'effriter. Elle songea avec angoisse à son récent avortement, puis à leurs futurs enfants.

— Pourquoi n'aurions-nous pas un mariage privé ? demanda-t-elle.

— Pour être assiégés par les médias? Mieux vaut autoriser la présence de quelques journalistes que voir des hélicoptères survoler la noce!

— Je pensais à ma famille, répondit-elle en soupirant. Toi et moi, nous avons l'habitude du public, mais pas eux.

Il réfléchit. En ce qui le concernait, il n'avait plus personne. Deux mois auparavant, sa mère était morte soudainement. Mais Lara, elle, avait deux sœurs, une nièce et une mère avenante, femme de ménage latino qui avait élevé trois jolies filles, leur avait fait faire des études et dont l'aînée devenait First Lady. Une famille idéale pour un conseiller en communication digne de ce nom. Kerry ne le dit pas, mais Lara le devinait : ses conseillers se serviraient de la famille Costello bien au-delà de la cérémonie de mariage.

— Je ne les laisserai pas m'exploiter, déclara-t-elle.

— Tu crois que je laisserai mes employés mettre ta famille en scène?

— Que fait Clayton, à ton avis?

À la mention de son chef de cabinet, ami intime et mentor, Kerry sourit.

— Je lui rappellerai qui de nous deux est président.

Le téléphone sonna. Kerry, contrarié, saisit le combiné.

— Il est minuit et c'est la fête nationale, s'écria-t-il. Que peut-il y avoir de si urgent?

Puis son visage s'assombrit.

— Passez-la-moi.

— Qui est-ce? chuchota Lara.

— Ta sœur, Joan, dit Kerry, couvrant le combiné de la main. Elle veut me parler.

3

Kerry était très préoccupé par la sœur de Lara depuis le mois de novembre.

Lors de son passage en Californie, pour remercier ceux qui l'avaient soutenu et lui avaient valu sa très courte victoire, il avait demandé à Lara d'inviter sa famille chez Alfred's, son restaurant préféré : sa mère Inez, ses sœurs cadettes Mary et Joan, le mari de cette dernière et leur fille de six ans, Marie. Inez et Mary avaient énormément apprécié la soirée, mais le dîner de Lara avait été gâché par l'absence des Bowden. Joan avait annoncé à Lara qu'elle souffrait d'une intoxication alimentaire et qu'elle et sa famille verraient Kerry lors de son prochain séjour en ville.

À leur retour, dans la limousine qui les ramenait à l'hôtel, Kerry avait déclaré à Lara qu'il avait fort apprécié ce repas.

— Ta mère ressemble beaucoup à la mienne, mais elle est plus enjouée.

— Maman était gênée, répondit enfin Lara. Elle pense que ma sœur ment.

— Pourquoi ?

— Tu crois qu'elle était malade au point de ne pas pouvoir venir rencontrer mon futur mari, le président des États-Unis ? Ou moi, qu'elle n'a pas vue depuis un an ? L'intoxication alimentaire est une fable. Aux toilettes, Mary m'a avoué qu'elle et ma mère ne voient presque plus Joan.

— C'est à cause de son mari ?

— Je vais lui rendre visite, Kerry, dit Lara d'un ton décidé. Avant que nous repartions.

Joan vivait dans un chalet du quartier Crocker-Amazon. La maison n'était pas grande, mais la peinture récente lui donnait fière allure. Des rideaux neufs garnissaient les fenêtres et des géraniums de toutes les couleurs ornaient le porche. La plaque d'une société de sécurité figurait sur la porte, tout près d'un interphone. Lara appuya sur le bouton et attendit quelques instants. Quand la voix de sa sœur lui parvint enfin, elle était caverneuse.

— Qui est-ce ?

— Lara.

Nouveau silence.

— Je regrette, Lara. Je ne me sens vraiment pas bien.

Cette réponse tardive et guère accueillante rendit Lara nerveuse.

— L'intoxication alimentaire n'est pas contagieuse... S'il te plaît ! Tu me manques. Je ne peux pas repartir sans t'avoir vue.

Pas de réponse. Puis la porte s'entrouvrit enfin. Lara ne vit d'abord que la moitié du visage de sa sœur.

— Je suis contente que tu sois chez toi.

Elle hésita, puis poussa la porte et découvrit l'autre moitié du visage de sa sœur, décoré d'un œil au beurre noir. Lara fut horrifiée.

— Oh Joanie, s'écria-t-elle. Mon Dieu...

— Ce n'est pas ce que tu penses, protesta Joan. Je suis tombée dans la douche. J'ai eu un étourdissement, à cause de l'intoxication.

Lara referma la porte derrière elle.

— Je ne suis pas idiote, Joan. J'ai déjà vu ce genre de blessure.

Joan se détendit au contact de sa sœur. Ses bras retombèrent le long de son corps. Le living était impeccable : sol ciré, tapis d'Orient, meubles blancs immaculés, des photos de famille soigneusement rangées sur une étagère. Lara en saisit une représentant Marie et l'examina longuement.

— Maman est au courant ?

— Elle ne veut pas savoir, répondit Joan d'un ton vindicatif. Elle aime bien John, c'est le père de sa petite-fille. Et pour elle, un père est indispensable. Je sais que ce n'est pas ce que tu penses. Forcément, tout a bien marché pour toi. Tu es jolie, tu as des diplômes, des amis célèbres, tu gagnes très bien ta vie. Ne crois pas que maman oublie de nous le rappeler. Et maintenant, tu vas épouser le foutu président.

— Bref, tout ce qu'il faut pour que tu m'en veuilles à mort, riposta Lara, essayant de contrôler sa colère. J'épouse surtout un homme qui me respecte. Et toi aussi, tu as droit au respect.

Joan se redressa.

— Nous vivons bien, insista-t-elle. Il est bon avec Marie. Il n'est pas tellement brutal. Pas très souvent.

— Où se trouve la frontière dans ce domaine, Joanie? Tu n'as pas assez d'un œil fermé, il te faudrait les deux pour réagir?

— Tu parles à ton aise, se rebiffa Joan. Qu'est-ce que ta vie a en commun avec la mienne?

— Je suis ta sœur et je me fais du souci. Il n'y a pas de compétition entre nous, répondit calmement Lara.

Joan recula.

— Va-t'en maintenant, Lara. Tu es dans ma maison. Je ne t'ai pas invitée.

Et Joan lui tourna le dos. Lara se sentit impuissante et frustrée. Elle posa la main sur l'épaule de sa sœur et s'en fut.

— Non seulement je ne peux rien pour elle, dit Lara, mais en plus elle restera avec son mari, rien que pour me prouver que j'ai tort.

Les deux fiancés se promenaient le long du val de Marin County, dans la maigre lumière d'une journée de novembre. Les mains dans les poches, à cause du froid, ils se dirigeaient vers une anse située entre deux falaises, remplie d'une eau bouillonnante d'écume. Chaque fois qu'ils en avaient l'occasion, ils prenaient ainsi la clef des champs, pour marcher et parler au grand air. Des agents des services secrets les précédaient et les suivaient, tandis que d'autres veillaient du haut des collines verdoyantes.

— Elle t'en veut tant que ça? demanda Kerry.

— J'avais oublié à quel point. J'espérais que ça passerait avec le temps.

Lara laissa son regard dériver vers les vagues lointaines.

— D'autres mères m'auraient rappelé que je n'ai rien d'exceptionnel, reprit-elle. Mais la mienne a fait de moi un modèle pour les autres. Elles devaient se distinguer, comme moi, faire des études, comme moi ; même si elles ne pouvaient pas entrer à Stanford, il leur fallait obtenir une bourse, comme moi. Et je n'ai fait qu'aggraver nos rapports en restant sur mon piédestal, conclut-elle avec ironie.

— La plupart du temps, lui confia Kerry en retour, j'exécrais mon frère. Jamie était tellement bon dans tous les domaines qu'il paraissait inégalable. Il était la dernière personne au monde pour laquelle j'aurais ressenti de la compassion. Et pourtant, il était finalement très seul.

Lara se rapprocha imperceptiblement de lui, pour sentir le contact de son bras. Parfois, en songeant à tout ce qu'ils partageaient, après la solitude dont elle avait si longtemps souffert, elle éprouvait une immense joie qu'elle peinait à réprimer.

— Ce n'est pas tout, reprit-elle. Joan était devenue l'aide ménagère de maman, et elle en tirait une grande satisfaction. Car, par cette fonction, elle se sentait meilleure que moi ou Mary. Quand John Bowden est apparu, impatient d'en faire la princesse d'un foyer qui serait tout à elle, elle était plus que prête.

— Et toi, qu'est-ce que tu pensais de lui ?

— Il voulait plaire. Trop à mon avis. Il faisait la cour à ma mère, comme pour prouver quel bon garçon il était. Du coup, ma mère recommandait à Joanie de ne surtout pas le laisser tomber. Ils ont fini par se marier. Joanie clamait partout que John et elle formaient le couple idéal. Puis je suis partie pour Washington, embauchée par le *Times*. Et c'est à ce moment-là que je t'ai rencontré.

Kerry perçut les regrets dans les propos de Lara : elle avait été tellement absorbée par sa carrière et ses amours qu'elle n'avait pas prêté attention aux problèmes de sa sœur.

— Et puis tu es allée au Kosovo, dit-il. Tu ne pouvais pas être partout. Tu ne pouvais pas tout savoir.

— Maintenant, je sais.

De nombreux morceaux de bois de toutes tailles jonchaient la plage de sable gris-brun. Lara s'assit sur un tronc de cèdre, à proximité des vagues. Le vent fouettait ses cheveux. Kerry s'assit près d'elle.

— Quand j'ai commencé à lutter contre la violence domestique, dit-il, je me suis rendu compte du cercle vicieux qu'elle enclenchait. Si des enfants voient leurs parents frapper ou être battus, il est probable qu'ils frapperont ou se laisseront battre à l'âge adulte. Marie risque de suivre le mauvais exemple de sa mère.

— Que comptes-tu faire ?

— Je ne sais pas, mais il faut faire quelque chose. Et je pense que ce n'est pas à toi de t'en charger. Si tu n'y vois pas d'inconvénient, j'aimerais parler moi-même à Joan.

L'idée n'enchanta pas Lara.

— C'est ma famille. Tu n'as pas à prendre nos problèmes en charge.

— Ça va bientôt être notre famille, répondit-il en la regardant dans les yeux. Trop souvent, les gens traitent ce genre de problèmes comme des affaires privées. Mais ils ne peuvent pas les résoudre, alors ils empirent. Nous ne le savons que trop.

Lara hésitait toujours.

— Imagine qu'il la tue… conclut calmement Kerry.

4

Kerry Kilcannon se rendit chez les Bowden dès le lendemain matin. Mais d'abord, il dut esquiver la presse, puis patienter dans une camionnette banalisée des services secrets, pendant que deux agents se présentaient à Joan Bowden, stupéfaite, et demandaient la permission d'inspecter sa maison. Heureusement, son mari était absent. Kerry dut insister pour que les agents restent à l'extérieur pendant son entretien avec sa belle-sœur.

Lorsqu'elle ouvrit la porte, Kerry feignit de ne pas remarquer son œil gonflé, presque complètement fermé par l'hématome.

— Bonjour, je suis Kerry.

Elle regarda par-dessus l'épaule du visiteur, comme si elle craignait qu'on ne le vît, puis elle eut un sourire las :

— Je sais qui vous êtes.

— Je peux entrer ?

— Oui, dit-elle, comme à regret. Bien sûr.

Il entra, les mains dans les poches de son imper, et considéra Joan : elle ressemblait à sa mère, en plus mince, avec un visage placide. La jeune femme était sur ses gardes.

— Ça me paraissait étrange de ne pas connaître une partie de la famille de ma future femme, dit-il.

Elle sourit, par civilité.

— Ça nous a paru étrange à nous aussi. Lara et vous...

— J'ai moi-même été surpris des circonstances de notre rencontre. Après tout, tout cela est arrivé parce que quelqu'un m'a tiré dessus.

31

Joan le dévisagea et l'invita enfin à s'asseoir, dans un fauteuil qui lui parut trop rembourré. Elle prit place sur le sofa en face de lui.

— Lara vous aime, lâcha-t-il soudain. Elle se fait du souci pour vous.

Joan hocha la tête, signifiant qu'elle n'ignorait rien des sentiments de sa sœur.

— Et elle vous a demandé de venir me voir.

— Non, c'est moi qui le lui ai proposé, corrigea Kerry. Du temps où je traitais des affaires de violence domestique, j'ai vu trop de secrets de famille déclencher des drames et blesser des personnes. Surtout des enfants.

Il ne mentionna pas les frayeurs que son père lui inspirait, jadis, ni son aversion pour les brutes. Il n'avait que six ou sept ans, mais il s'était alors senti coupable de ne pas pouvoir défendre sa mère. Joan regarda la porte, craignant sans doute que son mari ne fasse irruption.

— Ça ira, dit-elle.

— Pour vous peut-être, mais pas pour Marie. Je sais que vous la protégez, dit-il en choisissant soigneusement ses mots, mais ça ne suffira pas. Quand il vous brutalise, il brutalise aussi votre fille.

Kerry l'observa. Elle hésitait, ne sachant que dire ni quelle confiance accorder à ce visiteur, soudain familier, et pourtant tellement célèbre, constamment présent dans les médias, qui se trouvait simplement là, dans son living.

— Ce n'est pas la faute de John, dit-elle.

— Peut-être pas. Mais c'est sa responsabilité. Et la vôtre.

Elle tripotait sa robe.

— John a eu une enfance très dure. Je ne crois pas que son père ou sa mère le battaient, mais, de toute évidence, ils le terrorisaient. Pour la moindre peccadille, ils l'enfermaient dans sa chambre pendant tout un week-end et ne l'en laissaient sortir que pour aller aux toilettes. Quand il devient brutal, c'est comme s'il replongeait dans ce monde. Mais ensuite, il a tellement de remords que j'ai vraiment pitié de lui, dit-elle en haussant les épaules.

Le syndrome de Stockholm, songea Kerry. La victime s'identifie à son bourreau. Ç'avait sans doute été le cas pour John Bowden, dans sa jeunesse.

— La différence, observa-t-il, est que John a pris la place de son père. Et qu'au lieu de maltraiter l'enfant, il s'en prend à la mère.

— Il ne veut pas ressembler à son père, répliqua-t-elle en secouant la tête. Quand je l'ai rencontré, il n'était pas du tout comme ça.

— Comment était-il alors ?

— Formidable, dit-elle sur un ton où perçait la nostalgie. Il était tellement responsable, sûr de lui, décidé à me prendre en charge… Il était différent de tous les garçons que j'avais fréquenés. Respectueux, assidu au travail, ne buvant jamais une goutte d'alcool. Et merveilleux avec ma famille, et surtout ma mère. J'étais le centre de son univers.

Kerry connaissait trop bien ce topo.

— Et les amis ? demanda-t-il.

— Nous n'en avions pas beaucoup… En fait, nous n'avions pas beaucoup de loisirs.

La voix de Joan s'effilocha. La description de l'illusion s'était fracassée sur le souvenir de la réalité. Joan ajouta d'une voix plus froide :

— Il disait qu'il voulait être avec moi seule. Parfois, il était jaloux d'autres hommes, sans aucune raison. Mais il disait qu'il m'aimait tellement qu'il avait peur de me perdre.

Elle se replia sur elle-même et Kerry acquit la conviction qu'elle n'avait jamais parlé de tout cela à personne.

— Et ça vous paraissait normal ? demanda-t-il.

Elle parut chercher dans sa mémoire.

— Il m'envoyait des fleurs tous les jours. Ou bien il laissait des billets doux dans la boîte aux lettres. Je ne pouvais pas croire que quelqu'un m'aime autant que cela.

Elle regarda de nouveau la porte.

— Quand vous a-t-il battue pour la première fois ?

— Quand j'étais enceinte de Marie.

Elle ferma les yeux un moment, puis reprit :

— Nous étions au lit, nous écoutions des succès d'autrefois. Puis la radio a passé *The way you look tonight*.

Les premières mesures de la chanson firent sourire Joan. À son septième mois de grossesse, elle avait peine à s'imaginer dans la robe de bal de Lara, ajustée par sa mère. Puis elle sentit que John la regardait.

— Ça te fait penser à lui.

L'accusation était tellement inattendue qu'elle ne comprit pas tout de suite de qui il parlait

— Oh, John, c'était au collège. Je ne sais même pas s'il est encore en vie.

Mais elle mentait : sa sœur Mary l'avait rencontré au Stonestown Mall, quelques semaines auparavant, avec sa jeune femme.

— Tu mens, Joanie. C'était votre chanson favorite, tu ne t'en souviens pas ?

Une fois, elle lui avait confié ses aventures de jeune fille, sans jamais imaginer qu'il les lui resservirait un jour.

— J'avais oublié…

Avec une rage soudaine, John la gifla.

Elle s'écarta de lui, stupéfaite, les yeux pleins de larmes, et quitta le lit.

— John…

Lui aussi avait les yeux pleins de larmes.

Le lendemain, il lui envoya des fleurs.

— Il ne peut pas contrôler sa jalousie, quel que soit l'homme que je rencontre : le facteur, qui a cinquante ans, avec qui je dialogue en espagnol ; un instituteur assistant de vingt ans, à l'école élémentaire de Marie ; un homme avec qui j'échange quelques mots, lors d'une soirée…

Joan détourna le regard et posa la main sur sa joue enflée.

— Si jamais je voyais des amis, ou ma famille, sans lui, si je parlais de prendre un emploi à temps partiel, ça déclenchait des crises à n'en plus finir. Quand il a commencé à boire, ça a empiré.

Évidemment, songea Kerry.

— Quand a-t-il commencé à boire ?

— Il y a près d'un an. À cause de problèmes à son travail, je crois, répondit Joan en regardant le sol. Il était en conflit avec son patron. La première fois qu'il est rentré à la maison ivre, c'est parce qu'il avait été réprimandé. Ce soir-là, dès que Marie a été couchée, il m'a battue.

— Et il a continué à boire.

— Oui, admit Joan. Il boit, il me bat et me demande pardon. Il boit, il me bat, il s'excuse. Il boit, il me bat…

Sa voix se brisa. Celle de Kerry resta calme :

— Il boit et vous bat de plus en plus fort. Plus il vous frappe, plus il a besoin de vous frapper.

Elle le regarda, surprise. Puis une larme coula de son œil enflé.

— Et cette fois-ci ? demanda Kerry.

— Marie était dans sa chambre. Il attend toujours qu'elle s'endorme.

Elle était épuisée, c'était évident. Il se leva pour aller regarder la photo de Marie, et fut frappé de sa ressemblance avec Lara.

— À qui vous confiez-vous, Joan ?

— À personne.

— Pourquoi pas à votre mère ? À Mary ?

— Peut-être que j'ai honte, répondit-elle, la voix basse et désespérée. Et puis John me surveille. Une fois, j'ai emmené ma mère faire les courses. Il avait caché un enregistreur sous le siège ! Mais même si je racontais tout à maman, elle ne comprendrait pas. John lui semble si responsable, si bon. Il lui envoie des fleurs à chaque fête des Mères.

— Et à part ça, il s'occupe un peu de la maison ?

— Il contrôle les finances, répliqua Joan, détournant son regard. Il dit qu'il ne me laissera jamais la garde de Marie. La semaine dernière, il a acheté un pistolet, poursuivit elle après un silence.

— Il vous a menacée ? demanda Kerry, soudain alarmé.

— Non. Mais il m'a dit que si je le quitte, il se tuera.

Kerry alla se rasseoir et prit les mains de Joan dans les siennes :

— Joan, je suis très inquiet à votre sujet. Bien plus qu'avant mon arrivée.

De toute évidence, elle l'était aussi. Ses doigts se recourbèrent autour de ceux de Kerry.

— Pourquoi?

— Parce que son état s'aggrave. Et maintenant, il a une arme.

Il s'interrompit un moment, cherchant les mots les plus percutants :

— Peut-être son enfance peut-elle expliquer son comportement. Mais c'est l'adulte qui continue à pratiquer la violence. Et s'il a besoin d'une raison de vous faire du mal, il en trouvera une. Regardez-vous : vous avez peur, tout le temps. Votre seul moyen de sortir de cet engrenage est de l'aider à se maîtriser. Ou de le maîtriser vous-même. En le traînant en justice, par exemple.

Il serrait ses mains et attendit qu'elle levât les yeux vers lui.

— Quelles sont vos raisons de rester avec lui? Ce n'est pas l'amour, c'est l'insécurité financière, la peur de l'échec aux yeux de votre famille, la peur que Marie n'ait pas de père, la peur de perdre Marie.

— Je ne peux pas, protesta-t-elle, blêmissant. Je ne pourrais jamais infliger ça à Marie.

— Et vous préférez infliger à Marie la situation actuelle?

L'expression de Joan devint un masque de confusion où la peur, l'indécision, l'obstination et la supplication se mélangeaient. Kerry chercha les mots qui pourraient la décider. Et, en dépit de sa résolution d'enterrer le passé, il lui dit :

— Je vais vous avouer quelque chose que trois personnes au monde connaissent : ma mère, mon meilleur ami et Lara…

5

Le souvenir le plus précis que Kerry gardait de sa prime enfance était celui de son père en train de saigner.

La nuit avait commencé comme beaucoup d'autres, par le bruit d'une porte claquée. Michael Kilcannon rentrait chez lui, ivre. Il titubait dans l'escalier menant au deuxième étage, se parlant, poursuivant seul une querelle passée, s'arrêtant pour reprendre son équilibre ou souffler. Il passait en traînant les pieds devant les chambres de Jamie et Kerry, tentant d'atteindre sa chambre à coucher située au fond du couloir. C'est alors que, d'habitude, commençaient les mauvais traitements. Au fond de son lit, ravalant ses larmes, Kerry imaginait le visage que sa mère présenterait au petit déjeuner, l'œil au beurre noir ou la lèvre enflée.

Mais, cette nuit-là, c'est la porte de Kerry qui s'ouvrit.

Michael Kilcannon tourna le commutateur. Le petit garçon, âgé alors de six ans, cligna des yeux, ayant trop peur de parler ou de bouger. Son père avança lentement vers le lit et s'immobilisa. Du sang coulait de son avant-bras. Kerry regarda, terrifié, les gouttes rouges tomber sur ses draps.

Michael lança un regard furieux à Kerry, son beau visage massif déformé par l'alcool et la colère.

— Regarde, dit-il, son accent irlandais tournant au sifflement. Regarde ce que tu as fait. Ton chariot, morveux. Ton foutu chariot dans l'allée.

Kerry secoua instinctivement la tête.

— Pardon, papa.

Il essaya de retenir ses larmes, en vain. Mary Kilcannon apparut alors sur le seuil de sa chambre. Ses longs cheveux noirs en bataille entouraient son visage pâle. Elle adressa un regard de compassion à son fils et posa la main sur l'épaule de son mari.

— Qu'est-ce qu'il y a, Michael ? demanda-t-elle calmement.

Kerry, la gorge serrée, guettait le visage de son père.

— Le wagon, dit le père, fixant les taches de sang sur les draps avec une sorte d'étonnement. Les bords coupants…

Sans quitter son fils du regard, Mary embrassa son mari sur la joue et dit :

— Il faut panser ça, Michael. Nous devons aller à l'hôpital.

À travers ses larmes, Kerry vit sa mère prendre son père par la main, le conduire hors de la chambre et se retourner en lui disant :

— Ne t'inquiète pas pour ton père.

Il ne serait pas battu ce soir. Mais il ne quitta son lit que lorsqu'il eut entendu la porte du bas se refermer. Jamie, le beau Jamie, la perle de la famille, alors âgé de dix-huit ans, se tenait dans l'embrasure de la porte de sa chambre.

— Eh bien, dit-il, comme s'il se parlait à lui-même, ils font un beau couple, ceux-là !

Kerry le détesta pour ça.

Deux jours plus tard, le bras recousu, Michael profita de deux tickets donnés par un collègue de la police pour emmener Kerry assister à un match des Mets. Michael s'y connaissait peu en base-ball mais, avec sa carrure et sa crinière rousse, il faisait, quand il n'était pas ivre, un père splendide dont Kerry était éperdument fier : un policier, une sorte de héros prompt à rire et doté d'une réputation de courage sans bornes. Michael acheta pour son fils du pop-corn et un hot-dog. Kerry savait que c'était là sa manière de se faire pardonner ce dont personne ne parlerait. Quand les Mets gagnèrent au neuvième tour, Michael le serra dans ses bras.

— Je t'aime, papa, murmura Kerry.

Ce soir-là, Michael Kilcannon se rendit au Lynch's Ark Bar, comme il le faisait souvent. Kerry, baignant encore dans l'aura de l'après-midi, ne s'en inquiéta pas. Il fut réveillé par l'ouverture de la porte de sa chambre, se frotta les yeux et, mi-content, mi-inquiet, vit son père debout au milieu de la chambre. Michael tituba vers lui et s'assit sur le bord du lit. Kerry ne pipa mot ; la respiration de son père était bruyante.

— Les salauds, dit Michael d'une voix menaçante.

— Qu'est-ce qu'il y a, papa ?

— Mulroy, dit le père, secouant la tête. Je le vaux largement. Mais c'est lui qu'on nomme sergent. Ce sont les lèche-culs qui sont promus…

Cette fois encore, la mère de Kerry apparut dans l'embrasure de la porte. Son fils lui lança un regard anxieux.

— Michael, dit-elle d'une voix douce.

— La ferme, ordonna Michael sans se retourner. Nous causons.

— Laisse le garçon tranquille.

Michael se leva avec une lenteur de félin et alla frapper Mary sur la bouche. Elle recula, la lèvre ensanglantée. Les larmes jaillirent des yeux de Kerry. Voyant sa mère se couvrir le visage, il fut malade de peur et d'impuissance. Elle sortit de la pièce et Michael Kilcannon reprit ses récriminations, sans paraître s'aviser des larmes de Kerry.

On ne savait jamais quand cela adviendrait. Certains soirs, il rentrait et battait sa femme. D'autres fois, il venait voir Kerry et se déchargeait de ses rancœurs. Kerry apprit à émettre quelques sons, pour signifier à son père qu'il l'écoutait. Il savait que, tant qu'il l'écouterait, il ne battrait pas sa femme.

Kerry aimait sa mère autant qu'il craignait son père.

Ce que Michael imposait chaque nuit à sa famille était un secret honteux, dont on ne parlait jamais. Kerry savait que sa mère ne pouvait pas demander le secours de la police : son mari *était* la police. Si ses amis apprenaient les méfaits de Michael, il en serait humilié et deviendrait probablement encore plus brutal. Dans la petite communauté de Vailsburg, où l'aura du policier lui permettait de régler tous les problèmes par de simples paroles, Michael était jalousement attaché à sa réputation.

Chaque matin, Mary Kilcannon allait prier à l'église du Sacré-Cœur. Kerry, dans la pénombre de l'édifice, la regardait de profil, totalement absorbée par sa prière. Lui aussi trouvait l'église rassurante, avec sa voûte de soixante-dix pieds de haut, ses vitraux splendides, son autel de marbre surmonté d'une fresque représentant l'Ascension. Il pouvait rester très longtemps silencieux, avec sa mère, dans cette atmosphère.

Un matin neigeux, après être rentré de l'église en pataugeant, tentant de marcher dans les empreintes de sa mère, Kerry s'installa dans la cuisine, devant une grande tasse de chocolat chaud.

— Je t'aime plus que les mots peuvent le dire, Kerry Francis.

Ces paroles firent monter des larmes aux yeux de l'enfant. Et comme si elle lisait ses pensées, elle ajouta d'une voix égale :

— Ton père, quand il n'a pas bu, est un homme bon. Il veille bien sur nous. Il est seulement déçu que ses mérites ne soient pas reconnus.

Elle voulait le consoler, mais Kerry avait compris, d'après les longues confidences nocturnes de son père, que les raisons pour lesquelles il végétait dans sa carrière étaient les mêmes que celles pour lesquelles il était craint dans son foyer.

Et il savait également que, dans le village, Mary Kilcannon était avant tout la mère de James.

Et Jamie lui faisait honneur. À dix-sept ans, avec son mètre quatre-vingt-cinq, sa grâce et son regard noisette attentif à tout, il commençait à devenir bel homme, après avoir été joli garçon. Président du corps des étudiants de Seton Hall, capitaine de son équipe de football, second de sa classe, il était toujours impeccablement habillé. Les filles l'adoraient, ce qui l'amusait et l'inquiétait, allergique qu'il était à toute forme d'émotion. Son secret résidait dans sa capacité de repli. Pour Kerry, il semblait animé par un mépris silencieux pour ses géniteurs et l'intention de ne jamais leur ressembler. Depuis sa jeunesse, Jamie était trop brillant, trop grand et bien bâti pour que son père le menace. Michael s'était donc résigné à une sorte d'armistice avec son fils. De son côté, Jamie n'avait pas une seule fois levé la main ou élevé la voix pour secourir sa mère.

Quand, nanti d'une bourse, il partit pour l'université de Princeton, il refusa que ses parents l'y accompagnent. Au collège, il se distingua, obtint le poste de demi dans l'équipe de football et commença à s'intéresser à la politique. Kerry devinait que les camarades de Jamie le tenaient pour naturellement doué, mais il avait trop souvent entendu son frère répéter ses tournures oratoires dans sa chambre ; il savait qu'il s'était minutieusement préparé.

Un incident inoubliable marqua les vacances de Noël, que Jamie vint passer à la maison, lors de sa deuxième année d'université. Un soir, il répétait son discours de candidature à un poste quelconque à Princeton. Michael Kilcannon rentra. Entendant les pas de son père, Kerry se demanda si celui-ci irait dans la chambre à coucher ou s'il ouvrirait la porte de son fils. Il tendit l'oreille. Les pas du père s'éloignèrent. Un instant plus tard, Mary Kilcannon poussa un cri de douleur.

Jamie entendit le cri, lui aussi, puisqu'il s'interrompit. Mais il reprit aussitôt ses répétitions. Les larmes jaillirent des yeux de Kerry. Non, il ne ressemblerait jamais à son frère.

À l'école, Kerry se révéla querelleur. Il cherchait même noise à des garçons plus âgés et plus forts, qui lui administraient bien évidemment des raclées mémorables. Son parrain Liam Dunn décida alors de l'emmener à la Catholic Youth Organization pour qu'il apprenne la boxe. Kerry y trouva son salut et y apprit la discipline. À dix-sept ans, il cessa de se battre.

Avec son mètre soixante-quinze et ses soixante-dix-sept kilos, il était de dix centimètres plus petit que son père et son frère, désormais sénateur de l'État. Il fut un gardien de but passable dans l'équipe de football, obtint des notes moyennes, sans distinction et, l'année suivante, entra à Seton Hall University, loin de la maison. Son père lui suggéra alors de faire carrière dans la police.

— Tu n'es pas doué comme ton frère, ajouta-t-il.

Kerry ne répondit pas. À cette époque, le visage de son père reflétait l'échec, avec ses rides profondes et ses yeux larmoyants. Outre la boisson, son seul exutoire consistait à battre sa femme et à humilier son fils.

Parfois, lorsque Michael venait s'asseoir au pied du lit de Kerry, il lui racontait ses rencontres de bar, avec des femmes jeunes et pleines d'admiration pour son statut de policier. Cachant son dégoût, Kerry espérait qu'au moins ces distractions offriraient un répit à sa mère. Mais, bien au contraire, elles rendaient Michael encore plus violent. Sa deuxième réprimande pour brutalités alors qu'il était en service lui valut une suspension d'un mois ; il avait battu un Noir au point de lui faire perdre connaissance, prétextant que sa victime avait tenté de s'enfuir.

Plein de rancœur à propos de cette suspension, il passa ses nerfs sur sa femme, qui dut se faire appliquer deux points de suture sur la lèvre supérieure. Rongé de désespoir et de haine, Kerry la conduisit à l'hôpital. Lorsqu'elle sortit des urgences, en pleine nuit, il la prit dans ses bras et lui caressa la tête.

— Quitte-le, maman, murmura-t-il. Je t'en prie. Ce ne peut être la volonté de Dieu que tu restes avec lui.

— Ce n'est que l'alcool, répondit-elle, fermant les yeux. Le divorce est un péché. Et moi, que ferais-je ensuite ?

Kerry fut dévasté par la vision de son beau visage, désormais amaigri et pâle. De retour à la maison, ils trouvèrent Michael étalé sur le lit, dans un état d'hébétude totale. Kerry se demanda s'il pourrait tuer son père endormi.

— Je vais appeler le père Joe, dit Mary, après avoir dévisagé son fils.

Le samedi suivant, le prêtre, un homme mince et chauve, vint à la maison et s'entretint plusieurs heures avec Michael Kilcannon. Celui-ci ne pipa mot ; il quitta la maison avant le dîner et revint après minuit. La bouche sèche, allongé sur le lit en caleçon, Kerry entendit ses pas lourds. Il guetta chaque son. Lorsqu'il entendit les cris de douleur de sa mère, il ferma les yeux un instant, puis il s'élança vers la chambre de ses parents.

Mary Kilcannon était écroulée dans un coin de la pièce, sa robe de chambre déchirée et le sang coulant de son nez fracturé. Son mari était penché sur elle, apparemment stupéfié par ce qu'il avait fait. Kerry s'arrêta derrière lui, tellement empli de haine qu'il remarqua à peine l'expression de peur dans les yeux de sa mère. Michael la vit, lui, et se retourna.

— Qu'est-ce que tu veux ? s'écria-t-il, surpris.

Kerry lui décocha un crochet du gauche. Le sang jaillit du nez de son père.

— Petite merde, s'écria ce dernier.

Kerry lui décocha trois autres crochets et le nez de son père se retrouva dans le même état que celui de Mary. Tout ce que voulait Kerry, c'était tuer cet homme. Rien de ce que ce dernier pourrait lui faire ne lui importait plus. Il fit un pas en avant.

— Non ! cria sa mère.

Michael Kilcannon expédia alors un violent coup de poing à son fils, qui l'atteignit à l'épaule. Kerry grimaça de douleur et Michael s'élança pour le saisir. Le jeune homme esquiva le geste et frappa son père à l'estomac. Grognant de douleur, Michael s'élança de nouveau, les yeux brûlants d'une fureur implacable. Il enserra son fils dans une étreinte d'ours. Kerry, immobilisé, sentit ses poumons se vider. Il distinguait à peine le visage de son père. Sentant qu'il allait perdre connaissance, il envoya un grand coup de genou dans les parties de son adversaire.

Michael se raidit, les yeux agrandis par la douleur et la surprise. Encore haletant, Kerry donna un coup de tête dans le menton de son père, qui lâcha sa prise en exhalant un cri de souffrance. Mary s'interposa alors entre les deux hommes.

— Non, Kerry, non.

Mais le jeune homme la prit dans ses bras et l'emmena vers le lit avec une douceur redoutable.

— Laisse-moi finir ça, ordonna-t-il.

Mary s'assit, tétanisée. Kerry se tourna de nouveau vers son père qui voulut lever les poings. Il lui administra trois directs, faisant éclater les pommettes de l'ivrogne, puis poursuivit par un coup à l'estomac. Son père recula, la bouche ouverte. La droite de Kerry s'abattit sur ses dents et en cassa quelques-unes. Michael s'écroula dans le coin de la pièce.

Son fils était penché sur lui, tout à la fois haletant, ivre de rage, choqué et stupéfait. Les yeux mi-clos, Michael crachait des débris de dents. Kerry s'agenouilla devant lui.

— Touche-la une fois de plus, papa, et je te tuerai.

Il reprit son souffle et ajouta :

— Et ne compte pas tromper ma surveillance. Je t'attendrai et t'écouterai tous les soirs.

Michael Kilcannon ne frappa jamais plus sa femme. Et Kerry arrêta de se battre à l'école.

Joan avait écouté ce récit les yeux baissés ; quand il fut terminé, elle les ferma.

— D'une certaine façon, dit Kerry, ma mère a eu de la chance et moi aussi. Mais le garçon blessé que j'étais est toujours présent.

Il sentait bien que ses arguments commençaient à convaincre Joan. Mais il ne pouvait pas encore l'inciter à quitter son mari.

— Je vais vous laisser mon numéro de téléphone, dit-il enfin. Si vous avez besoin de moi, pour quelque raison que ce soit, n'hésitez pas à m'appeler, à toute heure. Je vais faire en sorte que les opérateurs de la Maison-Blanche me transmettent toujours vos appels.

En sortant, Kerry fut surpris par la présence d'un homme mince et brun sous le porche. Bien qu'il n'eût jamais vu de photos de lui, il reconnut John Bowden à son expression furieuse. Il éprouva lui aussi de la colère, puis la maîtrisa, et tendit calmement la main.

— Je suis Kerry Kilcannon, votre futur beau-frère, dit-il.

Humilié par son impuissance et le fossé qui les séparait, John demeura immobile. Le bras de Kerry retomba.

— Vous vous demandez ce qu'elle m'a révélé... Ne vous inquiétez pas, elle n'avait pas besoin de parler.

Bowden s'empourpra, mais ne bougea pas davantage.

— Faites-vous soigner, dit Kerry. Ou bien, un jour, vous irez trop loin. Et croyez-moi, c'est vous qui souffrirez le plus.

6

Kerry, assis sur le lit, écoutait Joan Bowden au téléphone. Il s'imaginait très bien la scène : le living obscur, la femme terrifiée, le mari ivre mort dans la chambre à coucher.

— Ça va mal, dit Joan en chuchotant.

Son mari était encore passé à l'acte.

— Où est le pistolet ? demanda Kerry.

— Il l'a avec lui, répondit Joan.

— Est-ce qu'il a reparlé de suicide ?

— Non, pas ce soir, répondit-elle, d'une voix fatiguée.

— Des menaces envers vous ou Marie ?

— Pour moi seulement.

— Et les coups deviennent plus fréquents.

— Oui. Parce qu'il boit davantage. Il a peur de perdre son travail.

Kerry se leva, tentant de dominer sa propre anxiété.

— Il faut qu'il quitte la maison, dit-il. Ou bien que vous emmeniez Marie ailleurs.

— Mais où ? Comment ?

Lara, très inquiète à l'écoute de ces bribes de conversation, s'était approchée de Kerry et lui tenait la taille.

— Il y a un moyen. Attendez qu'il parte au travail, appelez l'unité des violences domestiques au bureau du procureur général. Je les aurai déjà prévenus. Dites-leur ce qu'a fait John. Ils procéderont à un référé d'urgence. Ils saisiront son pistolet et lui enjoindront de quitter la maison. À moins que vous n'alliez vous réfugier quelque part.

L'énormité de la proposition fut accueillie par un silence. Lara appuya son front contre le dos de Kerry.

— Non, répondit enfin Joan. Je ne peux pas partir. Ça va le rendre fou.

— D'accord, mais ça ne vous empêche pas de prévenir la police. Avertissez également votre sœur Mary et votre mère. Si vous ne protégez pas la petite, il se servira d'elle, tôt ou tard, objecta Kerry.

— Mais qu'est-ce que je peux faire?

— La protéger. Si John veut la voir, ce devra être en milieu surveillé. Un ordre du tribunal stipulera qu'il ne peut s'approcher d'elle, que ce soit de votre maison, de l'école ou ailleurs. Assurez-vous que le directeur de l'école et l'instituteur disposent d'une copie de cet ordre. Puis changez vos serrures et commencez à chercher un autre logement...

— Nous l'aiderons, chuchota Lara.

— Nous sommes à vos côtés. Ne vous faites pas de souci pour l'argent. Et si vous voulez que Lara prenne l'avion et vienne vous voir, elle le fera.

Joan ne répondait pas. Kerry prit soin de ne pas trahir sa propre inquiétude, due à des raisons personnelles : dans la première affaire de violence domestique qu'il avait traitée, le mari avait tué sa femme la veille du jugement, sous les yeux de leur jeune fils. Joan et Marie étaient dans une situation périlleuse. Joan ne pouvait plus rester avec son mari et, cependant, son départ serait le moment le plus dangereux : celui où le mari se rendrait compte qu'il perdait le contrôle de la situation, celui où sa violence pourrait devenir meurtrière.

— Nous ferons réhabiliter John, reprit Kerry. Vous pourrez l'accompagner pas à pas.

Il perçut un soupir à l'autre bout du fil et Joan dit d'une voix étranglée :

— Si vous les prévenez d'abord, j'essaierai.

Kerry et Lara retournèrent sous le porche. Autour du Monument, tout était tranquille. Les festivités avaient pris fin. L'air de la nuit était humide, mais plus frais. La tête penchée, Lara se frotta les yeux et murmura :

— Je ne sais plus.

— Quoi?

— Il y a comme un grand vide dans ma tête.

Kerry attendit qu'elle s'explique.

— J'ai affreusement peur pour elle, dit-elle finalement en levant les yeux sur lui. Mais cette soirée était censée être la nôtre, et c'est de ma sœur dont tu t'es occupé. Je suis furieuse contre elle, que Dieu me pardonne. Pourquoi a-t-elle épousé cet homme, pourquoi est-elle restée avec lui si longtemps, pourquoi a-t-elle téléphoné ce soir? Et puis je suis furieuse contre moi-même, aussi. Je suis obligée de passer par toi pour savoir comment va ma sœur, ajouta-t-elle en secouant la tête.

Elle avait au moins le mérite de la franchise, songea Kerry, réalisant avec lassitude qu'il faisait désormais partie d'un triangle complexe et que Lara, en dépit de son sentiment de culpabilité, risquait de leur en vouloir à tous les deux.

— Elle est en danger, dit-il.

— Je le sais. Je le sens d'ici. S'il lui arrivait quelque chose, à elle ou à Marie, je ne m'en remettrais pas.

— Je sais cela aussi.

— Tu as tellement fait pour moi. Mais tu n'es pas obligé de continuer. Il serait temps qu'à mon tour, je m'occupe de toi. Je peux faire tant de choses pour toi.

— Chaque chose en son temps. Peut-être qu'un matin nous nous réveillerons soulagés de pouvoir compter sur quelqu'un d'autre.

Il se préparait à lui demander une faveur.

— Cela compte beaucoup pour moi que de protéger ta famille, reprit-il. Je t'en prie, laisse moi aider Joan. Connais-tu quelqu'un de plus qualifié?

Elle le considéra un moment, puis répondit:

— Quoi que tu fasses, Kerry, je veux être prévenue auparavant. Elle est toujours ma sœur et je ne vais pas me défiler.

7

— L'armée pense qu'elle a piégé El Anwar, déclara Clayton Slade au Président.

Les deux hommes étaient assis dans le Bureau Ovale. Kerry, préoccupé par Joan, avait peu dormi, mais il fallait assumer son rôle de président. Dès 7 heures, il devait passer en revue avec son chef de cabinet l'agenda quotidien.

Depuis qu'ils s'étaient rencontrés, l'un et l'autre jeunes procureurs, Clayton était devenu l'ami le plus intime de Kerry. En politique, ils se complétaient : Kerry était intuitif, à la fois implacable et sentimental. Clayton était réaliste, pragmatique, toujours soucieux des conséquences, capable à l'occasion de brider les impulsions de Kerry. Ce dernier se fiait au jugement de son chef de cabinet : il avait même une fois lancé, en forme de boutade, qu'à eux deux ils feraient un président convenable. Mais Clayton avait aussi appris – et c'était le point névralgique de leurs rapports – qu'il ne pouvait agir au nom du Président.

L'ordre du jour était chargé : le budget, dans lequel Kerry voulait introduire davantage de dépenses sociales, une conférence à Bruxelles pour étudier l'expansion de l'OTAN, une visite au village ancestral de la famille de Lara, au Mexique, et l'entretien de la matinée avec des fabricants d'armes. Mais la nouvelle de l'encerclement du terroriste El Anwar était l'événement le plus important. Pour les Américains, Mahmoud El Anwar représentait le nouveau visage de la terreur. L'homme avait commencé sa carrière en kidnappant des Américains à l'étranger pour les exécuter. Peu après l'élection de Kerry, il avait financé deux fanatiques qui avaient lâché un avion plein d'explosifs dans un stade de football, tuant ou blessant des milliers de spectateurs. Kerry, comme son prédécesseur, était maintenant contraint de mener la chasse au terroriste et à ses acolytes au Soudan. Les forces spéciales s'en chargeaient, avec l'appui d'une des factions armées du pays.

— Ils ont déjà cru une fois qu'ils l'avaient cerné, observa Kerry. Combien de temps leur faudra-t-il cette fois pour s'en assurer ?

— Le terrain est dangereux et semé de tunnels. Ça peut prendre des semaines ou des mois. Mais tu peux aussi apprendre par téléphone dans une heure qu'El Anwar est prisonnier.

Clayton jeta un regard par la fenêtre sur le Jardin des roses en sirotant son café.

— Ça ne fera pas un prisonnier commode, ajouta-t-il.

— Et nous courons le risque d'avoir de nouveaux otages, admit Kerry. Ses gens pourraient kidnapper d'autres Américains pour marchander sa libération. Et, comme je refuserai, ils m'expédieront les prisonniers par petits morceaux.

— Il faut s'y attendre. Mais nos alliés ne seront guère mieux lotis. Imagine la situation de l'OTAN quand les gens d'El Anwar commenceront à assassiner les amoureux italiens dans les cafés et qu'ils feront sauter Big Ben. Nous perdrons leur appui dans la lutte contre son réseau.

Kerry demeura silencieux. Chaque fois qu'il s'était imaginé en tant que président, il avait senti le poids de la responsabilité des millions de vies qui lui incomberait.

— Tout va bien se passer, dit-il enfin.

Clayton comprit le sous-entendu : la mort d'El Anwar serait la meilleure nouvelle qui pourrait leur parvenir.

— Les armes ? demanda Kerry.

C'était un de leurs raccourcis habituels.

— Ils seront ici à 10 heures. Martin Bresler et cinq PDG.

— Crans de sécurité obligatoires, dit Kerry d'un ton méprisant. Trente mille morts par balles chaque année ! Incroyable. Nous avons une loi qui exige des marchands d'armes patentés qu'ils vérifient le casier judiciaire des acheteurs, pour s'assurer que ce ne sont ni des repris de justice, ni des maris violents, ni des drogués. Mais si l'un de ces tordus se présente en tant que collectionneur et non comme acheteur, ils ont le droit de lui vendre toutes les armes qu'il souhaite acquérir. Pour ces gens, la Constitution doit autoriser la détention d'armes à toute personne en faisant la demande.

— Tu ne te rappelles pas les poids lourds qu'on voyait pendant ta campagne électorale, portant des banderoles : « Interdisez Kilcannon, pas les armes » ? Pour des tas de gens, la possession d'une arme représente un droit fondamental. Et les SSA leur répètent à longueur de tracts qu'un homme sans enfant et sa fiancée veulent le leur enlever.

— Quelle paranoïa ! J'essaie seulement d'épargner des innocents.

— C'est bien ce que vendent les SSA, de la paranoïa, répondit Clayton. Les détenteurs d'armes à feu ont voté contre toi à trois contre un. Et ceux qui sont de ton avis ont bien d'autres soucis en tête.

— C'est bien pour cela que j'en suis réduit à mendier des aménagements auprès des fabricants d'armes. Un jour, il se produira une tragédie tellement affreuse que les gens se réveilleront.

— Tu crois ça ? rétorqua Clayton d'un ton égal. Même Columbine ne les a pas réveillés. On a tué ton frère. Puis on t'a tiré dessus. Et rien ne s'est passé.

Kerry se remémora alors les conseils prodigués par Clayton en privé lors de la campagne présidentielle : *Ne joue pas ta présidence sur les armes à feu. Tu n'as gagné que par quelques poignées de voix, ils sont des millions à se méfier de toi. Cherche tes succès ailleurs.*

— Je vais corriger mon image, dit-il.

— Comment ? En adoptant des jumeaux ?

— Non. Lara a finalement capitulé.

— Elle a convenu d'une date pour le mariage ?

— Oui, répliqua Kerry en souriant. Je crois qu'elle en avait assez de rentrer dormir chez elle tous les soirs.

— Félicitations, déclara Clayton, avec un plaisir évident. Dieu sait que vous l'avez mérité tous les deux. Quelle date ?

— La fête du travail. Tu veux être mon témoin ?

Clayton parut touché.

— Il faudra que j'achète un nouveau smoking ?

— Plutôt un pantalon en jeans. Nous avons décidé de nous marier dans l'intimité.

Sans se départir de son demi-sourire, Clayton lui lança un regard acéré.

— Tu plaisantes, bien sûr ?

— Pas tout à fait. Lara voudrait seulement inviter la famille et les amis, rien d'officiel.

— Mais tu lui as fait observer que c'était inopportun ?

— Je ne m'en souviens plus.

— Kerry ! Ta bataille électorale a été féroce. Tu as lutté dur afin d'imposer ton choix pour le portefeuille de la Justice. Ton taux d'opinions favorables flotte aux alentours de cinquante-trois pour cent. Tu disposes d'une occasion unique pour t'attirer la sympathie de millions de gens qui ne t'aiment pas. Tu n'as pas le droit de la galvauder.

— Va dire ça à ma fiancée, répondit Kerry avec un sourire sans conviction.

— Lara le sait. Elle n'a pas gagné des millions de dollars à la télévision en ignorant ces choses-là. Elle a une mère, deux sœurs et une nièce qui, d'après les photos, sont toutes adorables. Et le fait que sa mère soit une travailleuse hispanique les désigne comme l'incarnation du rêve américain.

— Mais toutes les familles peuvent avoir un côté ténébreux.

— Ténébreux ? répéta Clayton, levant les sourcils.

— Une de ses sœurs est une femme battue. Elle nous a téléphoné la nuit dernière.

Kerry résuma la situation. Clayton parut songeur.

— Appelle pour moi le procureur général sur sa ligne privée, demanda Kerry. Dès que nous en aurons fini avec les fabricants d'armes, je voudrais lui parler, ainsi qu'à son chef des violences domestiques.

— Attention à l'éthique, prévint Clayton après réflexion. Intervention présidentielle dans le domaine judiciaire…

— Je veux juste les mettre sur la voie, dit Kerry.

— Peut-être. Mais ce ne sera pas un vieux copain qui les appellera : ce sera le Président.

— C'est aussi la raison pour laquelle ils ne se le feront pas dire deux fois, répondit Kerry d'un ton décidé. Je ne peux pas laisser cette femme dans cette situation.

8

À 10 heures, Jack Sanders, le conseiller en chef des affaires intérieures, introduisit dans le Bureau Ovale Martin Bresler et les cinq PDG des manufactures d'armes.

Le groupe était hétérogène. Mince, avec un look d'intellectuel, Sanders, diplômé de sciences politiques de Princeton, était d'une génération plus jeune que les autres. Bresler, petit, brun, bavard et frénétique, était le chef de la Gun Sports Coalition, un groupe industriel aspirant à améliorer l'image des fabricants d'armes et, Bresler l'espérait, à trouver un terrain d'entente entre deux adversaires féroces : Kerry Kilcannon et les SSA. Les PDG étaient aussi mal à l'aise que des suspects défilant devant des témoins pour identification. Ils étaient déférents mais réticents, et Kerry fut certain qu'aucun d'eux n'avait voté pour lui. Un seul, George Callister, soutint franchement son regard quand ils se serrèrent la main.

Le photographe de la Maison-Blanche arriva et prit une série de clichés. Puis Kerry invita ses visiteurs à s'asseoir sur un canapé circulaire et décida de les dérider un peu.

— Je sais que ce ne sera pas commode pour vous d'être vus avec moi, commença-t-il. Mais ne vous faites pas de souci. Tout de suite après l'entretien, nous vous conférerons le statut de témoins protégés.

Quelques rires forcés accueillirent la plaisanterie. Bresler demanda :

— Est-ce que vous avez prévenu nos épouses ?

— Nous l'avons fait, et toutes vous souhaitent bonne chance, répondit Kerry.

Les rires furent plus francs. Kerry sentit Callister le dévisager avec curiosité. Avec ses cheveux en brosse, sa forte carrure, son visage large et son accent du Middle West, il évoquait ces brillants ingénieurs capables de mettre la main à la pâte.

— Je vous suis reconnaissant d'être venus, déclara le Président. Une majorité d'accidents par armes à feu peuvent être aisément prévenus. Et trop d'enfants sont victimes de ces accidents. Prenons l'exemple des voitures : les ceintures de sécurité et les airbags ont sauvé des vies. Nous pouvons faire de même pour les armes à feu. Ça me semble simple : en les équipant toutes de crans de sûreté, vous pouvez éviter des tragédies inutiles. Mais je sais qu'avec les SSA, vous avez affaire à forte partie.

— Nous sommes disposés à vous soutenir, monsieur le Président, dit Bresler, hochant la tête, et à réfléchir aux actions possibles.

— Je l'apprécie, répondit Kerry en se penchant, les mains jointes, parcourant l'assemblée d'un regard intense. Laissez-moi vous dire ce que j'espère réaliser. Nos lois actuelles sont censées empêcher les repris de justice, les maris brutaux, les drogués, les gens condamnés pour actions violentes et les déséquilibrés mentaux d'acheter des armes à feu. C'est logique : au lieu de les enfermer après qu'ils ont tué quelqu'un, nous contrôlons leurs casiers judiciaires pour empêcher les plus dangereux d'entre eux d'acheter des armes. Mais les SSA et leurs amis au Congrès ont réussi à exclure de ce contrôle les marchands disposant d'une autorisation fédérale et les soi-disant vendeurs privés.

Kerry s'adressa à ce moment à Callister :

— Cela signifie qu'un individu condamné pour un crime violent peut aller dans une foire d'armes à feu et acheter assez d'armes semi-automatiques pour équiper Al Quaeda. C'est absurde.

— Pour vous, peut-être, monsieur le Président, rétorqua calmement Callister. Mais les gens des SSA vous rétorqueront que votre vendeur privé peut être un collectionneur de bonne foi. Pourquoi devrait-il attendre trois jours pour avoir l'autorisation de vendre ou d'acheter une arme ?

— Parce que les citoyens en règle n'ont pas besoin des foires pour acheter des armes à feu. Ils peuvent très bien se soumettre au contrôle de casier judiciaire et aller acheter leurs armes chez un marchand patenté. Écoutez, George, nous connaissons la réalité : les foires en question permettent simplement de contourner la loi et de vendre des armes à des criminels. Vous vous trouvez ainsi affligés d'une image publique déplorable, et vous subissez les procès de ceux qui vous tiennent pour responsables des agissements de vos clients

— Mais nous ne sommes pas responsables, répondit Callister d'une voix sombre. L'homme qui a tiré sur vous s'est servi d'un revolver Lexington. Nous ne connaissions pas le vendeur et nous ne connaissions pas le tireur. Qu'est-ce que nous étions censés faire ?

— Je ne vous ai pas intenté de procès, répondit Kerry calmement. Mais vous pouvez très bien obliger vos vendeurs à vérifier le casier judiciaire de leurs acheteurs. Ils ne pourront pas s'y opposer. Ça me paraît un moyen très simple de diminuer le nombre de morts par balle. Je sais que les SSA sont un obstacle. Mais, moi aussi, j'en serai un. À vous de choisir lequel des deux est le plus difficile à contourner.

Callister fit une moue sceptique.

— Je sais, conclut Kerry, que si vous vous unissez, vous pouvez libérer votre industrie de l'emprise des SSA. Vous sauverez des vies. N'est-ce pas une motivation suffisante ?

Un silence pesant suivit ces propos. Bresler l'interrompit :

— Procédons pas à pas, monsieur le Président. Vous nous demandez beaucoup en une seule fois.

Il était près de 11 h 30 à Washington, donc 8 h 30 à San Francisco lorsque Kerry revint dans le Bureau Ovale. À cette heure, calcula-t-il, Marie était à l'école et John Bowden en route pour son bureau. Il lui fallut une minute pour joindre le procureur général et une autre pour connecter le chef des violences domestiques à leur communication.

— Monsieur le Président, demanda Jack Halloran, à quoi devons-nous cet honneur ?

Sa voix semblait troublée par autre chose que l'honneur d'un appel présidentiel. Jadis étudiant extrémiste instable, Halloran était devenu alcoolique. Kerry subodorait qu'il avait également essayé les hallucinogènes dans les années soixante, bien avant sa déconcertante réincarnation en politicien démocrate. Tout cela augurait mal de sa lucidité. Le seul espoir était que son adjointe, une certaine Marcia Harding, pût compenser les carences de son chef.

— Il s'agit de ma future belle-sœur, répondit Kerry d'emblée. Elle est en difficulté, et sa fille en a déjà trop vu, ajouta-t-il après avoir brièvement décrit la situation.

— Est-ce qu'elle déposera plainte ? demanda Marcia Harding.

— Oui, dit-il en priant pour que Joan le fasse. Est-ce que vous pourriez obtenir un ordre d'éviction avant que John Bowden ne rentre chez lui ce soir ?

— Certainement.

Kerry fut soulagé. Marcia Harding semblait sûre d'elle.

— Après enregistrement de la plainte et audition de la plaignante, précisa-t-elle, nous recourrons à la procédure de protection d'urgence, du fait que cet homme présente un danger pour sa femme et sa fille. Il lui sera interdit de suivre ou menacer l'une d'elles, ou d'user de la force. Nous demanderons également une injonction de se tenir à l'écart de Marie.

— Est-ce que vous pouvez l'inscrire dans un programme de réhabilitation pour maris violents ?

— Il y a déjà une liste d'attente, monsieur le Président. Mais nous ferons notre possible.

— Et le pistolet ? Ce type ne doit pas circuler avec une arme en sa possession.

— La police fouillera la maison, sa voiture, partout où il pourrait cacher une arme. Et le juge lui ordonnera de la lui remettre s'il en détient une.

— Tout ça me paraît très bien, dit Kerry. Mais Bowden pourrait acheter un autre pistolet.

— Nous ferons tout notre possible pour l'en empêcher, monsieur. Une fois que le jugement sera émis, il sera enregistré dans le système informatique. La loi de Californie est plus restrictive que la loi fédérale : chaque fois que quelqu'un vend une arme à feu, même dans une foire, il doit se référer au fichier. Bowden se verra refuser la possibilité d'achat.

— Alors, faites-moi une faveur, Marcia. Enregistrez vous-même le jugement, dit Kerry en arpentant le bureau. Je faisais autrefois ce travail. Trop souvent, le préposé à l'ordinateur est un vieux policier aigri, affligé d'invalidité et commis à une tâche subalterne parce qu'il n'est plus apte au service de rue. Pardonnez-moi si je vous parais anxieux, ajouta-t-il d'un ton plus amène, mais il s'agit de la sœur et de la nièce de Lara, et je sais comment les choses peuvent tourner.

— Ne vous inquiétez pas, monsieur le Président, intervint Jack Halloran, qui voulait faire bonne figure. Je vais personnellement enregistrer ce jugement.

Non, songea Kerry, *ne le faites pas.*

— Si Marcia veut bien le faire, reprit-il calmement, ce sera mieux. Tout le monde vous connaît, Jack, et si vous le faites vous-même, ça risque de finir dans les journaux. C'est un service que je vous demande : tenez les médias à l'écart, je vous en prie. Ça risquerait d'exciter Bowden et ce serait humiliant pour Joan. Je ne voudrais pas que le fait que sa sœur épouse un président se retourne contre elle.

Un silence suivit.

— Je ne peux pas vous offrir de garantie. Mais je n'ai pas de raison de dire à qui que ce soit qui est la sœur de Joan. Et les sévices conjugaux sont répréhensibles, quelle que soit la victime.

— Merci, dit Kerry, se rasseyant. Lara vous en saura gré.

À la fin de l'après-midi, la police avait arrêté John Bowden. La manchette du *Washington Post* annonçait : « Le Président et les fabricants d'armes annoncent un pacte. » On citait Martin Bresler, qui se félicitait d'« une maturité et d'une modération nouvelles dans la communauté des armes ». Mais on citait également le président des SSA, Charles Dane : « Rien de bon ne peut venir de ceux qui se rangent aux côtés de Kerry Kilcannon. »

9

— En ce qui concerne les programmes de télévision, le week-end de la fête du travail est une bonne date, dit Kerry, s'adressant à Lara. Pas de grands matches ni d'émissions à forte audience prévus. Ils savent bien que personne n'a envie d'être assis devant son petit écran le dernier week-end de l'été.

Lara, résignée, consulta du regard les gens assemblés dans le Bureau Ovale : Kit, la secrétaire, Clayton, Connie Coulter, une jeune et astucieuse spécialiste des relations publiques, à qui Lara avait demandé d'être son attachée de presse, et Francesca Thibault, chargée des relations sociales. Ce groupe, astreint au secret, s'était réuni le dimanche pour éviter la meute des journalistes à la porte de l'aile Ouest.

— Ça n'a pas d'importance, répondit Lara d'un ton désinvolte. Nous avons décidé de nous en tenir à un avis de deux lignes : « Le Président et sa fiancée, Lara Costello, se sont mariés aujourd'hui. Mme Costello entend garder son nom de jeune fille. »

— Ça fait trois lignes, ajouta Kerry. Vous pourrez ajouter : « Les mariés passeront leur lune de miel dans un lieu dont le nom n'a pas été communiqué. »

Kit esquissa un sourire contraint.

— Durant la transition, déclara-t-elle, je me suis entretenue avec mon prédécesseur. Le sujet qui lui a valu le plus de questions des médias était l'acquisition par le Président d'un chien nommé Frisky. Tout le monde voulait savoir si Frisky serait castré ou s'il ne risquait pas de massacrer le chat siamois de la First Lady. Vous n'imaginez pas ce que votre mariage va déclencher dans la presse !

— Je suppose que c'est un compliment, dit Lara.

Élégante et extrêmement mince, Francesca Thibault se hâta d'intervenir :

— L'objectif est que l'événement reflète votre personnalité. Ce n'est pas un mariage à l'ancienne. Votre couple représente la modernité américaine. Nous pouvons donc lui conférer l'allure d'une cérémonie privée, avec une touche informelle. Il y aurait une réception de mariage avec les amis et la famille, puis une autre réception avec les nombreuses personnes qu'on ne peut exclure.

— Est-ce que nous pouvons exclure les gens qui nous détestent ? demanda Lara.

— Pas vraiment, intervint Clayton, impassible, mais nous pouvons en limiter le nombre.

— La liste des invités est importante, observa Connie Coulter. Elle ne doit pas être trop grande pour que l'invitation garde son sens, ni trop marquée politiquement, ce qui paraîtrait mesquin.

— Mais de quoi s'agit-il ? s'enquit Lara. De notre mariage ou d'une réception protocolaire ?

— D'un mariage à la Maison-Blanche, déclara Francesca Thibault d'un ton sans réplique. La dernière fois qu'un président s'est marié à la Maison-Blanche, c'était il y a quatre-vingt-dix ans, et c'était Woodrow Wilson.

— Le mariage proprement dit devrait en tout cas avoir lieu dans une église catholique, intervint Clayton.

Lara consulta Kerry du regard. Celui-ci expliqua :

— Clayton veut apurer mon contentieux avec l'Église. Jusqu'à l'annulation, j'étais un homme divorcé, favorable à l'avortement et hostile à la prière à l'école. De plus, j'avais choisi comme ministre de la Justice un personnage considéré comme un ennemi de l'Église catholique en général. Et en particulier du cardinal McKieman, archevêque de ce diocèse.

— En outre, ajouta Clayton, aux élections de novembre, Kerry n'a obtenu que cinquante-deux pour cent des votes catholiques. Et le scandale de la nomination de Caroline Masters à la Justice n'a fait qu'aggraver la situation.

Lara sentit sa bonne humeur s'évanouir.

59

— Que pensez-vous de l'église de St Matthew ? demanda Francesca Thibault. C'est là que le Président va à la messe. Elle possède une architecture magnifique.

— Le cardinal accueillerait ce choix comme un hommage, dit Kerry à Lara. Ce serait également le sentiment des catholiques du pays.

— On pourrait y installer une caméra de télé en hauteur, suggéra Kit.

— Et qu'est-ce qui empêcherait les journalistes de traiter l'événement comme une élection primaire du New Hampshire ? objecta Kerry. Imaginez que, pendant que Lara et moi échangeons nos vœux, CNN annonce : « Nos sondages en temps réel montrent que le pourcentage des voix catholiques favorables au Président est monté de dix-sept pour cent ? » Nous ne devons pas avoir l'air d'exploiter la situation.

— Des photos ne suffiraient-elles pas ? questionna Lara.

— Ce ne serait pas la même chose qu'une retransmission, repartit Kit. Ce sera un moment unique de l'histoire américaine et les Américains voudront y participer. Nous ne pouvons pas ne pas le leur offrir.

Lara sentait le contrôle du mariage lui échapper.

— Qui célébrera le mariage ? demanda Kit. Le cardinal McKieman ?

— Le vieux prêtre de ma paroisse, s'empressa de répondre Kerry. Le père Joe Donegan.

— Qui sera invité au mariage ? interrogea Kit.

— Mes camarades de collège, répondit Lara. Anna Chen, de NBC, est l'une de mes meilleures amies. Et ma famille, bien sûr.

— Formidable, s'écria la secrétaire. Les médias voudront les interviewer avant le mariage.

— Bien sûr, répliqua Lara, ironiquement.

— Nous sommes tous fiers de la famille de Lara, intervint Kerry. Mais nous ne voulons pas qu'on les exploite.

— Pour l'amour de Kerry, dit Lara, je jouerai mon rôle. Je serai Lara Costello Kilcannon. J'accepterai même de passer à la télé. Mais, en ce qui concerne ma famille, je veux que Connie et moi contrôlions toute intervention.

À la fin de la réunion, Clayton souhaita s'entretenir avec le couple.

— À propos de la lune de miel, dit-il, vous ne trouvez pas que Martha's Vineyard est un peu trop chic?

— C'est là que nous voulons aller, répondit vivement Kerry. Navré, mon vieux, mais déniche quelqu'un d'autre pour Yellowstone[1].

— Il y a aussi votre sœur, Lara.

— Quel est le problème? demanda Lara.

— Jusqu'à présent, le Président a réussi à contrôler la situation. Mais, une fois que le mariage sera annoncé, les médias vont s'intéresser de plus en plus à votre famille. Vos chances d'empêcher que son histoire se retrouve étalée en public s'amenuisent à chaque heure. Imaginez qu'un tabloïd s'en empare, deux jours avant le mariage...

— Nous essayons de la protéger, Clayton, dit Lara.

— Alors, pensez à lui suggérer une explication publique. Mieux vaut anticiper dans un cas comme celui-ci. L'explication pourrait être accompagnée d'un appel contre la violence domestique.

Lara regarda Clayton, puis Kerry.

— Tu te rappelles ce qui est arrivé à ma mère? dit celui-ci à mi-voix. Tu connais mes sentiments sur ce sujet.

Mais Clayton objecta :

— Ce qui est arrivé à ta mère est de l'histoire ancienne. Maintenant, tu es président et les médias ont beaucoup changé. Tu ne seras pas capable de contrôler cette affaire-ci.

— Nous pouvons tout de même essayer, répondit Kerry.

---

1. Martha's Vineyard est un lieu de villégiature huppé sur une île au large du Massachusetts. Yellowstone est l'un des plus célèbres parcs nationaux américains et un lieu populaire de vacances. (N.d.T.)

10

Joan Bowden, debout dans sa cuisine, tenait le téléphone d'une main et appuyait sur le bouton de sa messagerie vocale de l'autre. Sa gorge était sèche. Le living était rempli de fleurs et la messagerie débordait de messages.

— Je ne voulais pas vous appeler, dit-elle à Kerry, mais, depuis que j'ai obtenu l'ordre d'éloignement, le fleuriste n'arrête pas de sonner à ma porte, et John laisse message sur message sur le répondeur. Il semble de plus en plus désespéré.

— Que dit-il?

— Écoutez.

La voix de John Bowden résonna dans la cuisine.

« Je t'aime, Joanie. Je sais qu'il y a quelque chose qui ne va pas en moi. Mais je ne peux pas changer sans ton aide. »

— Vous lui avez parlé? coupa Kerry.

— Oui. Je lui ai demandé de venir avec moi consulter un psychologue.

« Je n'ai pas besoin de thérapie », dit la voix enregistrée. « Je n'ai besoin de personne que de toi. Nous pouvons régler ça ensemble. »

Joan appuya sur le bouton.

— Il répète ça sans cesse, dit-elle avec lassitude.

— Joanie, ne vous laissez pas entraîner de nouveau, dit Kerry.

— Son audience approche, dit-elle d'une voix tendue. J'ai peur pour lui, j'ai peur pour nous. S'il perd son travail…

— Il essaie de vous faire peur. C'est du harcèlement moral.

— Écoutez, insista-t-elle.

Et la voix plaintive de John Bowden emplit le Bureau Ovale :

« Je ne peux plus aller au travail, Joanie. Je ne peux même pas me lever du lit. »

— Il réussit quand même à vous envoyer des fleurs, dit Kerry, et à vous inonder de messages.

« Tu me détruis », clama la voix de Bowden, proche de l'hystérie. « Tu as pris ma maison, ma fille, ma raison de vivre… Marie. Ma petite fille me manque. »

— Coupez la messagerie, suggéra Kerry.

La voix cessa de se faire entendre. Kerry poussa un soupir :

— Tout ça n'est pas très original. Ils disent tous la même chose : « Je suis la victime. Reviens dans mon monde clos ou des choses terribles adviendront. »

— Et si j'essayais ? murmura Joan d'une voix lasse.

— La semaine dernière, rétorqua Kerry, maîtrisant son inquiétude et son impatience, il vous a collé un pistolet contre la tempe.

On frappa à la porte. Clayton glissa la tête dans l'entrebâillement.

— Qu'est-ce qu'il y a ? demanda Kerry. Je suis avec Joan.

Clayton haussa les sourcils.

— Pardon de t'interrompre, répondit-il, mais Martin Bresler est au téléphone et il semble très inquiet.

Kerry fronça les sourcils. Bresler était un homme utile, mais il sollicitait l'avis du Président pour n'importe quelle broutille.

— Passe-le à Jack Sanders. C'est son contact.

— C'est ce que j'ai suggéré, mais il veut te parler. À toi seul.

— De combien de temps je dispose ? demanda Kerry, songeant à Joan.

— Les activistes du sida attendent depuis dix minutes. Après ça, tu as le National Security Council.

— Dis aux activistes que je les verrai dans cinq minutes et passe-moi Bresler, déclara Kerry après avoir consulté sa montre.

Puis il ajouta, à l'intention de Joan :

— Restez où vous êtes jusqu'au jugement, je vous en prie. Et continuez à me tenir au courant.

Kerry raccrocha, invita Clayton à s'asseoir et décrocha un deuxième téléphone :

— Martin ? Qu'est-ce qui se passe ?

— Je regrette, monsieur le Président, mais l'accord sur les foires d'armes à feu est annulé.

La voix de Bresler était celle d'un homme qui n'avait pas dormi depuis deux jours.

— Pourquoi ?

— Ils l'ont tout simplement décidé. Je voulais vous l'annoncer moi-même. J'ai été très fier de travailler avec vous, monsieur le Président.

— Qu'est-ce que je peux faire ?

— Rien, répondit Bresler en baissant la voix. Vous n'avez pas idée de la haine qu'ils vous portent.

— Pourquoi n'alertez-vous pas l'opinion publique au sujet des manœuvres des SSA ? demanda Kerry.

— Ils auront ma peau si je le fais. Je voulais simplement vous informer, merci pour votre courtoisie.

Et il raccrocha.

— Qu'est-ce qui se passe ? demanda Clayton.

— Les SSA ont eu la peau de Bresler, bien qu'il n'ose pas le dire ouvertement. Ils ont dû mettre les fabricants d'armes sous pression. C'est leur tactique avec quiconque essaie de traiter avec moi sur les armes à feu. Peut-être que la division antitrust devrait s'intéresser à cette affaire.

— Faire pression n'est pas illégal, observa Clayton en croisant les bras. Si ça l'était, tu serais déjà en prison. Mais si tu fais entrer dans la danse le département de la Justice, tu confirmeras les rumeurs de la droite selon lesquelles tu es un dictateur en herbe.

— J'en rêve, Clayton.

— On verra ça au second mandat. Pour le moment, essayons de vaincre le sida.

Kerry se dirigea vers la porte et se tourna vers Clayton :

— Essaie de me trouver ce George Callister, de la Lexington Arms. Je voudrais lui dire deux mots.

11

Le dimanche suivant, deux jours après l'annonce publique de son mariage, le président Kilcannon reçut George Callister en entretien confidentiel à Camp David. Ainsi esquiverait-on les indiscrétions des médias, tous occupés par la perspective du mariage, les journaux se disputant les interviews de l'un ou l'autre des futurs époux, sinon des deux à la fois.

Seuls Clayton et Jack Sanders étaient au courant de la rencontre et Callister n'en avait parlé qu'à sa femme. Kerry avait décidé d'agir avec prudence et de prendre d'abord la mesure de son interlocuteur.

Dans les forêts des Catoctin Range, les deux hommes firent le tour de Camp David. Les mains dans les poches de son jean, Callister s'arrêta pour respirer l'air des montagnes, sensiblement plus frais que celui de la capitale.

— J'ai grandi dans le Minnesota, confia-t-il à Kerry. Mon père et moi passions des week-ends dans les bois, à chasser et pêcher, comme son propre père lui avait appris à le faire.

Kerry enregistra ce rappel de leurs différences.

— C'est vrai que moi, je suis plutôt un garçon des villes, répondit-il. Mais, depuis mon enfance, j'adore la nature. Cet endroit me plaît énormément.

— Et vous y êtes en sécurité, observa Callister d'un ton ironique. Personne ne menace votre vie privée.

— En effet. Nous sommes au milieu d'un parc national, avec des restrictions absolues de survol et de visite, entourés par une double barrière anticyclone, des chiens policiers, des enceintes de béton, les gens des services secrets et une centaine de

Marines, au moins. Nous sommes à l'abri de Mahmoud El Anwar et du *New York Times*. Et même des SSA, ajouta-t-il après un temps.

Callister ne releva pas l'allusion.

— Vous n'avez jamais chassé ? demanda-t-il.

— Je n'ai jamais eu de fusil en main, bien que mon père ait voulu m'apprendre à tirer. C'était un policier, comme vous le savez sans doute. Il portait un Lexington Peacekeeper.

— Sauf votre respect, monsieur le Président, comment connaîtriez-vous un produit dont vous ne vous êtes jamais servi ?

— On m'a tiré dessus et mon frère a été tué par balles. Comme beaucoup d'Américains.

Après le petit déjeuner, ils s'assirent près de la piscine et Kerry remarqua une fois de plus la solidité du natif du Middle West qu'était Callister et son regard décidé. Ce n'était sûrement pas là un homme porté à la ruse ou la flatterie.

Callister posa sa tasse de café.

— Notre industrie ne gagne pas tant d'argent que cela, monsieur le Président. La plupart d'entre nous fabriquons des armes parce que nous savons les apprécier et que nous respectons l'art de les fabriquer. Je suis dans ce métier depuis vingt ans. De toutes les manufactures d'armes, Lexington a l'histoire la plus illustre : nous équipons l'armée et la police depuis la guerre civile. Quand j'ai pris mon poste, il y a six mois, ce n'était pas pour m'enrichir, mais pour que la compagnie survive.

— Sans doute, George. Mais Lexington fabrique des armes dont aucun citoyen respectueux de la loi n'a besoin.

— Une arme, monsieur le Président, n'est bonne ou mauvaise que selon la personnalité de celui qui s'en sert. Nous fabriquons aussi des pistolets d'autodéfense pour les femmes. C'est leur droit de protéger leur foyer et leur famille.

— C'est ça que vous vendez ? De l'autodéfense pour parents attentifs ? Et vous croyez qu'ils pourront affronter des criminels armés jusqu'aux dents, par votre entreprise ou une autre ?

— Nous ne pouvons pas être tenus pour responsables des motifs de l'acheteur, objecta Callister en fronçant les sourcils.

Pensez-vous qu'un amateur d'armes n'aurait pas le droit d'acheter une arme de poing semi-automatique ? Pensez-vous qu'un adepte sincère du Deuxième amendement ne devrait pas être autorisé à acheter les armes qui lui plaisent ?

— Cet argument du Deuxième amendement ne tient pas debout, répliqua à son tour Kerry, avec une pointe d'impatience. Vous avez l'air de penser que la Constitution est un pacte suicidaire et que les Pères fondateurs étaient décidés à armer les citoyens pour renverser les futurs gouvernements.

Callister eut un rire bref.

— Dites donc ça en public, monsieur le Président. Les SSA rempliraient alors nos porte-monnaie en s'armant jusqu'aux dents. Je sais que cela peut vous contrarier, mais les trois semaines qui ont suivi votre élection ont été pour nous les plus profitables depuis des années. Chacun de vos discours sur le contrôle des armes valait pour nous des centaines de milliers de dollars de publicité.

Kerry s'autorisa à sourire.

— Les gens qui veulent instaurer le contrôle des armes connaissent très mal leur sujet, reprit Callister, ils n'imaginent pas les conséquences de leurs idées. Un exemple : vous faites voter une loi interdisant les armes d'assaut et décidez de réduire à dix coups la capacité d'un chargeur. Un nouveau marché va alors se créer : celui pour des armes de poing qui tirent dix coups en quelques secondes.

— Et les fabricants lancent de petites armes de poing compatibles avec les chargeurs de quarante coups que Lexington produisait avant cette loi.

— Je vois que vous connaissez votre dossier, monsieur le Président, dit Callister, se renfrognant. Mais beaucoup de fabricants ont fait de même.

— C'est bien ça le problème, observa Kerry avec une conviction renouvelée. Lexington aurait pu fabriquer des armes plus sûres et chercher des moyens de les rendre utilisables par leur seul propriétaire, et non par un de ses enfants. Au lieu de ça, vous avez produit des armes plus faciles à cacher et plus dangereuses. Et ça, ce n'est certainement pas ma faute.

Callister soutint le regard de Kerry.

— Si nous créons des armes plus sûres, ça signifiera que plus de gens en achèteront. Ce qui est le contraire du but que vous recherchez. Les armes existent depuis longtemps et elles existeront toujours, monsieur le Président. Quant à la sécurité, pourquoi ne pas l'enseigner aux enfants, à l'école ?

Kerry laissa son regard dériver au loin.

— Nous pourrions en discuter toute la journée, dit-il. Ça ne changera rien au fait que, lorsque le soleil se couchera, on comptera quatre-vingts morts de plus par balles.

— Si nous devons conclure un accord, vous devez savoir que ça sera très difficile, répondit Callister.

— J'ai une proposition à vous faire. Si vous êtes disposé à revenir.

Callister plissa les yeux, puis hocha la tête.

— À la condition que personne n'en sache rien.

12

Joan Bowden considéra une liasse de factures impayées étalées en désordre sur la table de la cuisine. Elle tendit la main vers le téléphone.

— John ?

Il répondit d'une voix forte :

— Tu es allée trop loin, Joanie.

— Qu'est-ce qui se passe avec ton travail ?

— Je ne peux plus travailler, répliqua-t-il, sa voix montant vers l'aigu, comme un enfant qui proteste contre une accusation injuste. Je te l'ai dit, tu m'as tout pris.

En dépit de son anxiété, elle perçut la solitude de John.

— Ce n'était pas mon intention. Mais j'étais tellement terrifiée...

— Pourquoi est-ce que je me sens si mal ? Je me sens mal tout le temps, maintenant. Physiquement. Comme si j'étais malade...

— Pourquoi serait-ce ma faute, John ? rispota Joan avec impatience. Pourquoi ne réagis-tu pas ? Je te demande depuis longtemps de suivre un traitement.

— C'est trop tard. Je n'ai plus de famille. Tu m'envoies en prison. Je n'ai plus de raison de vivre...

— Arrête ça.

Comme s'il reprenait des forces en devinant la panique de Joan, John se calma.

— Qu'est-ce qui m'empêche de rentrer à la maison et de me brûler la cervelle ?

— Marie, répondit Joan, interdite.

— Je ne peux plus la voir. Tu me l'as prise. Mais je ne te la laisserai pas.

Joan s'assit, s'efforçant de garder le contrôle d'elle-même.

— Qu'est-ce que tu veux dire ?

— Je ne partirai pas seul, Joanie. Tu viendras avec moi.

Joan se sentit entraînée sur la longue pente menant John vers la folie.

— Et Marie sera orpheline, reprit-il.

— Ma famille l'élèvera.

— Ta famille ? Tu confierais Marie à Lara ?

— Qu'est-ce que ça pourra bien te faire lorsque tu nous auras tués ? cria Joan, à bout de nerfs.

— Tu as tout renversé, dit-il d'une voix calme et menaçante. Et ça te retombe dessus. Et tu ne peux pas le supporter.

Et il raccrocha, laissant Joan pétrifiée.

La cravate du smoking dénouée sur son col, Kerry consulta sa montre-bracelet. Comme si elle pouvait le voir à travers le téléphone, Joan interrompit son récit.

— Je vous dérange ? demanda-t-elle.

— J'ai un dîner officiel à 19 heures avec le Premier ministre du Canada. Quand est-ce arrivé ?

— La nuit dernière.

— Il vous a donc menacée. Avez-vous appelé le procureur de district ?

— Il y a autre chose, dit-elle en reprenant sa respiration.

Lorsque Marie aperçut son père, son cœur se mit à battre plus fort. Il se tenait au bord du terrain de jeux et la regardait. Sa mère lui avait dit qu'il ne devait pas s'approcher d'elle. Mais il paraissait tellement triste. Presque timidement, il se dirigea vers elle :

— Marie…

Elle fit deux pas dans sa direction. Lorsqu'il s'agenouilla et ouvrit les bras, elle courut vers lui. Il la serra contre sa poitrine, lui embrassant le cou et les cheveux. Quand il relâcha son étreinte et lui prit les mains, il avait un regard étrange et brillant.

— Tout va bien, dit-il. J'avais besoin de te voir, avant de m'en aller.

— Où ?

— Loin.

Il lui embrassa le front et la regarda dans les yeux.

— J'aurais voulu t'emmener avec moi, ma rose.

Elle fut saisie de peur et de tristesse. Il regarda par-dessus son épaule, puis il prit le menton de sa fille dans le creux de sa paume. Ensuite, sans un mot, il se releva et s'éloigna, se retournant pour la regarder après avoir franchi la barrière.

L'institutrice arriva devant Marie et se mit à genoux devant elle. Miss Suarez semblait aussi inquiète que John Bowden avait paru triste.

— Qu'est-ce qu'il t'a dit, Marie ?

La fillette répéta les propos de son père.

— Je vais devoir appeler ta maman, dit miss Suarez.

Marie éclata en sanglots.

La porte de la chambre à coucher s'ouvrit alors que Kerry était encore au téléphone. Lara, vêtue d'une robe noire très simple, annonça :

— Cinq minutes.

Il hocha la tête. Quand Lara s'approcha, il masqua l'écouteur de sa main et chuchota :

— Joan.

Puis, à l'adresse de sa belle-sœur :

— Il nous faut appeler le procureur. Pour vous protéger, Marie et vous.

— Ça le rendra encore plus furieux.

— Si nous ne le faisons pas, répondit Kerry d'un ton égal, il s'enhardira. Il serait capable, la prochaine fois, d'emmener Marie.

— Seigneur...

— Faites-moi confiance. Je vous en prie.

Kerry vit les yeux de Lara s'emplir d'inquiétude.

— Très bien, dit Joan. Je suppose que vous savez ce que vous faites.

Kerry eut le sentiment qu'elle donnait son accord par épuisement plus que par raison.

— Que se passe-t-il ? demanda Lara.

— Aide-moi à nouer cette cravate et je te le dirai.

Quand il eut résumé la situation, il ajouta :

— Son schéma de comportement m'inquiète. Dépression, désespoir, colère de perdre Joan et d'être privé de Marie. Ces propos sur le fait qu'il n'a plus de raisons de vivre, avec des menaces de suicide... Et puis il fait entrer Marie dans son psychodrame. Il est pris de panique. C'est classique et c'est dangereux.

Il enfila son veston et reprit :

— Notre devoir est de les protéger jusqu'à ce qu'il soit soigné, ou qu'il se résigne à comprendre qu'il a perdu Joan pour de bon.

— Ma sœur a besoin de sécurité, admit Lara. Mais j'ai peur de l'effet boomerang si tu t'impliques trop dans cette affaire. Peut-être devrions-nous trouver un avocat pour Joan et agir par son intermédiaire.

— Nous essaierons de le faire demain. Mais il faut que le procureur de district s'occupe tout de suite de son cas.

Peu après 23 heures, dans ses appartements privés, Kerry défit sa cravate et composa le numéro personnel de Marcia Harding, à San Francisco. Elle l'écouta sans l'interrompre, avant de décider :

— Nous le ferons arrêter cette nuit. Il passe en jugement dans deux semaines, mais quand nous le déférerons demain pour avoir violé l'ordre d'éloignement, nous demanderons au juge de l'inscrire sur-le-champ dans un programme de réhabilitation.

La voix de l'assistante du procureur paraissait soucieuse :

— Dans la moitié des cas de meurtres consécutifs à des violences domestiques, le meurtrier finit par se suicider.

— Dans combien de cas les armes à feu sont-elles impliquées ? demanda Kerry.

— Près de la moitié encore. Ne vous inquiétez pas, monsieur le Président, dès qu'ils l'auront arrêté, ils procéderont à une recherche de l'arme.

Le policier noir lui passa les menottes pendant que la policière rousse entreprenait de fouiller son logis de secours. Plein de rage, John Bowden l'observait, faisant tout son possible pour ne pas pleurer.

13

Avant de retrouver le Premier ministre du Canada, Kerry prit le petit déjeuner avec le sénateur de l'Ohio, Chad Palmer. Obtenir cette entrevue était pour Kerry à la fois un plaisir et un exploit. Républicain et héros militaire, également considéré comme un candidat possible à la présidence, Chad avait été son meilleur ami au Sénat, en dépit de grandes différences idéologiques et d'ambitions conflictuelles. Kerry admirait son idéalisme et son humour dévastateur. Bel homme en plus d'être courageux, ses collègues de la droite républicaine l'avaient surnommé « Robert Redford ». Mais le sénateur assis face à Kerry était un homme abattu : la souffrance avait gravé de nouvelles rides sur son visage.

Kerry en avait d'ailleurs été partiellement la cause, à son insu, ce qui rendait l'épreuve du petit déjeuner encore plus difficile. Quand il avait nommé Caroline Masters, alors présidente de la commission judiciaire, Chad l'avait aidé à dissimuler aux adversaires de Masters un point qui, de leur avis commun, devait rester secret. Mais quand le secret de Masters avait été découvert, ses ennemis, dans son propre parti, avaient divulgué un autre secret : la fille unique de Palmer, Kyle, était tombée enceinte dans sa jeunesse et avait avorté. Humiliée par la révélation, la jeune fille s'était enivrée avant de lancer sa voiture dans le vide. Elle était morte sur le coup. Plein de colère et de remords, Chad avait alors fait tout ce qui était en son pouvoir pour garantir la nomination de Caroline Masters.

C'était sa première rencontre avec Kerry depuis cette histoire. Il gardait les yeux fixés sur la nappe blanche et les couverts.

— C'était il y a quatre mois et demi, dit-il enfin. Certains jours, je peux l'oublier pendant un moment. Puis, sans savoir pourquoi, l'image de Kyle apparaît et la douleur revient, presque invalidante, comme le jour où nous l'avons enterrée.

La sincérité de Chad laissa Kerry sans voix ; il se rappela sa mère regardant le visage de Jamie avant qu'on referme le cercueil.

— Et Allie ? demanda-t-il.

— Moi, j'ai mon travail. Mais pour ma femme, Kyle était tout ce qu'il y avait au monde. Elle n'a plus que moi.

Pour Allie Palmer, c'était le monde de Chad qui avait détruit leur fille.

— Qu'est-ce qu'elle fait ?

— Presque rien. Elle ne me demande pas de prendre ma retraite, parce qu'elle sait que mon travail, qu'elle déteste, sert au moins à me distraire. Nous sortons rarement. Certains soirs, je la trouve en train de regarder des photos.

Chad leva les yeux vers Kerry.

— Tu ne connaissais pas le secret de Kyle. Et tu as agi comme le font tous les candidats : pour gagner.

— Le prix de la victoire était trop élevé, cette fois-ci, répondit Kerry.

Un sourire amer étira la bouche de Chad.

— Mais nous connaissons les règles du jeu. Toute personne qui nous est proche peut servir de chair à canon pour des médias débridés. Nous le savons et, pourtant, nous continuons à faire de la politique, conclut-il en secouant la tête dans un geste qui sembla à Kerry exprimer un dégoût pour soi-même.

— Il nous reste l'espoir, dit Kerry. Ce qui m'amène à ma demande. Elle comporte beaucoup de réserves. Je sais qu'elle tombe mal à propos et que ton amitié pour moi te vaut l'inimitié de ceux qui te trouvent trop mou avec les libéraux. Mais Lara et moi voulons croire que tu assisteras à notre mariage.

Chad parut sincèrement amusé.

— Assister au mariage du président ? C'est ce qui passe de nos jours pour du courage ?

— Assister à *notre* mariage. Avant la mort de Kyle, ça aurait été une évidence. Maintenant, c'est différent, bien qu'entre nous deux, rien n'ait changé.

Chad s'absorba dans ses pensées. Puis il s'inclina par-dessus la table et posa la main sur la manche de Kerry :

— Nous sommes amis depuis treize ans. Pendant presque toutes ces années, tu étais prisonnier d'un mariage malheureux. Tu n'en parlais pas, je le devinais. Mais tu as trouvé cette femme formidable. Je suis content pour toi. Pour rien au monde je ne manquerais ton mariage.

Kerry se crut revenu au temps où ils étaient tous deux jeunes sénateurs, et ne sut que répondre. À point nommé, Lara apparut à la porte de la salle à manger.

— Est-ce que je vous interromps ? demanda-t-elle.

— Au contraire, vous tombez à pic, répliqua Chad.

Elle traversa la salle et lui serra la main.

— Je sors d'une entrevue avec Connie Coulter et Francesca Thibault. Connie a arrangé avec les télévisions des entretiens avant le mariage qui devraient avoir des taux d'audience phénoménaux. De son côté, Francesca a trouvé un endroit ultra-secret pour choisir des robes de mariée. Je me sens totalement ridicule.

— Ce n'est pas vous qui l'êtes, ce sont les autres, dit Chad.

— J'ai une bonne nouvelle, déclara Kerry. Chad a accepté de présenter le grand spectacle.

Lara alla poser un baiser sur la joue de Chad.

— Vous ne savez pas ce que ça représente pour Kerry et moi.

— Et pour moi, donc ! répondit Chad en souriant.

Précédée et suivie de motards et de voitures des services secrets à travers des rues inondées de soleil, la limousine présidentielle prit le chemin de la Maison-Blanche. Kerry revenait d'une visite à See Forever, une école de pilotage subventionnée pour jeunes en difficulté. Il appela Marcia Harding sur une ligne protégée.

— Nous avons un jugement sur caution, annonça-t-elle. Bowden a un avocat commis d'office. Nous alourdirons les chefs d'accusation, bien sûr, et il sera réprimandé par la cour. Mais, d'habitude, le juge laisse sa liberté au prévenu.

— Et si vous vous opposiez au jugement sur caution ?

— Ce serait très inhabituel. Il y a un autre problème : l'avocat sait que Joan est la sœur de Lara Costello. Si nous nous acharnons sur son client, il arguera que nous le persécutons et fera toute la publicité possible à cette affaire. Nous risquons de perdre et de voir la photo de Joan dans tous les journaux.

— Et si Bowden récidive ?

— Il ira à coup sûr en prison.

Kerry ravala sa frustration.

— Pourquoi faut-il toujours attendre la récidive ? Ce type pourrait kidnapper sa fille et faire bien pire à Joan.

— Il faut espérer que la nuit que Bowden a passée en prison l'aura fait réfléchir. Et son jugement pour sévices approche, à moins qu'il n'accepte de suivre un programme de réhabilitation. Il sera probablement condamné à une peine de prison. Et, en cas de problème, la police accourra dès qu'elle sera appelée.

— À supposer qu'on ait le temps de l'appeler, répondit-il.

Peu après 19 heures, Kerry et Clayton étaient assis sur le balcon des appartements privés, passant en revue les négociations sur le budget. La nuit tombait lentement sur les pelouses situées au sud. Les deux hommes étaient en bras de chemise, sirotant des bourbons. Ils abordèrent finalement le problème Joan.

— Le bureau du conseiller juridique a examiné la question, annonça Clayton. Selon la loi, il te faut la permission du Congrès pour faire protéger la famille de Lara par les services secrets.

— Et déclencher un tollé.

— Exactement. Tu pourrais demander au maire une protection continue de la police. Mais le *San Francisco Chronicle* vous accuserait, le maire et toi, de favoritisme et de gaspillage des deniers publics.

— Tu n'imagines pas comme c'est enivrant d'être l'homme le plus puissant de la terre, repartit Kerry en savourant son bourbon.

— C'est la raison pour laquelle les Pères fondateurs ont créé le système fédéral, observa Clayton, sardonique.

Kerry ne poursuivit pas la plaisanterie.

— J'en parlerai à Lara, dit-il enfin. Il doit bien y avoir quelque chose que nous puissions faire.

14

— Ce que je ne comprends pas, lança Kerry à George Callister, c'est pourquoi les PDG des manufactures d'armes obéissent aux ordres des SSA.

Trois semaines après leur rencontre à Camp David, les deux hommes se retrouvaient dans le même lieu, assis dans le patio du ranch.

— Serait-ce là un défi à mon intégrité, monsieur le Président, ou une vraie question ? demanda Callister avec un léger sourire.

— Les deux. Un jour, Martin Bresler vous accompagne à la Maison-Blanche ; le lendemain, vous le considérez comme un lépreux.

— Diriger une manufacture d'armes, répondit Callister après un temps, c'est comme faire face à cinq adversaires à la fois. Si l'on s'occupe trop de l'un, c'est un autre qui vous abattra. Commençons par le public. Admettons que vingt pour cent des Américains tiennent les armes pour sacrées. Vingt autres pour cent, que vous représentez, pensent que les armes devraient être fondues pour faire des bouches d'égout.

— Je n'avais pas envisagé cette solution, coupa Kerry, mais elle me plaît bien.

— Le reste du public, poursuivit Callister, ignorant la boutade, est composé d'indécis qui garantissent l'équilibre entre les adversaires. Puis il y a les politiciens, qui ont besoin des électeurs pour conserver leurs postes. Chaque fois qu'un tordu se met à tirer sur des patients dans une clinique, vous autres Démocrates entonnez le refrain du contrôle des armes,

espérant convaincre les femmes qu'une nouvelle loi protégerait leurs enfants.

— Vous insinuez que je me contente d'exploiter la situation
à des fins électorales ? interrompit Kerry.

— Non, je ne mets pas votre intégrité en question, riposta
Callister, avec une lueur d'amusement dans les yeux. Vous avez
vos raisons, monsieur le Président, mais j'ai appris à me méfier
de gens dont la priorité absolue est de se maintenir au pouvoir.
Et je suis fichtrement certain que ça ne favorise pas l'objectivité. Franchement, je crois que beaucoup de vos amis démocrates préféreraient garder le sujet bien au chaud plutôt que de
voter une loi. D'autres se flatteraient d'avoir fait voter une loi
de pacotille qui ne servirait à rien, parce que leur seul souci est
de gagner les prochaines élections.

Quelles que fussent les réserves de Kerry sur ces points de
vue, il ne doutait pas de la conviction de Callister.

— Le public est volage et les politiciens sont des exploi-
teurs, dit-il. Et vous, quel est votre problème ?

— Les avocats, répondit Callister d'un ton dédaigneux et résigné. Ceux des parties civiles, vos ardents partisans, toujours en
quête d'une cause juteuse. Il y a cinq ans, ils en avaient après le
tabac. C'est comme ça qu'ils ont gagné tout cet argent qu'ils
refilent aux politiciens. Maintenant, ce sont les armes. Mais leur
argumentation se réduit à un raisonnement ridicule : puisque les
armes peuvent tuer des gens, nous devons être tenus pour responsables des meurtres par armes à feu, surtout s'ils sont
commis avec des armes d'assaut. Ces procès coûtent des millions. Et nous nous faisons maltraiter par les médias. Et les
médias, à leur tour, empoisonnent l'esprit des jurés.

— Vous avez des raisons de vous plaindre des médias,
admit Kerry, mais pourquoi laissez-vous les SSA parler en votre
nom ? Ils ont démoli Martin Bresler parce qu'il essayait de vous
tirer d'une mauvaise image publique et d'un traquenard juridique où ils vous ont eux-mêmes jeté.

— Ils contrôlent notre clientèle. Nous sommes forcés de les
prendre en considération. Ils répandent la panique chez les millions
de gens qui achètent nos pistolets. Pour les Américains, vous êtes
l'homme qui va les priver de leurs armes et il n'y a que les SSA pour

vous en empêcher. Ils racontent aux citoyens que, lorsque des criminels viendront faire le siège de leurs maisons, ils n'auront alors plus d'armes pour se défendre. Vous vous plaignez de nos campagnes de publicité? s'écria Callister. Mais ce n'est rien comparé aux journaux télévisés de 20 heures et à la machine de guerre des SSA.

— Parlez-moi de Bresler, dit Kerry.

— Il représentait une menace pour eux. L'accord sur le cran de sûreté nous a valu la seule mention favorable dans les médias que nous ayons obtenue depuis des années. Elle nous évitera peut-être un procès si, un jour, un gamin se blesse mortellement avec l'arme de son père. Mais les SSA n'existent que grâce aux conflits. Si nous parvenons à un accord avec vous, les SSA se retrouveront au chômage.

— Ils se sont donc débarrassés de Bresler, dit Kerry. Et vos collègues ont obéi, comme des moutons de Panurge.

Callister contempla la vallée qui s'étendait devant lui.

— Un jour, annonça-t-il d'un ton morne, un fabricant d'armes sera ruiné à cause d'une faille dans la législation, entretenue par les SSA et leurs amis du Congrès pour protéger les privilèges des propriétaires d'armes. Mais mes collègues ne peuvent pas porter leurs regards si loin dans l'avenir. Ils espèrent seulement que les SSA ne les annihileront pas aujourd'hui. Ça peut vous surprendre, mais j'aime cette compagnie et les gens qui y travaillent. Je ne veux pas que Lexington Arms soit la première manufacture à disparaître.

— Dans ce cas, enchaîna Kerry, il faudra trouver le moyen que cela n'advienne pas. Pour le moment, vous agissez comme un homme qui sait qu'il peut être écrasé, mais qui est incapable de se lever ou même d'appeler au secours.

— Et que feriez vous à ma place?

— Je prendrais mon destin en main, pour le meilleur ou pour le pire. Je vais tenir compte de ce que vous venez de me dire, mais je voudrais que vous réfléchissiez à une stratégie pour éviter des procès, et pour que Lexington échappe aux SSA. La prochaine fois que nous nous verrons, j'aurai un marché à vous proposer.

Callister le dévisagea un long moment.

— Je vous écouterai, répondit-il enfin. Je n'ai pas besoin de la permission des SSA.

15

— Le mariage du Président doit donner des sueurs froides au service du protocole, observa laconiquement Peter Lake, chef des services secrets présidentiels.

Il était assis dans le bureau de Clayton avec les autres responsables de l'organisation du mariage : Kit Pace et Francesca Thibault pour la Maison-Blanche, et Connie Coulter pour Lara.

— C'est une occasion rêvée pour les terroristes de haut vol, les tordus ou les contestataires de tout poil. Non seulement nous informons Mahmoud El Anwar du lieu et de l'heure de la cérémonie, mais nous lui offrons en supplément la possibilité de se fondre parmi les centaines d'invités et les milliers de badauds qui voudront apercevoir le Président et la nouvelle First Lady.

— Qu'est-ce que nous pouvons faire pour vous, Peter ? demanda Francesca.

— Me fournir les listes de tous les invités au mariage et à la réception, avec leurs dates de naissance, leurs numéros de sécurité sociale et les moyens de transport qu'ils utiliseront pour arriver et repartir. Nous aurons besoin de tout cela pour les laisser entrer.

— En espérant que nous ne les offenserons pas et que nous ne donnerons pas à la réception l'allure d'un camp de détention, rétorqua Francesca.

— Je comprends, admit Peter, mais vous connaissez la situation : Kerry Kilcannon est un paratonnerre humain. Les gens instables et ceux qui lui en veulent sont attirés par le mythe des Kilcannon comme les moucherons par la lumière. James Kilcannon a été assassiné et Kerry a failli l'être. Il y a des meutes d'imitateurs qui voudront achever le travail et passer ainsi à la postérité. Le Président excite les passions des adversaires de l'avortement et des fanatiques des armes à feu.

Peter se tourna vers Clayton.

— Chaque fois que nous le suivons quelque part, nous savons qu'il y a des tas de gens qui voudraient le voir mort. Je ne peux faire aucun compromis.

— J'expliquerai cela au Président, annonça Clayton en hochant la tête.

— Qu'a-t-on décidé pour les médias ? demanda Peter.

— Lara a accepté notre plan. La cérémonie sera télévisée, mais pas la réception.

— Deux jours avant le mariage, intervint Connie, le Président et Lara donneront une interview en direct de la Maison-Blanche pour ABC. La veille, un dîner y sera donné pour les invités du mariage et la famille. Lara quittera ensuite son appartement pour une suite à l'hôtel Madison. Deux heures avant la cérémonie, une limousine quittera la Maison-Blanche pour emmener sa famille à cet hôtel. Le départ et l'arrivée seront filmés par la télévision, mais seul le photographe de la Maison-Blanche sera admis dans la suite. De là, ils se rendront à l'église.

— Et le lendemain ?

— Lara emmènera sa famille à l'aéroport Dulles, précisa Connie, et de là, ils partiront pour San Francisco. Puis elle retrouvera le Président à la base Andrews de l'Air Force, d'où ils s'envoleront pour Martha's Vineyard.

— Les Costello seront-ils interviewés ?

— Ils accorderont peut-être un petit nombre d'interviews à des journaux de langue espagnole. Un *très* petit nombre, insista Connie.

Peter comprit que Lara s'opposait à l'exploitation de sa famille par la presse.

— Il faudra que j'aie leur emploi du temps, dit-il. Surtout pendant que Lara sera avec eux.

Le téléphone sonna et Clayton décrocha. Il parut surpris et, après avoir raccroché, dit à Peter Lake :

— Le Président veut vous voir dès que nous aurons terminé.

Quand Peter entra dans le Bureau Ovale, le Président l'invita à prendre place sur le canapé et s'assit en face de lui.

— C'est au sujet de la famille de Lara, Peter, expliqua-t-il. J'ai besoin de vous.

Le ton grave, la brièveté de la requête et l'absence de civilités habituelles signifiaient que le Président avait un gros souci. Peter considérait Kerry Kilcannon comme un homme exceptionnel, d'une grâce et d'une bonté tout à l'opposé du portrait qu'en faisaient ses ennemis. Et Kerry n'avait jamais mentionné que l'attentat contre sa vie avait eu lieu alors que Peter Lake était en service.

— Je suis à votre disposition, monsieur le Président.

— Je voudrais que vous les surveilliez pendant leur séjour ici, par la police de la capitale si ce n'est par vos services. Ce ne sont pas des personnages publics et je ne veux pas qu'ils soient harcelés. Pis, ils feraient des cibles de choix pour Al Quaeda, pour ne citer qu'eux. Je ne peux pas les exposer à ce genre de risque.

C'est là plus de vigilance que Kilcannon n'en a jamais témoigné pour lui-même, songea Peter.

— J'y veillerai, monsieur le Président. Et je ferai de même pour la future First Lady.

— Je le sais. Et j'ai besoin de votre aide pour autre chose. De façon officieuse. Il s'agit des problèmes de Joan avec son mari.

Le Président croisa les mains, le regard fixé sur Peter Lake.

— Le mois dernier, reprit-il, Joan a obtenu un jugement du tribunal ordonnant à son mari de se tenir à l'écart d'elle et de sa fille de six ans. La police a confisqué son arme au mari. Il proférait des menaces de suicide et de meurtre.

— Et vous pensez que ce n'étaient pas des paroles en l'air.

— Ce matin, l'homme est passé en jugement pour sévices. Joan a déclaré que, s'il acceptait de suivre un traitement de réhabilitation, elle ne souhaitait pas qu'il soit mis en prison. Le juge a satisfait à son souhait. Ces programmes sont souvent efficaces. Mais, en attendant, John Bowden est libre.

— Et vous n'êtes pas certain qu'il n'essaiera pas d'acheter une autre arme. Ou qu'il ne tentera pas d'enlever Marie, dit Peter.

— Mon problème est que je ne peux pas demander au service de protéger Joan et Marie, déclara Kerry. Ni à la police. Cela créerait des tas de problèmes, sans parler de la publicité intempestive qui pourrait exciter Bowden. Tout ce que Lara et moi pouvons faire, c'est recourir aux services de détectives privés.

— Il y a quand même des mesures que nous pouvons prendre, répondit Peter. Si un criminel est en relation, de près ou de loin, avec vous ou la First Lady, nous sommes fondés à intervenir. Pour le reste, notre antenne à San Francisco peut se tenir en contact avec la police et surveiller la situation.

— Je vous en sais gré. Mais ça ne garantit pas la sécurité de Joan et de Marie.

— L'un de nos anciens agents a fondé une société de surveillance à San Francisco. Tout ce que vous désirerez, y compris une surveillance continue de Joan et de l'école de sa fille, mon ami Tom Burns peut le faire. Cela dépend simplement de la somme que vous voulez y consacrer.

— L'argent n'est pas un problème, répondit Kerry. Du moins jusqu'à ce que ce type se soit calmé.

À 19 h 45, le Président reçut un appel dans son bureau.

— Navré d'être aussi difficile à joindre, lui dit Robert Lenihan, mais je suis en train de traiter un procès de fraude boursière, avec près de cinq cents millions de dollars de dommages.

Il semblait très fier de lui. Depuis quelques années, sa fortune personnelle s'était trouvée augmentée des millions de dollars qu'il avait arrachés aux fabricants de cigarettes. Son association professionnelle d'avocats de parties civiles collectives, *Trial Lawyers for Justice*, comptait parmi les principaux donateurs des campagnes du parti démocrate. Pour des raisons idéologiques aussi bien que la soif de publicité, Lenihan avait lancé une série d'actions en justice contre les manufactures d'armes sur l'argument suivant : les fabricants d'armes de poing semi-automatiques étaient responsables des millions de dollars de frais encourus par les hôpitaux qui traitaient les victimes et les blessés. Les liens entre Lenihan et le Président avaient évidemment été renforcés par les deux millions de dollars que son association avait déboursés en publicité télévisée pour soutenir la nomination de Caroline Masters au poste de ministre de la Justice.

— Je sais que votre emploi du temps est chargé, dit Kerry. Alors, j'irai droit au but, en vous rappelant que cela ne doit pas transpirer dans les journaux.

— Vous avez ma parole, monsieur le Président.

— Clayton m'informe que vous avez engagé treize procès contre les manufactures d'armes. Imaginez que je conclue avec l'une des plus importantes un accord qui mette fin à tous vos procès contre elle ?

Lenihan demeura silencieux un moment.

— En échange de quoi ?

— Zéro dommages. Mais un changement fondamental dans la manière dont cette manufacture fonctionne, la façon dont elle vend ses armes et à qui elle les vend. On ajoutera peut-être vos honoraires, juste rétribution de votre travail.

Le nouveau silence qui suivit amusa Kerry.

— Pour accepter cela, il faudrait que j'aie l'accord de toutes les villes qui se sont portées parties civiles, répondit Lenihan.

— Ça ne devrait pas être trop difficile. Tous ces procès sont semés d'embûches. Dans quelques États, les SSA se démènent pour les faire annuler, observa Kerry. Les maires des treize villes sont tous des Démocrates et ils ont besoin d'un appui présidentiel. Ils ont intenté ces procès parce qu'ils veulent réformer l'industrie des armes en Amérique. Je me propose de les y aider.

Une fois de plus, Lenihan se trouva sans repartie.

— Vous m'avez pris de court, monsieur le Président. Il faudra que je consulte mes clients et mon associé.

— Faites-le. J'ai besoin d'une percée sur les armes. Et vous, vous avez besoin d'un président aussi fort que possible. Surtout lorsque les Républicains mijoteront une nouvelle loi sur la « limitation des torts », au Congrès, pour annuler la moitié de vos procès contre les grandes firmes ou limiter les dommages que vous leur arrachez.

Le silence au bout du fil révéla cette fois, non de la résistance, mais le calcul des coûts et des bénéfices politiques.

— Je commencerai à m'informer dès demain, monsieur le Président.

— Bien. C'est une affaire délicate et je n'ai pas de temps à perdre.

16

Les Costello arrivèrent à la Maison-Blanche quatre jours avant le mariage. Lara était allée les chercher à l'aéroport Dulles dans un cortège de limousines noires. Quand le Président sortit de l'aile Est pour les accueillir, les caméras de télévision et les photographes, équipés de téléobjectifs, entrèrent en action.

Kerry avait aménagé son emploi du temps pour accueillir sa belle-famille dans de bonnes conditions. Il aperçut Joan, tendit la main et l'attira vers lui.

— Comment allez-vous ?

— Mieux, pour le moment. Merci, Kerry. Pour tout.

Accrochée à sa mère, Marie regardait autour d'elle, tout intimidée. Kerry s'agenouilla et lui prit les mains.

— Salut Marie, je suis Kerry.

Elle pencha légèrement la tête, comme pour le jauger, et dit :

— Vous êtes le Président.

— Juste, admit Kerry en souriant. Et j'épouse ta tante Lara. Ce qui fera de moi ton oncle, si incroyable que ça puisse te paraître.

Marie poursuivit son examen, partagée entre l'intérêt et le soupçon. Comme les photos l'avaient indiqué, elle ressemblait à une petite Lara, avec les yeux anxieux de son père.

— Peux-tu me montrer où maman et moi dormirons ? demanda-t-elle.

Marie désirait clairement rester avec sa mère.

— Sûr, répondit-il. Ça s'appelle la chambre de Lincoln. Le lit est assez grand pour vous deux.

En traversant la porte d'entrée de l'aile Est, Marie prit la main de Kerry.

John Bowden gisait dans les décombres de sa vie.

Ses vêtements étaient épars sur les sièges et le sol. Le réfrigérateur ne contenait que quelques pains ronds, une glace et une bouteille de vodka. Une lumière rouge sur son téléphone signalait un message de son officier probatoire, lui demandant pourquoi il avait manqué l'atelier pour maris inculpés de violences et lui rappelant que cette infraction constituait une violation des clauses de sa libération conditionnelle. Il tenait en main une photo encadrée de Marie. À ses pieds, en première page du quotidien du soir, Joan et Marie descendaient d'une limousine à l'aéroport international de San Francisco, sous le titre : « En route pour le mariage. » À la télévision, CNN couvrait minutieusement l'événement :

— L'arrivée de la famille Costello ouvre un nouveau chapitre de l'histoire des États-Unis : le mariage d'un fils d'immigrants irlandais et de la fille d'une Mexicaine.

Il se força à regarder. Quatre femmes, un homme et une petite fille tournaient le dos à la caméra et passaient le portail de la Maison-Blanche. Et la petite fille tenait la main du Président, sa poupée serrée contre elle.

Les larmes emplirent les yeux de John Bowden. Un sentiment de révolte l'envahit.

Ils pénétrèrent dans la suite de la Reine.

— C'est ici qu'ont séjourné la reine Elizabeth, de même que les reines Juliana et Wilhelmina des Pays-Bas, et même Winston Churchill. Pas tous en même temps, bien sûr.

Inez, Joan et Marie le suivaient, Lara et Mary bavardant ensemble. Il les conduisit ensuite à la chambre de Lincoln.

— C'était en fait son bureau. Mais, après qu'il eut été assassiné, on a estimé que personne ne devait plus travailler ici.

Se tournant vers Marie, il expliqua :

— Il y a longtemps, dans ce pays, les Blancs étaient autorisés à posséder des Noirs comme esclaves. C'est dans cette chambre que le président Lincoln a signé la proclamation d'émancipation, qui a rendu l'esclavage illégal.

Il trouva difficile d'expliquer à une fillette la tache indélébile que l'esclavage avait laissée sur le pays. Il la souleva dans ses bras et approcha d'une grande peinture qui représentait des esclaves entassés dans une cave et regardant un garde, chandelle à la main, dans l'attente de l'heure de la libération.

— Voilà comment on traitait les esclaves. Celui-ci aura été esclave toute sa vie, dit-il en pointant du doigt un vieillard ridé.

Marie regarda longuement le tableau. Kerry se demanda si elle n'y retrouvait pas l'angoisse éprouvée pendant les colères de son père et les cris de sa mère.

— Venez, conclut-il, je vais vous montrer une autre chambre.

Le téléphone sonna et Kerry reconnut sur l'écran d'affichage le numéro de Clayton.

— Navré de vous déranger, dit Clayton, mais nous avons un problème avec le *San Francisco Chronicle*. Ils préparent une enquête sur Joan. Et sur vous.

17

— Carole Tisone du *Chronicle* m'a téléphoné, dit Marcia Harding. Elle était informée de l'ordre d'éloignement, des menaces de Bowden à Joan, de sa visite à Marie et de sa condamnation. Et même du fait qu'il est astreint à un programme de réhabilitation.

Clayton, Kit Pace et Lara écoutaient les révélations de Harding sur le haut-parleur.

— Comment a-t-elle été informée ? questionna Kerry.

— Pas par moi. Peut-être par les archives du tribunal ou par des policiers. Peut-être que quelqu'un du bureau du procureur en a parlé à quelqu'un d'autre. Ce n'est pas là une histoire ordinaire de mauvais traitements conjugaux, Joan étant la sœur de Lara Costello. Maintenant qu'elle est invitée à votre mariage, son cas est devenu une histoire d'intérêt général.

— Quel serait l'intérêt des médias à humilier Joan ?

— C'est ce que j'ai demandé à Tisone, et elle m'a servi des lieux communs sur les violences conjugales qui seraient l'un de nos secrets de famille les mieux protégés. Et puis elle a voulu savoir si vous aviez téléphoné, ajouta Harding avec une répugnance évidente.

Du coin de l'œil, Kerry vit l'anxiété se peindre sur le visage de Lara.

— Nous n'étions que trois lors de cette conversation téléphonique, observa sèchement Kerry : vous, Halloran et moi.

— Je ne peux répondre que pour mon compte, monsieur le Président. Je n'en ai soufflé mot à personne, même pas à la police.

— Et qu'avez-vous répondu à cette journaliste ?

— Que c'étaient là des affaires internes au département et que je n'étais pas libre d'en parler. J'ai appelé Halloran, mais je n'ai pas pu le joindre ; c'est pourquoi j'ai décidé de vous prévenir moi-même. Quoi qu'il advienne, monsieur le Président, je ne peux évidemment nier que vous ayez téléphoné.

— Que voulait savoir cette journaliste ?

— Combien de fois vous aviez téléphoné. Ce que vous nous avez demandé de faire. Si Joan a bénéficié d'un traitement de faveur. J'ai bien sûr répondu que non, poursuivit Marcia Harding, contrariée. Ma seule démarche particulière a été d'enregistrer l'ordre d'éloignement sur l'ordinateur, comme vous l'aviez demandé, pour le cas où il essaierait d'acheter un pistolet. Et ce n'était que pour m'assurer que la procédure suivrait son cours normal.

Harding s'était comportée de manière loyale et professionnelle, et Kerry éprouva de la sympathie pour elle. Pourtant, elle pâtirait probablement de l'affaire, puisqu'elle avait parlé au Président.

— Je suis désolé de vous avoir créé un problème, dit-il.

— Oh, je ne m'inquiète pas de la façon dont nous avons traité ce cas. Je me fais du souci au sujet de Jack. S'il en a parlé à quelqu'un et que cette personne a alerté le *Chronicle*, il sera sans doute mis au pied du mur.

Lara avait les yeux rivés au sol. À l'évidence, le plaisir de ses retrouvailles avec sa famille s'était évaporé.

— Si vous y êtes obligée, reprit Kerry, vous devrez rapporter tout ce que j'ai dit et demandé. Passez la consigne à Jack.

— Merci, monsieur le Président. Je le ferai.

— Tu avais raison, dit Kerry à Lara quand il eut raccroché. J'aurais dû confier cette affaire à un avocat au lieu de m'acharner à m'en occuper moi-même. Maintenant, il va falloir gérer la situation.

— Nous n'avons pas le choix, déclara Kit Pace après un bref regard vers Lara. Halloran avait probablement bu un verre de trop et n'aura pas résisté à l'envie de raconter à un copain sa conversation téléphonique avec le Président. S'il prétendait le nier, ça ne pourrait qu'aggraver la situation. Nous connaissons

92

la tactique : laisser la nouvelle paraître au grand jour, surtout si l'on n'a rien à cacher.

— À ce détail près que c'est la vie privée de ma sœur, coupa Lara. Et, qu'à la veille de mon mariage, ils vont en faire leurs choux gras.

— C'est pourquoi il nous faudra publier un communiqué, poursuivit Kit avec une grimace. Devancer les commentaires et plaider pour le respect de la vie privée d'une femme.

— Dans quel délai ? demanda Kerry.

— Le temps qu'il faudra au *Chronicle* pour mettre le procureur sur la sellette. Un jour, peut-être deux.

— On ne peut pas étouffer cette affaire dans l'œuf ?

— Ça serait plus facile si vous n'y apparaissiez pas.

Kerry se tourna vers Clayton :

— Tu m'avais mis en garde…

— Si l'une de mes filles avait été en danger, je n'aurais délégué sa protection à personne, répondit-il.

Réponse obligeante, songea Kerry. Mais elle ne satisfaisait apparemment pas Lara.

— On essaie d'étouffer l'affaire ? demanda-t-il à sa future femme.

— Sûr.

Kit prit alors la parole :

— Quand le *Chronicle* m'appellera, déclara-t-elle, je répondrai par une invitation aussi solennelle que possible au respect de la vie privée. Si ça échoue, je suggérerai un message positif sur la nécessité de protéger les femmes et les enfants dans ce genre d'affaires, et de donner une seconde chance aux familles, peut-être enrichi d'une interview de Joan. Ça vaudra beaucoup mieux qu'une intervention présidentielle.

Mais Lara ne semblait pas convaincue.

— C'est ma faute, dit Lara lorsqu'elle se retrouva seule avec Kerry. Je n'aurais jamais dû te mettre ça sur le dos. En plus, ça dessert Joan.

— C'était mon initiative, pas la tienne. J'espère que Joan m'excusera si ça tourne mal.

Lara le regarda et son regard s'adoucit.

— Je vais en parler à ma mère et à Mary, dit-elle.

Après le dîner, Kerry demanda un entretien à Joan. Apprenant le projet d'article du *Chronicle*, elle pâlit et ses yeux s'emplirent de larmes.

— Il sera hors de lui. Il ne supportait pas l'idée que des gens puissent être au courant de ça. C'est comme s'il avait plus honte d'être démasqué que de me battre.

— Il reste une chance qu'ils ne publient pas l'article, dit Kerry, sans trop y croire.

Elle secoua la tête.

— Je ne pourrai jamais parler de ça en public, dit-elle.

— C'est pénible aussi pour Lara.

— Ça, j'ai de la peine à le croire, rétorqua-t-elle avec un léger sourire. Je ne me rappelle pas l'avoir jamais vue dans le désarroi.

— Des personnes aussi accomplies et aussi motivées que Lara n'inspirent pas beaucoup de compassion, objecta Kerry. Mais elle ne sera jamais satisfaite de sa vie si vous êtes malheureuse. Je ne peux pas vous dire quelle joie elle se faisait de vous revoir. Maintenant, elle est dévastée.

Joan enregistra ces propos. Quand elle se reprit à sourire, ce fut avec mélancolie. Peut-être songeait-elle qu'elle avait méjugé sa sœur...

— Est-ce que Lara se rend compte de sa chance ? demanda-t-elle.

— Je le lui rappelle tous les jours, répondit Kerry, avec humour. Non, c'est moi qui ai de la chance de vous avoir tous dans ma vie. Les Costello sont ma seule famille, du moins jusqu'à ce que Lara et moi ayons des enfants. Si je pouvais avoir une fille aussi mignonne que Marie...

Il s'interrompit et reprit :

— Et, comme Lara, je veux qu'il ne vous arrive rien de fâcheux.

— Tout ira bien, lui dit Joan en déposant un baiser sur sa joue.

Mary attendit qu'Inez eût couché sa nièce, puis elle prit Lara à part, l'entraînant dans le corridor :

— Tu as toujours été celle qui prend les décisions, dit Mary. Mais là, ça ne va pas.

— Qu'est-ce qui ne va pas ?

— L'étalage en public des problèmes de Joanie. John en rejettera la faute sur elle.

— Nous ne contrôlons plus tout à fait cette affaire, malheureusement, depuis que les médias ont mis le doigt dessus.

— Mais toi, tu contrôles ceux qui parlent aux médias. Et John va croire qu'il a été trahi.

Surprise par le ton sévère de Mary, Lara lui prit le bras. Mary lui opposa la même expression froide :

— N'essaie pas de me traiter comme une enfant. Tu n'es pas ma mère.

— Je sais, répondit Lara, tristement. Je ne sais pas ce qui adviendra, mais nous devons les protéger toutes les deux.

Mary parut partagée entre résignation et frustration. Elle gagna sa chambre sans même lui souhaiter bonne nuit.

18

Le lendemain, Kerry rencontra George Callister pour la troisième fois à Camp David, sous le prétexte de faire visiter l'endroit à Lara. Le temps était lourd, les moustiques pullulaient.

— Votre problème immédiat, déclara-t-il à Callister, ce sont les procès ; treize à ce jour, intentés par les municipalités qui entendent se faire rembourser les frais hospitaliers des blessés.

— Nous n'avons jamais entendu parler de ces blessés. Ces procès sont de la foutaise. Ce sont des prétextes à des gesticulations politiques, et un bon moyen pour certains avocats de se faire beaucoup d'argent.

Kerry chaussa les lunettes noires accrochées à son polo et repartit :

— Et si le gouvernement fédéral vous intentait un procès demandant remboursement des frais de sécurité dans les édifices publics, ce serait aussi de la foutaise ?

— Vous feriez ça ?

— Sans hésiter, répondit calmement Kerry. Et si un repris de justice allait tuer des écoliers avec une de vos armes semi-automatiques et que les parents vous intentent un procès, ce serait aussi de la foutaise ?

— Oui. Pour la même raison. Celle de la responsabilité personnelle.

— Vous conviendrez que ça vous coûterait tout de même assez cher. Et vous ne pouvez pas être sûr qu'un jury ne donnera pas raison à la mère d'un gosse assassiné contre les industriels qui arment les assassins. Et n'imaginez pas que les

Républicains feront voter une loi pour vous protéger contre ce genre de procès. Je peux facilement rallier trente-quatre sénateurs pour soutenir mon veto.

Kerry s'arrêta et mit les poings sur les hanches.

— Vous voilà donc coincés entre les SSA et une bande de politiciens cyniques et d'avocats rapaces. Si vous acceptez un compromis, les SSA vous boycotteront et vous ruineront ; si vous ne le faites pas, vous serez saignés à blanc par les frais juridiques ou par le verdict d'un jury.

— Si vous voulez me faire peur, monsieur le Président, s'écria Callister après un éclat de rire forcé, essayez autre chose. Et ne me dites pas que vous allez m'intenter, vous aussi, un procès.

— Au contraire, je représente votre sortie de secours.

— Vous êtes président, mais vous ne contrôlez pas treize municipalités, ni ce mégalomane de Bob Lenihan.

— Toutes ces municipalités sont dirigées par des maires démocrates, rétorqua Kerry. Ils ont besoin de moi autant que les avocats. Tout est prêt.

— Vous montez un compromis collectif ? demanda Callister, abasourdi.

— Oui. Pour les compagnies qui auront le cran de l'accepter.

— Je ne sais pas ce que vous proposez, répondit Callister. Mais je vois d'ici la couverture du *Defender*[1] : « Tous les fabricants d'armes au pilori. » Les détaillants cesseraient de vendre nos armes et les clients cesseraient de les acheter. Ça sonnerait la ruine de Lexington Arms et la fin de ma carrière.

— En effet, poursuivit Kerry. Lexington appartient à une société anglaise, qui préférera vous vendre que de perdre de l'argent. Qui donc voudra alors investir dans une entreprise assurée de frais juridiques infinis, affligée d'une image publique détestable ?

Callister tira un mouchoir de sa poche, s'épongea le front et le replia avec un soin méticuleux.

— Qu'est-ce que vous avez en tête ?

— Allons à l'ombre, dit Kerry, il fait trop chaud ici.

_____

1. Magazine des SSA. *(N.d.T.)*

Le patio était relativement frais. Le majordome apporta des carafes d'eau remplies de glace, des bières fraîches et des sandwiches.

— Ce que je veux, déclara Kerry, c'est empêcher des assassins potentiels d'acheter vos armes. Nous en avons parlé à Washington : la loi fédérale exige que les marchands d'armes contrôlent le casier judiciaire des acheteurs, afin de ne pas vendre à des repris de justice ou toute personne potentiellement violente. Mais dans ce pays quarante pour cent des armes sont vendues sans contrôle. Une partie du problème, ce sont les foires d'armes, où n'importe quel évadé peut acheter un Lexington semi-automatique.

Kerry sirota quelques gorgées de bière et reprit :

— Ce que je veux, c'est que Lexington exige des foires d'armes que ses produits ne soient vendus qu'après contrôle du casier judiciaire. C'est ce que j'avais proposé au groupe de Bresler.

— Oui, lorsque nous formions un groupe, observa Callister. Pour les SSA, votre proposition empiète sur le droit des personnes privées d'acheter ou de vendre des armes à l'insu du gouvernement. Si un acheteur tue quelqu'un, c'est lui qui doit être poursuivi.

— Et que font les SSA pour les victimes ? demanda Kerry. Si elles peuvent les ressusciter, je place mon frère sur la liste d'attente.

Callister ne répondit pas à la sinistre boutade. Il réfléchit, puis reprit :

— Il me faut aussi compter avec mon conseil d'administration. Ils objecteront que la réforme en question nous désavantagerait par rapport aux concurrents…

— Ça vous désavantagerait de ne pas vendre aux assassins ? Vous avez vraiment besoin de cette clientèle pour votre image de marque ? répliqua Kerry, incrédule. Voyons, George, vous ne pouvez pas continuer de vendre à ces types ! Cela nuit à vos affaires et vous entraîne au tribunal. La vérification du casier judiciaire vous protégerait de tous ces désagréments.

Callister médita la critique et répondit :

— Personnellement, je n'y suis pas opposé. Certains de mes directeurs non plus.

— Bien. Parce que j'aurai aussi besoin du soutien de Lexington pour convaincre le Congrès que toute arme vendue aux États-Unis doit être soumise au contrôle de casier.

— Le suicide ! dit Callister avec un sourire. C'est tout ce que vous avez à nous proposer ?

Kerry devinait que son interlocuteur lâchait prise ; il mobilisa donc toute sa force de persuasion :

— Aucun citoyen n'a besoin d'une arme qui tire quarante coups, avec des balles conçues pour déchiqueter les entrailles. Ce n'est plus de l'autodéfense, c'est du pur sadisme.

— Il y a des gens, y compris les SSA, intervint Callister, qui pensent qu'ils doivent pouvoir se défendre contre toute sorte d'ennemis.

— La paranoïa n'est pas une base de la politique publique.

— D'autres citoyens, poursuivit Callister, apprécient les armes de grande capacité. Si je commence à dire que ces armes sont réservées aux professionnels, je perds leur clientèle.

— Alors, il ne faut voir le mal nulle part, c'est cela ? riposta Kerry, glacial. Les policiers ne sont donc que des cibles pour maniaques amateurs d'armes ? Bien que les lois fédérales restreignent la capacité des nouveaux chargeurs à dix coups, Lexington prend bien soin de rendre ses pistolets compatibles avec les anciens chargeurs de quarante coups. Les propriétés des armes que vous fabriquez dépendent de votre décision, George. Si vous choisissez mal, vous disparaissez.

Callister vida sa chope, la reposa et demanda calmement :

— Quel est le bon choix, monsieur le Président ?

— Faites en sorte que vos pistolets ne s'adaptent plus aux anciens chargeurs. Et cessez de vendre des balles conçues pour faire exploser leurs victimes.

— À part le négligeable problème du boycott des SSA, vous me demandez donc de changer ma ligne de production.

— Il n'est que temps. Plus de trente mille personnes meurent chaque année à cause de vos armes, dont une grande partie par suicide ou accident. Des adolescents déprimés ne devraient pas pouvoir se suicider avec le pistolet de leurs parents. Et la femme que vous incitez à acheter un pistolet pour sa défense ne devrait pas être tuée par sa propre arme.

Kerry observa une pause et reprit :

— Il nous faut plus que des crans de sûreté. Je veux votre engagement que, d'ici à cinq ans, tous les pistolets Lexington seront conçus pour n'être actionnés que par l'empreinte digitale de leur propriétaire. Si quelqu'un d'autre s'en empare, l'arme ne doit pas fonctionner.

— Vous parlez de ce qu'on appelle les armes intelligentes, dit Callister, conciliant. J'y suis favorable, mais elles doivent fonctionner sur batteries ou grâce à une puce, et il faudrait alors qu'elles puissent quand même tirer plusieurs coups. Vous connaissez la fragilité des puces. Et vous savez qu'aucune batterie n'est éternelle. Or, si la pile de votre pistolet est déchargée, vous mourrez avec. Et, dans ce cas, la veuve ne serait-elle pas fondée à me poursuivre en justice pour vente d'un produit défectueux ? Les SSA objecteront que les armes intelligentes ne sont pas fiables. La technologie que vous invoquez n'est pas encore disponible, monsieur le Président.

— Elle pourrait l'être si mon administration vous accordait un budget de recherche de vingt millions de dollars.

— Ça fait partie du marché ?

— Il y a plus. Vous vous inquiétez d'un boycott. Je ne peux pas vous faire de promesses, mais je peux dire qu'on songerait sérieusement à vous pour équiper l'armée, le FBI, les ATF et les services secrets. Et les treize villes qui vous ont intenté un procès pourraient décider d'armer leurs policiers avec les armes de la première manufacture à signer l'accord.

Callister émit un long sifflement.

— Vous avez bien travaillé le sujet, à ce que je vois. Qu'est-ce que vous songez à me proposer d'autre ?

— Un règlement définitif des treize procès, moyennant le règlement des dix millions de dollars d'honoraires des avocats des parties civiles. C'est une aubaine pour tout le monde, sauf peut-être pour vos avocats, qui y verront un manque à gagner certain.

— D'autres bonus en vue ? demanda Callister avec un regard amusé.

— Plusieurs. Tandis que Lexington s'engagera dans la recherche d'armes intelligentes, l'accord sur la limitation des chargeurs, la suspension de la fabrication de balles destructrices et le contrôle des foires d'armes vous éviteront de nombreux procès. Vos collègues vous envieront. Au bout d'un certain temps, quelques-uns d'entre eux cesseront de se laisser intimider par les SSA. Et nous finirons par avoir raison de ces salopards.

Callister se radossa.

— Dans ce monde idéal, il y aura beaucoup plus d'acheteurs d'armes Lexington que maintenant. Est-ce bien votre but, monsieur le Président ?

Kerry haussa les épaules.

— Si ce ne sont pas des tordus et que leurs armes ne fassent pas exploser leurs victimes, je peux m'en accommoder.

Callister resta silencieux un long moment avant d'observer :

— Vous avez réponse à tout, monsieur le Président.

— Je veux que ça soit fait.

— Ça ne sera pas facile, même si le jeu en vaut la chandelle, dit Callister, ajustant ses lunettes sur son nez. Il faudra que je persuade notre actionnaire anglais et mon propre conseil d'administration. Pour cela, j'ai besoin du secret total. S'ils l'apprenaient, les SSA n'auraient d'autre choix que de nous détruire.

Ils entendirent des voix, puis Lara et sa famille approchèrent du patio. Marie s'élança la première.

— Nous allons nager, dit-elle. Tu viens avec nous ?

— Avec plaisir. Marie, je te présente M. Callister.

— Hello, Marie, dit Callister en souriant.

— Hello, dit Lara tandis que Marie, par timidité, se réfugiait dans les bras de Kerry.

Ce dernier remarqua l'effet que la beauté et l'allure de Lara faisaient à son interlocuteur. Quand elle lui tendit la main, Callister la prit avec une certaine déférence. Lara présenta ensuite Callister à sa mère, Mary et Joan Bowden. Kerry l'accompagna à sa voiture, sous les yeux de deux membres du service secret.

— Votre famille est charmante, dit Callister. J'espère qu'elles oublieront m'avoir vu ici.

— Vous avez des enfants ? demanda Kerry.

— Deux. Un garçon de dix-sept ans et une fille de treize. Si jamais on apprend que je vous ai rendu visite, vous croyez que vous pourriez obtenir une protection policière ?

— Vous avez raison, avec tous les fous qui rôdent équipés d'une arme semi-automatique, mieux vaut être prudent ! Dans quel monde vivons-nous…

Callister médita le sarcasme, tendit la main et répondit :

— Je vais voir ce que je peux faire, monsieur le Président.

19

Peu après 17 heures, le lendemain, Kit Pace demanda à voir le Président. L'agenda de ce dernier était très chargé, comme d'habitude, mais il la reçut et l'invita à s'asseoir.

— Carole Tisone, du *Chronicle*, a téléphoné, annonça-t-elle d'emblée. Elle sait tout sur Joan, ainsi que sur vos appels téléphoniques au procureur.

— Elle va publier l'histoire ?

— Oui, dit Kit Pace d'une voix crispée. J'ai fait valoir le droit de Joan à sa vie privée, ses chances de sauver son mariage, celles de Bowden de réussir sa thérapie… En vain. J'ai alors demandé que Lara et vous ne soyez pas éclaboussés par cette affaire, surtout à la veille de votre mariage…

— Ce qui n'a fait qu'attiser l'ardeur de miss Tisone, coupa Kerry.

— Bref, ça va paraître demain, ce qui ne nous laisse que quelques heures pour réagir. Je vous laisse décider de quelle manière.

— C'est l'affaire de Joan, pas la nôtre, répondit Kerry Qu'est-ce que vous proposez ?

— Il faut en finir, monsieur le Président, répondit Kit en s'asseyant. Sinon, l'histoire va se propager jusqu'à ce que nous soyons contraints de réagir. Pis encore, le *Chronicle* va mettre en vedette l'intervention du Président dans le bon déroulement de la justice, alors que nous savons bien que ce n'est pas le cas.

Kerry médita la situation.

— Passez-moi le directeur du *Chronicle*. Avant qu'ils publient ça, je voudrais savoir pourquoi.

Moins de quatre heures plus tard, Kerry et Lara étaient assis dans la bibliothèque de la Maison-Blanche, en compagnie de Taylor Yarborough, de la chaîne ABC, entourés de caméras.

Dix minutes avant l'interview, Taylor, une amie et ancienne collègue de Lara, commentait avec le couple le fracas médiatique autour du mariage.

— La documentaliste a répertorié des milliers d'articles et de mentions de l'événement à la radio, six émissions spéciales sur les chaînes de télé et les couvertures de quatre revues. On a plus parlé de votre famille que du conflit Israël-Palestine, de Mahmoud El Anwar et de la prolifération nucléaire confondus.

— En ce qui concerne ma famille, dit Lara, après un regard soucieux à Kerry, j'ai une faveur à vous demander.

John Bowden sirotait une vodka-orange en regardant la télé. Il n'avait pas mangé et n'arrivait plus à trouver le sommeil. L'alcool qui passait dans ses veines brouillait sa vision de la situation tout en lui donnant une résonance étrange, comme dans un rêve.

Le téléphone sonna, mais il ne répondit pas. Le répondeur ne s'enclencha pas non plus. Après sept appels d'une certaine Carole Tisone, dont il ne savait ni qui elle était, ni ce qu'elle lui voulait, il l'avait déconnecté. Le message urgent de son avocat pouvait attendre, de toute façon. La seule urgence pour John Bowden était de retrouver sa famille. Il fixait l'écran de son téléviseur avec un mélange de stupeur et de rage, un sentiment de frustration qui lui nouait l'estomac et que la mort seule pourrait soulager.

Sur l'écran, ce chien de Kilcannon souriait à cette greluche de Lara, la *prima donna* de la télévision. Une journaliste oxygénée et certainement surpayée demandait à son ancienne consœur :

— Quelle a été la réaction de votre famille, quand elle a rencontré le Président ?

— Ils l'ont adoré. Mais qui donc ne l'adorerait pas ? répliqua Lara en prenant la main de Kilcannon.

— Commençons par le Sénat, répondit le Président avec un sourire.

Bowden avala une autre gorgée de vodka-orange et dit tout haut :

— Commence plutôt par moi, mon gars.

L'émission commençait à l'exaspérer. Il se leva et se dirigea d'un pas mal assuré vers le réfrigérateur, pour se resservir en vodka. En revenant s'asseoir, il saisit *The Defender* dans une pile de journaux. À l'écran, personne ne souriait plus.

— L'article du *Chronicle* nous contraint de faire état d'un problème très personnel, dit Kilcannon. Mais je ne vois sincèrement pas quels intérêts cela peut servir.

— Joan essaie de régler un problème personnel, en grande partie avec l'aide de Kerry, dit Lara à la journaliste blonde. Mais tout le monde n'a pas la chance de compter dans sa famille un ancien procureur chargé des violences matrimoniales. Tout ce que nous pouvons espérer, c'est que les autres victimes de violences de ce genre trouveront l'aide juridique dont elles auront besoin.

Le verre de vodka tremblait dans la main de John Bowden.

— Je suis épuisée, dit Lara en remontant l'escalier. Mais il faut que j'aille voir Joan tout de suite.

— Cela me paraît une bonne idée, dit Kerry en défaisant sa cravate.

Arrivés dans la chambre à coucher, il s'assit sur le lit.

— Je t'aime, lui dit Lara en l'embrassant sur la joue. J'ai hâte que tout ce cérémonial soit terminé et que nous puissions nous enfuir.

Le téléphone sonna. Kerry consulta le numéro d'appel.

— C'est Kit, murmura-t-il en décrochant.

— Qu'est-ce que je suis censée savoir de vous et de la manufacture Lexington Arms ? demanda la voix à l'autre bout du fil.

20

À 7 heures le lendemain, des ouvriers dressaient une tente gigantesque sur les pelouses de la Maison-Blanche. Non loin de là, Francesca Thibault décrivait l'organisation de la réception à la présentatrice de l'émission *Good morning America*. Des badauds s'agglutinaient derrière les grilles, des agents des services secrets arpentaient les espaces prévus pour les invités, d'autres équipes d'ouvriers dressaient les estrades pour la télé, des vendeurs à la sauvette offraient des programmes commémoratifs de l'événement, et des membres des SSA, dont certains en uniforme militaire, défilaient en brandissant des pancartes, pour dénoncer la prétendue intention du Président de confisquer toutes les armes.

Au quinzième étage de l'hôtel Madison, d'autres agents des services secrets vérifiaient les lieux où Lara passerait la nuit, tandis que leurs collègues contrôlaient le personnel et que d'autres s'apprêtaient à occuper les toits des bâtiments environnants. À l'aéroport Dulles, bondé de touristes attirés par le mariage, la police arrêtait deux Orientaux soupçonnés de liens avec Mahmoud El Anwar. Dans le Bureau Ovale, le président Kilcannon parcourait les premières éditions du *New York Times* et du *Washington Post*. Sur son bureau s'étalaient les extraits du *San Francisco Chronicle* et d'autres quotidiens captés sur Internet. Clayton et Kit se tenaient près de lui.

À l'exception d'un quotidien, tous les articles, publiés en première page, traitaient de Joan et John Bowden, parfois illustrés des photos de Joan et de Marie arrivant à l'aéroport. Leur ton était favorable au couple présidentiel et ils citaient

Jack Halloran et Marcia Harding, selon lesquels le Président n'avait fait que suivre l'affaire. Personne n'avait pu joindre John Bowden.

— Les informations sur Joan sont aussi bonnes qu'on pouvait l'espérer, déclara Kit avec un soupir. Espérons que ce ne sera que le sujet d'un jour.

Mais Kerry l'avait à peine entendue. Son attention était captée par un article du *Washington Post* : « Pourparlers secrets entre le Président et une manufacture d'armes. »

L'article était concis et exact ; il rapportait que Kerry et George Callister s'étaient rencontrés trois fois à Camp David et que Kerry espérait obtenir des concessions des autres fabricants d'armes afin de parvenir à un accord global. Le journaliste citait « des sources proches des négociateurs ». La seule autre personne mentionnée était Charles Dane, président des SSA : « Nous sommes alarmés par les informations selon lesquelles l'un des principaux fabricants d'armes américains ferait la cour au président le plus hostile aux armes de toute l'histoire des États-Unis. Les honorables citoyens propriétaires d'armes ont le droit de savoir quelle est la position de Lexington. »

— Qui a parlé ? demanda Kerry, la voix tendue.

— À part nous deux, je ne vois pas.

— Vous avez appelé Callister ?

— Oui. Son assistant dit qu'il est en conférence.

— Essayez de nouveau, ordonna Kerry, ravalant sa colère.

Le cœur battant, John Bowden attendit la réponse de la responsable des réservations d'une compagnie aérienne :

— Je regrette, monsieur, mais cette carte de crédit a été suspendue.

— Bon. Essayez celle-ci.

Et il en donna le numéro. La sueur perlait sur son front ; il était certain que sa correspondante avait reconnu son nom.

— Merci, monsieur, dit-elle enfin. Votre réservation est confirmée.

— Qui, de votre côté, était au courant ? questionna Kerry.

— Notre actionnaire britannique, répondit Callister, notre comité exécutif et notre conseil général ; jusqu'à ce matin en tout cas.

— Qu'est-ce qui s'est passé ce matin ?

— Nous avons convoqué notre conseil de direction par téléphone. La réunion est en cours, mais j'ai demandé une pause de cinq minutes. Quand je suis arrivé ici, il y avait un groupe de manifestants devant la porte. Une vieille dame m'a regardé et elle a fondu en larmes. Les autres étaient tellement pleins de haine qu'ils ne pouvaient même pas parler. L'un d'eux m'a craché au visage. J'ai fait face à bien des querelles syndicales, mais je n'ai jamais vu tant d'hystérie et de rage, monsieur le Président.

Kerry aussi avait affronté des meutes de fanatiques des armes à feu : n'importe lequel d'entre eux l'eût volontiers abattu.

— Quelle est la position de vos directeurs ?

— Ils ne pensent qu'à une chose : limiter les dégâts.

— Est-ce que je peux faire quelque chose ?

— Oui. Ne dites rien.

Bowden faisait la queue avec les passagers de la classe économique. Il avait l'estomac vide, il était nauséeux et sa main tremblait. Sa seule valise contenait son carnet de chèques, son nécessaire de rasage, des vêtements de rechange et quelques revues sur les armes.

La file d'attente avançait lentement. À force de regarder la nuque de la vieille Chinoise devant lui, Bowden eut envie de la tuer. Kilcannon. Kilcannon et cette chienne de sœur de Joan lui avaient volé sa femme et sa fille. À cause d'eux, il avait perdu son travail, sa dignité et toute raison de vivre. Et ils venaient de l'humilier à la télé.

Au kiosque à journaux, son nom, en première page du *Chronicle*, lui sauta aux yeux. Quand il atteignit enfin le comptoir, il n'osa pas lever les yeux sur l'hôtesse qui lui demandait sa pièce d'identité. Elle regarda longuement son permis de conduire, puis elle le dévisagea. Trop longtemps.

— Merci, monsieur, finit-elle par lancer.

À 16 heures, Kerry retourna au Bureau Ovale après avoir tenu un discours sur la santé publique. Il reçut un appel de George Callister.

— Je sais que ce n'est pas un beau cadeau de mariage, prévint-il, mais je ne peux pas vous suivre dans votre opération, monsieur le Président.

— Les SSA dictent donc sa politique à Lexington Arms, dit Kerry avec une irritation contenue.

— Il y a beaucoup d'éléments dont je n'ai pas le droit de parler, répondit Callister après un silence. Nous publierons un communiqué pour dire que nous n'avons aucune intention de conclure un accord avec votre administration. J'avais nourri des espoirs. Mais le conseil assure qu'il n'y a aucun moyen de négocier avec vous tout en garantissant l'avenir de Lexington Arms.

Kerry demeura silencieux un long moment.

— Il n'y aura de paix pour aucun de nous, George.

— Peut-être. Mais, pour le moment, je peux au moins espérer n'être ni licencié, ni assassiné.

— Ce n'est pas assez, ni pour moi, ni pour vous, dit Kerry.

— Monsieur le Président, vous êtes un homme honnête. Je suis heureux de vous avoir rencontré. Je respecte vos convictions et vous présente tous mes vœux pour votre mariage.

Kerry le remercia et raccrocha.

21

Le matin du mariage, sa famille rejoignit Lara à l'hôtel. Le photographe barbu de la Maison-Blanche prenait des clichés de la future mariée avec ses demoiselles d'honneur, Anna Chen, sa collègue de NBC, et deux camarades de collège, Linda Mendez et Nakesha Hunt, surnommées la « Coalition rose de Lara ».

— Qui aurait pensé que tu te marierais la première ? dit Nakesha.

— Pas moi. Mais qui aurait dit aussi que je me retrouverais sans travail ? repartit Lara en souriant.

— Tu t'en plains ? s'étonna Inez.

Sous son air enjoué, la mère de Lara dissimulait mal son souci : sa fille pourrait-elle être heureuse dans son nouveau statut ? Lara l'embrassa sur le front, la regarda dans les yeux et lui assura :

— Je suis heureuse. Je sais qu'être la femme d'un président ne sera pas facile. Mais je vais être la femme de Kerry, c'est tout ce qui compte.

— Je me demande si ton père et moi t'avons beaucoup appris en matière de bonheur, répondit Inez, les yeux embués.

Tournant la tête, Lara aperçut Joan.

— Je suis navrée, lui dit-elle, de tous les maux que nous te valons. Mais pour moi, c'est merveilleux que tu sois ici.

Après une brève hésitation, Joan étreignit sa sœur.

— Je suis sûre que tu seras heureuse. Et que, bientôt, nous serons toutes plus heureuses.

L'heure vint de se mettre en route pour aller à l'église St Matthew. Elles descendirent prendre place dans la grande limousine qui les attendait.

Pour John Bowden, Las Vegas était un lupanar ruisselant de néons, aussi émouvant qu'un hangar d'aviation. Un grand drapeau américain pendait du plafond du hall des congrès. La salle elle-même était encombrée de centaines de tables et de stands improvisés présentant des couteaux de chasse, des rangées de fusils, d'armes de poing, de munitions, de chargeurs de haute capacité, de silencieux, d'uniformes et d'insignes nazis, de gilets pare-balles, de kits pour rendre automatiques des armes semi-automatiques, de casquettes, de tee-shirts et de tasses à l'insigne des SSA.

Une vaste foule déambulait entre ces étalages : des solitaires, des familles, des motards en tenue de cuir. Des vendeurs échangeaient le métal noir des armes contre des liasses de billets.

C'était la première foire de ce genre que visitait Bowden. Près d'une sorte de grand kiosque nommé Le Palais du pistolet, il remarqua des photos grandeur nature, découpées et collées sur du carton, de Kerry Kilcannon et de Lara : des cibles avaient été peintes sur leurs poitrines. Dans le brouhaha qui l'environnait, il s'en approcha, fasciné, serrant dans son poing l'exemplaire du *Defender*, et fixa l'image de Kilcannon.

— Puis-je vous être utile ? s'enquit une voix derrière lui.

C'était un type de petite taille, portant des lunettes, s'appuyant des paumes sur une table encombrée de pistolets semi-automatiques. Bowden posa le *Defender* sur la table et l'ouvrit à une page cornée :

— Je voudrais acheter ça.

— Le Lexington Patriot-2, dit l'homme en regardant l'image. Ouais, nous l'avons. C'est très puissant, le P-2.

— Combien ?

— Un bon prix. Quatre cents dollars.

L'homme tira de sous la table un pistolet de métal noir d'environ vingt-cinq centimètres de long.

— Facile à dissimuler, dit le vendeur. Et vous tirez dix balles en quelques fractions de seconde, quelle que soit la vitesse avec laquelle vous appuyez sur la détente.

Bowden soupesa l'arme. Lourde. Mortelle. Il en eut la gorge sèche. Son regard dériva vers les silhouettes de Kilcannon et de Lara.

Tu ne sais pas ce que c'est que la douleur, connard. Mais tu vas l'apprendre.

— Vous le prenez?

Bowden, se ressaisissant, glissa la main dans sa poche-revolver, bourrée de billets qu'il avait arrachés à un usurier. Il en tira quatre billets de cent dollars et, sans mot dire, les posa près du P-2.

— Il me faudra une pièce d'identité, dit le vendeur.

— Pourquoi? demanda Bowden en tendant le cou.

— Nous sommes des armuriers à patente fédérale, répondit le vendeur, se renfrognant. Il nous faut vérifier que vous êtes bien un résident du Nevada et contrôler votre fichier.

— Je ne peux pas attendre tout ce temps, grommela Bowden, rougissant sous le coup de la colère.

La limousine présidentielle conduisit Kerry et Clayton à travers des rues bondées de badauds agitant des pancartes de vœux. Sur l'une d'elles était inscrit : « Nous vous souhaitons sept enfants. »

— C'est un peu beaucoup, observa Kerry en souriant.

Cet enthousiasme lui chauffait cependant le cœur.

Clayton, lui, observait l'homme assis à côté de lui, ses yeux pénétrants et pensifs, ses traits durs capables de soudains sourires : le Président le plus charismatique depuis John F. Kennedy. Peu de gens le connaissaient aussi bien que lui, si ce n'est la femme qu'il épouserait ce jour-là. Et cette pensée rendit Clayton Slade heureux.

Ce vendeur-là portait des lunettes encore plus grosses que celles du précédent, derrière lesquelles des yeux méfiants scrutaient les alentours. Sur la table, devant lui, il n'y avait que des P-2 et leurs accessoires.

— Vous êtes un marchand? demanda Bowden.

Le regard du vendeur le transperça.

— Un collectionneur.

— Combien pour un P-2 ?

— Cinq cent cinquante.

La main de Bowden se figea sur son portefeuille.

— Le Palais du pistolet le vend à quatre cents.

— Le Palais du pistolet fait des contrôles du fichier.

— Je n'ai pas le temps pour ça, grommela Bowden, crispé.

Cette fois, le regard de l'autre le pétrifia. Il énonça lentement :

— Moi non plus.

Bowden sortit la liasse de billets, compta lentement l'argent, puis ouvrit le *Defender* et demanda :

— Vous avez ça ?

Le vendeur retourna le magazine pour lire la publicité indiquée. C'était celle de la Lexington Arms, ornée d'une photo du P-2 et de la légende suivante : « Une espèce menacée – Interdite en Californie. » Au-dessous figurait une photo de balle avec des cannelures, qualifiée de « munition la plus mortelle pour une arme de poing – le summum en matière de potentiel ».

— Les balles Eagle's Claw, dit le vendeur. Ça vous coûtera plus cher. Elles sont conçues pour vous déchiqueter les tripes.

Bowden frémit en imaginant l'impact d'une pareille balle sur le corps de son ennemi.

— Est-ce que j'en ai besoin ?

— Avec ça, l'effet est garanti.

Bowden demeura muet, puis hocha la tête.

— Il vous faut un chargeur ? suggéra l'autre. J'ai le vieux modèle. Quarante coups. Ils ne le fabriquent plus.

— Combien ? murmura Bowden, d'une voix presque inaudible.

Quand ils eurent échangé leurs consentements, Kerry se tourna vers Lara. Elle soutint son regard. Kerry oublia les caméras et les millions de téléspectateurs qui les regardaient. Il ne pensa qu'à l'instant présent. Un sourire flottait sur la bouche de Lara et ses yeux étaient comme deux flammes.

Nous avons gagné. Le passé est effacé, songea-t-il.

— Je t'aime, murmura-t-elle.

Sur l'écran, le connard se pencha pour embrasser sa poupée.

John Bowden les contemplait sur l'écran de télévision de sa chambre de motel miteuse. Sur le lit s'étalaient le Lexington P-2, le chargeur à quarante coups et six boîtes de balles Eagle's Claw.

Sa main tremblait. Quand le couple s'avança dans l'allée centrale, il s'empara d'un carnet à spirale et se mit à écrire, d'une plume furieuse, biffant des mots. Ses yeux s'emplirent de larmes. C'était une lettre, un pacte d'amour et de haine. Il arracha la feuille et la glissa dans une enveloppe.

À la télé, son beau-frère et sa belle-sœur, sur les marches de l'église, saluaient la foule. Quand sa femme apparut, puis sa fille Marie, portant des fleurs, les cris de la foule lui transpercèrent le cerveau. À bout de nerfs, il éteignit la télé.

Il fourra ses achats dans la valise et s'esquiva sans payer. Il arrêta sa voiture devant la première boîte aux lettres, posta sa missive, puis se dirigea vers l'aéroport de Las Vegas.

22

Pour Lara Costello-Kilcannon, le souvenir de son mariage se brouilla dans l'agitation qui suivit la cérémonie. Pour Peter Lake, la journée se déroula exactement selon le plan prévu. Les zones de sécurité s'étalaient en cercles concentriques jusqu'au Monument de Washington. L'espace au-dessus de la Maison-Blanche était interdit de survol et contrôlé par des hélicoptères. Des tireurs d'élite sur les toits voisins surveillaient les pelouses ; d'autres, sur les toits du bâtiment, couvraient les environs. Les invités présentaient leurs papiers d'identité avant de passer par des portiques détecteurs de métaux à l'entrée Est. Le périmètre était divisé en cinq zones dont l'accès était réservé à des porteurs de badges appropriés. Ces zones étaient elles-mêmes contrôlées depuis un centre situé au sous-sol de l'aile Ouest. Peter Lake était quant à lui posté dans le jardin des sculptures, près de l'entrée Est.

Il avait vraiment fait tout ce qui était possible pour assurer la sécurité des Kilcannon.

L'aéroport grouillait de policiers et de membres de la garde nationale en costumes de combat, guettant d'éventuels membres d'Al Quaeda. John Bowden dut montrer son billet avant de passer par le portique de détection. Quelque part dans les dédales du convoi des bagages se trouvait sa valise avec l'arme et les munitions ; il avait dû remplir un formulaire pour en donner l'exacte description. En route vers son destin, il avait parfaitement observé les règlements de la compagnie aérienne. Tout s'était déroulé simplement. Il ne lui restait plus qu'à espérer que personne ne reconnaîtrait son nom sur le formulaire.

Personnalités officielles et invités de marque défilèrent devant leurs hôtes, émettant paroles chaleureuses ou formules protocolaires et compassées, selon les cas.

Parmi les temps forts et délectables de ce défilé s'inscrivit l'arrivée de Caroline Masters, que Kerry n'avait pas revue depuis son investiture à la Justice. Aussi majestueuse d'allure que son esprit était caustique, elle confia que ses nouveaux bureaux étaient aussi excitants qu'un monastère. Vint ensuite le sénateur Charles Hampton, l'érudit mais batailleur chef de l'opposition démocrate. Puis le sénateur Frank Fasano, chef de la majorité républicaine, qui rappela soudain à Kerry les remous causés par la nomination de Caroline Masters.

Tout juste au seuil de la quarantaine, Fasano avait entamé son ascension politique après que Kerry eut achevé de pulvériser son prédécesseur, Macdonald Gage, responsable présumé du suicide de la fille de Chad Palmer. Quand ils avaient été collègues au Sénat, Kerry et Fasano s'étaient à peine adressé la parole, bien qu'ils fussent tous deux apparemment semblables : jeunes, catholiques et issus de milieux ouvriers. En effet, les factions qui soutenaient Fasano, espérant le faire élire président, exécraient Kerry avec une virulence peu commune dans la vie politique. Bel homme brun, cultivant savamment son image médiatique, Fasano était aussi profondément conservateur que Kerry était libéral. Il détestait ardemment les partisans de l'avortement. En lui serrant la main, Kerry songea à l'ironie du sort : en éliminant Gage, il avait fait de Fasano un rival dans sa candidature à la présidence.

— Félicitations, monsieur le Président, dit Fasano, nous vous souhaitons toutes les joies et les bénédictions de la famille.

— Combien en comptez-vous ? demanda Kerry.

— Autant que Dieu le veut, monsieur le Président.

John Bowden revoyait encore sa valise disparaître dans la longue file des bagages. Sans elle, il ne pourrait pas accomplir sa mission. Puis il alla au bar, commanda un scotch, l'avala rapidement et renouvela sa commande.

Il ne vivait plus que par la vision de la souffrance future sur le visage de Kerry Kilcannon. Absorbé par cette pensée, il faillit rater son avion.

La grande tente regorgeait de fleurs, de nourriture, d'invités et de serveurs qui s'efforçaient de remplir les verres dans des délais raisonnables. À la table d'honneur, le meilleur ami de Kerry se leva et proposa un toast.

— Le *New York Times*, déclara Clayton avec une feinte emphase, m'a une fois attribué le titre de personne la plus influente de la Maison-Blanche.

Il s'inclina vers Lara, nouvelle First Lady, et continua :

— Eh bien, mes amis, ce règne prend fin aujourd'hui, et j'en suis ravi.

Des rires francs accueillirent le propos, et Kerry dut admettre que la boutade n'était pas dénuée de fondement.

— Quand j'ai rencontré le marié pour la première fois, reprit Clayton, c'était un garçon irlandais un peu gauche, mais capable de coups fourrés sur un stade aussi bien qu'en salle d'audience. Je n'étais pas sûr de son avenir.

Il sourit à son épouse, une femme dont vingt-deux années de mariage n'avaient pas effacé la vivacité.

— Mais, depuis le début, Carlie et moi avons compris qu'aucun ami ne serait plus fidèle. Quand vous avez un ami comme Kerry Kilcannon, vous ne pouvez que lui souhaiter ce qu'il y a de mieux dans la vie. Aujourd'hui, notre vœu s'est réalisé.

Et il leva son verre en direction de Lara.

L'air en classe économique était à la fois épais et froid. John Bowden frissonna. Il ne pouvait demander un autre scotch ; il savait que sa voix pâteuse le trahirait. Il ferma les yeux. Mais, depuis six jours, il ne pouvait pas dormir.

L'avion atterrit avec brutalité. John essaya de se lever, mais il avait oublié de défaire sa ceinture. Quand il parvint à la détacher, les sens anesthésiés par l'alcool et l'absence de nourriture depuis plusieurs jours, il avait perdu sa confiance en lui. Il suivit comme un automate la foule des passagers qui se dirigeaient vers la sortie, puis vers le tapis de livraison des bagages.

Avant que l'on commence à danser dans la salle de bal, le Président prit le temps d'un tête-à-tête avec le sénateur Chad Palmer.

— Je vous ai vu échanger des propos avec Frank Fasano, dit Palmer, d'un ton pointu. Les mariages rendent bienveillant, on dirait.

— Frank et moi nous voyons une fois tous les cinq ans, répondit Kerry, amusé. Mais je suppose que je le verrai plus souvent, maintenant qu'il est votre incomparable chef. Comment ça se passe, dans votre camp?

— Ça a changé. Macdonald Gage était un petit gars du Sud, souriant et retors. Celui-ci est un moine calculateur qui poursuit son but sans s'en détourner un instant. Il est plus difficile à déchiffrer que Gage et, pour lui, vous et moi ne sommes que des obstacles vers son but final.

— Au diable Fasano. Je voulais vous dire combien je suis content que vous soyez ici.

Le sourire de Chad se teinta de tristesse.

— Quand vous danserez avec Allie, dites-le-lui. Ç'a été un gros effort pour elle de venir.

La bouche desséchée par l'alcool, hypnotisé par le défilement des bagages et craignant qu'on ne le reconnaisse, Bowden attendait sa valise. Elle fut la dernière; il se retrouva seul dans la salle. Seul, une fois de plus.

Kerry, dans l'obscurité, serra Lara contre lui.

— J'ai l'impression d'arriver au bout d'une course d'obstacles, dit-il.

— Tu veux parler du fait que je dorme enfin ici? rétorqua-t-elle en riant.

— Oui. Ça ne te semble pas bizarre?

— Si, mais pas comme tu le crois.

— C'est-à-dire?

Elle l'embrassa sur la bouche.

— Maintenant, ça m'est égal d'être enceinte.

23

Dans le vacarme des sirènes et les éclairs des gyrophares, la First Lady raccompagna sa famille à l'aéroport Dulles. Marie s'agitait comme un lutin, fascinée par les motards qui encadraient la limousine.

— C'est pour quoi faire, les sirènes et tout ça? demanda-t-elle.

— Pour nous protéger, répondit Lara.

Arrivés à l'aéroport, ils entrèrent dans le grand bâtiment, presque désert, de la General Aviation, réservé aux avions privés et où la protection des services secrets était plus commode. Les voyageuses seraient escortées jusqu'à l'embarquement. Elles avaient quatre billets de première classe, cadeau de Kerry et de Lara.

Lara s'agenouilla devant Marie.

— Kerry et moi voulons absolument que tu reviennes.

Marie la regarda avec gravité, puis se tourna vers sa mère:

— Est-ce que tu crois qu'on pourra emmener papa? demanda-t-elle. Enfin, s'il est gentil avec toi? Je ne veux pas qu'il se sente seul.

Lara et Joan échangèrent un regard surpris. Marie n'avait pas mentionné son père une seule fois depuis son arrivée. Cependant, Lara le comprenait, le désir d'une famille complète restait pour elle intact.

— On verra, intervint Joan. Je veux que papa aussi se sente mieux.

Lara étreignit sa sœur.

— Pardonne-moi, dit-elle. J'ai parfois trop de caractère, je le sais. Mais je t'aime beaucoup.

L'heure du départ approchait. Lara alla embrasser sa mère.

— Pars maintenant, dit Inez, les yeux tout humides. Tu vas être en retard à ta lune de miel.

Un policier approcha.

— Nous devrions accompagner votre famille vers l'avion, madame.

Lara les regarda partir, puis se dirigea vers sa voiture.

Peu avant 17 heures, ce jour-là, suivis à distance par une petite escouade de reporters et de photographes, Lara et Kerry se promenaient sur la plage de Dogfish Bar, à Martha's Vineyard.

— Une lune de miel un peu spéciale, observa Kerry, sarcastique.

Lara le savait, ç'avait été un compromis entre quatre parties : le couple présidentiel, qui aspirait à un peu de calme, Peter Lake, chargé de les protéger, les médias, qui voulaient des images du couple Kilcannon, et les conseillers politiques qui considéraient que les images soigneusement mises en scène de la lune de miel vaudraient de l'or en barre, politiquement parlant. L'intérêt des médias atteignit son apothéose lorsque CNN demanda à Kit Pace quelles seraient les lectures du couple.

— C'est une question sérieuse ? avait reparti Kit, réprimant un rire.

— Répondez-leur que nous étudions attentivement le Kama Soutra illustré, avait suggéré Kerry.

Cependant Lara connaissait trop bien l'état d'esprit des journalistes pour espérer que la boutade les dériderait. La campagne de Kerry en Californie, qu'elle avait couverte, avait été surnommée par ses collègues « la veillée mortuaire ». Chacun savait que le cours apparemment paisible des journées pouvait être interrompu à n'importe quel moment par un tueur fou. Et c'était pour contrer cette menace que Peter Lake avait organisé un réseau de surveillance bien plus serré que la presse ne le soupçonnerait jamais.

Lara embrassa du regard le territoire commis à la surveillance de Peter : un kilomètre et demi de plage de sable blanc semé de rochers et s'étendant jusqu'au promontoire rouge, socle du phare abandonné de Gay Head. À droite, l'Atlantique, tenu en respect par un banc de sable de quelques centaines de mètres de long. À gauche, une dune couverte de plantes grasses et au sommet de laquelle s'élevait leur maison, un pavillon de bois et de verre, baigné de lumière. Pour Peter, le site n'était pas idéal, car bordé par une vaste étendue broussailleuse, elle-même entourée de collines couvertes d'arbres et de maisons ; c'était la porte ouverte à toutes sortes d'intrus.

Seule la mer rassurait Peter : elle n'était accessible qu'à des hommes-grenouilles, et il avait posté les siens. De surcroît, les bateaux des garde-côtes patrouillaient à brève distance. Il avait donc prié les occupants des maisons les plus proches de les évacuer et, au prix de loyers exorbitants, y avait installé ses agents, une équipe médicale et le personnel nécessaire aux affaires de la présidence. Il avait également transformé Dogfish Bar en camp retranché, en coupant les voies d'accès par des postes de contrôle.

Lara lui en était reconnaissante. En jeans et sweat-shirts de coton, le couple faisait face à l'océan. La jeune mariée se retourna et aperçut le scintillement des objectifs des photographes et des cameramen.

— On devrait leur faire un petit cadeau, dit-elle.

Elle se haussa sur la pointe des pieds et déposa un baiser sur la joue de son mari. Il dura exactement sept secondes.

Sur l'écran, le profil de la petite sotte rejoignit celui du connard. « Le Président et Mme Kilcannon passent leur lune de miel sur Martha's Vineyard », annonça le présentateur.

Dans la chambre de motel qu'il savait être sa dernière demeure, John Bowden termina sa dernière bouteille de vodka et regarda la photo de Marie. Il n'avait qu'une barre de céréales au chocolat pour toute nourriture. Sa carte de crédit était bloquée, son compte en banque était à découvert et il ne lui resterait que vingt et un dollars après avoir payé pour cette chambre couleur pois cassé. Sa vie était finie : plus de virilité, plus de famille. Plus de sommeil non plus. Rien que le pistolet près de lui. Il le saisit et plaça le canon sur sa tempe. La moindre pression sur la détente mettrait fin à sa souffrance.

Ses yeux s'emplirent de larmes. Il regarda la photo de Marie. On frappa à la porte.

— Qui est-ce ?

— La femme de ménage.

— Plus tard.

L'idée lui vint alors d'une façon de rendre sa mort moins pitoyable. Il reposa le pistolet et retrouva dans son portefeuille la feuille indiquant les horaires de la compagnie d'aviation.

— Leur avion est en retard, annonça Lara à son mari. Un problème technique.

— De toute façon, il y aura quelqu'un pour les attendre.

Assis sur une couverture, au bas de la dune, ils regardèrent le soleil rouge sombrer dans l'océan. Puis ils entamèrent la salade composée et le homard qui constituaient leur pique-nique. Ils étaient seuls à savoir que, quatre ans plus tôt, cette même maison avait été leur nid d'amour secret. C'était alors que Lara était tombée enceinte.

Le soleil disparut. Des nuages bordés d'orange voguaient dans un ciel de cobalt.

Marie se réveilla au moment où l'avion se posait à l'aéroport San Francisco International. Les Costello saisirent leurs effets et Joan essuya les yeux de sa fille avec un mouchoir mouillé.

— Nous sommes à la maison ?

— Bientôt.

Après que les Costello eurent débarqué, Marie s'élança sur le tapis roulant, se retournant parfois pour regarder sa mère. Derrière le portail de sécurité attendaient des cameramen et des gens tenant des microphones. Deux hommes en tenues de sport s'interposèrent entre la petite fille et les caméras, puis la main de sa mère se posa sur son épaule.

— Tu connais les constellations ? demanda Lara, emmitouflée dans une couverture.

— Non.

— Moi non plus. Peut-être pourrions-nous demander une carte du ciel.

Soudain Kerry lui saisit le bras, crispé. Surprise, Lara se tourna vers lui ; il avait le regard fixé sur ses pieds, que flairait une mouffette, la queue caractéristiquement dressée. Pendant quelques instants, le couple ne bougea pas un sourcil. Finalement, l'animal abaissa sa queue et s'en fut.

— Où est donc Peter quand nous avons vraiment besoin de lui ? grommela Kerry.

24

Dans un soupir pneumatique, la porte de verre s'ouvrit devant John Bowden. Il marchait de travers, à cause de l'alcool, et sa perception du monde était totalement déformée. Vers 18 heures, le tableau d'affichage numérique au plafond annonça que les bagages de trois vols étaient attendus. Bowden, une boîte de pastels pour enfants sous le bras, déchiffra péniblement : Boston, New York, Miami. Puis il se dirigea vers un autre tapis au-dessus duquel le tableau indiquait : *Vol 88 – Washington/Dulles – IN.*

Les premiers passagers entrèrent alors dans la salle ; Bowden, à l'écart, les observa. Les autres passagers affluèrent. La sueur perla sur son front.

Elles n'étaient pas encore là.

Le tapis ne bougeait pas. Puis le haut-parleur résonna : « Les bagages du vol 88 arriveront tapis cinq. »

Marie revenait des toilettes avec Joan. Que les bagages étaient longs à venir ! Tenant la main de sa grand-mère, elle attendit l'arrivée de sa valise à fleurs.

Sa famille formait un petit groupe avec les deux agents secrets qui l'avaient accueillie. Marie serra la poupée contre sa poitrine et dévisagea les hommes armés de caméras auxquels sa mère avait refusé de parler. Elle avait même l'air de les craindre. Le regard de Marie dériva dans la foule, puis se fixa sur quelqu'un.

Papa.

Il était venu l'attendre. Mais Joan ne l'avait pas vu. Marie leva le bras pour faire signe à son père.

Bowden se mit à genoux, les yeux rivés sur Marie. Il ouvrit la boîte ; le pistolet lui parut lourd quand il passa la lanière autour de son épaule. Son regard croisa alors celui de Joan.

Mais elle devait d'abord voir sa famille mourir.

Le pistolet à la hanche, Bowden visa Inez Costello.

— Non ! cria Joan.

Inez se retourna, étonnée par le cri de sa fille. Bowden appuya sur la détente. La gorge d'Inez Costello fut déchiquetée par l'impact.

Saisi par sa puissance, Bowden se figea. Les cris de Joan résonnaient à ses oreilles. L'un des gardes mit la main à son holster. Une balle le renversa. En quelques fractions de seconde, Bowden tira trois autres balles. Une femme blonde s'écroula, puis le second garde. Les passagers se jetèrent tous à plat ventre sur le sol et, bientôt, il n'y eut plus personne entre Joan et son mari.

Bowden fut gagné par un calme irréel ; elle était à sa merci, mais elle devait d'abord voir sa sœur mourir. Elle saurait le poids de ce qu'il avait enduré.

Mary se jeta sur le tapis roulant, tandis que des cris de panique éclataient dans le terminal. À contresens, elle tenta de gagner la bouche d'arrivée des bagages. Une balle déchiqueta la valise près d'elle. Elle rampa vers l'ouverture, repoussant les bagages devant elle. Une autre balle lacéra les lames du rideau de caoutchouc. Elle traversa le rideau et parvint enfin dans la salle des bagages. En se retournant, elle vit Bowden la viser une fois de plus à travers le rideau.

Les sirènes retentirent alors, et leur son fit sursauter Bowden. Une balle fendit la lame de caoutchouc au ras du visage de Mary. Les gens couraient dans tous les sens ou se couchaient sur le sol.

Pris de panique, Bowden visa Joan. Elle prit Marie dans ses bras, haletant de terreur et d'incrédulité. Marie serra sa tête contre celle de sa mère. Inez gisait par terre dans une mare de sang.

— Arrête, John ! cria Joan.

Une balle lui fracassa la mâchoire. Marie tomba avec sa mère, fermant les yeux et serrant sa poupée contre elle.

Son père la regarda, les yeux hagards.

— Arrêtez ! cria une voix d'homme.

Bowden sursauta. Un mouvement nerveux agitait sa main.

— Non ! cria-t-il.

La poupée de Marie explosa.

Derrière le rideau de caoutchouc, Mary entendit le cri de douleur de Bowden. Il regardait horrifié quelque chose qu'elle ne pouvait pas voir. Il mit alors le canon du pistolet sur sa tempe. Une détonation étouffée retentit. Sa tête explosa.

Mary se laissa alors emporter par le tapis roulant. Elle passa devant Marie. Les sanglots lui jaillirent de la gorge. Le tapis s'arrêta dans une secousse. Elle leva la tête. Des gens priaient, d'autres étaient à genoux. Une femme tituba, tenant des propos incohérents. Près de Marie, un urgentiste tâtait le pouls d'Inez. Le regard vide de Joan fixait sa fille. Un gros homme filmait la scène avec un caméscope minuscule.

L'urgentiste laissa tomba le poignet d'Inez et se tourna vers Marie. La fillette était sur le dos, la poitrine ensanglantée.

— Amenez une civière, dit-il. Celle-ci est encore vivante.

Pénétrant dans la salle des bagages, l'inspecteur Charles Monk croisa une équipe d'infirmiers qui emportaient la civière vers une ambulance.

C'était l'heure de pointe ; le shérif devrait donc bloquer le trafic sur l'autoroute 101, pour que l'ambulance pût arriver rapidement aux urgences.

Monk parcourut la scène du regard. Six morts au moins. Une femme mince d'âge moyen. Une autre, plus boulotte, la trentaine, peut-être. Une jeune fille blonde, les bras en croix

sur le tapis. Deux hommes sportifs portant les mêmes vêtements, l'un blanc, l'autre métis. À une quarantaine de pas, un
homme maigre en tee-shirt, gisant dans un mélange de cervelle
et de sang, près d'une boîte de pastels et d'un Lexington P-2.

L'équipe d'urgence avait fait le nécessaire : la salle des
bagages était interdite d'accès. Les enquêteurs examinaient
les dégâts faits par le tueur. La police interrogeait les témoins.
Un des policiers se tenait auprès d'une femme affalée dans
un fauteuil, en état de choc. Monk s'agenouilla près d'elle ;
son poids, son âge et son genou accidenté se rappelèrent à
son souvenir.

— Que s'est-il passé ? demanda-t-il.

La femme ne pouvait parler, mais le policier répondit :

— C'était la belle-famille du Président. Le tireur était son
beau-frère.

25

Le Dr Callie Hines achevait de panser un garçon d'origine asiatique, âgé de seize ans ; un coup de couteau à l'abdomen, une blessure banale pour Callie, qui traitait chaque jour au moins une lésion par arme à feu ou arme de poing. Son bipper se mit à vibrer. Elle le tira de sa poche : le code 900 signifiait que la personne qu'on amènerait était en danger de mort.

Le Dr Hines, une femme noire, mince, à l'allure de mannequin, le visage lisse et blasé, se dirigea vers l'ascenseur et gagna la salle des urgences. Ce fut alors son téléphone qui sonna ; cette fois-ci, c'était l'équipe des urgentistes. Une fusillade avait eu lieu à l'aéroport. Callie entendit les sirènes à l'autre bout du fil.

— Quelle est la victime ?

— Une fillette de six ans, répondit une voix de femme tendue. C'est un cas pour la salle 1.

Callie retint une grimace ; les blessures par balles étaient courantes chez les adolescents, mais pas chez les enfants de cet âge.

— Quel genre de blessure ? demanda-t-elle.

— Abdominale. Sa tension est très basse. Nous l'avons intubée et effectué une compression de la blessure, puis inséré une aiguille pour perfusion. C'est une VIP, ajouta la femme.

— Une VIP de six ans ?

— C'est la nièce de Lara Kilcannon. Sa mère et sa grand-mère ont été tuées à l'aéroport.

Callie avait du sang-froid, mais il lui fallut inspirer profondément.

— Elle est consciente?

— Oui.

— J'attends, répondit le médecin.

— Monsieur le Président.

Kerry aperçut une ombre qui avançait dans les herbes, sur la dune, à la clarté de la lune.

— Monsieur le Président, répéta Peter Lake, plus doucement.

Il s'est passé quelque chose, pensa Kerry. *Peut-être ont-ils mis la main sur El Anwar.*

Lara lui saisit la main et se crispa; bien qu'il eût appelé le Président, c'était vers elle que Peter s'était tourné en s'agenouillant.

— J'ai de mauvaises nouvelles, dit-il, d'une voix mal assurée. Il y a eu une fusillade à l'aéroport de San Francisco. Votre mère et Joan sont mortes.

— Non...

Kerry lui serra le poignet, comme pour la tirer de l'abîme.

— Et Mary? demanda-t-elle. Et Marie?

Elle ne reconnaissait pas sa propre voix.

— Mary est saine et sauve. Marie a été blessée et on l'emmène au San Francisco General Hospital.

— C'était John?

— Oui.

Son estomac se noua. Elle entendit Kerry demander d'une voix rauque:

— Passez-moi l'hôpital.

Callie Hines observa l'interne écrire au marqueur, sur un tableau blanc, les noms des gens admis. En quelques minutes, elle avait vu une fameuse galerie d'éclopés: un SDF noir atteint de pneumonie, une femme latino de vingt ans séropositive en overdose, un Blanc séropositif qui s'était tailladé les poignets, une cocaïnomane amputée du bras gauche enceinte de son quatrième enfant...

La porte arrière de l'ambulance s'ouvrit. Sur une civière était allongée une petite fille aux cheveux sombres : des tubes étaient enfoncés dans son nez et dans sa gorge. Elle était consciente, les yeux grands ouverts, sous l'effet du choc physique et psychologique.

Callie la suivit rapidement dans la salle de traumatologie.

Mary Costello ne parvenait à penser qu'à une seule chose : Marie. Deux policiers l'avaient emmenée à l'hôpital dans une voiture de patrouille. Parvenus aux urgences, l'un d'eux avait appuyé sur un bouton numéroté et la porte s'était ouverte ; une femme noire plutôt forte l'avait conduite dans une chambre stérile, munie d'un téléphone et ornée d'un tableau plastifié au mur. Mary eut une bouffée de claustrophobie.

— Il faut que je la voie.

L'assistante sociale lui prit la main.

— Elle est déjà en salle d'opération. Le pronostic n'est pas bon. Il faut l'opérer d'urgence.

— Je le sais. C'est pour cela qu'il faut que je sois près d'elle.

— Vous tiendrez le coup ? demanda la femme en la jaugeant.

— Pas si je reste ici.

La femme hocha la tête et la conduisit à la salle de traumatologie.

Marie, sur la table, était entourée d'hommes et de femmes en blouses, les unes rouges, les autres blanches, mais tous portant des masques et des tabliers de plomb. Deux lampes cylindriques et une cellule de radiographie, fixées au plafond, étaient braquées sur elle. Un cardiomètre affichait les battements du cœur sur un écran. Une chirurgienne blonde dirigeait l'intervention, une femme noire, à l'allure impérieuse, observait, les bras croisés.

Les vêtements ensanglantés de Marie étaient dans un sac, par terre. Un anesthésiste administrait de l'oxygène à la petite fille. Elle gémit doucement.

— Je vais chercher la morphine, dit quelqu'un.

Mary, écrasée, essayait d'assimiler les événements. Un jeune médecin, portant des lunettes, lui demanda :

— Vous êtes sa tante ?

Elle hocha la tête.

— Savez-vous qui est son médecin et si elle prend des médicaments ?

Elle secoua la tête.

— Des allergies ?

— Je ne sais pas.

— Combien de sang a-t-elle perdu ? demanda la femme blonde.

— Près de quatre cents centimètres cubes, la moitié de ce qu'elle a dans son corps.

Une alarme vrilla les tympans de Mary.

— La pression sanguine tombe, dit quelqu'un.

L'écran de radiographie montra une tache blanche, pareille à une étoile qui explose. La femme noire la détailla et plissa les yeux.

— Emmenez-la tout de suite en salle d'opération.

Marie avait fermé les yeux. Le brancard fut poussé vers l'ascenseur, le Dr Hines d'un côté, Mary et l'assistante sociale à sa suite.

— Elle s'effondre, dit quelqu'un.

— Puis-je tenir sa main ? demanda Mary.

Comme personne ne faisait d'objection, elle saisit la main de sa nièce, qui était fraîche. Deux étages plus haut, les portes s'ouvrirent sur un long comptoir et une porte marquée « Salle 1 ». Mary détacha lentement ses doigts de la main de la blessée. L'assistante sociale lui toucha le bras.

— Je crains que nous ne puissions aller plus loin.

Trois infirmiers poussèrent le brancard dans la salle. Les yeux de Mary s'emplirent de larmes. Elle distingua juste la tête de Marie avant que les portes se referment.

Kerry s'empara du téléphone dans le grand living faiblement éclairé, observant Lara qui écoutait la conversation sur un autre appareil. Elle était pâle et tendue. Il eut le sentiment que la ligne téléphonique était le seul rempart pouvant empêcher l'horreur de s'abattre sur elle.

— Ils vont l'opérer, dit le directeur de l'hôpital. Tout ce que je peux vous dire, monsieur le Président, est que Callie Hines est l'un de nos chirurgiens les plus réputés.

— Dès que vous saurez quelque chose, dit Kerry, appelez-nous.

En enfilant sa blouse, Callie Hines se rappela l'attentat contre Kerry Kilcannon, les policiers massés autour de l'hôpital, les reporters entassés dans la salle de presse, le maire de San Francisco faisant les cent pas à la porte de la salle d'opération.

Près du lit de Marie, trois anesthésistes administraient l'un un curarisant, l'autre un sédatif et le troisième un narcotique. Des infirmiers apportaient des flacons de sang et l'un d'eux couvrit les jambes de Marie pour prévenir la déperdition de chaleur. Le chef des internes et deux autres médecins observèrent Callie faire une incision sous les tétons de la fillette. Son front luisait de sueur, car elle avait demandé que la température fût montée à vingt-cinq degrés Celsius, pour pallier le risque d'hypothermie.

Tous parlaient en monosyllabes et contrôlaient leurs gestes ; ils commenceraient bientôt à transpirer aussi.

La deuxième incision de Callie descendit jusqu'au pubis. L'infirmière en chef mit en place un écarteur et le sang noir d'un hématome jaillit de l'abdomen de Marie.

— Clampez l'aorte, ordonna Callie.

L'interne plaça un autre écarteur et posa une pince sur l'aorte, afin que le sang cesse de couler, tandis que deux autres épongeaient le sang pour que Callie pût intervenir, et qu'un troisième massait le cœur de la fillette. Portant des doubles gants, Callie chercha avec un extracteur de caoutchouc la balle aperçue à la radiographie.

Elle la trouva et la retira du sang qui bouillonnait. L'extrémité avait éclaté en six arêtes de métal, comme une fleur éclose. Elle serra les mâchoires de rage.

— Eagle's Claw, dit-elle.

— Qu'est-ce que c'est ? demanda un interne.

— Quatre fois plus mortelle.

133

Elle n'avait pas le temps d'expliquer que ce type de balle perforait les chairs comme une scie circulaire et que ses bords tranchants étaient la terreur des chirurgiens ; qu'une veine cave ainsi lacérée pouvait être inopérable ; que ses chances de sauver cette enfant venaient de tomber de probables à douteuses ; que l'Eagle's Claw était, selon son professeur de chirurgie, ignoble. Elle chercha la plaie, luttant contre la montre.

Mary sanglotait au téléphone.

— Je sais, dit Lara. Mais peut-être qu'ils pourront sauver Marie.

— Je l'adopterai, dit Mary, essayant de se contrôler.

— Je sais que tu le feras. Tu seras merveilleuse pour elle.

Mary laissa échapper un cri.

— C'est l'hôpital où ils ont sauvé Kerry, dit Lara, cherchant à retrouver l'espoir.

Il venait de poser sa main sur son épaule. Et sa sœur cria :

— Vous deux, vous l'avez vraiment mis hors de lui...

La veine cave était, en effet, lacérée. Au lieu d'une seule rupture, il y en avait trois. Le sang en jaillissait. Le visage de la fillette était pâle et calme.

— Pas de coagulation, dit l'interne en chef.

Il ne restait plus de temps pour intervenir. Marie mourrait d'hémorragie avant que Callie pût faire les sutures.

— Contrôle d'urgence, dit-elle.

Son seul espoir était d'arrêter le flot de sang et de remonter la température en attendant un départ de coagulation, de sorte qu'elle pût faire les sutures le lendemain. L'infirmière en chef pressa une spatule sur la veine, d'autres épongèrent le sang, une autre appliqua un défibrillateur sur le cœur de la fillette, pour le faire redémarrer. Callie referma l'abdomen avec des tampons.

— Sa pression est en chute libre, dit l'interne en chef.

Callie massa le cœur. On n'entendait que le bourdonnement du ventilateur.

Dix minutes plus tard, en quittant la salle d'opération, Callie nota le sang sur ses chaussons. Des policiers protégeaient l'accès à la salle. L'administrateur de l'hôpital et le maire se tenaient derrière le cordon de police. Callie dévisagea le maire.

— Faites-le sortir d'ici, dit-elle à son supérieur.

À 23 h 05, le téléphone sonna à Martha's Vineyard. Kerry décrocha le premier.

— Monsieur le Président ? dit Callie Hines d'une voix égale.

Lara guetta le visage de Kerry.

— Comment va-t-elle ? demanda-t-il.

— Je regrette beaucoup, dit Callie avec douceur. Mais elle ne pouvait simplement pas survivre à la blessure. Tout ce que je peux vous assurer est qu'elle n'a pas souffert.

Il secoua la tête lentement. Lara se plia en deux et poussa un cri de douleur qui lui donna le frisson.

— La balle était une Eagle's Claw, dit Callie. Sur un corps de fillette…

Deuxième partie

Le refus

De la fête du travail à la mi-septembre

1

À 5 heures le lendemain matin, Clayton était à la Maison-Blanche, se préparant à transférer la présidence à San Francisco. Un C-130 avait atterri à Martha's Vineyard ; Air Force One attendait à l'aéroport Logan, à Boston. Le Président et la First Lady résideraient dans une maison privée de Pacific Heights, escortés par les services secrets, le médecin de la Maison-Blanche, l'assistant militaire chargé des codes nucléaires et une petite équipe de soutien dirigée par Clayton lui-même. Kit arriverait pour les funérailles. L'agenda du Président serait limité à la séance d'information quotidienne sur la sécurité nationale. Afin de protéger la vie privée du couple présidentiel, toutes les autres communications transiteraient par Clayton.

Peu après 8 heures, celui-ci interrompit son travail pour regarder CNN.

À ce moment, à Martha's Vineyard, Lara et Kerry se dirigeaient vers leur avion. Elle portait des lunettes noires et s'appuyait au bras de son mari, qui semblait las et tourmenté. Leurs tenues, un blouson et un polo pour Kerry, une robe d'été pour Lara, rappelaient que, quelques heures auparavant, ils étaient en pleine lune de miel. Seul Clayton connaissait la requête de Kerry : tous les documents relatifs à ses rapports avec Joan Bowden et son mari seraient expédiés à San Francisco.

— Le Président et la First Lady, annonça la présentatrice, s'envoleront pour la base Andrews de l'Air Force pour entamer leur triste voyage vers la Californie où, il y a treize ans, le sénateur James Kilcannon tombait sous les balles d'un assassin. Le Président et son épouse ont été informés de la tragédie hier, vers 21 h 30. À 7 heures, aujourd'hui, Kit Pace, la secrétaire de la Maison-Blanche, a publié le communiqué suivant :

« Le Président et la First Lady expriment leurs sincères remerciements à leurs concitoyens, qui ont prié pour eux en ce temps d'épreuve, ainsi que pour les trois familles qui ont perdu des êtres chers dans cette tragédie insensée. Afin d'être auprès de son épouse à San Francisco, le Président a modifié son emploi du temps pour les jours prochains. Il séjournera dans la cité avec sa femme et la sœur de celle-ci, épargnée par la tuerie, jusqu'après les funérailles de la famille Costello. Ni le Président ni la First Lady ne publieront de communiqué ces jours prochains. »

Même dans ces circonstances, songea Clayton, l'instinct de Kerry demeurait sûr. Tous ces événements se passaient de commentaires. Pour le public, le silence du Président exprimerait parfaitement son émotion. Et celle-ci était palpable : quand il lui avait parlé, Clayton l'avait trouvé absent, ne s'exprimant que par bribes. Mais il avait pu l'informer tout de même de la mort de Mahmoud El Anwar dans une grotte du Soudan.

— Le visage est méconnaissable, mais pour le reste, y compris sa taille, ils sont sûrs que c'est bien lui.

— Qui est au courant ? avait demandé Kerry après un long silence.

— Un petit cercle. Nos hommes sur le terrain, le général Webb et le secrétaire à la Défense.

— Dis-leur de ne rien révéler avant la fin des funérailles, ordonna le Président. Je veux que personne ne pense à autre chose qu'à ce qui vient de se passer.

À l'écran, Kerry et Lara s'engouffrèrent dans le C-130.

— À Washington, reprit la présentatrice, un sentiment s'affirme. Ces meurtres atroces modifieront à coup sûr les termes du débat sur le contrôle des armes et favoriseront les demandes pour des lois plus sévères, que le président Kilcannon demandait avec urgence.

— Il nous faut publier un communiqué, déclara Charles Dane, puis établir une stratégie.

Le président des Sons of the Second Amendment était assis dans la salle de conférence de l'immeuble de verre qui s'élevait sur K Street et symbolisait la puissance de son association. Il était encadré de son directeur juridique, Carla Fell, une petite blonde agréable, et de son directeur de la communication, Bill Campton, gros chérubin candide. Tous deux buvaient un café dans des tasses aux insignes des SSA. Une partie de la tâche de Fell et Campton consistait à améliorer l'image publique des SSA et, aujourd'hui, Dane éprouvait un besoin urgent de leurs compétences. En effet, les circonstances compromettaient les objectifs de Dane : maintenir l'image intimidante des SSA pour pouvoir continuer à ramasser l'argent destiné à les entretenir, et rassurer un conseil d'administration en proie à de sérieux doutes. De plus, il fallait veiller à ce que la fusillade de l'aéroport n'ait pas de conséquences fâcheuses.

Campton commença la lecture d'un texte annoté à l'encre rouge :

— Nous adressons nos condoléances aux familles des victimes du massacre de l'aéroport de San Francisco. Le Président et la First Lady sont présents dans les prières de tous les Américains loyaux et respectueux des lois, y compris les quatre millions de membres de notre association…

— Supprimez le mot massacre, déclara Dane de sa voix de baryton qui, même aux plus bas registres, semblait capable d'emplir un théâtre. C'est mélodramatique.

Campton sourit servilement et remplaça massacre par tragédie.

— Nous espérons que ces terribles événements conduiront tous les acteurs de notre société à réduire la violence par armes à feu par l'application de la loi. Nous n'avons pas besoin de nouvelles lois, mais de la détermination à punir ceux qui se servent d'armes à feu pour commettre des crimes…

— Le problème, coupa Fell, est que ce type ne peut plus répondre de ses actes devant la justice.

— Alors la loi aurait dû le punir avant. Bowden était un mari violent. Les Kilcannon l'ont dit à la télé. Si on l'avait fichu au trou, personne ne serait mort.

— Est-ce que nous savons où il s'est procuré son pistolet ? demanda Fell. Et quelle en était la marque ?

141

— Pas encore. Prions le ciel qu'il ait été d'une marque étrangère et que Bowden l'ait acheté dans la rue. Campton, essayez de trouver une loi que Bowden aurait violée. Il doit forcément y en avoir une.

Campton hocha la tête et reprit sa lecture :

— Nous ne devons jamais remettre en question le droit constitutionnel des Américains à l'autodéfense…

— Attention à la formulation. Nous ne pouvons pas insinuer que la belle-mère du Président aurait dû être mieux armée.

Pendant que Campton corrigeait son texte, Dane se tourna vers Carla Fell :

— Qu'en est-il du Congrès ?

— C'est le Sénat le pire, à cause de quatre ou cinq Républicains indécis, comme Palmer.

Elle avala une rapide gorgée de café et reprit :

— Je connais bien Kilcannon : il est déjà en train de réfléchir à la façon de se servir des circonstances. C'est le plus calculateur des hommes politiques jamais passés par Washington. Ses anciens collègues ne l'aiment pas, mais ils reconnaissent tous qu'il est redoutable dans ce domaine.

— Nous aussi, rétorqua Dane, et nous ne les laisserons pas l'oublier.

Le téléphone sonna. C'était l'heure de la conférence avec Frank Fasano. Dane appuya sur un bouton et enclencha le haut-parleur.

— Charles ? dit Fasano.

— Bonjour, Frank, dit Dane au chef de la majorité du Sénat. Mais je ne suis pas sûr que ce soit le terme qui convienne. Cet événement est une tragédie et une menace pour le droit de détenir des armes.

— Je vais faire une déclaration en ce sens, mais je ne parlerai pas de la menace, annonça Fasano d'une voix égale. Imaginez ce que c'est que de perdre toute sa famille.

— Kilcannon va demander d'autres lois et il se servira du massacre pour les obtenir.

Fasano demeura silencieux un moment, puis déclara :

— Il pourrait y parvenir. Mais nous pourrions le devancer en lui offrant un acte symbolique.

Dane décida de prendre le taureau par les cornes :

— Nous attendons de la fermeté de votre part, Frank. Nous avons consacré beaucoup de temps et d'argent à vous maintenir dans la majorité.

— Je ne l'ai pas oublié, répondit Fasano avec la même froideur. Mais permettez-moi de vous donner un conseil : disparaissez. L'heure appartient au Président. Il peut dire ce qu'il veut, mais vous, vous ne pouvez pas apparaître pour l'instant. Tout le monde pensera que vous vous servez de la douleur de Lara Kilcannon pour faire de la politique. Votre heure viendra.

— Quand ?

— Kilcannon ne peut pas agir trop vite, ça paraîtrait inconvenant. Il aurait l'air d'exploiter la mort de sa belle-famille. Je contrôle l'ordre du jour du Sénat, je peux donc temporiser. Avec le temps, les passions se calmeront.

— Et Chuck Hampton ? demanda Carla Fell.

— Les Démocrates aussi ont leurs problèmes, répondit Fasano. Certains de ses potes seraient enchantés de ne jamais avoir à voter une loi sur les armes. Ils lui baiseraient les pieds pour ça, ou bien ils baiseraient les miens.

Dane se tourna vers Fell et secoua la tête.

— Kilcannon les tient trop bien en laisse. Les gens qui prétendent que les libéraux sont des andouilles ne l'ont pas pris en compte.

— Et c'est comme ça que j'ai eu mon poste, observa Fasano avec un petit rire sans gaieté. Le dernier à s'être opposé à Kilcannon a été Macdonald Gage. En vingt-quatre heures, il est passé du rang de troisième plus puissant personnage en Amérique à celui de cadavre ambulant. Mais ne vous inquiétez pas, Charles, j'ai des réflexes plus rapides.

Et il raccrocha.

Dans la cuisine de sa ferme du Vermont, le sénateur Chuck Hampton, chef de l'opposition, mangeait des œufs au bacon en regardant la chaîne MSNBC. Il achevait son plat quand, sur l'écran, apparut l'image de Kerry et Lara Kilcannon montant à bord d'Air Force One.

— Le Président et la First Lady devraient arriver en Californie à 12 h 17, heure du Pacifique…

C'était typique du bureau militaire de la Maison-Blanche : il calculait chaque vol à la minute près.

Hampton était plus déprimé et anxieux qu'à n'importe quel moment de sa carrière. Il était trop tôt pour transmettre à Kilcannon ses condoléances ou ses inquiétudes. Mais il était toujours temps d'appeler le sénateur Vic Coletti, du Connecticut ; ainsi que l'avait observé Kerry Kilcannon, Coletti, comme les chats, ne dormait jamais.

— Qu'est-ce que vous allez faire ? demanda Coletti.

— Exprimer ma sympathie, évidemment, répondit Hampton, contemplant les champs depuis la fenêtre de son bureau. Ça m'a rendu malade de voir ces images.

— Et le fond des choses ?

— Une déclaration générale… Que nous avons besoin d'en faire davantage pour réduire la violence par armes à feu. Mais j'ignore ce qui s'est passé exactement, et je ne peux pas aller plus vite que nos collègues.

— Juste, dit Coletti. J'ai parlé à cinq d'entre eux. Ils ne voudraient pas que cette fusillade soit le prétexte pour amputer tout notre programme sur la santé publique, l'éducation et l'emploi.

— Et vous ?

— Je ne voudrais pas paraître cynique. Mais, franchement, nous n'avions pas besoin de ça.

Hampton voyait très bien ce que Coletti voulait dire : plusieurs manufactures d'armes étaient installées dans le Connecticut, y compris la Lexington Arms, et elles étaient vulnérables aux pressions des SSA.

— Je m'inquiète pour les emplois, reprit Coletti d'un ton affirmatif. Et pas seulement pour le mien ou le vôtre. Les SSA sont comme le parti communiste : écartez-vous de leur ligne et ils vous collent le dos au mur pour vous fusiller.

— Le problème, conclut Hampton, est que le Président va vouloir faire quelque chose. Mais quoi ?

2

À l'intérieur d'Air Force One, Kerry et Lara survolaient le cœur de l'Amérique.

Dans les premiers temps de sa présidence, Kerry avait pris plaisir à être le maître de cet appareil plus haut qu'un immeuble de cinq étages et long comme un pâté de maisons, équipé d'une salle de conférence, d'une vaste cuisine, d'un salon confortable, mais aussi d'une batterie d'armes et de dispositifs anti-missiles qui lui rappelaient les réalités de son poste. Aujourd'hui, sa cabine élégante lui paraissait triste et déprimante.

Lara était affalée sur le canapé, fixant le vide du ciel de ses yeux fanés par une nuit d'insomnie et de larmes.

— Toute cette protection… avait-elle dit d'un ton morne.

Sans doute voulait-elle parler des mesures de sécurité à Andrews, qui contrastaient violemment avec celles dont sa famille avait bénéficié. Kerry ne savait que dire.

— Un jour, vous irez trop loin, avait-il dit à John Bowden, et alors, croyez-moi, c'est vous qui souffrirez le plus.

Ses propres démons l'avaient conduit à intervenir dans la vie de Joan Bowden et avaient sans doute poussé son mari à ces extrémités. Il avait beaucoup de mal à relativiser sa responsabilité dans cette affaire.

Il tendit la main vers celle de Lara, à la fois pour la réconforter et se faire réconforter. Mais les doigts de sa femme étaient inertes. Elle avait à peine senti le contact de la main de Kerry.

— Nous les avons sacrifiées, dit-elle d'une voix sans timbre. Aux médias, aux besoins de la présidence.

— Tout ce que nous voulions, objecta-t-il d'un ton lamentable, c'était qu'elles assistent à notre mariage.

— Non, coupa-t-elle sans violence, ça n'a jamais été *notre* mariage.

Il jugea préférable de ne pas entrer dans la polémique.

— Mary... dit-elle. Quels que soient mes sentiments... Dès que nous arriverons, il faut que je la voie. Avant toute chose.

— Tu peux y compter.

Peu avant 14 heures, heure du Pacifique, les premières images de la tuerie firent surface. Clayton s'apprêtait à quitter la Maison-Blanche quand Kit Pace entra dans son bureau et, la mine lugubre, lui dit laconiquement :

— Branchez Fox News.

Il s'exécuta. Sur l'écran, Inez, Joan, Mary et Marie se tenaient debout dans la salle des bagages.

— Seigneur, s'écria Clayton.

Une détonation retentit. Inez Costello s'écroula, le sang jaillissant de son cou. Puis les images se brouillèrent : Mary rampant sur le tapis des bagages ; le visage de Joan ; Marie serrant sa poupée contre elle, les yeux figés par l'horreur.

— Arrêtez ! cria quelqu'un.

La poupée vola en éclats. La force de la balle projeta la fillette en arrière.

— Marie ! cria une voix d'homme.

Les images s'interrompirent.

— Ce film extraordinaire, dit le présentateur d'une voix posée, a été pris par un cameraman de notre antenne de San Francisco. Nous ne l'avons diffusé qu'après de longs débats au sein de notre rédaction. Et nous pensons qu'en tant qu'illustration de la tragédie de la violence domestique, les Américains doivent en avoir connaissance.

— Des vampires, dit Kit Pace. Et, grâce à ce genre de diffusion, ils règnent sur le câble.

Ces images, Clayton le devinait, seraient au centre de la frénésie médiatique. Et elles suivraient Kerry et Lara jusqu'à leurs

146

derniers jours. Il ressentit de façon plus aiguë que jamais la nature de la présidence des États-Unis.

— Ils le projetteront de nouveau. Faites-m'en une copie, dit-il.

Le premier à débarquer d'Air Force One, quand l'avion se fut posé à San Francisco, fut un colonel de l'Air Force portant la mallette des codes nucléaires. Il la remit à son homologue de l'armée de terre. Peter Lake apparut, accompagné de membres du service secret. Le trafic aérien avait été suspendu. Des escortes de policiers et d'agents des services secrets attendaient sur le tarmac.

Le Président et son épouse débarquèrent les derniers. Lara s'arrêta un moment au pied de l'échelle, comme si elle essayait de voir l'endroit où sa famille avait péri. Un jeune assistant de la Maison-Blanche, dépêché la veille par Clayton, accourut avec un téléphone.

— Monsieur le Président, le chef de cabinet.

Clayton était en route à bord d'un avion militaire.

— Qu'est-ce qu'il y a ? demanda Kerry.

— Il y a un film de la fusillade. Assure-toi que Lara ne regarde pas la télé.

— Et qu'elle ne lise pas non plus les journaux, je suppose ? demanda Kerry, qui sentait poindre une migraine.

— Tu crois qu'elle en a envie ?

Kerry lança un regard inquiet à sa femme, pendant qu'on déchargeait sa limousine blindée des cales de l'avion.

— J'espère que tu as fait faire une copie du film, dit-il à Clayton.

Le cortège atteignit une imposante demeure en briques, à Pacific Heights, gardée par la police et les agents secrets. Mary Costello attendait dans le living.

Lara courut vers elle, et Kerry se tint quelques pas en arrière.

— Il n'arrêtait pas de tirer, dit Mary. J'ai essayé de me cacher, je ne pouvais pas les aider…

Elle se mit à pleurer. Lara l'attira vers elle.

— Votre mariage, dit Mary d'une voix cassée. Nous n'aurions jamais dû venir…

Lara regarda Kerry comme s'il était transparent.

Clayton arriva à 16 heures à la résidence et installa ses services dans la bibliothèque. Mais il ne vit le Président qu'à la nuit tombée, quand celui-ci descendit de l'étage.

— Elle est sous sédatifs, dit Kerry.

Il était tellement ravagé qu'il avait physiquement changé. Clayton ne sut que dire :

— Je suis navré, Kerry. Profondément navré.

— Où est le film ? demanda Kerry.

Clayton se dirigea vers la bibliothèque et glissa le DVD dans le lecteur, puis demanda à Kerry :

— Tu es sûr que tu veux voir ça ?

Le silence de Kerry fut sa seule réponse. Il regarda les images. Quand ce fut fini, il demanda à Clayton de repasser le film.

3

Pour l'inspecteur Charles Monk, la chambre d'hôtel située près de l'aéroport où John Bowden avait préparé son attaque ressemblait à l'intérieur d'un cerveau de fou. Les draps du lit étaient jetés par terre, près d'un tas de pastels, une bouteille de vodka vide, un emballage de barre de céréales au chocolat et un exemplaire de *The Defender*. La couverture de la publication s'ornait d'une caricature de Kerry en Hitler. Au milieu de ce fatras, un indice : les horaires des vols Washington-San Francisco soulignés au crayon. Quelqu'un avait-il informé Bowden de l'horaire d'arrivée de l'avion des Costello ? Ou bien avait-il surveillé tous les vols ?

Autre indice : les tickets d'embarquement de vols à l'arrivée et au départ de Las Vegas : qu'est-ce que ce tordu était allé faire là-bas ?

Monk commença à feuilleter l'exemplaire de *The Defender*.

Au matin, Clayton trouva le Président là où il l'avait laissé la veille, étudiant le rapport sur John Bowden. Il n'avait donc pas dormi. Clayton s'approcha, fax en main, plein d'appréhension. Puis il posa la main sur l'épaule de son ami et le fax sur la table.

C'était la copie d'une lettre et de l'enveloppe qui l'avait contenue. Le destinataire en était « Au connard Kilcannon » et l'adresse de l'expéditeur, au dos : « ENFER. » Clayton, consterné, regarda Kerry déchiffrer l'écriture chaotique :

« Cher beau-frère,
Tu ne m'as vu qu'une fois. Ça t'a suffi.

Tu as pris ma femme et ma fille. Elle n'est partie qu'à cause de toi. Puis tu as fait en sorte que le monde me haïsse tellement qu'elle ne me reviendrait jamais, quelles que fussent mes prières ou mes efforts pour m'amender.

Ça doit être excitant de sentir qu'on a tellement de pouvoir. Tu m'as tout pris. Sauf mon pistolet. C'est mon seul pouvoir.

Quand tu liras ceci, tu auras compris ce que tu as fait. Toi et ta nouvelle femme souffrirez beaucoup plus longtemps que Joan et moi. Parce que je vous ai laissés vivre.

Lis-lui ce message, pour que vous souffriez tous les deux autant que moi

Ton ami,
John Bowden »

Kerry regarda la lettre et commanda calmement :
— Appelle la police.

Comme elle l'avait souhaité, Lara se rendit seule au funérarium. La salle, fraîche et calme, était plongée dans la pénombre. Les cercueils étaient ouverts. Elle ferma la porte derrière elle et s'approcha lentement des cercueils. Peter Lake resta à l'extérieur.

Sa mère portait une robe noire, montant jusqu'au cou. Lara caressa des doigts la joue livide et dit à voix haute :
— Pardonne-moi. Je ne savais pas.

Puis elle alla vers sa sœur. La mâchoire de Joan était déformée. Lara se pencha en se demandant si Mary retrouverait jamais le sommeil.

— Je t'en prie, implora-t-elle, pardonne-moi, Joanie.

Enfin, elle s'approcha du plus petit cercueil. Marie semblait dormir. Lara lui embrassa le front.

Au Kosovo, elle avait vu des femmes et des enfants assassinés, et elle s'y était forgé une carapace mentale, pour tenir le coup. Elle avait depuis longtemps appris à vivre avec les extrêmes de son métier : un jour le visage d'un enfant mort, le lendemain un dîner à Paris. Mais ces trois visages-là n'étaient pas ceux de n'importe qui.

Et maintenant, cette enfant assassinée deviendrait le centre d'un tourbillon médiatique et politique, chargé de calculs et

150

d'ambitions. Même après leur mort, elle ne pouvait pas protéger les membres de sa famille. Et elle n'arrivait pas à leur dire adieu.

Elle resta là près d'une heure.

Quand elle rentra à la maison, Kerry l'attendait dans la chambre à coucher. Il n'osait l'interroger ; sa femme semblait entièrement vidée de tout sentiment. Ses yeux étaient comme des blessures ouvertes, elle affichait le calme rigide d'une journaliste déjà familiarisée avec la mort.

— J'ai reçu une lettre de Bowden, dit-il. J'aurais souhaité que tu ne la lises jamais. Mais elle sera bientôt rendue publique.

Lara ferma les yeux et hocha la tête. Elle s'assit au bord du lit et Kerry posa la lettre près d'elle. Elle la lut sans y toucher ; quand elle eut fini, elle ne leva pas les yeux.

— Je voudrais être seule, dit-elle avec une douceur inquiétante.

Kerry, dévasté, se garda de la toucher. Il s'agenouilla près d'elle et lui parla avec douceur :

— Il y a autre chose, Lara. On projette sur Fox TV une vidéo de la fusillade.

— Tu l'as vue, dit-elle.

— Oui. Les familles des autres victimes aussi. Je leur ai téléphoné.

— Et maintenant, tu voudrais que nous les recevions, dit-elle, de la même voix monocorde.

— Moi, je dois les recevoir. Si tu ne le peux pas, je les verrai seul.

— Oh, je les verrai aussi, dit-elle, esquissant un sourire amer. Je suis la First Lady, après tout. Mais pas aujourd'hui.

— Un inspecteur de police va aussi venir, Lara. Je veux savoir comment John s'est procuré le pistolet.

— Est-ce que ça a vraiment de l'importance ? demanda-t-elle, la tête baissée.

— Pour moi, oui. Tu veux le voir ?

— Qu'on me prévienne quand il sera arrivé.

151

Finalement, elle leva les yeux vers Kerry. Ils étaient mouillés de larmes.

— Mais d'abord, il faudra que je voie ce film, n'est-ce pas ?

Charles Monk sortit la balle du sac en plastique et la posa sur la table basse. Le Président regarda ses pointes crochues.

— C'est celle de Marie ?

— Oui.

— Sur la vidéo, j'ai compté douze coups.

— C'est exact. Le pistolet était compatible avec un chargeur de quarante balles. Celle-ci est la onzième. Bowden a reçu la douzième.

Kerry réprima une colère si violente qu'elle risquait de faire dérailler le cours de ses pensées.

— Il a visé sa fille ? demanda-t-il.

— Nous n'en sommes pas sûrs, répondit Monk, fronçant les sourcils. D'après ce que disent les témoins, il semble que les cris aient effrayé Bowden. Selon l'autopsie, il avait ingurgité une grande quantité d'alcool. Nous ne pensons pas qu'il était entraîné au tir au pistolet.

Kerry tâta les pointes acérées de l'Eagle's Claw éclatée.

— Les échardes sont en cuivre, dit Monk. Pas en alliage, qui serait plus souple. La pointe est conçue pour éclater de cette façon. Si la balle atteint le torse, la victime n'a aucune chance de s'en sortir.

— Et le pistolet ?

— Un Lexington Patriot-2.

— C'est-à-dire ?

— Ce n'est pas une arme de compétition, dit Monk. On ne s'en sert pas pour le tir à la cible, à moins que celle-ci ne soit un réfrigérateur. Elle a été conçue pour l'usage que Bowden en a fait : mitrailler un maximum de gens en quelques fractions de seconde.

— Où l'a-t-il achetée ?

C'était la voix de Lara, qui venait d'entrer. Surpris, Kerry se tourna vers elle et Monk se leva en lissant son pantalon. Elle ne tendit pas la main. Kerry fut certain qu'elle venait de voir le film.

— Où ? répéta-t-elle.

— Nous n'avons pas de preuve d'achat, finit par répondre Monk, avec une déférence teintée de sympathie. Lexington prétend qu'ils ont perdu les bordereaux des détaillants auxquels ils ont expédié ces pistolets et nous n'avons pas trouvé trace de paiements bancaires. Tout ce que nous savons pour le moment, c'est que Bowden s'est rendu à Las Vegas.

— Et l'inspecteur a trouvé ça dans la chambre de Bowden, dit Kerry, indiquant *The Defender*.

La revue était ouverte à la page de la publicité de Lexington, décrivant le P-2 comme une espèce menacée.

4

Kerry et Lara, le lendemain matin, étaient assis dans le jardin intérieur de la maison. Une fontaine de marbre clapotait parmi les fleurs ; c'était le refuge idéal, avec quelques employés des services secrets montant la garde sur les toits environnants. Lara prit un fruit dans une corbeille devant elle.

— Kit et moi avons parlé des funérailles, hier soir.

— Mary et moi avons déjà pris nos décisions à ce sujet, déclara-t-elle. Nous voulons que ces funérailles soient aussi privées que possible. Je veux que tu y assistes en tant que mon mari et membre de la famille.

Sous-entendu : et pas en tant que président.

— Kit pense que tout le pays doit être associé à notre chagrin. À son avis, les gens veulent que nous les aidions à faire leur deuil. Elle voudrait que nous prenions la parole durant la cérémonie.

Lara reposa le couteau à fruits.

— Kit veut téléviser les obsèques ? demanda-t-elle sur un ton d'incrédulité. Et pourquoi pas aussi lire la lettre de John, pour expliquer au public comment la télévision l'a poussé à bout ?

Kerry ne savait que dire. Ces morts étaient si étroitement mêlées à ses décisions qu'il ne pouvait ni avouer sa responsabilité, ni deviner quelle part Lara prenait pour elle-même.

Elle parcourut le jardin du regard.

— Je demanderai à Mary si elle accepte la présence d'une délégation de médias, dit-elle d'un ton vaguement sarcastique. Peut-être à l'arrière de l'église, comme à notre mariage.

— Nous sommes le Président et la First Lady, finit par articuler Kerry, d'un ton mesuré. Et c'est ce que nous serons à ces funérailles, que tu le veuilles ou non. Nous sommes également deux personnes mariées depuis cinq jours, dont trois ont été tellement atroces qu'aucun de nous ne sait encore que faire. Nous ne commencerons à nous ressaisir que lorsque nous aurons quitté ces lieux. Et, dit-il en se penchant pour saisir la main de Lara, rappelle-toi que je t'aime.

— Alors, répondit-elle en regardant leurs mains jointes, laisse-moi ma famille. Au moins pendant les funérailles.

Une heure plus tard, alors que Lara avait rejoint Mary pour lui tenir compagnie, Kerry et Clayton regardaient CNN et les images de la réaction populaire au deuil présidentiel : bouquets de fleurs amassés devant les grilles de la Maison-Blanche, monceaux de lettres de sympathie au couple, réunions spontanées de deuil dans des douzaines de villes américaines, interviews de femmes qui pleuraient des victimes qu'elles n'avaient jamais connues. Puis le présentateur, Wolf Blitzer, lut un communiqué de George Callister :

— « Nous sommes tous bouleversés et navrés que l'assassin de sept innocents se soit servi d'un pistolet et de munitions fabriqués par Lexington Arms. Au nom de tous les employés de Lexington, j'ai adressé au Président et à la First Lady l'expression de notre profond chagrin et de notre sympathie. »

— Il a téléphoné pendant que tu étais avec Lara, dit Clayton.

— Callister ? Qu'est-ce qu'il a dit ?

— Combien il était navré. Je n'ai pas voulu vous interrompre.

La seule réponse de Kerry fut un petit rire méprisant. À l'écran, Blitzer poursuivait sa lecture :

— « Nous devons nous souvenir, déclarait Callister, qu'un pistolet en soi n'est ni bon ni mauvais, et que des millions d'Américains se servent d'armes en toute sécurité, pour la chasse, le tir de compétition, ainsi que pour protéger leurs foyers et leurs familles de gens comme John Bowden. Le cœur de cette tragédie ne réside pas dans le fait que Lexington fabrique des armes, mais dans l'esprit dérangé de cet homme. »

— Dis à Callister que je le rappellerai bientôt.

Un peu plus tard, il apparut spontanément devant un groupe de journalistes assemblés dans la rue. Ce n'était pas une interview et il n'entendait donc pas répondre à des questions. L'air las, mais maître de lui, il déclara :

— Au nom de la First Lady et de sa famille, je voudrais remercier les Américains pour leur compréhension et leur compassion dans cette épreuve.

Il ne mentionna pas Callister, ni les armes.

5

La messe funèbre fut célébrée dans une modeste église catholique du district de Sunset, près de la maison où les Costello avaient vécu depuis la naissance de Lara. L'assistance était composée de paroissiens et d'amis. Le seul personnage public autre que Kerry était la vice-présidente Ellen Penn, qui avait représenté le district avant d'accéder au Sénat. La presse était restreinte à dix journalistes qui se tenaient à l'arrière de l'église et étaient priés de ne se servir que de leurs stylos et calepins. Kerry était assis à côté de Lara et de Mary, Carlie et Clayton Slade à ses côtés. Une ou deux fois, Carlie posa sa main sur celle de Kerry, devinant combien il se sentait seul.

Les trois cercueils étaient drapés. Quand le moment vint, Lara alla, sans s'arrêter devant l'autel, vers le cercueil de sa mère, y apposa la main et déclara :

— Tu as toujours eu confiance en moi. Tu as toujours cru que je pourrais affronter tous les défis qui se présenteraient à moi. Ce n'était pas pour toi que tu demandais le succès, ni pour satisfaire tes rêves ; ce n'était que pour moi. Et je me voyais comme tu me voyais, maman, poursuivit Lara, les larmes aux yeux, parce que je croyais en toi.

Elle se ressaisit.

— Tu nous as donné ce don à toutes trois.

Elle se tourna vers sa sœur, esquissant un sourire :

— Et tu croyais aussi à ce que faisait Mary...

L'émotion s'apaisa et se changea en tristesse commune. Quand Lara commença à parler à Joan, un silence parfait régnait.

— Tu as vu ma mère nous élever seule. Tu as vu combien c'était dur. Mais quand il l'a fallu, quand tu as vu Marie en danger, tu as décidé de la protéger de toutes les façons possibles. Et tu l'as fait, au péril de ta vie…

Elle vint enfin à Marie :

— Tu étais notre avenir. Nous imaginions tes diplômes, tes réussites, la vie que tu créerais. Nous nous voyions déjà fiers de ta réussite future…

Elle s'interrompit et seul le protocole empêcha Kerry d'aller la soutenir. Mais elle se reprit :

— Maintenant, trop tôt, tu reposes en paix. Nous qui t'aimons et que tu as quittés, nous devons désormais essayer de donner à ta vie le sens que tu lui aurais donné.

La limousine noire, en tête du cortège funèbre, emmena Kerry, Lara et Mary de San Francisco à Colma, une banlieue servant de dernier séjour à tous ceux qui n'avaient pas trouvé de place dans les cimetières de la ville. Kerry n'y vit qu'une vaste étendue de monuments gris, mornes symboles de ce qu'il appréhendait : une éternité de néant. Il avait au moins fait réserver pour les trois tombes un emplacement de choix, sous un arbre.

Lara, au bras de Mary et près de son mari, regarda les trois cercueils descendre dans une seule fosse. Quand la dernière pelletée de terre fut jetée, la pluie tomba et, seulement alors, Lara prit la main de Kerry.

Ils n'étaient pas au terme de leurs épreuves. Ils avaient déjà téléphoné aux parents de la jeune fille de dix-neuf ans, tombée à l'aéroport, alors qu'elle allait commencer sa deuxième année à l'université Stanford. Ils se dirigeaient à présent vers le district Richmond, où l'un des deux agents de sécurité abattus avait vécu avec sa famille.

Sa veuve, Felice Serrano, les accueillit les yeux gonflés de chagrin.

— C'est le Président, dit-elle à son fils de douze ans.

Il serra virilement la main de Kerry. Felice exprima son chagrin à Lara.

— Parlez-moi de Henry, lui demanda-t-elle.

Felice regarda ses deux fillettes brunes de sept et quatre ans, comme si elle fouillait dans le monceau de souvenirs et d'émotions liés à son mari.

— Henry faisait tous les soirs la lecture aux enfants. Il voulait qu'ils fassent des études.

— Comme ma mère, dit Lara. Et nous avons fait des études.

— Peut-être pourrais-tu montrer au Président l'atelier de ton père ? dit Felice à son fils.

— Veux-tu ? dit Kerry.

Le garçon conduisit Kerry au garage. L'établi impeccable et les outils soigneusement rangés reflétaient un homme d'ordre, respectueux de ses biens. Le meuble en cours de fabrication était une bibliothèque, symbole d'une vie interrompue.

— Qu'y as-tu fabriqué ? demanda Kerry.

Le garçon mit la main sur une planche, destinée à faire une étagère.

— Tout, répondit-il. Cette fois-ci, papa m'avait laissé me servir de la scie.

Pendant une demi-heure, le Président et George Serrano placèrent les étagères. Quand Felice vint les retrouver, la bibliothèque était montée et prête. Il n'y manquait que le vernis.

En partant, Lara dit à Felice :

— Nous ne laisserons pas ces souvenirs s'évanouir.

Le lendemain, Kit Pace annonça que le Président et la First Lady retourneraient à Martha's Vineyard pour quelques jours de repos et de tranquillité. Kit était satisfaite : les oraisons funèbres de Lara avaient touché les personnes qui partageaient son deuil. Et ses appels et ses visites aux familles des victimes témoignaient de sa bonté et de sa compassion. Quant au retour du Président à Martha's Vineyard, il susciterait également l'admiration publique. N'était-ce pas le devoir d'un homme, fût-il président, que de soutenir sa femme durant tant d'épreuves ? Le retour du couple à la vie publique n'en serait que plus marquant.

Elle se demanda, d'ailleurs, si les Kilcannon eux-mêmes saisissaient bien ces nuances.

6

Sur CNN, James Kilcannon gisait dans une mare de sang, agonisant au milieu de la foule. L'image suivante, accompagnée d'une détonation, fut celle d'Inez Costello s'écroulant.

— À la suite de l'assassinat des Costello, déclara le présentateur, le mouvement d'opinion en faveur de lois plus strictes sur les armes a grossi de quatre-vingt-dix pour cent.

Kerry saisit la télécommande et éteignit le poste au moment où Marie Costello était projetée en arrière par la balle.

— Il faut que je fasse quelque chose, Clayton, dit-il. Tu le sais.

— En effet, répondit Clayton. Mais quoi ? Tu peux proposer de changer la loi, tout en sachant que tu échoueras au Congrès, mais que tu auras gagné un argument contre le GOP[1] pour ta réélection. Ou tu peux faire éclater le parti démocrate et mettre en péril le reste de ton programme…

— Un choix politique ? s'écria Kerry en colère. C'est à ça que se résument ces trois cercueils ?

Clayton demeura serein :

— Tu m'as nommé à ce poste pour que je sois franc avec toi. Je t'ai observé durant l'affaire Bowden, obsédé par ce que tu devais faire de plus ou de moins, comme si c'était toi qui étais en cause. Tu n'es pas Dieu, Kerry. Ce n'était pas toi qui maltraitais Joan Bowden. Elle n'avait pas d'autre choix que de quitter son mari…

— C'est moi qui l'ai convaincue de le quitter, merde. J'ai fait dénoncer Bowden à la télé !

_____

1. En anglais : Grand Old Party, le parti républicain. (*N.d.T.*)

— Bon, qui a tué la famille de Lara ? Les médias ? Toi ? Bowden ?

— Ou Lexington. Ou les SSA.

— Tout ce que je dis est qu'il faut procéder sans précipitation. La politique n'est pas une thérapie.

La colère de Kerry se manifesta dans un rictus.

— Il se peut que je m'investisse trop dans mes fonctions. Peut-être ai-je de la haine pour les gens qui ont mis le pistolet dans les mains de Bowden. Mais je ne vis pas sur une autre planète. Si je trouve ces meurtres insupportables, ils le sont sans doute pour le pays tout entier. Depuis des jours, je me demande ce que je peux faire pour Lara. Mais je ne peux rien faire. Et j'en ai marre de consoler les parents des victimes, alors qu'il n'y a aucune consolation possible. J'en ai marre des SSA. J'en ai marre des armes et de la mort.

— Marre des armes, reprit Clayton, un point c'est tout. Et tout le monde le sait. Si tu déclenchais maintenant une guerre sainte contre ces instruments de mort, les gens se rueraient chez les armuriers et les SSA pourraient fournir aux Républicains tout l'argent dont ils ont besoin pour déclencher une offensive sans merci contre les Démocrates.

— Et c'est censé m'arrêter ? La peur de perdre ?

— Tu devrais y réfléchir : les SSA sont le lobby le plus puissant à Washington. Dans ce domaine, ils sont plus puissants que toi. Tu n'as gagné ton élection que d'un poil. Tu as perdu le Sud, les États frontaliers et le Middle West.

Clayton se leva et se trouva face à Kerry, affrontant son regard bleu et froid ·

— Les armes passionnent les gens encore plus que l'avortement. Il te faudra lancer une deuxième campagne, faire la tournée de tous les shérifs de comtés, raconter tes meilleurs souvenirs sur ton père flic jusqu'à ce que tu en aies la nausée. Il est possible que ces meurtres aient tout changé, mais il faut d'abord en être sûr.

— Ils pourraient tout changer, releva Kerry. Maintenant, les gens savent qu'un mari violent comme John Bowden peut aller dans une foire d'armes acheter un Lexington P-2 et des balles Eagle's Claw. Dieu me pardonne, mais je n'aurais pas trouvé

161

mieux que John Bowden comme argument si je l'avais inventé. Et peut-être l'ai-je inventé, d'ailleurs.

— C'est donc une querelle personnelle. Les SSA diront que tu es un obsédé et que tu rejettes sur eux la responsabilité d'une mauvaise protection de la famille de Lara. Ne laisse pas John Bowden ruiner ta présidence. Ou ton mariage.

Kerry ne répondit pas ; il alla à la fenêtre regarder la cour obscure du bâtiment.

— Parlons d'El Anwar, dit Clayton.

— Comment as-tu réussi à tenir la nouvelle secrète ?

— J'ai prétendu que nous avions besoin d'une identification médicale formelle.

— Va voir Ellen, répondit Kerry au bout d'un temps. Dis-lui d'annoncer la mort d'El Anwar dès que Lara et moi aurons décollé.

7

La première nuit qu'ils passèrent à Martha's Vineyard, Kerry s'éveilla d'un sommeil agité. Lara n'était pas là. Il enfila un pantalon et un chandail, et sortit sur la terrasse. Lara marchait dans l'eau au bord de la plage. Il se demanda s'il devait aller la rejoindre. Puis la voix de Peter Lake s'éleva près de lui :

— Tout va bien, monsieur le Président.

Non, tout ne va pas bien, pensa Kerry. *Elle dort à peine. Elle laisse tomber des objets qu'elle avait oublié avoir en main. Parfois, elle est irritable et exigeante, et puis elle devient taciturne. Elle pleure hors de propos. Je ne sais que faire.*

— Merci, dit-il seulement avant de retourner se coucher.

À l'aube, il trouva Lara accroupie sur une dune.

— Tu veux parler ? demanda-t-il.

Elle écarta une mèche de son visage et, sans cesser de regarder la mer, répliqua d'une voix éteinte :

— Parler de quoi ? Je n'ai assumé mes responsabilités dans aucun domaine. J'ai remis Joanie à tes soins, j'ai aidé les médias à envahir sa vie... Maintenant, elle est morte, comme notre mère, sa fille, et d'autres gens. Comment veux-tu que je ne haïsse pas la vie que nous sommes censés mener ?

Et tu me hais, moi aussi ? eut-il envie de demander. Mais le moment était mal choisi.

— Non, tu n'as pas trahi tes responsabilités, finit-il par lui répondre. Nous sommes victimes de notre système politique et de nos lois. C'est grâce à cela que Bowden a obtenu son arme.

Un peu plus tard, ils prenaient leur café sur la terrasse.

— La politique ? Qu'est-ce que tu vas faire ? s'enquit-elle.

C'était leur nouveau mode de conversation : des monosyllabes ou des bouts de phrases qui se rapportaient à des conversations antérieures.

— Casser le pouvoir des SSA, si je le peux. Faire voter une loi efficace. Essayer d'empêcher qu'une autre famille subisse le même sort.

— Une loi ? Tu crois que tu pourras la faire passer ?

La question ne demandait pas de réponse.

Plus tard, dans l'obscurité, elle lui avoua :

— Quand on t'a tiré dessus et que j'ai failli te perdre, je me suis fait une promesse devant Dieu : que, si tu survivais, je ne te quitterais jamais, quel qu'en soit le prix.

Il lui caressa la main.

— Il t'a rendu à moi, poursuivit-elle. Et il les a prises en échange.

Le cœur brisé, Kerry entendit les sanglots étouffés. Il l'attira contre lui. Ils n'avaient pas fait l'amour depuis la fusillade. Le chagrin avait vidé Lara.

— Je ne veux pas d'enfant, murmura-t-elle. Pas maintenant.

— Pourquoi ?

— La réponse ordinaire : je ne veux pas faire entrer quelqu'un dans ce monde cruel. On ne devrait faire des enfants qu'à condition de les faire entrer dans un monde sain. Il est tellement troublé, ces temps-ci... Même pour nous. Non, ce n'est pas le moment de faire un enfant.

Le lendemain, elle voulut aller se promener seule. Il la suivit du regard, petite silhouette dans son chandail trop grand, qui s'éloignait sur la plage. Elle revint une heure plus tard.

— Heureusement que tu es là, dit-elle. S'il t'advenait quelque chose, je ne pourrais pas le supporter.

Le soir, au souper, elle paraissait toujours lasse. Mais, au moins, elle avait repris un peu d'appétit.

— Il ne s'agit pas seulement de ma famille, déclara-t-elle. C'est l'occasion rêvée de sauver des milliers de vies. Je n'ai pas le choix. Il faut que je m'engage dans cette lutte.

— Tu es devenue une image qui suscite la sympathie chez des millions de gens, dit-il. C'est un pouvoir que tu n'as jamais détenu auparavant. Mais si tu t'en sers contre les SSA, ils chercheront des moyens de te détruire.

Elle serra les lèvres .

— N'essaie pas de m'intimider. C'est ma vie et c'est ma décision. Ne me demande pas d'y renoncer pour t'épargner des inquiétudes.

Le lendemain, avant leur départ, et pendant que Lara faisait sa dernière promenade sur la plage, Kerry prit Peter Lake à part.

— Dorénavant, partout où elle ira, je veux que vous la suiviez.

8

Le lendemain de leur retour à Washington, le sénateur Frank Fasano et sa femme Bernadette vinrent rendre une visite de condoléances à Kerry et Lara. Elle fut brève et gauche. Kerry Kilcannon semblait avoir vieilli ; le visage de Lara était creusé par le manque de sommeil et d'appétit. Bien que l'accueil du couple présidentiel fût amène, Fasano ressentit dans leur froide dignité un élément qui le rendit anxieux. Après la visite, sa femme lui demanda :

— À quoi penses-tu ?

— Je pense que nous allons affronter des problèmes.

Le soir même, Chuck Hampton dînait seul avec Kerry à la Maison-Blanche. Ils se trouvaient dans la salle à manger dans laquelle le Président avait reçu les Costello. Hampton était mal à l'aise : les deux hommes se connaissaient peu et, sous les dehors enjoués et le charme de Kilcannon, le sénateur devinait une force redoutable. L'année précédente, il avait soutenu la candidature à la présidence du vice-président d'alors, Dick Mason, et il était certain que Kerry Kilcannon lui en voulait. De plus, il avait l'intuition que le Président ne laisserait pas passer sans en profiter la lame de fond déclenchée dans le pays par l'assassinat des Costello.

— Les armes, déclara Kilcannon, c'est ce dont nous allons discuter.

— C'est, en effet, un problème, admit Hampton en se tapotant les lèvres de sa serviette.

— Un problème, comme vous dites, reprit Kilcannon. On l'a déjà beaucoup évoqué, mais je ne suis plus disposé à le laisser irrésolu.

— Ça ne vous ressemblerait pas, monsieur le Président. Vous nous avez donné Caroline Masters, c'était déjà un cadeau mémorable.

Les lèvres de Kilcannon sourirent, mais pas ses yeux.

— J'ai simplement changé la cour suprême pour une génération et garanti le droit de choisir.

— Mais à quel prix ! L'avortement est déjà un sujet de discorde. Si vous poussez trop loin le problème des armes, vous risquez de disloquer notre parti. Vous connaissez vos anciens collègues : en période pré-électorale, ils sont comme des seigneurs féodaux, farouchement jaloux de leurs domaines. Mais je ne voudrais pas être mal compris, ajouta Hampton d'un ton plus conciliant. Il y a au Sénat une immense sympathie pour vous et la First Lady, à cause de tout ce que vous avez enduré. Mais il y a aussi la peur de se laisser entraîner trop loin.

— Trop loin ?

— Dans un tourbillon politique mortel, répondit Hampton avec un soupir. En ce moment, la majorité des Américains se disent favorables à des lois plus strictes, mais personne ne sait ce qu'ils entendent par là. Si nous proposons une loi, les SSA l'attaqueront, la jugeront confiscatoire et conseilleront de voter contre tous ceux qui sont de votre avis. Le Montana, le Nouveau-Mexique, la Géorgie, le Nebraska, le Missouri : dans chacun de ces États, un sénateur démocrate brigue sa réélection. Il y a dix mois, dans chacun d'eux, vous avez perdu au moins cinq pour cent des votes ruraux blancs. Nos sénateurs tiennent ces sièges en s'opposant à un contrôle renforcé des armes à feu, c'est le marché qu'ils ont conclu en échange de leurs positions sur l'avortement. Si vous allez trop loin, vous pourriez entraîner leur chute.

— La situation a changé, observa Kerry.

Hampton secoua la tête.

— Pas les adhérents des SSA. Ces électeurs-là n'ont qu'une idée en tête : protéger leur droit de détenir une arme à feu. Fasano le sait bien : il prie le ciel que vous déclenchiez une campagne qui excitera la base républicaine.

— Je vous écoute, dit Kerry.

L'impassibilité du Président déconcerta Hampton.

— Pour survivre, reprit-il, nos partisans devraient vous abandonner. Vous vous rappelez ces banderoles sur les camions : « Si Kilcannon gagne, vous perdez »? Et vous avez perdu, monsieur le Président, affirma-t-il avec toute sa force de conviction, en se penchant vers son interlocuteur. Au Sénat, nous n'avons obtenu que quarante-six voix sur cent. Nous n'en obtiendrions pas quarante pour une loi restrictive sur les armes.

— Quoi d'autre ? demanda Kerry, le menton dans la main.

Hampton se sentait de plus en plus désarmé ; Kilcannon se jouait de lui.

— Le vote des syndicats, dit-il. Près de quarante pour cent de la base sont favorables aux SSA. Dans le Michigan, on ferme les usines d'automobiles pendant une semaine pour l'ouverture de la chasse. AFL-CIO[1] ne vous suivra pas, son président me l'a dit hier. Pour lui, il y a plus de victimes d'accidents de la route que de morts par balles.

— Sweeney peut dire ce qu'il veut, lâcha froidement Kerry, mais AFL-CIO a besoin de moi pour réussir. Sans moi, ils sont fichus.

Hampton se radossa ; en termes de rapports de force, son interlocuteur avait raison.

— Et parlons donc des SSA, continua Kilcannon. Ils sont comme le magicien d'Oz : ils ne détiennent que le pouvoir qu'on veut bien leur prêter. Après chaque élection, ils clament victoire et, à les croire, leurs candidats n'ont jamais perdu une élection. Mais, l'année dernière, ils ont perdu cinq des sept sièges de sénateurs qu'ils convoitaient. Ils se vantent de leur puissance, mais mentent sur leurs défaites. Vous parlez tout le temps des États que j'ai perdus. Je me demande parfois, à vous entendre, comment j'ai bien pu réussir à me faire élire président. Peut-être à cause de la Californie et du New Jersey, que j'ai remportés grâce au contrôle sur les armes, justement. La population rurale dont vous parlez est en train de disparaître.

---

1. Principale centrale syndicale américaine. *(N.d.T.)*

168

Elle est remplacée par des banlieusards qui se soucient moins de la saison de la chasse que des tordus dans le genre de Bowden qui pourraient habiter près de chez eux. Les SSA exploitent votre trouille, en espérant que vous ne vous apercevrez pas qu'ils ont encore plus la trouille que vous. Et ils ont des raisons d'avoir peur.

— Ils savent très bien se servir de la peur, en effet, monsieur le Président. Et ils vous utilisent pour l'entretenir chez leurs adhérents, afin d'obtenir de l'argent et des votes qui leur permettent de conserver leur pouvoir.

— Celle de leurs histoires que je préfère, dit Kerry, est le massacre d'une famille de cinq personnes par un fou armé d'une fourche. Les malheureux n'avaient pas pu mettre la main sur leurs armes ! Cette histoire a été totalement fabriquée. Mais je ne vais pas m'en prendre publiquement aux SSA, parce que ce serait leur donner trop d'importance. Je vais les ignorer et les laisser mijoter dans leur hystérie.

— Ça ne sera pas facile. Vous savez, j'ai moi-même été élevé dans une ferme. Quand j'avais sept ans, mon père m'a donné un calibre .22 et m'a appris à m'en servir. J'ai pu aller au collège grâce à une bourse de tireur d'élite. Je collectionne toujours les armes et j'ai même une galerie de tir derrière ma maison. Le Vermont est plein de gens comme moi. Nous aimons les armes à feu, sans pour autant vouloir descendre tout ce qui bouge. La plupart des propriétaires d'armes ont le sentiment que les SSA les respectent, ce que vous ne faites pas en les faisant tous passer pour potentiellement dangereux. Vous pourriez nous valoir une défaite. Vous pourriez même perdre la présidence.

— Je sais que les armes à feu sont symboliques, repartit Kerry, debout, les mains serrées sur le dossier de sa chaise. Je me rappelle avoir fait campagne avec un membre du Congrès originaire du Sud, qui comptait les impacts de balles dans les panneaux routiers. C'était lui-même qui avait fait ces impacts, avec son fusil, quand il était gamin. Mais je peux aussi lire une carte. Les Républicains règnent sur le territoire des armes à feu ; nous, sur celui des gens qui demandent un contrôle. Je ne vais pas contester le Deuxième amendement. Non, je vais rappeler

169

aux électeurs que c'est nous qui protégeons leurs syndicats, leur sécurité sociale et leur retraite. Et que les gens tels que Frank Fasano les roulent dans la farine au bénéfice de leurs riches amis qui veulent des réductions d'impôts et une deuxième résidence secondaire. Nous allons commencer par convertir les Républicains les plus modérés, ceux qui estiment que leur parti a été kidnappé par des obsédés des armes à feu, par des extrémistes en matière d'avortement et par les télé-évangélistes qui estiment que le vote des femmes est une honte. Nous leur arracherons les votes des femmes.

Hampton avait écouté Kerry avec une stupeur croissante.

— Monsieur le Président, dit-il enfin, je ne suis pas sûr que vous soyez la personne la mieux désignée pour cela.

— Parce que mon frère a été abattu? Parce que j'ai failli l'être moi-même? Parce que j'ai eu le mauvais goût de laisser assassiner la mère, la sœur et la nièce de ma femme par quelqu'un qui n'aurait jamais dû posséder un pistolet? J'ai perdu mon objectivité, c'est ça que vous voulez dire?

Hampton était abasourdi.

— Un dernier point, conclut le Président. Vous croyez que je vous tiens rigueur d'avoir soutenu Dick Mason. C'est faux. Mais vous m'avez sous-estimé. Vous n'auriez jamais imaginé que je serais président. Vous en êtes encore épaté. Vous vous demandez, je viens de le comprendre, si mes émotions n'ont pas compromis mon sens critique. Mais peut-être, Chuck, devriez-vous commencer à vous habituer à l'idée que je sais très bien ce que je fais. Presque tout le temps.

9

Beau garçon, subtil tacticien sachant parfaitement utiliser les médias, Francis Xavier Fasano, le plus jeune chef de majorité qu'on ait jamais vu au Sénat, était parfaitement conscient des difficultés de son poste. L'une d'entre elles consistait à rassurer les lobbies réactionnaires qui subventionnaient son parti et, parmi ceux-ci, les plus revêches : les SSA.

Il avait besoin de conseils. Et la personne la plus à même de le conseiller était son infortuné prédécesseur, Macdonald Gage, qui avait chèrement payé la tentative d'élimination de son rival démocrate Chad Palmer, en révélant qu'il avait autorisé sa fille à avorter, alors qu'il se déclarait officiellement hostile à l'avortement. Après le suicide de Kyle Palmer, Kerry Kilcannon avait, par l'entremise du FBI, remonté la filière de la fuite et contraint Gage à démissionner de son poste.

Fasano en avait conçu une sympathie respectueuse pour son prédécesseur, qu'il soupçonnait, d'ailleurs, d'entretenir des liens étroits avec Dane, le président des SSA ; c'est pour cette raison qu'il lui avait demandé de lui rendre visite ce jour-là.

— Les SSA veulent que nous tenions une réunion, annonça-t-il. Confidentielle, évidemment.

— Ce sont nos amis, n'est-ce pas ? Que veulent-ils, à votre avis ? demanda Gage en dévisageant Fasano par-dessus sa tasse de café.

— Établir une stratégie pour battre Kilcannon, dans le cas où il lancerait une croisade contre les armes. En tenant compte du fait que les Démocrates accueilleraient une pareille initiative aussi chaleureusement que la peste.

— Peut-être même qu'ils vous nommeraient à la place de Kilcannon, si vous êtes aussi loyal qu'on peut l'espérer, observa Gage avec un sourire. On peut rêver, non ?

Cet étalage de cynisme déconcerta Fasano.

— On suppose donc, reprit Gage, que Lara Kilcannon va intenter un procès à Lexington, pour avoir vendu le pistolet avec lequel sa famille a été abattue, et qu'elle va demander des dommages tellement énormes qu'elle poussera Lexington à la faillite. Mais ce serait vraiment un peu grossier de la part de Kilcannon de se servir de la First Lady comme tête de pont.

— Il y a la sœur qui a survécu.

— Ce serait donc elle qui intenterait le procès en se faisant représenter par un de ces avocats qui ont arraché des milliards aux fabricants de tabac.

— Je pense en effet que c'est la stratégie de Kilcannon. Et je pense que, pour éviter cela, les SSA veulent nous demander une loi pour contrer ce genre de proposition. Or, il nous faut un vote des deux tiers pour bloquer un veto du Président. Et il y a Lara Kilcannon.

— Elle a un capital de sympathie, certes. Mais il n'est pas éternel. Et les gens vont finir par penser qu'elle et son mari poussent le bouchon trop loin. Les propriétaires d'armes n'apprécieront pas d'être blâmés à cause d'un mari jaloux qui a pété les plombs. Pour des millions d'Américains, les armes sont une religion. Et, dans l'Amérique profonde, les gens pensent que Kilcannon n'est pas en bons termes avec Dieu.

— Nous aurions cependant tort de le prendre pour un libéral fanatique qui n'agit qu'en fonction de ses émotions et de son intuition, objecta Fasano.

— Ce qui signifie simplement que Kilcannon est idiot, mais rusé, dit Gage. Notre message à nous est simple : on ne remettra pas le Deuxième amendement en question.

— Pas de nuances ? rétorqua Fasano. Il s'agit tout de même de l'assassinat de la famille du Président.

Une certaine satisfaction se manifesta dans les traits de Gage. Il prit son temps pour exprimer le fond de sa pensée :

— Je me rappelle vous avoir entendu parler de Martin Bresler. Vous vous demandiez si c'étaient les SSA qui avaient provoqué sa chute, à cause de l'accord avec Kilcannon sur les crans de sûreté. Or, j'ai entendu une rumeur selon laquelle Bresler vous avait soumis ce projet *avant* d'en parler à Kilcannon.

Comme chaque fois qu'il se sentait piégé, Fasano prit une expression impassible.

— Et alors ? demanda-t-il.

— L'argument de Kilcannon est que Lexington aurait pu empêcher le meurtre de sa belle-famille. S'il était informé de cette rumeur, le Président pourrait en déduire que c'est vous qui auriez pu empêcher ces meurtres.

— On entend des tas de rumeurs dans cette ville, répondit Fasano en haussant les épaules.

— Je sais, dit Gage en jetant un coup d'œil circulaire sur son ancien bureau. Mais c'est une rumeur de ce genre qui m'a coûté le fauteuil que vous occupez maintenant. Il me semble utile de vous le rappeler.

— Merci, Mac, dit-il placidement, vous avez toujours été un ami.

10

— Voyons cette vidéo, dit Kerry à Alex Cole, chargé de liaison avec le Congrès.

Sur l'écran, Paul Harshman, membre du conseil des SSA, lisait devant les sénateurs une copie d'une lettre adressée à Kerry Kilcannon par George Callister, PDG de Lexington.

— Ça me fait toujours bizarre d'entendre lire en public le courrier qui m'est adressé, observa Kerry d'un ton moqueur.

— « C'est avec un grand chagrin et de profonds regrets, lisait Harshman, que nous avons appris qu'une de nos armes de poing a servi à un affreux usage... »

— Rien que l'arme de poing ? s'étonna Kerry. Pourquoi ne parle-t-il pas des balles ?

Harshman s'était composé une expression de profonde solennité.

— « Pour prévenir de telles tragédies, nous proposons ce qui suit. Lexington s'engage dorénavant à prendre en charge les frais des consultations volontaires du fichier dans les foires d'armes, chaque fois qu'une arme Lexington sera vendue... »

— Bowden se serait certainement proposé pour cette consultation, ironisa Clayton, qui assistait à la projection.

— « Nous nous joindrons à vous, monsieur le Président, pour inviter le Congrès à s'assurer que tous les actes criminels de violence domestique soient communiqués au fichier général... »

— Encore faudrait-il les connaître, observa Kerry.

— « De cette façon, nous pourrons mieux contrôler tous ceux qui sont enclins à la violence, sans restreindre pour autant les droits des propriétaires d'armes respectueux de la loi. »

— C'est insultant, jugea Clayton. De l'eau de boudin sortie tout droit de la cuisine des SSA, destinée à présenter Lexington comme responsable devant l'opinion publique.

— En public, Callister prétend faire le finaud avec moi, répondit Kerry, qui regardait toujours l'écran. Mais c'est un sport qu'il ne faut pas essayer de pratiquer avec le Président.

— Pas un mot de cette conversation ne doit sortir de cette pièce, dit Clayton à Cole et Jack Sanders, conseiller du Président pour la politique intérieure. Ça ferait très mauvais effet dans *Newsweek* ou le *New York Times*.

Les deux hommes hochèrent la tête.

— Bon, reprit Clayton, maintenant, voyons les sondages.

— Près de soixante-dix pour cent des Américains, répondit Sanders à l'adresse de Kerry, estiment que la Constitution protège les droits de possession d'armes. Et près de la moitié de ces derniers s'inquiètent de ce que vous alliez trop loin dans la restriction de ces droits. Je crois qu'il serait bon de remettre à plus tard les droits de permis et d'enregistrement.

— Nous donnons des permis aux automobilistes. Et nous enregistrons les autos, observa Kerry.

— Oui, mais il y a cette mythologie libertaire qui s'est constituée autour du Deuxième amendement.

— Et le refrain des SSA selon lequel tout ce qu'il y aurait à faire serait d'appliquer les lois existantes ?

Sanders consulta les papiers en sa possession.

— Cinquante-quatre pour cent des sondés se rangent à l'avis des SSA. Parce que personne ne sait ce que sont ces fichues lois existantes.

Kerry le dévisagea un instant et demanda :

— Je suppose que votre sondage incluait des questions sur les meurtres ?

Après une légère hésitation, Sanders répondit :

— En effet. Une grande majorité estime que les lois existantes auraient dû empêcher Bowden d'acheter une arme sans contrôle de son casier. Quand nous avons expliqué que les lois existantes interdisaient, en effet, à un mari violent d'acheter une arme, mais qu'aucun vendeur n'avait à vérifier que Bowden se trouvait dans ce cas, la plupart des gens étaient abasourdis.

— Il faut donc définir exactement ce que nous comptons faire pour réduire la violence par armes à feu, déclara Kerry, et essayer de le réaliser par tous les moyens possibles. Nous autres, Démocrates, nous avons une peur panique de nous montrer autoritaires, ou même de proclamer simplement en quoi nous croyons.

Ses auditeurs méditèrent ces propos, se demandant ce qu'ils présageaient.

— Comment s'est passée votre entrevue avec Chuck Hampton ? demanda Cole.

— Chuck a ses problèmes, dit Kerry. Il y a toujours cinq ou six sénateurs qui pensent que je ne saurais pas visser une ampoule électrique…

— On pourrait peut-être l'aider en leur jetant un os à ronger, suggéra Cole. Par exemple, un projet de loi qui ne passerait jamais…

— Non, nous prendrions du retard, et c'est justement l'objectif de Fasano. Il nous faut proposer la loi que nous voulons et mettre la pression pour la faire passer rapidement.

Cole médita la résolution et reprit :

— Alors, la seule façon de le faire, monsieur le Président, ce serait de la présenter dans le cadre de la législation contre le crime. Nous empêcherions ainsi les mauvais citoyens de mettre la main sur les armes et les munitions.

— Simple, non ? remarqua Kerry avec un sourire. Si nous y parvenons, à nous le prix Nobel ! Mais comment faire pour y parvenir ? demanda-t-il à Sanders.

— Par le contrôle universel sur toutes les armes vendues aux États-Unis ?

— Au moins, un évadé de prison ne pourra pas aller acheter un Lexington P-2 dans une foire. C'est ce que j'exposerai bientôt au Congrès.

— Vous allez déclarer ça à la télévision nationale ? demanda Sanders. Ça va élever les enjeux.

— Bowden les avait déjà élevés, dit Kerry. Avec votre assistance, les gars, je trouverai les mots qu'il faut.

L'ambition de ce projet rendit tout le monde silencieux, y compris Kerry.

— Je ne peux descendre dans l'arène qu'une seule fois et ce devra être la bonne. Ou bien nous n'aboutirons à rien. Lara sera à mes côtés. Mon discours au Congrès devra être le signal d'une campagne nationale. Des rencontres avec les parents des victimes, les policiers, des visites dans tout État ou district dont le sénateur ou le membre du Congrès risque d'être exposé à des pressions. Et si ça ne suffit pas, nous prendrons en otages tous les projets auxquels ils tiennent.

— Une pareille offensive pourrait nous rendre la route difficile, prévint Cole.

— Nous n'avons pas le choix, Alex. Au Sénat, il faudra déjà éviter le *filibuster*[1]. Tout ce dont Fasano et les SSA ont besoin, c'est de quarante voix pour empêcher la loi d'être votée. Il me faudra donc avoir au moins soixante et un sénateurs. Rédigez-moi une loi qui tienne, ordonna-t-il en se tournant vers Sanders. Pas d'armes pour des gens comme Bowden. Pas de pistolets compatibles avec des chargeurs de quarante coups. Plus de balles Eagle's Claw pour quiconque.

Plus tard, quand Clayton se retrouva en tête à tête avec Kerry, il lui conseilla :

— Il va falloir te maîtriser à tout instant. Tes colères devront être calculées : pas d'impatience, pas d'éclat émotionnel. Applique la pression jusqu'à ce que les SSA deviennent radio-actifs. Bob Lenihan veut te voir ; qu'est-ce que je lui dis ?

— Invite-le au Congrès pour assister à mon discours. Je viens de penser qu'il pourrait m'être utile.

— Et la lettre de Callister ?

— Je la garde pour le dessert.

Kerry et Lara soupèrent aux chandelles. Leur conversation, comme souvent ces derniers temps, était fragmentée.

---

1. Technique d'obstruction parlementaire qui consiste à prendre la parole et à ne pas la rendre, pour empêcher l'adversaire d'intervenir. *(N.d.T.)*

— Est-ce que Mary t'a parlé d'un procès? Est-ce qu'elle a consulté des avocats?

— Pas que je sache, répondit Lara. Tu sais, elle me tient toujours pour responsable, Kerry, et elle se débat pour refaire surface. Pourquoi engagerait-elle un procès?

— Je ne sais pas, une idée, comme ça. Tu peux toujours le lui suggérer...

11

Dans le couloir qui menait au vestiaire des Démocrates, Chuck Hampton était assis dans une cabine téléphonique vitrée à son nom. Il parlait au Président.

— Une adresse au Congrès en session plénière? répéta-t-il.

— Demain soir. À moins que vous ne pensiez que c'est une idée absurde.

— Ça dépend de ce que vous voulez demander.

— Simplement une loi qui fonctionne, répondit le Président. Des contrôles du fichier pour tous. De l'argent pour appliquer la loi. Pas de permis ni d'enregistrement, je vous rassure. Si ça peut vous être utile, vous pourrez même raconter que vous m'en avez dissuadé. Mais dites-leur que j'ai bien l'intention de gagner.

Autrement dit : « Dites-leur que j'ai besoin de leur aide. Sinon, je ne les laisserai pas tranquilles. »

Hampton avait très bien compris le message. Mais, en dépit de son anxiété quant aux conséquences, cette perspective l'excitait beaucoup. Le duel Kilcannon Fasano serait un déploiement de puissance et de ruse et un beau moment de jeu politique.

— Je suppose que vos collaborateurs ont fait faire des sondages, monsieur le Président. Mais ma technique est moins scientifique. Chaque week-end, quand je rentre dans ma campagne, je me rends dans un drugstore, j'achète un café et un journal et je parle à la première personne que je vois. Puis je reprends la voiture et vais dans un autre drugstore, achète un café et un journal…

— Vous lisez le journal ?

— Pas le temps. Trop occupé à les acheter pour les lire. Dimanche dernier, j'en ai acheté six ou sept.

— Et alors ?

— Je crois que vous avez levé un lièvre. Les gens ont trouvé bizarre que ce type, Bowden, ait pu acheter un pistolet. Bizarrement, le plus contrarié de tous était un armurier patenté, avec une licence fédérale. Il en a assez de tous ces gens qui prétendent qu'ils ne sont pas dans le métier, ce qui leur permet d'esquiver les contrôles du fichier, qui transportent leur marchandise à l'arrière de leur camionnette et vendent leurs armes dans les foires à n'importe quel tordu.

À travers la vitre de la cabine, Hampton vit le sénateur Vic Coletti passer et lui lancer un regard curieux.

— Cette petite enquête de voisinage m'a encouragé, reprit-il. Pour une fois, les SSA pourraient avoir du fil à retordre.

— Si c'est le cas, ils vont mettre la pression sur vos Démocrates indécis. Faites-moi savoir quand ces gens-là auront besoin que je leur téléphone.

— Parlons plutôt des Républicains. Vous avez vu le cinéma de Paul Harshman ?

— Je n'en ai pas manqué une miette.

— Ce n'étaient pas seulement les SSA qui parlaient par sa voix : c'était également Fasano. Il essaie de mettre ses acolytes à l'abri.

Vic Coletti repassa et lança un nouveau regard curieux.

— Si j'étais vous, monsieur le Président, je téléphonerais tout de suite à Chad Palmer.

— Je dois le voir tout à l'heure.

Chad Palmer entra dans le bureau présidentiel à 19 heures.

— Comment va Lara, monsieur le Président ?

— Pas très bien, comme vous pouvez l'imaginer. Mais le fait de s'exprimer pourrait lui donner un point d'appui pour s'en sortir. Et Allie ?

Il invita Palmer à s'asseoir, ce qu'il fit avec raideur. Ses deux années de captivité et de tortures chez les islamistes, qui avaient mis fin à sa carrière de pilote de l'Air Force, avaient laissé des marques indélébiles dans son corps.

— Elle va un peu mieux. Elle travaille comme volontaire dans une école du district. Comme Lara, elle a besoin de s'exprimer. Vous vouliez me parler d'une loi sur les armes ?

— Oui, répliqua Kilcannon. J'ai besoin de votre aide.

Palmer s'assombrit et choisit ses mots :

— Je ne crois pas que ce soit le moment opportun, répondit-il d'un ton dubitatif. Je ne peux pas m'avancer en première ligne pour le moment.

La déception se peignit sur le visage de Kilcannon. Mais ce n'était pas la peine de feinter.

— La situation est claire, monsieur le Président. Vous êtes honni par la droite. Et on ne m'a pas pardonné de vous avoir soutenu dans la nomination de Masters. Dans mon parti, les droits de détention d'armes sont une affaire viscérale. J'aurai besoin de sonder le sentiment général dans un *caucus*[1]. Et puis, il y a Frank Fasano, ajouta-t-il au bout d'un moment.

— Fasano ?

— Il vous voit venir. Il sait que vous ne vous contenterez pas d'une bataille symbolique ou d'une défaite tactique.

— Il vous l'a dit ? demanda Kilcannon.

— Il m'a laissé entendre que ce sera la première épreuve de son autorité, donc un test absolu de notre loyauté à l'égard du parti. Si vous vous en prenez aux armes, nous serons sur une pente savonneuse.

— Pour les Républicains ? Ou simplement pour Fasano ?

— Pour lui, c'est la même chose. Je me soucie peu des SSA, mais ce n'est pas son cas. Il estime qu'ils seront indispensables pour vous mettre en échec ou même vous démettre, et qu'ils sont donc utiles à tous les Républicains bien-pensants. Il n'a pas manqué de me rappeler que je suis toujours républicain. Du moins pour le moment, précisa-t-il avec un bref sourire.

— Quel que soit le parti que vous choisirez, Chad, observa Kilcannon, votre réputation d'intégrité sera appréciée.

---

1. Comité électoral. *(N.d.T.)*

— C'est étonnant, n'est-ce pas, qu'un kidnapping et des tortures puissent faire avancer votre carrière, dit Palmer en haussant les épaules. Et pourtant, je n'étais pas volontaire.

— Quand on m'a tiré dessus, je ne l'étais pas non plus, Chad.

12

L'écran de télévision dans le vaste bureau des SSA montrait la chambre des représentants attendant l'arrivée de Kerry Kilcannon. Charles Dane et ses collaborateurs Carla Fell et Bill Campton observaient les membres du Congrès et les représentants des ministres et des membres de la cour suprême, ainsi que les directeurs de cabinets. L'assemblée était exceptionnellement silencieuse ; au lieu des apartés et des mines entendues, la gravité régnait. Dans la galerie, Lara Costello Kilcannon et sa sœur Mary étaient assises avec les familles des victimes de la fusillade de l'aéroport. Dane ne put identifier le jeune garçon noir près de la First Lady, mais il était clair qu'il avait aussi perdu un parent dans la fusillade.

— Monsieur le président, annonça l'huissier, le président des États-Unis.

Les portes s'ouvrirent et Kerry Kilcannon entra. C'était sa première apparition en public depuis la fusillade. L'assistance se leva et les applaudissements éclatèrent, chaleureux Kilcannon demeurait impassible, s'arrêtant pour entendre les condoléances et les vœux de l'un, puis de l'autre.

— Indéniablement, nous assistons à l'un des moments les plus remarquables de l'histoire récente des États-Unis, dit le présentateur Wolf Blitzer de CNN.

Chad Palmer s'avança et serra la main du Président, suivi de Frank Fasano, puis de Chuck Hampton, avec lequel l'entretien se prolongea et s'acheva sur un geste expressif : Kilcannon lui serra le bras avec une évidente affection. Dane s'en trouva agacé :

— Il faudrait savoir pour qui travaille Hampton : pour nous ou pour Kilcannon ?

— Peu importe. Palmer et Fasano auront le dernier mot, rétorqua Carla Fell.

— Messieurs les membres du Congrès, dit le président de la chambre Thomas Jencks, j'ai le grand honneur et le privilège spécial d'accueillir le président des États-Unis.

Kerry Kilcannon s'avança sur l'estrade.

— Il y a treize ans, dit-il d'une voix posée, mon frère James Kilcannon est mort d'une blessure par balles. Il y a treize jours, trois autres membres de notre famille ont été assassinés par balles...

— Il commet une erreur, s'écria Dane, il en fait une affaire personnelle.

Dans la galerie, Lara Kilcannon tenait la main de sa sœur ; elle savait que, pour une fois, Kerry avait écrit lui-même ce discours.

— S'il ne s'agissait que d'une tragédie de famille, quatre morts insensées à plusieurs années de distance, je ne serais pas ici ce soir, poursuivit-il d'une voix plus forte. Je suis ici parce que, durant ces mêmes années, quatre cent mille autres Américains sont tombés sous les balles. Quand la mère, la sœur et la nièce de Lara sont mortes, trois autres personnes sont mortes avec elles. Henry Serrano, mari regretté et père de trois enfants. David Walsh, dont le mariage aurait été célébré demain. Laura Blanchard, la veille de son entrée en deuxième année à Stanford. Le même jour, à la même heure, à quelques pâtés de maisons d'ici, Mae Morgan a été assassinée par son mari, dont elle était séparée. Leurs familles sont avec nous ce soir...

À l'énoncé de leurs noms, chacune des personnes nommées se levait et les applaudissements reprenaient : Felice Serrano et ses enfants, la fiancée de David Walsh, les parents de Laura Blanchard et, près de Lara, le fils de quatorze ans de Mae Morgan, Louis.

— Mae Morgan, reprit Kilcannon, est morte comme meurent chaque jour quatre-vingts personnes, pleurée par les siens, mais ignorée des médias.

L'orateur s'interrompit pour parcourir l'assemblée du regard, puis il reprit :

— Pourquoi ? Parce que le carnage est tellement vaste que seuls les meurtres en masse d'écoliers ou les attentats sur les personnages publics retiennent notre attention. Tous les meurtres de présidents américains ont été commis avec des armes à feu. Tous ceux qui sont présents se rappellent notre immense chagrin quand John F. Kennedy a été assassiné. Mais trop peu d'entre nous savent que, depuis ce jour infâme, plus d'Américains sont morts par balles dans ce pays qu'il n'en est tombé pendant toutes les guerres du xxᵉ siècle…

Chuck Hampton perçut la passion dans la voix de Kilcannon et la fascination de ses auditeurs.

— Jour après jour, année après année, tonna Kilcannon, le nombre de ces morts est dix fois supérieur à celui des morts des vingt-cinq pays les plus industrialisés rassemblés.

— Vous le saviez ? murmura Hampton à l'adresse de Vic Coletti.

Celui-ci secoua la tête.

— Nous sommes le seul pays à autoriser la vente de balles conçues pour déchiqueter les entrailles de leurs victimes. C'est ce qui est arrivé à Marie Bowden, qui n'avait que six ans. Sommes-nous donc moins humains que les autres ?

Menés par le sénateur Chuck Hampton, les Démocrates se levèrent pour applaudir.

Dans le bureau de Clayton, celui-ci et Kit Pace procédaient à des sondages en temps réel, transmis en circuit fermé. Les pourcentages d'approbation ne cessaient de monter.

— Soixante et onze, clama Kit.

— Que répondent les fabricants de ces armes et de ces munitions aux reproches que nous leur adressons ? Nous ne connaissions pas le père de Marie Bowden. Nous ne lui avons pas demandé de tuer sa famille. Tout ce que nous pouvons faire, c'est exprimer notre sympathie à la famille et demander qu'on punisse le meurtrier. Mais John Bowden n'est plus. Comment le punir ? Et nous ne pouvons pas ressusciter les morts qu'il a tués.

Notre seule chance de sauver d'autres vies est d'empêcher ce genre d'homme d'acheter un pistolet qui peut tuer sept personnes en sept secondes. Ceux qui veulent maintenir le *statu quo* prétextent qu'il n'y a qu'à appliquer les lois en vigueur. Eh bien, selon les lois en vigueur, déclara Kilcannon d'un ton sarcastique, nous avons confisqué le pistolet de Bowden. Selon les lois en vigueur, nous avons inscrit son nom dans un fichier informatique, pour qu'il ne puisse pas acheter d'arme à un armurier patenté. Alors John Bowden est parti pour Las Vegas acheter un pistolet et un chargeur qui pouvait contenir quarante balles Eagle's Claw. Car, toujours selon les lois en vigueur, les prétendus vendeurs privés n'ont pas à consulter le fichier avant de vendre des armes. Les lois en vigueur limitent la contenance des chargeurs à dix balles, mais n'interdisent pas la vente des chargeurs de quarante balles. Alors, sans violer les lois en vigueur, la onzième balle du chargeur de John Bowden a été pour sa fille Marie…

À ce moment-là, Fasano se tourna vers Harshman.

— J'espère que vous avez un argument à opposer à tout ça, souffla-t-il.

— Comment Bowden a-t-il acheté ce pistolet ? Parce qu'il a lu deux publicités dans *The Defender*. L'une rappelait que le Lexington P-2 est interdit en Californie. La seconde lui indiquait où en acheter un : à la foire d'armes de Las Vegas.

Kilcannon secoua la tête d'incrédulité.

— Ils n'en savent rien, ils ne peuvent pas prouver où Bowden a acheté son arme, dit Campton à Dane.

La voix de Kilcannon retentit :

— Sans violer les lois en vigueur, le fabricant de cette arme l'a placée dans les mains de John Bowden. L'essence de cette tragédie, des millions de propriétaires d'armes respectueux des lois la connaissent déjà : aucun chasseur ni tireur de compétition n'utilise d'armes pour tuer vingt cerfs ou vingt personnes à la fois. La liberté garantie par la proclamation des Droits de l'Homme ne donne pas aux criminels et aux terroristes le droit de s'en servir contre nous…

La galerie déclencha une salve d'applaudissements dont les Démocrates prirent le relais. Les Républicains, y compris

Fasano, applaudirent, mais mollement. Paul Harshman, lui, gardait les bras croisés.

— Les SSA vont devoir jouer serré, chuchota la voisine de Chad Palmer, la républicaine Cassie Rollins.

Les applaudissements n'en finissaient pas. Au siège des SSA, Dane se leva pour aller au bar se servir un bourbon à l'eau :

— Je vois où il veut en venir : au contrôle du fichier généralisé.

— C'est au-delà de ses moyens, objecta Carla Fell. Il n'y parviendra jamais.

— Vraiment ?

La voix de Kilcannon s'éleva à travers les vivats :

— Selon les lois en vigueur, les criminels n'ont pas le droit d'acheter des armes. Mais quarante pour cent des ventes se font par le biais de vendeurs privés, qui ne sont pas astreints au contrôle du fichier. Il y a trop longtemps que le débat sur les armes est régi par la peur et par une poignée de fanatiques qui s'imaginent que le gouvernement veut confisquer leurs armes. Nous ne devons plus les laisser dire que notre seule défense contre les criminels est d'acheter encore plus d'armes, jusqu'à ce que l'Amérique devienne un camp retranché et que le carnage dépasse tout ce que nous voyons aujourd'hui.

L'auditoire se leva une fois de plus.

— Il nous faut des Démocrates pour s'assurer qu'aucun président, qu'il soit démocrate ou républicain, ne refera jamais ce genre de discours, déclara Dane.

— Le magazine qui a indiqué à John Bowden où acheter son arme assure ses lecteurs que tous les Américains doivent posséder une arme pour se défendre contre le Mal. Bien sûr, si Mae Morgan avait dégainé son pistolet plus vite, son fils ne serait pas un orphelin.

Le visage accablé de Louis Morgan apparut en gros plan à l'écran. Lara le prit par le bras.

— Nous devons plus que ça à Louis Morgan, s'écria Kilcannon.

— Quatorzième ovation debout, nota Carla Fell.

— Quatre-vingt-trois pour cent, annonça Kit Pace, sidérée, dans le bureau de Clayton.

Celui-ci afficha un grand sourire.

— Je vous parie un dîner que nous atteindrons quatre-vingt-cinq.

— Je m'adresse au Congrès au nom de l'humanité et du bon sens, et je vous demande d'agir avec moi. Je propose un contrôle du fichier pour la cession de toutes les armes, grâce à un système fédéral de fichier informatisé, qui serait effectif dans les cinquante États ; l'interdiction de tous les chargeurs de grande capacité et des balles conçues pour mutiler les victimes, car celles-ci ne peuvent plus être présentées comme des munitions d'autodéfense.

La galerie, les membres du Congrès et les sénateurs démocrates se levèrent pour clamer leur approbation.

— Regardez-moi ce démagogue, murmura le sénateur Harshman à Fasano.

— Regardez-le vous-même, répliqua Fasano. Quand vous avez lu publiquement cette lettre, vous lui avez tendu la perche.

— Et, pour finir, des crans de sûreté obligatoires sur tous les nouveaux pistolets vendus, et de préférence des serrures à combinaison, qui bloquent les pistolets quand ils sont manipulés par d'autres que leurs propriétaires.

— Quatre-vingt-six pour cent, annonça Kit Pace. Vous gagnez.

— La violence en Amérique n'est pas causée seulement par les armes à feu, et je défends le droit des citoyens respectueux des lois de posséder une arme pour des raisons approuvées par la loi. Et je pense que ceux qui possèdent des armes et ceux qui n'en possèdent pas partageront un rêve commun : que les morts qui surviennent aujourd'hui deviennent si rares que nos petits-enfants en resteront incrédules. Nous pouvons y parvenir. J'implore le Congrès d'agir. Je ferai de mon mieux pour abolir les dissensions absurdes du passé.

— Et voici le bouquet final, jubila Clayton.

— Il y a quelques jours, j'ai reçu une lettre de George Callister, le président de Lexington Arms. Le sénateur Harshman l'a lue en public. Voici ma réponse à cette lettre : j'apprécie l'esprit de votre missive. Rencontrons-nous en privé pour mettre fin à ces morts insensées.

— Callister regrettera cette lettre jusqu'à son dernier souffle, commenta Clayton.

Les Démocrates déclenchèrent un déluge d'applaudissements.

— Quatre-vingt-huit pour cent, déclara Kit, stupéfaite, les yeux embués.

— Nous ne pouvons pas le laisser détacher Lexington des autres, s'écria Dane. Ce salopard met la pression sur Callister.

— Nous avons déjà réussi à le contrôler, dit Fell. Aucun problème.

— Ce coup-ci, ça sera plus dur, dit Dane. Envoyez à nos membres des instructions par Internet, pour leur recommander d'adresser des messages au Congrès et particulièrement aux Démocrates. Et dites-leur comment joindre Lexington.

— Quelle sera notre réaction ? demanda Campton.

— Prudente. Fasano avait raison. Ligne générale : Kilcannon a droit à notre sympathie, mais il a tiré une leçon erronée des événements. Un homme doit pouvoir donner son arme à son fils de dix-huit ans ou la vendre à un voisin qui en a besoin sans passer par le contrôle du fichier. Nous ne sommes pas encore dans un État policier.

— Admettons que Kilcannon passe les bornes, admit Campton. Mais quelle est la vraie leçon qu'il faut tirer de tout ça ?

— Une application plus vigoureuse de la loi. John Bowden n'aurait jamais dû être libéré sous caution. C'est tout.

— Depuis cinq minutes, dit Wolf Blitzer à la télé, les applaudissements continuent sans faiblir.

— Il est arrivé tout en haut aujourd'hui, mais demain commencera la chute, prophétisa Dane. Organisez l'entrevue avec Fasano le plus tôt possible, ordonna-t-il à Carla Fell.

Plusieurs heures plus tard, alors qu'ils étaient au lit, Lara dit à Kerry :

— Tu avais raison à propos de Mary. Bob Lenihan l'a pressentie pour un procès contre Lexington.

Kerry éprouvait le contrecoup de sa précédente décharge d'adrénaline : une légère dépression.

— J'ai fait ce que je pouvais, dit-il.

— Tu as fait mieux que pouvait faire n'importe qui, rectifia-t-elle.

Puis, sachant qu'il le désirait autant qu'elle, elle se glissa dans ses bras.

13

Le lendemain matin, après une longue conversation téléphonique avec le secrétaire des Nations unies, Kerry reçut Bob Lenihan.

— Votre discours était parfait, assura ce dernier. Aussi incisif que la conclusion d'une plaidoirie devant un jury.

— Ce jury est considérablement plus nombreux, répondit Kerry, et beaucoup plus soucieux de ses propres intérêts. Je voulais qu'ils se demandent s'ils ne courraient pas plus de risques à voter contre moi que pour moi.

— Il semble que vous ayez réussi.

Les médias, ce matin-là, étaient en effet unanimement favorables, et les sondages officiels confirmaient ceux de Clayton.

— Pour le moment, tempéra Kerry. Le président du Congrès et Frank Fasano commencent à s'agiter.

Lenihan installa sa vaste carrure dans un fauteuil. Même au repos, son visage massif, mâchoire carrée, yeux bleus fureteurs et bouche gourmande, évoquaient un homme prêt à dévorer tout ce qui l'entourait.

— C'est ce dont je voulais parler, déclara Lenihan. Est-ce que Lara a envisagé d'attaquer Lexington?

— Pas question, Bob. Après le discours d'hier soir, nous aurions l'air de vouloir nous remplir les poches.

— Je comprends, monsieur le Président. Mais je le regrette. J'ai particulièrement apprécié le passage de votre discours où vous décriviez la misérable réaction de Lexington et de son PDG. Quand vous en aurez fini avec Callister, il n'y aura pas un juré en Amérique pour oser se déclarer en faveur de cette manufacture.

— Même si Lara pouvait intenter une action en justice, je ne vois pas ce que ça me rapporterait, sinon des soucis.

— Un moyen d'action supplémentaire. Et un instrument de relations publiques d'une incalculable valeur. Vous jouez maintenant dans deux arènes, le Congrès et l'opinion publique. Pour gagner, il vous en faut une troisième : un tribunal. Afin de démontrer la responsabilité de Lexington dans les meurtres de la famille de Lara. Nous pouvons foutre cette damnée manufacture en l'air.

— Ce que je ne peux pas faire.

— Comment le feriez-vous, en effet ? Si vous lui mettiez le département de la Justice aux trousses, vous apparaîtriez comme le tyran que les SSA ont toujours prétendu que vous êtes.

La bouche de Lenihan s'incurva dans un sourire d'anticipation, puis il poursuivit :

— Mais moi, je peux démontrer que Lexington a sciemment attiré la clientèle des criminels. Je peux dévoiler les raisons pour lesquelles elle a produit la balle Eagle's Claw, sa sujétion aux SSA, et fournir tout cela aux médias. Après ça, la manufacture serait prête à concéder tout ce que vous voulez en matière de contrôle des armes à feu plutôt que d'affronter un jury.

— Ou les SSA, émit Kerry.

— Ou les deux. Vous croyez que les SSA ont envie que je dévoile qu'ils contrôlent l'industrie américaine des armes ? Je ne peux pas croire que vous n'ayez pas envisagé tout cela, monsieur le Président.

— Et pourtant non. Mais je ne vois pas ce que ce scénario vous apporterait. Pas de l'argent, en tout cas, parce que Lexington n'est certainement pas aussi riche qu'un marchand de cigarettes.

— J'ai tout l'argent qu'il me faut. Il s'agit ici de moralité, monsieur le Président. Nous savons, vous et moi, que les gens de Lexington sont parfaitement conscients que leur foutu P-2 est l'arme préférée des barons de la drogue. N'auriez-vous pas envie que je dévoile comment ils ont testé leur Eagle's Claw, pour s'assurer qu'elle déchiquetterait correctement sa cible ? Ils l'ont peut-être essayée sur un cadavre, ces salopards.

Kerry se mit à rire.

— La moralité, Bob ? C'est tout ce qui vous intéresse ?

— Dans cette affaire, oui. Mais, en plus de ça, imaginez le remue-ménage, le Congrès, la présidence, les SSA, les médias, le drame humain. Ce serait un procès historique !

Avec Bob Lenihan en maître de cérémonie ! songea Kerry.

— Vous pensez donc que Mary devrait attaquer Lexington, dit-il.

— Oui, admit Lenihan, avec un sourire. Je souhaiterais que vous me recommandiez. Je peux régler leur compte à ces lascars. Avec un cabinet de deux cents avocats, tout ce qu'il me faut, c'est Mary Costello.

— C'est à elle de décider. Si elle me demandait mon avis, vous pouvez être certain, Bob, que je lui dirais que vous êtes simplement le meilleur.

— C'est tout ce que je pouvais espérer, monsieur le Président.

Kerry se garda de sourire.

— Comment s'est passé l'entretien avec Lenihan ? demanda Clayton.

— Comme je l'imaginais. Il m'a félicité d'avoir semé les germes d'une action en justice de Mary contre Lexington. J'avais l'impression d'être le Dr Frankenstein en face du monstre que j'ai créé

— Un monstre qui a mis des millions de dollars à la disposition du parti démocrate et dont les associations d'avocats cherchent à maintenir leur influence, malgré la réforme du financement des partis. Mais un monstre très utile. Mary intentera-t-elle ce procès ?

— Lara le pense. Mais le procès ne nous sera utile que s'il est conduit comme il le faut. Lenihan, lui, veut de la publicité et, bien qu'il prétende le contraire, de l'argent. Je ne suis pas sûr qu'il sache rester à sa place.

— J'ai téléphoné au centre Kilcannon, dit Clayton. Ils ont une excellente avocate, Sarah Dash. C'est elle qui a plaidé les procès pour avortement.

— Je ne peux pas écarter Lenihan, ce serait trop délicat et il dispose de sérieux atouts. Mais nous pourrions peut-être suggérer à Mary de prendre un deuxième avocat. Le centre Kilcannon est largement financé et je n'ai aucun lien avec lui, à part le nom. Il sera indéniablement plus sensible que Lenihan à nos objectifs…

— Avant de mobiliser le centre Kilcannon, tu devras bien établir la façon dont tu entends contrôler ce procès, conseilla Clayton.

— Je ne contrôlerai rien du tout. C'est l'une des leçons que j'ai tirées de mes tribulations dans l'affaire John Bowden. Je ne veux plus être impliqué directement.

14

George Callister attendit quarante minutes avant d'être reçu par Kerry. Ses conversations téléphoniques avec le chef de l'OLP et le Premier ministre d'Israël avaient duré plus longtemps que prévu.

Callister eut la décence de prendre une expression contrite.

— J'ai essayé de vous téléphoner, monsieur le Président, mais en vain.

— Je n'étais pas disponible. La famille de Lara avait été assassinée. À cause de l'accord que vous avez refusé de conclure. Et puis vous m'avez adressé *ça*, répondit Kerry en poussant une lettre sur son bureau.

— Nous devions réagir par une proposition. C'était la seule façon de communiquer avec vous.

— C'est pour ça que vous avez choisi Harshman pour lire la lettre ? « Lexington s'engage dorénavant à prendre en charge les frais des consultations volontaires du fichier dans les foires d'armes. » Et qui croyez-vous qui se portera volontaire, George ? Quelqu'un comme Bowden ? En lisant votre lettre, j'avais honte pour vous.

— Quel est votre désir, monsieur le Président ?

— C'est simple : je veux que vous souscriviez à ce que j'ai déclaré au Congrès. Je veux que Lexington Arms le mette en œuvre. Pas seulement le contrôle du fichier, mais la modification des pistolets, pour qu'ils ne s'adaptent plus aux chargeurs de quarante balles. Arrêtez de fabriquer des balles Eagle's Claw. Faites tout ce qui aurait pu sauver la famille de Lara.

— Si Bowden n'avait pas trouvé un P-2, objecta Callister, il aurait acheté un autre pistolet, et le résultat aurait été le même.

— Peut-être. Mais ce n'aurait pas été *votre* pistolet. Ni *vos* balles. Ni *votre* responsabilité. Ne vous cachez pas derrière les autres. La loi que je demande s'appliquera à tous, dit sèchement Kerry. C'est votre chance de sauver votre peau. Arrêtez de gémir sur votre sort. Agissez.

Le sourire de Callister parut mélancolique.

— S'il ne tenait qu'à moi, je le ferais, vous le savez. En tant que président de Lexington. Mais je ne peux pas souscrire à votre programme. Et vous savez pourquoi.

— Les SSA ?

— Leur pouvoir est réel, et ils peuvent nous priver de nos postes.

Un long silence s'installa. Puis ce fut Kerry qui prit la parole :

— Pendant le restant de mes jours, je me souviendrai de la petite fille de six ans avec laquelle j'avais dansé à mon mariage, gisant sur une table d'opération, les entrailles déchiquetées par une balle Eagle's Claw. N'attendez pas que l'un de vos proches se retrouve dans la même situation pour réagir.

Troisième partie

Le procès

De la mi-septembre à la mi-octobre

1

Le Président et la First Lady dînèrent sur le yacht présidentiel, rebaptisé *Inez*. Une flottille de bateaux des services secrets les escortaient dans la descente du Potomac par un beau crépuscule automnal. Bien qu'improvisée, l'escapade avait inquiété Peter Lake : il jugeait que, sur le pont, le couple présidentiel était trop exposé. Mais Lara avait insisté : l'enfermement physique et psychologique lui devenait insupportable.

Après dîner, Kerry feuilleta *Newsweek* en sirotant un brandy : la couverture le représentait pendant son discours au Congrès. Dans l'éditorial, on le nommait à présent « KFK » et son discours était décrit comme « l'appel à l'action le plus passionné depuis celui de JFK sur les droits civils ».

— KFK, dit Kerry. On dirait une marque de poulet frit[1]. Ce n'est pas comme ça que je vais inquiéter Fasano.

Dans ses premiers commentaires publics, en effet, Fasano avait conseillé au Sénat des mesures de sécurité prudentes, qui n'empiéteraient pas sur les droits des quarante millions d'Américains détenteurs d'armes. Propos qui présageaient une stratégie de temporisation, destinée à ramener l'opinion publique à son indifférence antérieure.

— Quant à Hampton, reprit-il, les premiers messages qu'il a reçus étaient franchement hostiles. La contre-offensive des SSA est apparemment en train de se mettre en place.

Il examina Lara du coin de l'œil : elle avait repris du poids et ressemblait un peu plus à celle qu'elle était avant la tragédie.

---

1. Allusion à la marque de poulet frit KFC, Kentucky Fried Chicken. *(N.d.T.)*

Mais la tristesse était toujours présente dans son regard ; elle ne parvenait pas à assimiler la mort de sa famille, et encore moins le fait que ces morts étaient devenues l'enjeu d'une bataille politique. Elle négociait pourtant une interview à la télévision avec une froide détermination de professionnelle. Plusieurs chaînes se disputaient en effet « les premières déclarations de Lara Kilcannon depuis la tragédie qui avait changé sa vie pour toujours ».

— Qu'as-tu décidé ? demanda Kerry.

— NBC, je crois. J'ai confiance en Cathie Civitch. Elle n'a pas tenté d'exploiter notre ancienne amitié professionnelle. Et elle ne se servira pas de la vidéo montrant ma famille en train de mourir.

Kerry fut ému. Il ne trouva qu'un mot à dire :

— Bien.

— Ce procès qu'intenterait Mary, demanda-t-elle un peu plus tard, crois-tu que c'est important ?

— Pour les SSA, répondit Kerry, c'est la bataille finale. Ils ne peuvent pas se permettre de la perdre, surtout pas contre moi. Depuis 1938, toutes les campagnes pour la sécurité en matière d'armes à feu se sont heurtées au Congrès. Même après les assassinats de Martin Luther King et de Robert Kennedy, il a été impossible d'interdire des balles telles que celle qui a tué Marie. Si les SSA perdaient, ils deviendraient encombrants pour les Républicains. Ils feront donc n'importe quoi pour gagner. Quant à Callister, ils le contrôlent totalement.

— Et un procès te donnerait un moyen d'action ?

— Le procès de Mary, précisa Kerry, pourrait détruire Lexington Arms. Et ça, même un président ne pourrait le faire. Dans plusieurs États, comme la Géorgie, les SSA ont réussi à protéger légalement les manufactures d'armes contre les procès de citoyens.

— Toi, qu'est-ce que tu préfères ? Détruire Lexington Arms ou forcer Callister à souscrire à tes demandes ?

— Ça m'est égal.

— Joanie m'en a voulu jusqu'à la fin de sa vie. Et maintenant, tu voudrais que je mette en jeu la vie de Mary ? demanda-t-elle.

Il posa sa main sur le bras de Lara :

— Si Mary voit quel est mon but…

— Et qui le lui fera voir ? s'écria-t-elle. Tu voudrais que ce soit moi, après tout ce qui nous est advenu ? Je n'arrive pas à le croire.

— Ça te paraît si inconcevable de m'aider à honorer la mémoire des tiens ?

Elle le dévisagea longuement.

— Je croyais te connaître, dit-elle finalement. Corps et âme. Le mariage réserve vraiment des surprises !

2

— Thomas Jefferson l'a fait, dit Avram Gold. À son propre vice-président, Aaron Burr.

Kerry considéra le professeur de droit à Harvard, qu'il avait fait pénétrer dans la Maison-Blanche à l'insu des journalistes. À la différence du conseiller juridique de la présidence, Gold était habilité à être conseiller personnel. Brillant, inventif et dévoué aux objectifs de Kerry, il pouvait remplir son rôle à merveille.

— Ah bon? fit Kerry. Comment ça?

— Quand Burr a tué Alexandre Hamilton, Jefferson a donné des ordres secrets pour qu'on poursuive Burr pour trahison. Jefferson a donc torpillé son propre vice-président[1].

— Ah, le bon vieux temps où les présidents pouvaient exploiter le système juridique à leur avantage... fit Kerry avec une feinte nostalgie.

— Mais, aujourd'hui, si Mary intentait un procès, la First Lady et vous pourriez être convoqués en qualité de témoins. Si j'étais à la place de Lexington, je prétendrais que Joan est morte parce que la loi n'a pas été bien appliquée et qu'elle avait reçu de mauvais conseils, les vôtres en l'occurrence. Vous serez tous deux contraints de faire des dépositions, et elles pourront même être filmées si le juge l'autorise.

---

1. Héros de la guerre d'indépendance, Aaron Burr avait été choisi comme vice-président par Jefferson ; témoignant de sa duplicité, il essaya de lui arracher la présidence lors des élections générales. Toujours vice-président, mais désormais tenu en suspicion par Jefferson, il aurait alors tenté d'inciter plusieurs États à faire sécession. Hamilton le traita de « personnage méprisable ». Burr le défia en duel et l'y tua. (N.d.T.)

— Je m'y attendais, dit Kerry. Ce qui me soucie, c'est que nous soyons obligés de répondre à des questions sur notre rôle dans les poursuites juridiques elles-mêmes. S'il apparaissait que c'est moi qui les ai inspirées, ce serait absolument fatal à mes objectifs.

— Très bien, déclara Gold, joignant les mains.

Stimulé par le défi qui lui était lancé, il dirigea son regard intense sur Kerry.

— Voyons d'abord ce que vous n'êtes pas autorisé à faire. D'abord, vous n'avez pas le droit de vous entretenir avec l'avocat de Mary. À aucun prix. Vous devrez jurer que vous ne l'avez jamais vu. Et cela inclut particulièrement Lenihan.

— J'entends bien, mais je crains que nous ne puissions pas nous débarrasser de lui.

— Bob a ses qualités, observa Gold d'un ton moqueur, et la première d'entre elles est un défaut absolu de pudeur. Ensuite, ni vous ni Lara ne pouvez payer les frais d'avocat de Mary. Vous auriez alors l'air de diriger ce procès depuis la Maison-Blanche. Et, pour la même raison, Lara ne peut pas se porter partie civile. Cela, par ailleurs, réduirait le capital de sympathie que vous escomptez de son interview à NBC.

— En effet.

— En revanche, vous et la First Lady avez le droit de refuser de répondre à des questions et, si vous le faites avec grâce, vous ne laissez à Lexington et aux SSA que le choix déplaisant de vous accuser, sans preuves, de les persécuter. Ce qui, de leur part, semblerait particulièrement odieux.

— Et le serait.

— Enfin, même si Lexington conteste votre privilège de ne pas comparaître au tribunal, il faudrait un juge bien téméraire pour inculper le Président et la First Lady pour non comparution de témoins. Mais, comme vous le savez, le concours de Lara est indispensable.

Obligé une fois de plus de faire entrer la politique dans son mariage, Kerry, mal à l'aise, demeura silencieux.

— Le secret des communications entre époux est infrangible, rappela Gold. Et il dure autant que le mariage. Concernant l'incitation de Lara auprès de Mary à intenter un procès, on peut alléguer que votre femme a servi de conseillère à une sœur trop affectée par les événements pour faire face à la situation.

— C'est là que le bât blesse, objecta Kerry. Lara n'est pas du tout convaincue que Mary accueillera favorablement nos suggestions.

— Le point est, en effet, délicat. Mais, si Lara envisage une action en justice, sa sœur et elle pourraient être couvertes par le privilège du secret. En Californie, en tout cas, ça peut marcher. De toute façon, limitez au minimum les conversations entre les deux sœurs.

Kerry hocha la tête sans conviction.

— Si Mary refuse de suivre nos conseils, dit-il, il n'y en aura qu'une seule.

À son retour dans le Bureau Ovale, Kerry convoqua Clayton Slade :

— Tu as vérifié les contrats militaires ? demanda-t-il.

— Oui. Lexington fournit bien des armes de poing à l'armée.

— Mets-y fin dès que possible. Histoire de répondre au boycott des SSA. Et je veux un rapport sur le délai nécessaire à l'arsenal d'Anniston pour fabriquer des M-16. Je n'ai pas l'intention de subventionner des manufactures qui estiment n'avoir de comptes à rendre qu'aux SSA.

— Là, je serais plus prudent, à ta place, observa Clayton. Les amoureux des armes objecteront que tu abuses de ton pouvoir et que tu compromets la sécurité militaire.

— Ça, rétorqua sèchement Kerry, ça dépend de la qualité des M-16 que fabriquera Anniston. Quant à mon pouvoir, je n'en abuse pas, j'en use. Quand des compagnies comme Lexington cesseront de produire des munitions comme l'Eagle's Claw, je m'en servirai d'une autre manière.

— Bon, on va voir, répondit Clayton. Qu'est-ce qu'Avi Gold t'a dit, à propos ?

— Il me donnait des conseils personnels.

Clayton croisa les bras.

— Avi Gold n'était pas ici pour t'aider à réviser ton testament.

— C'est exact. Mais si je te le disais, ça ne serait plus couvert par le secret professionnel.

Clayton le dévisagea un moment et conclut :

— Fais comme tu veux, Kerry. Mais fais attention. À toi et à Lara.

3

Peu avant 18 heures, dans son étude de San Francisco, Sarah Dash jeta un regard à sa montre. Elle avait encore du travail pour quelques heures. Depuis quatre mois qu'elle exerçait ses fonctions d'avocate au centre Kilcannon, elle était aussi absorbée qu'au cabinet privé où elle travaillait auparavant, et qu'elle avait quitté pour ce poste.

En janvier, et malgré l'opposition de ses patrons, elle avait pris la défense *pro bono* de Mary Ann Tierney, une mineure qui avait demandé un avortement tardif, contre l'avis de ses parents, farouches militants contre l'avortement. La jeune femme, en effet, craignait de mettre au monde un enfant hydrocéphale et de compromettre ses chances de grossesses ultérieures. Les audiences télévisées avaient diffusé les images d'un féroce conflit parents-enfant, cependant que Sarah, engagée dans une course contre la montre, essayait de devancer un acte du Congrès interdisant l'interruption tardive de grossesse. Après un échec en première instance, l'affaire avait été portée devant la cour d'appel fédérale. C'est là que Mary Ann avait eu gain de cause, grâce au juge Caroline Masters. Ce succès retentissant pour Sarah avait failli entraîner de graves conséquences politiques ; le Sénat avait été à deux doigts de rejeter la nomination de Masters comme ministre de la Justice. Et le fait que le fœtus avorté se soit révélé dépourvu de cortex cérébral n'avait aucunement apaisé les esprits.

Sarah s'était dès lors jugée plus apte à travailler au centre Kilcannon que pour des clients privés. Ce centre avait besoin d'un avocat dans sa lutte contre les marchands d'armes et

Sarah, connaissant bien l'influence des SSA au Congrès, jugeait que le meilleur moyen d'action était de harceler les fabricants d'armes devant les tribunaux.

À 18 heures, elle alluma la télé.

Dans la bibliothèque de la Maison-Blanche, Lara affrontait la journaliste Cathie Civitch.

Celle-ci lui fit un sourire d'encouragement. Mais Lara était tendue. Elle savait que l'audience attendait des révélations.

Kerry regardait l'émission à l'étage supérieur.

— C'est la première fois que les Américains ont l'honneur de vous entendre depuis la tragédie, commença Cathie.

— Je n'étais pas jusqu'ici en état de m'exprimer en public. Je ne m'étais pas attendue à perdre ma famille. Je voudrais tenir ma nièce Marie dans mes bras. Et je ne peux pas.

Kerry savait ce qu'il lui en coûtait de parler en public.

À 18 h 11, Frank Fasano quitta le Sénat pour gagner son bureau. Macdonald Gage y était déjà assis, devant l'écran de télévision.

— Qu'est-ce qu'elle vaut ? demanda Fasano.

— Vois par toi-même.

— Si c'était en mon pouvoir, dit Lara, je ferais en sorte que personne n'éprouve ce que j'éprouve aujourd'hui.

— Et nous y voilà, dit Gage. Ça va être sa cause à elle.

— Et pourtant, il y a bien des gens qui connaissent une tristesse similaire à la mienne. Le jour où ma famille a été assassinée, on a compté quatre-vingt-sept autres Américains tués par balles. Nous ne connaissons pas leurs noms. Et leurs familles ne passent pas à la télé. Depuis lors, combien d'autres familles ont perdu un enfant, un père, un mari ou une épouse ? poursuivit-elle, comme en proie à une soudaine colère. Et combien de ceux qui sont en deuil peuvent exprimer leur chagrin en public ? Ils n'ont aucun pouvoir. Ça n'est pas acceptable.

Les yeux de Lara scintillaient de rage.

— Les emmerdements continuent, Mac, observa Fasano. La vie au Sénat va devenir de plus en plus difficile.

— Est-ce que les SSA prévoient une réunion ? répondit Gage sans quitter l'écran des yeux.

— Après-demain. Ça nous laissera le temps de réfléchir à notre réaction à cette interview.

Quand Charles Dane consulta sa montre, il était 21 h 27.

— Elle a encore une demi-heure pour empoisonner la conscience collective, observa-t-il.

— Quelles seraient selon vous les solutions ? demanda Cathie Civitch à son interlocutrice.

— Les modes d'action sont du ressort du Président et du Congrès. La question fondamentale est : comment prévenir ces tragédies ? Pourquoi avons-nous des services de sécurité dans les aéroports, Cathie ? Pour empêcher les terroristes de jeter des avions contre des gratte-ciel. Parce que vous ne pouvez pas punir un pirate qui est déjà mort, ni sauver ses victimes quand l'avion a explosé. Servons-nous de notre bon sens : est-ce que nous allons laisser les Américains acheter encore plus de pistolets pour se protéger contre d'autres Américains armés de pistolets ? Il faut désarmer les criminels, pas nous armer nous-mêmes !

— La même vieille rengaine, s'écria Dane. Les armes sont le problème, alors supprimons-les.

— Pour le moment, elle trône sur un piédestal, déclara Campton, nous ne pouvons pas l'attaquer. Pas tout de suite.

— Si je pouvais ramener à la vie ma mère et l'homme qui l'a tuée, je demanderais à ma mère de choisir entre le châtiment de son assassin et la possibilité de sauver d'autres vies. Je sais ce qu'elle me répondrait : nous avons le choix entre remplir nos prisons et nos cimetières et arrêter la violence, en changeant les lois qui ont permis à cet homme d'acheter ce type d'arme.

— Elle va trop vite, observa Dane.

Jusqu'ici, elle a gardé le contrôle d'elle-même, songea Kerry. *Encore vingt-cinq minutes.*

— Comment le Président endure-t-il cette tragédie ? demanda Cathie Civitch.

— Il essaye de me consoler, avant tout, répondit Lara d'un ton exprimant le regret. Je n'ai pas été d'un grand secours pour lui, bien que je ressente sa douleur.

— Vous venez de vous marier, vous avez subi une perte terrible et il y a cette lettre de John Bowden blâmant votre mari pour ses actions. Cela mettrait à l'épreuve le mariage le plus solide.

— Il y a certaines choses que je suis contrainte d'accepter, Cathie. Je sais que Bowden a changé ma vie pour toujours. Mais je ne le laisserai pas changer ma relation avec l'homme que j'aime.

Lara s'interrompit soudain, comme si elle entendait sa propre voix :

— Cela, je ne le lui ai jamais dit, mais je me le suis juré.

Kerry ressentit alors plus de soulagement qu'il ne l'aurait jamais imaginé. Car il espérait secrètement que Lara envisageait encore de fonder une famille.

— Aujourd'hui, c'était l'anniversaire de votre mère, reprit la journaliste.

— Oui, murmura Lara, les yeux tout humides.

Kerry l'ignorait.

Chad et Allie Palmer regardaient eux aussi la télé.

— Que répondez-vous à ceux qui disent que la cause de la violence n'est pas dans les armes, mais dans une culture qui a fait de la violence un de ses thèmes favoris ?

— Voilà une question à laquelle elle va devoir trouver une bonne réponse, observa Palmer.

— Les armes ne sont pas la seule cause de violence, j'en suis d'accord. Mais elles rendent la violence mortelle. Prenez le Canada, l'Australie, la Nouvelle-Zélande, des pays dont l'histoire, comme la nôtre, a été marquée par de nombreuses conquêtes de territoires. Leurs taux de criminalité sont comparables aux nôtres. Mais notre taux d'homicides est incomparablement plus élevé, parce que nos criminels se servent de pistolets. Au Japon, où la culture exalte pourtant la violence, des années entières se passent sans que l'on enregistre un seul cas de mort par balles d'un adolescent.

— Lara est peut-être très éprouvée, dit Allie à son mari, mais elle a la tête bien en place.

Chad songea fugacement à son discours passionné au Sénat pour défendre Caroline Masters, quelques jours après la mort de Kyle.

— La tête, répondit-il, c'est ce qui vous empêche de vous désagréger.

Allie lui prit la main sans mot dire.

Pendant près d'une heure, Sarah ne songea même pas à consulter sa montre.

— Vous êtes-vous jamais demandé comment vous auriez pu changer cet état de choses ?

— Tout le temps, répondit Lara. Bien avant ces meurtres, Kerry s'est adressé aux fabricants d'armes. Il leur a demandé d'imposer le contrôle du fichier aux foires d'armes. Ils ont refusé. Il s'est adressé au président de Lexington Arms et l'a supplié de ne pas autoriser la vente d'armes à n'importe qui.

Elle s'interrompit, comme pour maîtriser son émotion :

— Je ne peux pas m'empêcher de penser que, s'ils avaient accepté, ma mère, ma sœur et ma nièce seraient encore de ce monde. Ainsi que les gens qui ont été assassinés avec elles.

— Fameux, commenta Charles Dane. Les époux Kilcannon ont tous deux réussi à crucifier Callister sur une chaîne nationale. Lexington ne pourrait bénéficier d'un procès objectif dans aucune cour américaine.

— Vous croyez qu'ils envisagent d'intenter un procès ? demanda Campton.

— Sûr. Mais ils vont se servir de la sœur.

— En tant que First Lady, reprit Cathie Civitch, que diriez-vous au peuple américain pour l'inciter à réduire les crimes par armes à feu ?

— Je lui demanderais de réfléchir aux trente mille victimes par an de ces crimes. Je demanderais aux Américains si, en leur âme et conscience, ils estiment que c'est ainsi que ce pays doit fonctionner. Je leur demanderais quel monde ils préparent pour leurs enfants et petits-enfants.

— Et que diriez-vous aux SSA ?

— Je leur demanderais pourquoi les armes divisent ce pays. Ils estiment qu'il faut nous craindre. Ils n'ont pourtant aucune raison de le faire. Je n'oublierai jamais le jour où Charles Dane a déclaré à une convention des SSA, en levant son fusil : « Kerry Kilcannon devra venir arracher ce fusil des mains de mon cadavre. »

Elle fit face à la caméra et reprit calmement :

— Je ne veux pas de votre fusil de chasse, monsieur Dane. Kerry n'en veut pas non plus. Je veux simplement qu'aucun autre enfant ne meure comme Marie.

C'est une grave erreur que tu viens de commettre, songea Dane.

— J'espère que beaucoup de gens se joindront à nous, reprit Lara. Il y a tant de choses à faire. Un échec serait trop lourd à porter.

Cathie Civitch demeura silencieuse un moment. Puis elle dit :

— Merci, Lara Costello Kilcannon.

Kerry prit le sénateur Chuck Hampton au téléphone.

— Dites à la First Lady, monsieur le Président, que son interview était formidable et très émouvante.

— Merci, Chuck. Et que dit-on chez vous ?

— Je ne crois pas que Frank Fasano ou les SSA soient très contents.

Sarah Dash s'efforçait encore de retrouver le cours de ses pensées pour compléter un résumé de plaidoirie quand le téléphone sonna.

— Sarah Dash ?

La voix était si familière que Sarah en fut troublée.

— Ici Lara Kilcannon. Est-ce qu'il serait possible de vous voir ?

4

La rencontre entre Lara et Sarah se tint dans le jardin d'hiver. C'était là le domaine de la First Lady qui, pour des raisons politiques, souhaitait que sa visiteuse passe inaperçue.

Lara s'avança et serra la main de l'avocate.

— Depuis deux semaines, je n'ai pas perdu une miette du procès Tierney, dit-elle. Mais j'imagine que vous vous seriez passée des caméras.

— Elles étaient exaspérantes, admit Sarah, mise en confiance. Du coup, je ne peux pas me promener tranquille sans que des inconnus viennent m'adresser la parole, certains pour m'encourager, d'autres pour me traiter de faiseuse d'anges. Je voudrais pouvoir me cacher dans un trou de souris.

— Trop tard !

— Madame Kilcannon, avant que nous commencions...

— Appelez-moi Lara.

— Je sais que vous voulez que cette conversation soit secrète. Est-ce qu'elle doit être couverte par le secret professionnel ?

— Oui. Pour le moment, disons que je suis une partie civile potentielle dans une plainte en homicide contre Lexington. Idem pour ma sœur Mary.

— Et vous envisagez de vous faire représenter par le centre Kilcannon ?

— Ce centre, répondit Lara en hochant la tête, a plaidé dans plusieurs procès contre les fabricants d'armes. Nous pensons que vous êtes bien placés pour défendre nos valeurs.

Nos valeurs : les mots éveillèrent un écho dans l'esprit de Sarah. Il ne s'agissait donc pas simplement d'une affaire personnelle.

— Est-ce que Mary est d'accord ?

— Je ne sais pas, répondit Lara avec une certaine tristesse. Je ne lui en ai pas encore parlé.

Lara savait que Sarah était intuitive ; ce n'était pas la peine de ruser avec elle.

— La pénible vérité, reprit Lara, est que Mary nous tient responsables, Kerry et moi, des actes de John Bowden. Du moins pour le moment. Et le Président s'intéresse personnellement à ce procès potentiel, ajouta-t-elle.

Sarah sembla réfléchir.

— Il s'intéresse au fait qu'il y ait un procès, ou bien à la conduite de ce futur procès ? demanda-t-elle.

— Les deux. Clausewitz a dit que la guerre, c'est la diplomatie poursuivie par d'autres moyens. Alors disons qu'un procès serait de la politique sous une autre forme.

— Comment ?

— L'une des leçons que Kerry a apprises ces derniers temps est qu'il existe des pouvoirs dont le Président ne dispose pas. Nous ne pouvions pas protéger la vie privée de Joan, les médias ne le permettaient pas. Nous ne pouvions pas faire protéger sa vie par les services secrets, la loi ne le permettait pas. Nous ne pouvons pas imposer les contrôles du fichier aux foires d'armes, les SSA ne le permettent pas. Kerry ne peut pas non plus utiliser le système juridique au service d'idées personnelles, puisque c'est ainsi qu'on désigne nos efforts pour sauver des vies.

Par égard pour les sentiments de Lara, Sarah observa le silence pendant quelques instants avant de demander :

— Qu'est-ce que le Président attend du procès ?

— La même chose que moi : rendre publics les aspects de la fabrication et du marketing des armes. Détacher Lexington du groupe des fabricants pour que la firme perde la protection des SSA. Établir la façon dont l'assassin a obtenu son pistolet. Accroître le soutien à la loi que Kerry veut faire voter. Bref, coordonner le juridique et le politique sans être lui-même mis en cause.

— Et comment ferions-nous cela ?

— Par mon intermédiaire.

Sarah parut songeuse.

— Je vous admire, déclara-t-elle. Vous ne savez pas à quel point. Une part de moi voudrait vous aider de toutes les façons possibles. Mais il faut savoir où cela peut nous mener. Mary pourrait penser qu'on s'intéresse plus au procès qu'à elle. Elle trouverait dans ce cas d'excellents avocats pour la représenter…

— C'est le problème : elle en a déjà un tout trouvé. Robert Lenihan.

— Lenihan ? s'écria Sarah, surprise. Il est plus qu'excellent. Il a passé ces dix dernières années à arracher une fortune aux clients de mon ancien cabinet d'avocats.

— Dans ce cas, vous savez aussi qu'il poursuit ses propres objectifs : la notoriété, l'influence politique et l'argent.

— Et comment pensez-vous écarter Bob Lenihan ? demanda Sarah.

— Nous ne l'écarterons pas. Kerry a besoin de lui. Nous pensons qu'il pourrait être votre partenaire sur ce dossier.

— Attendez, s'écria Sarah, levant la main, avant de poursuivre, d'un ton où l'étonnement le disputait à l'ironie : en plus de complications familiales et politiques qui donneraient le vertige à Machiavel, vous voudriez me jeter dans une fosse aux serpents avec un égomaniaque qui possède vingt ans d'expérience de plus que moi, un talent réputé dans la traîtrise et la manipulation et, de surcroît, toutes les raisons du monde de s'en servir contre moi ?

Lara ne put retenir un sourire.

— Je crois que vous avez très bien résumé la situation.

Sarah éclata de rire.

— Je vous en prie, n'essayez pas de me convaincre.

L'expression de Lara devint grave.

— Je sais que c'est beaucoup demander. Tout ce que je peux dire, c'est que je ne le fais pas seulement pour Kerry. C'est pour moi et, je l'espère, pour Mary, la meilleure manière d'honorer la famille que nous avons perdue.

Sarah médita cet argument. C'était vrai : cette cause était bien plus grande que la revanche de Lara et Mary Costello.

C'était une de celles qui marquent la carrière d'un avocat, l'occasion d'établir la responsabilité morale, sinon légale de l'assassinat de cette famille. L'occasion de transformer les rapports que l'Amérique entretenait avec les armes.

— Si Mary veut mon avis, répondit-elle enfin, je lui expliquerai que je considérerais son action en justice comme une cause supérieure. Que ce procès serait une arme politique. Que l'argent que nous pourrions en tirer n'est pas mon seul souci. Le reste la concerne.

— Merci, dit simplement la First Lady.

5

— Et maintenant, tu voudrais choisir mon avocat pour moi ? lança Mary.

Les deux sœurs cheminaient sur un sentier du Golden Gate Park, par une agréable après-midi d'automne, suivies par des policiers en civil. Le petit studio encombré de Mary, maintenant garni de photos d'Inez, de Joan et de Marie avait, en effet, paru étouffant à Lara ; le grand parc embaumant les eucalyptus évoquait en revanche des souvenirs plus heureux, tels que les pique-niques qu'organisait jadis Inez.

— Toi seule peux choisir ton avocat, rétorqua Lara. Nous voulions simplement te présenter le plus grand choix. Le centre Kilcannon traite ce genre de procès non comme de simples actions en justice, mais comme des causes plus grandes, destinées à sauver des vies. N'est-ce pas notre but ?

— *Notre* but ? releva Mary d'un ton pointu. L'autre jour, au collège, un nouveau professeur que je ne connaissais qu'à peine est venu me demander comment tu allais. Elle t'avait vue à la télé et se faisait du souci pour *toi*.

Lara retint sa langue. Pour elle, l'interview avait été une épreuve d'autant plus lourde que l'audience en était exceptionnelle. Mais, pour Mary, c'était une preuve de plus que sa sœur l'éclipsait.

— Je veux que tu saches ceci, déclara Mary, regardant devant elle, comme pour exprimer sa distance. Tu peux passer à la télé, discourir et dire aux gens quelles lois il faut voter. Mais ce n'est pas moi qui ai décidé comment protéger Joanie et Marie. Personne ne m'a même demandé mon avis, dit-elle, les larmes aux yeux. Tout ce que je retire de tout cela, ce sont des cauchemars et un procès contre le fabricant des balles qui les ont déchirées. Et toi, tu veux contrôler ça. C'est ce qui se passera si je laisse ton avocat mener ce procès. Et je ne le veux pas. Est-ce que tu es toujours ma sœur, Lara ? Ou bien tu n'es plus que sa femme ?

— Je suis ta sœur, répondit Lara, la bouche sèche. Nous sommes toutes deux les filles d'Inez et les sœurs de Joanie. Nous souffrons toutes les deux. Pourquoi nous quereller ?

— Parce qu'elles étaient ma famille, répliqua Mary. Pas des figurantes à un mariage. Pas des publicités ambulantes, ni des êtres dont on raconte les problèmes à la télé...

— Je ne pouvais pas empêcher ce qui est advenu, Mary.

— Mais tu peux contrôler tes actes, dit Mary avec une colère contenue. Et tu dois t'attendre à ce que je contrôle les miens.

Pour arrêter cette prise de bec, Lara s'efforça de prendre de la distance.

— Qu'est-ce que ce procès représente pour toi, Mary ? demanda-t-elle.

— Ce n'est pas de l'argent. C'est *ma* façon d'honorer le souvenir de *ma* mère, de Joanie et de Marie.

Ma façon, *ma* mère : les mots blessèrent profondément Lara.

— Alors, quand tu seras seule, demande-toi en quels termes *ta* mère aurait voulu que nous soyons, répondit elle.

Mary lui jeta un regard méfiant.

— Quand tu seras seule. C'est tout ce que je te demande.

Cinq heures plus tard, Mary téléphona à Lara à l'hôtel et lui dit qu'elle consentait à voir Sarah Dash.

6

À la grande surprise de Sarah, Mary Costello se présenta au centre Kilcannon accompagnée de Bob Lenihan. En entrant dans le bureau, l'avocat déclara, comme s'il était le meneur de jeu :

— Je pense que Mme Kilcannon voulait que vous rencontriez ma cliente.

Après un regard condescendant sur le décor, il s'assit et croisa les mains sur son ventre. Sarah décida de ne s'occuper que de Mary.

— D'après ce que j'ai compris, commença-t-elle, vous voudriez examiner les possibilités d'une action en justice pour homicide.

Mary hocha la tête.

— Quelle est votre stratégie ? demanda Lenihan à Sarah. Pour ma part, le message à faire passer au jury est simple : Lexington a commercialisé le P-2 exclusivement comme arme destinée à tuer des humains.

— Certes, admit Sarah, mais il faudra replacer le P-2 dans son contexte. L'industrie des armes est financièrement mal en point, poursuivit-elle en s'adressant à Mary. Parce que les armes ne s'usent pas et que les amateurs traditionnels sont de moins en moins nombreux. Les industriels ont donc le choix entre deux options : fabriquer des armes plus sûres ou essayer de persuader les citadins et les banlieusards qu'ils ont besoin de pistolets capables de pulvériser les éventuels voleurs. Vous savez quelle option ils ont choisie. C'est comme si les fabricants de tabac avaient décidé de mettre davantage de nicotine dans les cigarettes...

— À cette différence près, intervint Lenihan, que les gens ne fument pas pour se défendre. Comme Lexington essaiera de l'expliquer au jury.

L'intervention énerva Sarah : Lenihan entendait se présenter comme un homme d'expérience et le seul avocat capable de décider douze jurés à rendre un verdict favorable envers Mary Costello.

— L'autodéfense n'explique pas les taux de violence par armes à feu en Amérique, reprit-elle. En 1963, il y avait un peu plus d'un demi-million d'armes de poing dans ce pays. Il y en a aujourd'hui plus de trois millions. En 1963, quatorze pour cent de ces pistolets avaient des chargeurs d'une capacité de dix coups. L'année suivante, ce pourcentage avait triplé. Et le P-2 figure parmi les pires. Ce n'est pas une arme d'autodéfense, il n'est pas assez précis. Il est conçu pour tirer le maximum de coups dans le délai le plus court. C'est pour cette raison que John Bowden l'a acheté, conclut-elle en regardant Lenihan.

— Et pourquoi les gens ordinaires veulent-ils un pistolet pareil ? demanda Mary.

— Par peur. Peur des minorités, des insurrections, du gouvernement, des criminels. C'est la peur qui pousse les propriétaires de maisons individuelles et les femmes seules à acheter des armes.

Lenihan allait l'interrompre, mais Sarah ne lui en laissa pas le temps :

— C'est la même peur qui a incité la police à en acheter également, finit-elle.

— Dans cette course aux armes, dit Lenihan, l'argument des fabricants est que le monde est infesté de gens armés et dangereux et qu'il vaut mieux être encore plus armé qu'eux.

— Dans cet état d'esprit, poursuivit Sarah, les SSA ont encouragé l'adoption de lois locales qui donnent automatiquement le droit de porter une arme dissimulée, pour se défendre contre quelqu'un qui en porterait une. Pardonnez-moi, nous parlons trop et vous avez peut-être des questions à poser.

Dépité d'être mis à l'écart de la conversation, Lenihan se tourna vers Mary :

219

— Il y a un autre aspect de la question que nous devrons traiter, et c'est celui que j'appellerais le marketing par les loisirs. Lexington a ainsi lancé des jeux vidéo dans lesquels des enfants peuvent tirer au P-2 virtuel. Ils se débrouillent aussi pour placer le P-2 dans des films et des séries télévisées et le présentent comme l'arme de choix des criminels. Le but est de créer une nouvelle variété de techno-dingues, du gosse à l'extrémiste, décidés à posséder la nouvelle machine à tuer. Je suis certain de pouvoir démontrer que le P-2 n'est pas une arme de sport, mais que c'est l'une des plus couramment utilisées par les criminels, et que la balle Eagle's Claw n'est pas destinée à arrêter un cambrioleur ou un violeur, mais à le tuer à coup sûr. Ainsi Lexington paiera, paiera et paiera encore pour les morts de votre mère, de votre sœur et de votre nièce.

Prise entre deux forces antagonistes, Mary se tourna vers Sarah :

— Comment pouvons-nous intenter un procès, puisque la vente de ces armes est légale ?

— Selon les lois de Californie, Mary, répondit Lenihan, il nous faut démontrer que Lexington a incité Bowden à agir. Elle l'a persuadé que le P-2 était l'arme idéale pour vous tuer toutes.

— Mais comment ? fit Mary, surprise. John est mort.

— Oui. Mais nous savons qu'il est allé à Las Vegas, dans une foire aux armes. La police a trouvé dans sa chambre la revue des SSA, contenant les publicités mentionnées par le Président dans son discours. Selon un vieux dicton, si vous vous couchez sur le sol et qu'il n'y a pas de neige, mais que vous en trouvez quand vous vous réveillez, c'est qu'il a neigé pendant la nuit.

— Neige à part, coupa Sarah, ce serait bien mieux si nous trouvions le vendeur. Ou du moins quelqu'un à qui Bowden a confié son intention d'acheter un P-2.

— En effet, dit Lenihan, si Lexington avait exigé une consultation du casier judiciaire pour toute vente d'arme de sa fabrication, Bowden n'aurait pas pu acheter son pistolet. En fait, ils l'ont virtuellement invité à Las Vegas, pour acheter non seulement un P-2, mais aussi des balles destinées à faire une perforation massive à la blessure, comme ils disent.

Mary, muette, revit les images d'horreur défiler dans son esprit.

— À propos de jury, lança Lenihan à Sarah, vous avez plaidé l'affaire Tierney devant un juge fédéral. N'y voyez pas malice, mais combien d'affaires avez-vous plaidées devant des jurés ?

— Trois.

— Avez-vous plaidé une affaire d'homicide ?

— Non. Comme vous le savez sans doute.

— Tant mieux, parce que Dieu sait combien d'affaires de ce genre votre ancien cabinet a perdues.

— Plutôt que d'essayer de m'embarrasser, répliqua Sarah d'un ton égal, expliquez-nous comment résoudre les problèmes qui se posent. Pour plaider devant un jury, il faudra d'abord répondre à l'objection que les poursuites juridiques sont interdites dans ce contexte par le Deuxième amendement.

— L'argument du Deuxième amendement n'a jamais été invoqué, répondit Lenihan, qui commençait à prendre Sarah plus au sérieux. Pas dans une affaire de droit civil.

— Pas en Californie, non, concéda-t-elle. Du moins pas encore. Il y a peu de temps encore, expliqua-t-elle à Mary, on considérait que le Deuxième amendement ne garantit pas le droit d'un citoyen à détenir une arme individuellement, contrairement aux organismes collectifs contrôlés par le gouvernement, comme la police ou la garde nationale.

— Ça me paraît sensé, dit Mary.

— À moi aussi. Mais les SSA ne sont pas d'accord. Ils prétendent que la Constitution garantit le droit d'insurrection armée par des individus contre le gouvernement, ce qui remplacerait les bulletins de vote par des balles. Ils prétendent également que ce droit est incontestable pour quelque raison que ce soit et que le fait que notre taux d'homicides soit le plus élevé du monde occidental est le prix à payer pour cette liberté. Il y a quelques années encore, personne, à part quelques allumés, ne prenait ces prétentions au sérieux. Puis les SSA ont commencé à financer des bourses d'étudiants. Une revue de droit a publié article sur article clamant que Madison, Jefferson et les autres voulaient que chacun de nous ait le droit absolu de posséder une arme, quelle qu'elle soit ; y compris le Lexington P-2, dont ils n'imaginaient même pas l'existence.

— Mais c'est absurde ! s'écria Mary. J'ai vu ce pistolet tuer ma famille, j'ai vu ce que ces balles peuvent faire...

— C'est absurde, en effet, dit Sarah. C'est même ignoble. Mais, pendant que ces articles paraissaient, les Républicains ont commencé à nommer des juges fédéraux approuvés par les SSA. Dans une affaire jugée au Texas, un mari violent a prétendu que le droit de porter des armes était tellement absolu que même le gouvernement ne pouvait pas lui enlever son pistolet. Et un juge nommé par Reagan a affirmé qu'en effet, ce droit existait.

Mary écoutait chaque mot de Sarah. Ce fut alors que Lenihan reprit la parole.

— Je connais parfaitement toutes les lois concernant les armes à feu, dit-il à Sarah. C'est pourquoi Mary m'a demandé de la représenter.

— Et vous aimeriez bien être le seul à le faire, observa calmement Sarah. Alors, cessons de jouer au plus fin, si vous le voulez bien. Je n'ai pas appelé Mary. C'est vous qui l'avez fait. Je ne me suis jamais entretenue avec elle en tête à tête. Et, quand elle quittera ces lieux, vous serez tout à fait libre de lui expliquer que je ne devrais pas la représenter. Alors, pourquoi ne nous dites-vous pas tout de suite ce que vous pensez ?

Lenihan haussa les épaules et prit son temps pour répondre :

— Je suis convaincu que vous êtes une bonne avocate, Sarah. En tout cas, vous vous êtes beaucoup informée sur les armes à feu. Parce que, pour vous, ma cliente incarne une cause. Ma tâche à moi est de mettre trente ans d'expérience au service de ma cliente. Je comprends les affinités de la First Lady pour le centre Kilcannon, déclara-t-il à Mary. En tant que sœur aînée, elle considère que son devoir est de veiller sur vous. Mais, quand on affronte un tribunal, personne n'est meilleur que moi. Je n'ai pas besoin de perdre de temps sur des querelles de stratégie, et vous non plus. J'ai de l'estime pour le centre Kilcannon, mais la question qui se pose est de savoir si vous êtes l'avocate qu'il faut pour l'action de Mary en responsabilité d'homicide. Et vous ne l'êtes pas. À la fois en raison de votre manque d'expérience et parce que les avocats de l'intérêt public poussent trop loin leur interprétation de la loi, fût-ce au détriment des intérêts de leur propre client.

Sarah se fit souriante.

— Bob a raison, convint-elle en s'adressant à Mary. Je voudrais que vous engagiez ce procès d'une façon qui vous protège et empêche les autres de souffrir. Et, pour ma part, je vous préviendrai chaque fois que l'intérêt public divergera du vôtre.

Puis elle se tourna vers Lenihan.

— Chaque avocat poursuit quelque chose : parfois la victoire d'une cause, parfois la gloire et parfois l'argent. Parfois même les trois. Pour ma part, je n'ai pas besoin de renommée, j'en ai eu plus qu'il ne m'en fallait avec l'affaire Tierney. Tout ce que je veux, c'est être remboursée de mes frais et aider Mary à faire de son procès une affaire historique.

Mary la regarda longuement. Au moment où Lenihan allait reprendre la parole, elle lui posa la main sur le poignet.

— Je vous veux tous les deux, déclara-t-elle. Je me sentirais plus tranquille si vous pouviez travailler ensemble.

Lenihan, surpris, leva les sourcils.

— Cela m'irait tout à fait, dit Sarah.

Lenihan poussa un soupir théâtral et darda sur Sarah un regard où l'hostilité le disputait à l'amusement.

— Bon, admit-il enfin, travaillons ensemble, Sarah. Il est possible que nous apprenions tous deux quelque chose, après tout.

7

— C'est le plus grand danger que nous ayons à affronter, du moins depuis 1968, annonça Charles Dane au sénateur Frank Fasano.

L'entretien avait lieu chez Kelsey Landon, conseiller des SSA, dans son cabinet situé sur K Avenue. Petit homme vif aux cheveux blancs, l'ancien sénateur du Colorado jouissait d'une influence exceptionnelle chez les Républicains du Sénat, en raison de sa capacité peu commune à lever des fonds ; ce talent lui avait valu la solide amitié de Fasano.

— Sale temps, en effet, admit Fasano. Surtout au Sénat. Les modérés sont inquiets des sondages en faveur de Kilcannon et de sa femme. Et Lexington n'en mène pas large.

Assis dans un fauteuil de style et vêtu d'un élégant costume à rayures, qui flattait son aura de puissance, Dane déclara :

— À la fin, le respect des Américains pour la responsabilité individuelle l'emportera. C'est Bowden qui a appuyé sur la détente, pas George Callister.

— L'argument est insuffisant pour le moment, objecta Fasano. Certains pensent que Martin Bresler n'avait pas eu une si mauvaise idée en proposant les crans de sûreté et le contrôle des foires d'armes. Et que c'est dommage qu'on l'ait éliminé.

Assis derrière son bureau, Landon semblait suivre un échange de balles lors d'un match de tennis.

— Bresler a causé sa propre perte, riposta Dane. Je pense, Frank, que vous devriez considérer les détenteurs d'armes non comme un groupe d'intérêt spécial, mais comme les membres de l'une des grandes religions de ce monde.

La majorité d'entre eux préféreraient se ruiner plutôt que de céder d'un pouce à Kilcannon.

— Cela ressemble, en effet, à une religion. En attendant, les Kilcannon ont collé à Lexington une image fâcheuse, qu'il sera difficile de corriger.

— Ça, c'est un vrai problème, intervint Landon. Et ce qui m'inquiète également, c'est le retour de notre vieil ami Bob Lenihan. Il donne l'impression de se servir de la sœur de Lara Kilcannon pour détruire Lexington. Si c'est le cas, c'est Kilcannon lui-même qui tire les ficelles.

— La synchronisation est étonnante, coupa Dane. D'abord, la vidéo de Bowden tuant ces femmes, puis le discours de Kilcannon, puis le refus de Callister et enfin l'interview de Lara Kilcannon. Pour trouver des jurés en sa faveur, Lexington va devoir chercher sur la lune.

— Les fabricants d'armes ont très peur, reprit Landon d'un ton égal. Lenihan a les moyens de financer cette affaire, avec les millions qu'il a arrachés aux fabricants de cigarettes. Il pourrait obtenir la tête de George Callister sur un plateau et c'en serait fait de l'industrie des armes.

L'entretien s'était déroulé jusqu'alors comme Fasano l'avait imaginé : les SSA avaient poussé les fabricants d'armes à la fermeté, et maintenant ils devaient démontrer qu'ils pouvaient les protéger. Et Dane avait besoin de résultats tangibles : en tant qu'épouvantail et quêteur tout à la fois, il ne resterait président des SSA que s'il satisfaisait son conseil d'administration. Or, celui-ci était aussi intransigeant sur les droits de détention d'armes que Dane lui-même l'était dans son aversion pour Kilcannon.

— Qu'est-ce que vous voulez exactement, Charles ? demanda Fasano.

— L'interdiction de procès tels que celui de Mary Costello.

— Vous ne voulez pas qu'on mette simplement son avocat hors d'état de nuire ?

— Ce que nous voulons, répéta Dane, c'est une loi qui interdise à n'importe qui d'intenter un procès aux fabricants d'armes pour le motif qu'un criminel en aurait fait mauvais usage.

Fasano détailla un buste de guerrier indien, offert à Landon par une tribu pour laquelle il avait obtenu des droits de chasse exclusifs.

— Si vos craintes en ce qui concerne Lenihan sont justifiées, dit-il à Dane, Mary Costello déposera plainte d'un jour à l'autre. Il faudrait donc que nous la bloquions en plein procès.

— Nous n'avons pas le choix, Frank. Nous avons pu faire passer des lois anti-procès dans d'autres États ; mais, en Californie, nous n'en avons pas les moyens. Vous êtes notre seul recours.

Fasano s'attendait à ce genre de requête.

— Une paille ! répondit-il d'un ton plaisant. Vous voudriez que le Sénat des États-Unis réduise la seule parente en vie de Lara Kilcannon en chair à pâté, alors que les cadavres des autres sont encore tièdes.

— Pas seulement le Sénat, rectifia froidement Dane. La chambre des représentants également. Jencks, le président du Congrès, est prêt à partir en guerre.

— Ce cher Tom ! dit Fasano. Même si le Sénat et le Congrès acceptaient cette loi, Kilcannon opposerait son veto. Et, pour passer outre, vous le savez bien, il faudrait une majorité des deux tiers. Selon mes calculs, il faudrait donc que soixante-sept sénateurs disent non au Président. Vous pouvez faire le calcul aussi bien que moi, Kelsey. J'ai pour moi cinquante-quatre Républicains, dont cinq doivent être réélus l'année prochaine et qui tremblent que Kilcannon les prenne dans sa ligne de mire. Ils vendraient leur âme pour éviter de le défier.

— Vous me rappelez ce que disait mon prédécesseur, dit Landon. « La moitié de mes amis est contre et l'autre moitié est pour, et moi je suis entièrement dévoué à mes amis. »

La boutade, pour Fasano, cachait mal l'évidence : les SSA avaient chargé Landon de faire pression sur lui. Pendant un bref instant de révolte, il rêva de les envoyer tous au diable.

— Je n'aime pas ces procès, dit-il. Et vous me demandez de mettre cinq sièges en péril. Ça nous ferait perdre la majorité.

— Vous n'auriez pas de majorité sans notre soutien, lui rappela Dane. Au cours des dernières élections, les SSA ont donné deux millions et demi de dollars en liquide aux Républicains, et dépensé beaucoup plus pour soutenir les candidats favorables aux armes.

— Charles sait que vous aurez besoin de soutien, intervint Landon, conciliant, à l'adresse de Fasano.

— Nous engagerons encore plus de fonds qu'aux dernières élections : quatre millions, annonça Dane.

Le marchandage commençait.

— Et quoi d'autre ? demanda Fasano.

— Tout ce qu'on peut faire légalement.

— Le problème est que ce sera un match SSA contre Kilcannon, et que Kilcannon nous traitera d'hommes de paille.

— Raison de plus pour agir vite, insista Dane. Les élections ne sont que dans treize mois. Les meurtres des Costello ne seront alors plus qu'un souvenir. Notre campagne ne parlera même pas des armes à feu : nous attaquerons les candidats hostiles sur le terrain de la criminalité, de l'antiterrorisme, de la prière à l'école, des réductions d'impôts, et les Démocrates ne sauront même pas qui les aura écrasés. Même vous, Frank, ne le saurez pas. Mais vous aurez toujours votre majorité et vous deviendrez leader de votre parti.

C'était une allusion évidente aux perspectives de candidature de Fasano à la présidence. Tout le monde devint silencieux. Landon avait cessé de sourire.

— S'il y a des sénateurs républicains qui se montrent rétifs, Charles convaincra les Démocrates qui ne le sont pas, comme ceux du Montana et du Dakota, ou du Sud, partout où les manufactures d'armes sont de gros employeurs. Il mettra en branle la chaîne des intermédiaires, des détaillants, des employés. Il peut entraîner quatre millions de personnes, sans parler évidemment des quarante millions de foyers détenteurs d'armes…

— Notre message sera simple, déclara Dane : aujourd'hui on veut interdire le P-2 et l'Eagle's Claw ; demain, on interdira le reste. Faites de votre mieux, Frank, et vous aurez les soixante-sept voix. Et Kerry Kilcannon cessera d'être l'homme le plus puissant à Washington. Ce sera *vous*, conclut-il, faisant peser son regard sur Fasano. Et nous, nous nous débarrasserons du contrôle des armes pour une génération. Peut-être pour toujours.

— Vous voulez faire voter une loi dont Kilcannon dira qu'elle est destinée à étouffer le souvenir de l'assassinat d'une fillette de six ans. Pour moi, c'est une erreur. Vous seriez plus avisé d'essayer de limiter les dommages exigibles en cas de procès, objecta Fasano.

— Ça ne suffira pas, riposta Dane. Les honoraires d'avocats sont en train de saigner à blanc notre industrie. Et nous ne voulons pas que Bob Lenihan aille fouiller dans les dossiers de Lexington et interroge les employés.

De quoi ont donc peur les SSA ? se demanda Fasano.

— Vous feriez alors mieux de proposer une loi qui ne mentionne pas les armes. Une loi qui dirait, par exemple : aucun fabricant, négociant ou détaillant ne sera exposé à des poursuites pour utilisation illégale de son produit.

— Dites-nous comment faire, demanda Dane.

— En vous glissant dans une grande loi sur la limitation des dommages. Vous rallierez ainsi tous les organismes qui ont horreur des avocats et des procès : les compagnies aériennes, les constructeurs aéronautiques, les firmes de tabac et de spiritueux, les constructeurs d'autos, les fabricants de pneus, les usines qui ont des problèmes d'environnement, même celles qui fabriquent des produits agricoles.

Dane et Landon demeurèrent silencieux.

— Mieux encore, vous rallierez les employés de ces compagnies à leurs causes.

— Il y a des années que les chambres de commerce essaient de faire voter cette loi, observa Dane. En vain.

— Parce qu'elles n'avaient pas les effectifs nécessaires. Vous les avez. Vous avez le muscle et l'argent.

— Et vous, vous aurez rendu votre communauté d'industriels plus heureux que jamais, intervint Landon, sarcastique.

— Bien sûr. Pourquoi se limiter aux armes ? Que je vous donne un exemple : il y a deux ans environ, notre plus grand constructeur automobile a été poursuivi à San Francisco par un conducteur. Il était ivre au volant, roulait trop vite et a heurté un muret. Le réservoir d'essence de sa voiture a explosé, tuant ses deux enfants. Au lieu d'incriminer le conducteur, le jury s'est concentré sur le fait que le constructeur avait procédé à une étude comparative des coûts et de la sécurité de la fabrication du réservoir et avait conclu que la perfection, c'est-à-dire la sécurité à cent pour cent, ne valait pas les frais. Il a donc accordé un milliard de dollars de dédommagement à un ivrogne qui avait causé la mort de ses enfants. Ce constructeur sera probablement très favorable à la limitation des dommages.

— Nous avons besoin de plus que ça, déclara Dane. Nous avons besoin de la sympathie du public. Une loi aussi ambitieuse nous entraînerait dans un duel avec Kilcannon et une guerre nucléaire avec les avocats d'affaires...

— Puisque nous sommes d'accord sur nos objectifs, dit Landon en se tournant vers lui, voyons ce que Frank peut faire pour vous et comment le faire le mieux possible. Je ne sais pas quelle vision il a de son avenir, mais je crois que son potentiel dépasse le champ du Sénat. Il est de notre intérêt à tous de lui éviter des démarches inutiles.

— En d'autres termes, interrompit brusquement Dane, Frank ne peut pas diriger cette offensive. Qui donc, alors?

Il fixa Fasano du regard.

— Dave Ruckles, peut-être?

Le choix convenait parfaitement à Fasano : *whip*[1] de la majorité, Ruckles, un ambitieux auquel le joug de Fasano pesait, ne résisterait pas à la perspective de jouer enfin un grand rôle.

— Ça me paraît une bonne idée. Il serait bien de lui adjoindre une femme, Clare McIntyre, par exemple, ou Cassie Rollins, si elle veut bien.

— Reste le procès, rappela Dane. Combien de temps Lexington survivra-t-il si nos quatre millions de membres cessent d'acheter ses produits ou que les armuriers refusent de les avoir en stock? Combien de temps vous faut-il pour faire passer une loi? demanda-t-il sur un ton décidément impérieux.

— Pour cette loi-là? Au moins trois mois.

— Alors trouvez un moyen d'accélérer.

— Vous connaissez un raccourci? Il faut procéder méthodiquement. Présenter la proposition. En référer à la chambre de commerce pour avoir son opinion. Échapper aux griffes de

_____

1. Parlementaire chargé de la discipline dans le parti. (*N.d.T.*)

Palmer grâce à un vote favorable de la commission. L'inscrire sur l'agenda. Établir un amendement avec Hampton et la faire passer avec soixante-sept voix. Tout ça, ça prend du temps.

— Trois mois, c'est trop long, répéta Dane. Dès que Kilcannon aura compris les avantages que nous retirons de cette loi, et vous pouvez lui faire confiance pour ça, il essaiera de rallier des soutiens. Plus le temps passe, plus nos adversaires se renforcent.

— Frank n'a pas dit que vous ne pourriez rien faire pour rendre cette procédure plus facile, observa Landon. Mais je crois que vous pouvez accélérer le processus.

— Comment ?

— Commencez par la chambre des rcprésentants. Que Tom Jencks propose la loi sans faire mention de la clause d'immunité pour les armes. N'en faites surtout pas mention auprès de Palmer. Ainsi, les gens de Kilcannon ne soupçonneront rien…

— Et nous n'y aurons rien gagné !

— Si, poursuivit Landon. Quelques jours avant le vote de la loi, quelqu'un comme Paul Harshmann insérera la clause sur l'immunité des fabricants, qui sera votée hors de la commission de Palmer. Ça peut se faire en douce. Soudain, la loi est soumise au vote avec votre clause et, avec un peu de chance, Kilcannon n'y verra que du feu pendant quelque temps. Une fois que la loi sera passée au Sénat, on pourra passer à la Chambre, où ce sera Jencks cette fois qui insérera la clause d'immunité.

Dane médita la proposition de Landon.

— Il y a un gros hic, dit-il enfin à Fasano. C'est Palmer. Les présidents de la commission sont des dictateurs. La dernière fois que je l'ai vu, il m'a conseillé d'aller me faire foutre.

— J'essaierai de le raisonner, dit Fasano avec un sourire.

— Y aurait-il une possibilité, se demanda Dane à haute voix, de persuader Kilcannon de ne pas opposer son veto à cette loi ?

— D'annuler le procès de Mary Costello ? Mais c'est un défi à tout ce qu'il a de plus cher ! s'exclama Fasano, stupéfait.

— Et pourtant, Frank, votre vie deviendrait beaucoup plus facile…

8

Cal Carlston, un lobbyiste que la défense des industries pharmaceutiques avait rendu riche au-delà de toute espérance, donnait une réception dans son imposante demeure d'Observatory Heights. Bien qu'enceinte de sept mois, Bernadette Fasano y accompagna son mari : pour elle, mari et femme ne devaient pas mener des vies séparées.

— On partira tôt, lui promit-il.

— J'y croyais encore quand tu étais simple sénateur, répondit-elle.

Il l'embrassa sur la bouche :

— Je suis incroyablement important, c'est vrai. Mais toi et notre bébé l'êtes encore plus.

Après des heures d'accolades et de fausses confidences, le sénateur Macdonald Gage vint le prendre à part. Fasano jeta un coup d'œil à sa femme : elle était assise sur un sofa, écoutant le toujours galant Kelsey Landon. Il se demanda incidemment si Landon et Gage ne travaillaient pas en équipe. Il informa en tout cas Gage des dernières résolutions des SSA.

— Kilcannon va essayer de détacher les SSA des fabricants, avertit ce dernier. Ne le laissez pas faire.

— C'est pourquoi je concentre mes efforts sur les avocats d'affaires, répondit Fasano. Ça nous permettra de l'emporter. Regardez l'affaire Columbine : même avec les médias libéraux qui poussaient furieusement au contrôle des armes, rien n'a changé. En fin de compte, les gens rejetteront la responsabilité du massacre sur Bowden, pas Lexington.

Gage concentra son regard sur Fasano :

— Kilcannon croit qu'il peut attacher une meule au cou de nos activistes, des évangélistes, des adversaires de l'avortement et des SSA, dit-il. Mais, à une époque où moins de la moitié des électeurs américains votent à la présidentielle, dont une bonne partie pour un troisième candidat, moins d'un quart de la population peut faire de vous un président. Si tout se déroule bien, les activistes conservateurs vous fourniront les effectifs pour une campagne présidentielle financée par les intérêts corporatifs, qui vous seront reconnaissants d'une limitation des dommages. Si vous pouvez faire passer une telle loi, Frank, poursuivit Gage avec son sourire le plus engageant, et tuer dans l'œuf la loi de Kilcannon, vous êtes à mi-chemin de la présidence.

Le but de ce discours, Fasano le perçut parfaitement, était de transmettre un message des SSA. Il fallait, en retour, leur en communiquer un.

— « Si. » C'est le mot-clef, répondit Fasano. Et la clause sur l'immunité des armuriers ne figurera pas dans notre projet de loi, en tout cas pas avant que celui-ci ait échappé aux griffes de Palmer.

L'air bonasse de Gage se dissipa.

— Palmer est Palmer, dit-il laconiquement.

— Exactement. Un héros de guerre, scrupuleusement intègre, détesté par les SSA et, diront certains, toujours candidat probable à la présidence, en tout cas candidat à la candidature des Républicains.

C'était pour Gage un cruel rappel de son échec à contrôler Palmer.

— Et vous pensez que vous pouvez inciter Palmer à aller dans votre sens ? demanda Gage.

— Depuis la mort de Kyle, répondit Fasano, il n'est plus la moitié de l'homme qu'il était. Tout ce qui lui reste, à part Allie, c'est sa carrière. Il aspire à lui donner un sens.

— Et c'est cela que vous allez lui offrir ?

— Pas exactement. Mais si les SSA ne me mettent pas des bâtons dans les roues, je peux faire à Chad une offre dont il comprendra qu'elle est sans substance, et puis l'inciter à jouer au plus fin avec moi.

— Et qu'est-ce que ça serait? demanda Gage en plissant les yeux.

— Ce que vous ne lui donnerez jamais, Mac, répondit Fasano en le regardant dans les yeux. La chose qu'il désire le plus au monde. Pas seulement une loi, mais une place dans l'histoire des États-Unis. Et je sais que vous m'y aiderez.

9

Chad et Allie Palmer soupaient à la Maison-Blanche.

Pour ce retour à la vie sociale, ni Kerry ni Lara n'étaient d'humeur à donner un dîner officiel ; ils avaient donc invité un petit groupe d'intimes, dont Clayton et Carlie Slade, ainsi que Chuck et Elise Hampton. Les anecdotes fusaient et, bientôt, le rire de Lara résonna au récit d'un épisode grotesque conté par Hampton ; le héros en était un sénateur du Nord-Dakota qui avait quitté une séance à huis clos complètement ivre et, croyant sortir, était entré dans un placard.

— Nous étions médusés, raconta Hampton. Il restait dedans, comme si nous n'allions pas remarquer son absence.

— Et qu'est-ce que vous avez fait ?

— Nous avons attendu. Le placard n'avait pas de WC.

Dans les éclats de rire qui suivirent, Kerry confia à Allie Palmer :

— Le plus étonnant est que cette histoire est vraie. J'y étais.

Alors que son épouse et lui prenaient congé, Palmer dit à Kerry :

— J'ai compté les voix en faveur de votre loi, monsieur le Président. Je crois que nous avons de bonnes chances d'arriver à cinquante et un.

— Il nous en faut soixante et il nous faut également déjouer les propositions de loi trompeuses que Fasano pourrait présenter.

La curiosité de Hampton parut aiguisée par ce soupçon.

— Je n'ai pas connaissance d'une telle loi, dit-il. Si Fasano essayait d'en soumettre une, il sait que vous opposeriez votre veto.

— Certes, mais faites-moi une faveur. Si l'un des Républicains avance un projet de réforme des dommages, je veux que mes conseillers juridiques l'examinent sur-le-champ.

— Vous pensez que les SSA pourraient être derrière ? demanda Hampton. C'est vrai que, dans certains États, ils ont soutenu des lois de ce genre.

— Je ne crois pas que Fasano proposerait une telle loi dans le contexte actuel, répondit Kerry. Ce serait trop provocateur. Mais je préfère être prudent.

— Pourquoi procéder de la sorte ? demanda Tony Calvo à Frank Fasano, lors d'un petit déjeuner dans un coin de la salle à manger du Sénat. Entamer cette manœuvre si peu de temps après les meurtres des Costello, c'est vraiment donner des verges pour se faire battre.

— C'est aussi votre seule chance, répliqua Fasano. Vous n'avez jamais pu faire passer votre loi sur les dommages. Les électeurs s'en fichent. Et mes collègues n'ont aucune raison de mobiliser les soixante-sept voix dont vous avez besoin pour surmonter le veto de Kilcannon. La chambre de commerce finance à la fois les Démocrates et les Républicains. Les SSA financent seulement notre parti. Je ne peux pas les laisser tomber.

Calvo promena son regard sur le décor somptueux. Il était 8 heures, et les sénateurs grignotaient avec des lobbyistes, des donateurs ou des électeurs contrariés.

— Quand Kilcannon découvrira ce que vous mijotez, dit Calvo, il comprendra que nous voulons favoriser les fabricants d'armes.

— De combien de votes disposez-vous, Tony ? Vous croyez que l'électeur moyen se réveille le matin en se demandant comment protéger la General Motors des procès abusifs ? Nous avons là une occasion rêvée de neutraliser les avocats d'affaires.

Calvo sirota son café d'un air songeur.

— Qu'est-ce que vous voulez, Frank ?

— Qu'est-ce que vous voulez, *vous* ?

— Idéalement, des restrictions sur les procès collectifs, les dommages et les honoraires des avocats. Une loi autorisant les compagnies à requérir des arbitrages au lieu de procès avec jurés. Et la même chose pour les erreurs médicales.

— Rien d'autre ? demanda Fasano, ironique.

— Si. Nous voulons aussi qu'un maximum d'affaires soit soumis aux juges fédéraux. Ils sont plus conservateurs. Et puis, lorsqu'il y a deux prévenus, l'un d'eux ne devrait pas être contraint de payer tous les dommages si l'autre est en faillite, comme ce fut le cas pour Arthur Andersen dans l'affaire Enron.

— On peut toujours rêver, répondit Fasano en souriant. Je ne pourrai jamais vous obtenir tout cela et réunir assez de Démocrates pour obtenir soixante-sept voix. Mais réunissez une commission, Tony, et présentez-moi un projet de loi sur laquelle mon équipe puisse travailler. Le plus tôt sera le mieux.

— Je dois mentionner l'immunité des fabricants d'armes ? demanda Calvo en regardant le fond de sa tasse vide.

— Pas besoin, répondit Fasano. Nous nous en occuperons.

— Est-ce que je peux savoir pourquoi ces messieurs du Sénat font tant de minauderies ? demanda Tom Jencks avec un mépris feint. Chez nous, on voterait sans sourciller pour protéger Lexington contre des procès abusifs.

Quand Fasano eut achevé son exposé, Jencks le considéra gravement, du haut de son imposante masse de chair.

— Je dois vous l'avouer, Frank, je ne suis pas rassuré. Trop de facteurs à prendre en compte. Le procès présumé de Mary Costello ; Kilcannon ; Lenihan ; le contrôle des SSA. Et, par-dessus le marché, dit-il, avançant des mains grosses comme des battoirs, vous voudriez que je bousille Palmer pour vous.

— Les SSA demandent leur dû.

— Si vous réussissez ce coup, vous mériterez d'être président.

— Il faut voir loin, répondit froidement Fasano. En échange de son soutien sur l'immunité des fabricants d'armes, je donnerai à Palmer ce dont il rêve, la loi sur la réforme du financement des campagnes électorales, qui devrait être le pinacle de sa carrière. Vous pourrez alors tranquillement la descendre en flammes à la Chambre, ou bien proposer une loi tellement opposée à la sienne que les deux capoteront sans même atteindre le bureau de Kilcannon.

Jencks examina ses ongles.

— Qu'est-ce que les SSA en disent? demanda-t-il.

Fasano lui répondit avec un sourire supplémentaire :

— Mon rendez-vous suivant est avec Dane.

10

Il était 20 heures et Chad Palmer aspirait à rentrer chez lui. L'arrivée inopinée de Frank Fasano, puis l'exposé qu'il lui fit provoquèrent une décharge d'adrénaline suffisante pour dissiper sa fatigue.

— En résumé, dit-il, une fois que ma commission aura examiné cette loi sur la limitation des dommages, vous voudriez que j'insère des termes qui annulent l'action en justice de la sœur de Lara Kilcannon?

— Ce n'est qu'un premier pas, répondit Fasano, imperturbable. Après ça, je veux que vous accélériez les séances et mettiez en échec toute tentative d'éliminer les termes en question, puis que votre commission expédie le projet au Sénat, avec votre approbation. Et tout ça à la vitesse de l'éclair.

— Parce que les SSA me le demandent?

— Oui. Entre autres raisons.

— Ah, ça, c'est un encouragement, dit Chad d'un ton narquois.

Il saisit un exemplaire de *The Defender* sur une table basse.

— Je feuilletais ce magazine hier soir. J'y ai trouvé un certain nombre de mots doux à mon intention. Par exemple, que je suis un ennemi de la liberté, un allié des voleurs de fusils, un chien savant des médias de gauche et un partisan du contrôle de la pensée, visant à museler les patriotes américains qui défendent le Deuxième amendement.

Chad jeta le magazine à Fasano.

— Et quel est mon péché? Essayer de libérer la politique de l'argent, pour que des groupes tels que les SSA ne puissent pas corrompre notre parti en lui donnant des millions de dollars à titre de contributions…

— Des tas de gens ont le droit de demander le contrôle des armes à la télévision, répondit Fasano en croisant les bras. Mais le seul moyen de s'exprimer pour les SSA, c'est de payer leur place. Il est possible que cela vous déplaise, mais ils ont eux aussi le droit de défendre leurs opinions avec les moyens à leur disposition.

— De les défendre, oui, pas d'acheter un veto, rétorqua Chad. Notre parti est en danger, Frank, nous dépendons beaucoup trop de partisans des armes et de catholiques intégristes.

— De citoyens électeurs, voulez-vous dire.

Chad secoua la tête.

— Vous croyez que vous vous en servez, mais vous êtes leur otage. Attendez de présenter votre candidature à la présidence, et vous découvrirez que vous ne pouvez plus avouer que vous croyez à la théorie de l'évolution. Quand le nom de Darwin devient un gros mot, nous sommes du mauvais côté de l'histoire. Nous flattons les gens qui sont à l'origine de l'affaire Scopes[1] et des meurtres des Costello.

— Est-ce que je peux répéter vos propos ? demanda Fasano avec un sourire.

— Je vous en prie. Le Président a raison sur le contrôle du fichier. La position des SSA est indéfendable : c'est à cause d'eux que Lara Kilcannon a perdu sa famille. Les gens vont finir par le comprendre.

Fasano revêtit une expression chagrine :

— Parlons-en, justement, Chad. J'ai l'intention de présenter une autre loi sur le contrôle du fichier.

— Qui sera comme un fromage suisse : pleine de trous.

— Je suppose qu'il est donc inutile de vous demander de l'appuyer.

---

1. Allusion à un scandale juridique célèbre : en 1925, le professeur de collège John T. Scopes fut condamné à cent dollars d'amende pour infraction à la législation du Tennessee pour avoir enseigné l'évolution des espèces. L'affaire causa une émotion internationale, mais la cour suprême des États-Unis confirma le jugement. La législation du Tennessee ne fut modifiée qu'en 1967. (N.d.T.)

— Mieux vaut économiser votre salive, en effet. Mais vous me demandez d'aider les SSA à conserver leur contrôle sur l'industrie des armes, ce qui renforcerait leur pouvoir à l'intérieur de notre parti. Et qui contrarierait la loi que j'essaie de faire adopter, sur la réforme du financement des partis. Pourquoi devrais-je fourrer cette clause puante dans votre loi sur la limitation des dommages ?

— Pour des tas de raisons. Des raisons de principes : ces procès sont effectivement abusifs. Eagle's Claw ou pas, vous savez en votre âme et conscience que Lexington n'est pas légalement responsable d'allumés comme Bowden. Ensuite, nous devons combattre l'emprise des avocats d'affaires : le parti démocrate est devenu une filiale du cabinet de Bob Lenihan.

— Lenihan est une ordure et Kilcannon lui est trop attaché. Mais le Président n'est pas un nouveau-né, Frank : il trouvera moyen de bloquer votre loi sur l'immunité des fabricants d'armes. Et il la bloquera pour de bon.

— Pas si je l'inclus dans la loi générale. Pas si vous m'aidez.

— Pourquoi devrais-je vous aider ?

— Parce que c'est dans votre intérêt, dit Fasano d'une voix égale. Cette loi sur l'agriculture…

— Kilcannon me la concédera, coupa Chad. Vous n'êtes pas encore président, il y a des limites à ce que vous pouvez m'offrir.

— Et si je vous offrais quelque chose que Kilcannon voudrait beaucoup vous offrir, mais qu'il ne peut pas, à moins que je n'y consente ?

Essayant de percer l'expression du chef de la majorité, d'une totale opacité, Chad comprit où Fasano voulait en venir depuis le début.

— Et qu'est-ce que ça serait ? demanda-t-il avec un détachement étudié.

— Supposons que vous refusiez de m'aider, Chad. À votre avis, qu'est-ce qui adviendra de votre loi sur la réforme du financement des partis, ce projet que vous nourrissez d'un financement public des élections fédérales, pour éliminer la corruption de notre politique ?

— Vous rassemblerez des votes contre elle, répondit Chad sans émotion apparente. Vous l'empêcherez d'être débattue au

Sénat. Mais vous aurez besoin pour cela de quarante et une voix pour un *filibuster*.

— Ou bien je la présenterai comme un amendement à cette loi sur les armes dont vous vous moquiez tout à l'heure, ce qui forcera Kilcannon à y mettre son veto.

Toute la conversation s'était déroulée sans que ni l'un ni l'autre élève la voix. Néanmoins, la tension entre les deux hommes était palpable.

— Vous vous leurrez, répondit Chad. Je saborderai cette manœuvre avant que la loi arrive sur le bureau de Kilcannon.

Fasano haussa les épaules :

— Vous comprenez très bien ce que je veux dire. J'ai mille façons de descendre vos projets en flammes. Si vous me rejetez, ça deviendra même une question de principes.

Chad, les mains dans les poches, considérait son interlocuteur. Puis, pour une raison qu'il ignorait lui-même, il se dirigea vers la photo encadrée de Kyle posée sur la table, et en changea l'angle.

— Qu'est-ce que vous offrez, Frank ? demanda-t-il.

— L'approbation de votre loi. Il ne faut que cinquante et une voix pour qu'elle passe. C'est tout à fait possible, Chad.

— Cinquante et une peut-être, mais pas soixante. Tous les groupes d'extrême droite dans le parti s'y opposent, depuis les Engagés chrétiens jusqu'aux adversaires de l'avortement, sans parler des SSA. Votre offre est sans substance. Un type comme Harshmann organisera un *filibuster* et ces extrémistes réuniront quarante voix contre moi. Ma loi ne sera jamais votée.

— Vous les aurez, vos voix. Je vous promets que je tiendrai Harshmann et les SSA en laisse. Si vous m'aidez à bloquer les procès contre les fabricants d'armes, je vous assure que j'aurai le capital pour ça, assura Fasano avec un sourire.

Palmer se rassit :

— Vous en avez déjà parlé aux SSA et à Harshmann, n'est-ce pas ?

Fasano haussa les épaules.

— Si vous croyez que vous pouvez faire du ménage dans la politique de ce pays, vous faites fausse route. Mais je suis votre seule chance de tenter le coup.

Chad le regarda en silence pendant un moment.

— Vos manigances donnent le vertige. Vous avez associé les maniaques des armes au lobby des entrepreneurs. Vous avez obtenu des adversaires de ma loi la promesse qu'ils ne me boycottent pas. Et vous avez annoncé aux SSA que vous parviendriez à un accord avec moi. Si vous sortez vivant de ce tourbillon, vous êtes vraiment le leader de notre parti. À moins, évidemment, que la chambre des représentants ne vote ma loi sans vous. À propos, j'espère que vous avez prévenu Tom Jencks qu'il ne sera pas aussi facile qu'il le croit de me descendre à la Chambre.

Fasano éclata d'un rire qui semblait sincère.

— Je suis heureux de voir que vous n'avez pas perdu votre esprit combatif, lui dit Chad.

Il se ressaisit soudain.

— À propos de Kilcannon : pas d'avertissement, pas de coopération, pas de billets clandestins. La condition de base du marché que je vous offre est que vous coupiez tous les liens avec le Président. Si vous nous trahissez, vous êtes mort. Dans notre parti, les parias n'ont pas d'avenir.

Palmer laissa peser sur lui un regard rêveur.

— J'ai perdu le compte du nombre de fois où Macdonald Gage a essayé de m'intimider. Et d'autres s'y sont essayés avant lui.

Son regard alla à la photo de Kyle.

— Bon. Voici mes conditions, vous êtes prêt ?

— Oui, fit Fasano, le regard sombre.

— J'insérerai vos clauses dans la loi. Mais nous annoncerons à tous ce que nous faisons exactement. Sans faux-fuyants.

Fasano le regarda avec une expression de résignation.

— Faites comme vous voulez, Chad.

Chad Palmer comprit alors que Fasano n'avait pas envisagé de procéder par ruse : c'eût été trop risqué. Et Palmer avait réagi exactement comme Fasano l'avait prévu. Il allait donc pouvoir informer les SSA que leur ennemi Chad Palmer avait rallié leur stratégie. Fasano était bien parti pour prendre une longueur d'avance sur Kilcannon.

Le lendemain après-midi, le Sénat était quasi désert. Sur instruction de Dave Ruckles, la loi de réforme de la justice civile fut enregistrée.

Ni Ruckles ni Fasano n'étaient présents. En principe, Ruckles aurait dû annoncer en personne son intention de soumettre au vote une loi de cette importance ; il aurait au moins pu l'annoncer à une heure de plus grande fréquentation. Mais cette procédure coutumière attirait immédiatement l'attention du public, ce qu'il voulait éviter. Ruckles avait donc demandé au secrétaire du parti républicain, passé maître dans ces tours de passe-passe, de communiquer la loi à l'expert des procédures parlementaires, avec la seule mention « Approuvé » au coin supérieur droit, comme si un sénateur l'avait présentée en personne.

Le document atterrit sur le bureau de marbre de l'expert, qui l'accueillit avec un clin d'œil expressif. Et il la transmit à la commission désignée par Ruckles ; en l'occurrence, la commission du commerce, présidée par le sénateur Palmer.

11

Kerry venait de courir six miles sur le tapis d'entraînement du gymnase de la Maison-Blanche quand un assistant l'informa d'un appel urgent. Ruisselant de sueur, il saisit le portable : c'était Chuck Hampton.

— Qu'est-ce que c'est ? demanda Kerry, après avoir avalé un grand verre d'eau.

— Un projet collectif qui passe en commission. J'en adresse copie à vos conseillers juridiques. Mais il n'y a rien dedans qui immuniserait les fabricants d'armes.

— Vous avez vérifié qu'il n'y aurait pas une phrase pour les protéger ?

— Nous n'avons rien repéré. Mais beaucoup de choses peuvent changer entre l'introduction et le vote final, notamment pendant la session de la commission. Palmer a déjà arrêté la date de la première session.

— Déjà ? s'écria Kerry, stupéfait. Quand ?

— Dans une semaine.

— Seigneur ! dit Kerry en s'épongeant le front. Vous pouvez la faire reculer ?

— Pas commode, répondit Hampton. Je n'ai pas de motif.

— Il y en a un, Chuck, croyez-moi, même s'il n'est pas affiché : ce projet de loi concerne les armes.

Hampton prit son temps pour répondre et finit par dire, comme à contrecœur :

— Si c'est le cas, ça signifie que Palmer est de mèche avec Ruckles.

L'hypothèse était déplaisante, mais Kerry dut admettre que Hampton avait sans doute raison.

— Alors, ils vont bidouiller un ajout en commission avant de renvoyer la loi au Sénat. Faites-les surveiller par notre conseiller.

— D'accord. Je pensais que vous voudriez peut-être donner un coup de fil à notre ami.

— Comptez sur moi, conclut Kerry.

Toutes affaires cessantes, Kerry, Clayton, Jack Sanders et Liz Curry, la directrice des affaires juridiques, se réunirent l'après-midi même.

Liz feuilletait l'exemplaire du projet de loi de réforme de la justice civile, qu'elle avait annoté à l'encre rouge.

— C'est bien ce qu'a annoncé Chuck, déclara-t-elle. Limitation des actions en justice collectives, des honoraires d'avocats et des dommages. La totale. C'est comme s'ils avaient écrit en pointillé : « Les avocats d'affaires sont de la vermine. »

— C'est conçu pour écarter ceux qui n'ont pas assez d'argent pour poursuivre les géants, dit Kerry.

— En effet, admit Liz. Si cette loi passait, personne ne pourrait intenter de procès à cause d'un ascenseur hors d'âge, par exemple. Vous vous souvenez de cette affaire : l'un de nos plus grands fabricants d'ascenseurs a continué à vendre des cabines à câble unique, alors que la sécurité en impose deux, parce qu'il en avait tout un stock. L'année dernière, le câble d'un de ces ascenseurs vieux de dix-sept ans a cédé. Une mère de trois enfants qui se trouvait à l'intérieur s'est retrouvée quadriplégique et sans sécurité médicale. On ne devrait tout de même pas faire payer pour si peu ce pauvre fabricant d'ascenseurs !

Kerry se tourna vers Clayton.

— Il nous faut réunir une équipe de choc pour torpiller cette loi : le ministre de la Justice, un groupe de conseillers juridiques, notre directeur politique, quelqu'un pour les sondages d'opinion et quelqu'un d'autre pour surveiller la publicité dans les médias. Et nous assurer que l'immunité aux fabricants d'armes sera pulvérisée. D'autres saloperies dans ce projet, Liz ?

— Plein. Les victimes de l'amiante ne pourront plus non plus intenter de procès.

— Qui d'autre est impliqué dans cette conspiration ?

— Leo Weller, entre autres.

— Est-ce que les cancers de l'amiante ne sont pas un problème dans le Montana ?

— Un gros problème.

— Alors c'en sera un pour Weller : il est candidat à sa réélection dans le Montana l'année prochaine.

S'adressant à Clayton, Kerry reprit :

— Nous pourrions faire de Weller une leçon à méditer pour Fasano.

Quand il se retrouva seul, Kerry s'assit pour téléphoner à Palmer. Son visage était sombre.

— Qu'est-ce qui se passe ? demanda Kerry sans préambule.

— La routine, répondit Chad d'une voix neutre. Les subsides pour l'agriculture, un système d'armes dont nous n'avons pas besoin et que les militaires ne veulent pas non plus, quelques millions pour étendre notre part du marché du mohair...

— Pas de salades, Chad. Ruckles fait enregistrer sa loi de merde et vous établissez un record de vitesse pour l'examen par la commission. Vous ne pouvez pas observer un délai décent pour l'enterrement des victimes de l'amiante ?

— C'est inclus dans la loi ? Ça m'avait échappé, répondit Chad avec une nuance d'exaspération. Mais ce n'est pas nouveau, il y a des années que nous essayons de faire passer une loi sur la limitation des dommages et...

— Chad ! coupa le Président. La limitation des dommages n'a jamais figuré à votre agenda. Votre cheval de bataille, c'est la réforme du financement des campagnes. Il y a un vice caché dans cette loi et je crois savoir de quoi il s'agit : les armes.

Chad demeura silencieux un instant.

— Il n'y a rien dans cette loi sur les armes, dit-il finalement.

Ainsi, Chad n'était pas au courant de la clause sur l'amiante, mais il était sûr qu'il n'y avait rien sur les armes. Bizarre.

Quelques jours après la présentation de la loi, le sénateur Harshman vint dans le bureau de Chad Palmer. C'était inattendu : les deux hommes s'exécraient. Raide comme un piquet, Harshman tendit à Chad une simple enveloppe brune.

— Je crois que c'est ce que vous attendiez, dit-il. Les ajouts de sécurité à la loi de réforme de la justice civile.

Au déplaisir évident de Harshman, Chad ouvrit l'enveloppe et entreprit une lecture attentive du contenu.

— Ajouts de sécurité, murmura-t-il. Après tant d'années, Paul, vous développez enfin un talent pour les euphémismes.

— Il est temps, rétorqua Harshman sans aménité, de choisir entre le Deuxième amendement et les pacifistes à la noix.

— Ah, c'est donc un texte patriotique, dit Chad avec son sourire le plus candide. Dans ce cas, je suis sûr qu'il plairait à quelqu'un comme Mary Costello. Mais je ne veux pas abuser de votre temps, sénateur. Je suis sûr que vous êtes occupé et c'est l'heure de ma douche.

— Vous aviez raison, déclara Chuck Hampton à Kerry deux heures plus tard. Il y a bien une nouvelle clause. Elle n'accorde pas clairement l'immunité aux fabricants d'armes, mais c'est tout comme. Le conseiller de Chad nous a communiqué la formulation de l'ajout.

Kerry ne put s'empêcher de penser qu'il avait été trahi. Chad et lui avaient, certes, quelques points de désaccord, mais ça, c'était le comble.

— La famille de Lara est morte depuis quatre semaines. C'est le défi le plus direct que Fasano pouvait me lancer, dit-il.

— Le défi est plus radical que vous ne l'imaginez, monsieur le Président, observa Hampton. La clause sur les procès aux fabricants d'armes est rétroactive. Si elle passe dans la loi finale, elle annulera les procès en cours, même si les audiences ont commencé.

Y compris celui de Mary, songea Kerry.

— Fasano est donc vendu aux SSA.

— Et il est pressé, ajouta Hampton. Il a décidé de bloquer votre loi sur la sécurité et de prendre l'avantage.

— Il ne le pourra pas. Les restrictions sur les honoraires des avocats sont excessives. Il ne ralliera pas assez de voix de Démocrates pour survivre à un veto. Il nous faut séparer le lobby des armes des autres industriels ou, au moins, le séparer des SSA.

— Comment faire ?

— Je vais y réfléchir, Chuck.

Mais Kerry savait déjà comment procéder. Son appel téléphonique suivant fut pour Lara.

12

Philadelphie. Le territoire de Frank Fasano. C'était la sixième ville de la tournée de Lara. Elle était épuisée. Elle s'assit dans la suite de son hôtel et demanda à lire les lettres anonymes qui lui étaient adressées.

Une enveloppe contenait la photo de cadavres squelettiques entassés à Auschwitz. Quelques mots avaient été griffonnés dans un coin : « Voici ce qui adviendra quand vous aurez désarmé notre pays. » Une autre photo était un collage de la tête de Lara sur le cou d'Inez, d'après un document tiré de la vidéo.

Lara plaça la lettre dans le tas de courrier hostile destiné à Peter Lake. Elle devait bientôt prendre la parole, à l'occasion de sa rencontre avec les familles des victimes ; ça l'empêcherait de trop songer à cette haine sans fond. Elle faisait cette tournée des parents de victimes pour défendre une cause. Et elle poursuivrait sa mission jusqu'à ce que la blessure qu'elle portait en elle cicatrise.

On frappa à la porte ; c'était Peter Lake, avec les photographes.

— Je suis prête, dit-elle.

L'auditorium de l'hôtel était comble. C'était parfait. Car Philadelphie était la ville de Fasano, et le sénateur qui la représentait, un Républicain, allait entamer sa campagne de réélection.

— Aucun d'entre nous, déclara-t-elle à l'auditoire, silencieux et tendu, n'aurait imaginé que des meurtres, des suicides ou des accidents nous enlèveraient ceux qui nous sont chers.

Que pouvons-nous faire ? Essayer d'oublier notre chagrin. Ou bien témoigner de ces tragédies et clamer que la violence doit s'arrêter. Nous devons voter pour résoudre ce problème, sans arguties ni dérobades. Nous devons demander que nos représentants et nos partis politiques choisissent entre la fin de la violence et nos votes. Nous devons demander que la protection des victimes soit une priorité publique et plus seulement un vœu pieux. Et, s'il le faut, nous irons à Washington et nous demanderons le changement jusqu'à ce qu'il se produise.

Les applaudissements éclatèrent.

— Cet engagement est difficile, poursuivit-elle. Mais il serait plus difficile encore d'expliquer aux parents et aux enfants de ceux qui sont morts pourquoi nous n'avons rien fait.

Après ce discours, l'auditoire se dispersa dans le hall pour avoir la chance d'échanger quelques mots avec Lara, voire de la toucher. Peter Lake se tenait près d'elle. Soudain, elle vit s'avancer un homme âgé qui s'appuyait sur une canne. Son visage luisait de sueur et sa voix tremblotait.

— Je me suis toujours demandé, lança-t-il, ce que ce serait de voir le Mal en personne.

Peter saisit le bras de l'homme. Lara garda son calme et lui demanda :

— Et quel visage voyez-vous ? Celui de ma mère, de ma sœur, ou de ma nièce de six ans ?

Un autre agent secret aida à emmener l'homme, toujours tremblant de colère et serrant les poings.

— Comment était donc la ville de Fasano ? demanda Kerry.

Elle avait pris un bain avant de se mettre au lit et d'appeler son mari.

— Je suis contente d'être venue, répondit-elle.

— Alors, je suis content aussi. Il s'est passé quelque chose, Lara. La loi de Fasano sur la limitation des dommages a été modifiée. À présent, elle pourrait annuler le procès de Mary contre Lexington avant que Lenihan et Sarah Dash aient même commencé la procédure.

Lara sentit le découragement l'envahir.

250

— Évidemment, dit-elle. Tu veux que j'appelle Sarah ?

— Oui. Il faut déposer plainte le plus vite possible et avec le maximum d'impact. Et, si possible, introduire un grain de sable entre Lexington et les SSA.

— Comment ?

— Tu te souviens de Martin Bresler ?

13

Il était tôt dans la matinée. Le bureau de Sarah était calme. La veille, elle avait révisé la plainte contre Lexington Arms, qu'elle avait projeté de déposer deux jours plus tard. Mais l'appel téléphonique de Lara Kilcannon avait bouleversé ses plans. Elle avait alors appelé Martin Bresler à Washington.

— Vous avez le choix entre deux options, lui dit-elle. Ou bien coopérer avec nous à titre privé, et dans ce cas nous tiendrons votre nom secret aussi longtemps que possible, ou bien témoigner publiquement, en présence des avocats de Lexington. Les SSA seront évidemment immédiatement au courant.

— Dans les deux cas, pourquoi voulez-vous que je prenne un tel risque, madame Dash ? Si je coopère, de quelque façon que ce soit, mon nom finira par apparaître. J'ai deux enfants au collège et ma carrière est en grand danger. J'essaie de retrouver du travail et...

— C'est pourquoi je vous offre la possibilité de coopérer avec nous à titre privé, répliqua Sarah avec fermeté, ce qui vous laisse le temps de retomber sur vos pieds, avant que les SSA aient vent de votre coopération. Mais vous tenir en dehors de tout ça me paraît difficile. Vous êtes la seule personne qui puisse nous aider à coincer les SSA.

Un silence suivit.

— Il faudra que je vous rappelle, dit enfin Bresler d'un ton déprimé.

Kerry ruminait une froide colère.

— Les SSA essaient de me faire le coup du cheval de Troie. Ils cherchent à m'humilier personnellement et politiquement, dit-il en s'adressant à Chad Palmer, seul avec lui dans le Bureau Ovale.

— À propos de cheval de Troie, répondit celui-ci, il me semble que vous n'êtes pas tout à fait étranger à l'action que veut intenter Mary Costello devant les tribunaux. Nous avons des opinions fondamentalement différentes, monsieur le Président. Bob Lenihan et vous pensez mettre les manufactures d'armes à genoux en leur intentant procès sur procès. Mais beaucoup estiment que ces procès sont une perversion du système juridique, déjà trop vulnérable aux abus.

— Vous soutenez cette loi ou vous vous contentez de la tolérer ? demanda Kerry.

— Je la soutiens, répondit froidement Chad. J'entends la faire passer en commission et la défendre devant le Sénat.

Kerry fut dévasté. Il était inutile de rappeler à Chad les répercussions de sa décision, ni les difficultés qu'elle susciterait.

— Vous détestez les SSA autant que moi, dit-il calmement. Qu'est-ce que Fasano a bien pu vous offrir ?

Palmer parut un moment décontenancé.

— Je regrette, monsieur le Président, qu'il s'agisse pour vous d'une affaire personnelle. Mais, cette fois-ci, je ne suis plus votre porteur d'eau. L'affaire Caroline Masters m'a suffi.

Cette dernière phrase était destinée à rappeler à Kerry qu'il serait toujours associé à la mort de Kyle ; même si elle était maîtrisée, l'amertume de Chad ne disparaîtrait jamais complètement.

— J'ai, dans ce cas, un service à vous demander. Pas pour moi, mais pour Lara.

— De quoi s'agit-il, monsieur le Président ? demanda Palmer après une hésitation.

— Vous avez programmé les audiences, y compris sur cette clause d'immunité pour les manufactures d'armes. C'est vous qui décidez de la liste des témoins.

Palmer dévisagea Kerry.

— Vous voulez que je convoque Lara ?

— Et Mary.

Une expression morose passa sur le visage de Palmer. Il ne pouvait pas, en effet, exclure des débats la First Lady et sa sœur, survivantes d'un massacre dont les images avaient été diffusées dans tout le pays.

— Dites à la First Lady, répondit Palmer avec une courtoisie compassée, qu'elle et sa sœur sont les bienvenues.

14

Deux jours plus tard, Martin Bresler rencontra Bob Lenihan et Sarah Dash. Pour s'assurer que personne ne les verrait ensemble, Sarah avait loué une maison à Sea Ranch, un site venteux, couvert de broussailles et de pins sur la côte nord du comté de Sonoma.

Ils prenaient un café, assis sur un banc de bois au sommet d'une falaise. Bresler était recroquevillé sur lui-même.

— Pas de déclaration sous serment. Rien d'écrit, déclara-t-il.

C'était un homme de petite taille, menacé de calvitie, au visage étonnamment expressif. Il sembla à Sarah physiquement diminué, et sa volubilité avait viré à la méfiance.

— Ce n'est pas possible, répondit Lenihan. Qu'est-ce qui vous empêche de nous raconter n'importe quoi puis de démentir?

— Je ne veux pas de documents avec mon nom dessus…

— Vous avez peur à ce point? demanda Sarah.

— Et vous, vous êtes naïve à ce point? répliqua Bresler. Si vous étiez à ma place, vous seriez aussi méfiante. Je ne peux pas trouver d'emploi dans le secteur des armes. Les Républicains me traitent comme un pestiféré. Je passe mes journées à courir Washington à la recherche d'un poste de lobbyiste. Ne comptez pas sur moi pour me tirer une balle dans le pied. Je veux bien vous parler, mais pas témoigner. Je ne veux pas d'un document signé; les avocats de Lexington s'en serviraient pour me mettre définitivement au chômage.

Il s'interrompit pour boire son café en regardant la mer scintiller sous un ciel d'un bleu électrique.

— Bon, alors, je vous raconte mon histoire ou vous préférez une déposition signée par quelqu'un qui souffre d'immenses trous de mémoire ?

— D'accord, allez-y, dit Sarah après avoir lancé un regard à Lenihan.

Bresler reposa sa tasse sur la table de cèdre et s'adossa sur le canapé.

— Tout a commencé quand j'ai cru que je pouvais trouver un terrain d'entente entre Kilcannon et les SSA, dit-il. Ça s'est terminé avec mon exécution politique et l'assassinat de la famille de Lara Kilcannon.

— Nous connaissons la fin, dit Lenihan. Essayez de nous raconter l'histoire depuis le début, aussi exactement que possible.

Quatre mois plus tôt, Martin Bresler et Jerry Kirk, président et vice-président de la Gun Sports Coalition, étaient assis face à Frank Fasano, dans son bureau.

— Marty a raison, dit Kirk avec son air de myope aimable, accentué par des lunettes épaisses comme des loupes. Si vous annoncez qu'un accord a été conclu sur les crans de sûreté entre les fabricants et les Républicains du Congrès, vous coupez l'herbe sous le pied de Kilcannon. Nous y gagnerions tous à apparaître comme des gens raisonnables.

Kirk et Bresler étaient enthousiastes à cette perspective.

— Il faut sortir du cercle vicieux Kilcannon contre les SSA, confirma ce dernier.

Fasano hocha la tête, semblant intéressé, mais guère enclin à s'engager, évaluant les enjeux politiques :

— Laissez-moi faire quelques sondages, dit-il, je ne peux pas aller plus vite que la musique.

Trois jours plus tard, Bresler rencontra Paul Harshman qui le prévint :

— Prenez garde, Marty. Vous ne pouvez pas nous demander de lâcher nos amis.

Par la suite, une entrevue eut lieu entre Bresler, Kirk et Clayton Slade dans une chambre de motel de l'aéroport Dulles.

— Vous avez trois semaines pour parvenir à un accord, déclara Slade, le chef de cabinet de Kilcannon. Sinon, le Président fera voter une législation contre l'industrie des armes. Il est las de vous supplier d'accepter les crans de sûreté.

— Tout ce que nous pouvons faire, répondit Kirk, c'est d'en parler à nos adhérents.

Ce fut ce que Bresler et Kirk firent pendant toute une semaine d'entretiens intensifs et totalement confidentiels. À la suite de quoi, contre leur gré, trois manufactures admirent qu'une mesure de sécurité modeste vaudrait mieux que des procès coûteux et une opinion publique hostile. Bresler téléphona alors à Clayton et lui annonça qu'un communiqué serait publié sous peu.

Il reçut peu de temps après un coup de téléphone menaçant de Harshman :

— Alors, à présent, c'est à nous que vous tournez le dos…

Après avoir raccroché, Bresler téléphona à Clayton :

— Qui était au courant de notre accord ?

— Le Président et Jack Sanders, c'est tout. Donc la fuite ne provient pas de chez nous. Il faut avancer la déclaration avant que les SSA jettent tout par terre.

— À quand voulez-vous l'avancer ?

— Dans deux jours aura lieu une cérémonie dans le Jardin des roses, en l'honneur des chefs de la police.

— Ça ne me laisse pas assez de temps.

— Nous ne pouvons plus tarder. Prévenez vos PDG et tenez moi au courant.

— Kilcannon a été formidable, déclara Bresler à Lenihan et Sarah. Très ouvert. Le soir même, nous étions dans tous les reportages télévisés, Kilcannon, les PDG et moi au premier plan, avec les chefs de police en uniformes bleus à l'arrière.

Tout le monde était content. Sauf les SSA et les Républicains. Un ami de Bresler travaillant aux SSA l'avertit qu'une photo de lui était affichée dans les WC de leur quartier général. Le lobby fit pression sur tous les signataires de l'accord pour qu'ils le dénoncent. Ce qu'ils firent, bien évidemment.

Bresler, accablé, en informa Kirk, qui le consola d'une main compatissante sur l'épaule :

— Tout ira bien, Marty. Prends soin de toi.

La semaine suivante, Kirk était embauché par les SSA. Bresler comprit ainsi qui l'avait trahi.

15

Le jour même où les deux avocats revinrent de Sea Ranch, ils reçurent Mary Costello dans le bureau de Sarah. Il était 21 heures. La sœur de Lara semblait dépassée par les événements.

— Peut-être, déclara Lenihan à Sarah, devriez-vous expliquer à Mary pourquoi vous pensez qu'elle doit également attaquer les SSA. Pour ma part, et même après avoir entendu Bresler, j'aurais quelque peine à exposer votre tactique.

Sarah ignora cette pique et déclara à Mary :

— Il y a deux raisons pour associer les SSA à Lexington. La première est politique. Comme vous le savez, le Sénat examine une loi qui annulerait votre procès et vous devez comparaître dans quelques jours devant la commission de Palmer. Les Républicains se montreraient sous un très mauvais jour s'ils avaient l'air de protéger les SSA. La deuxième raison est que les SSA contrôlent Lexington Arms et, j'en suis presque sûre, payent ses frais d'avocat. De plus, Callister a dit au président Kilcannon que Lexington ne pouvait pas imposer les contrôles du fichier parce que les SSA ne l'accepteraient pas. S'il est établi que les SSA sont responsables du refus de Lexington, ils pourraient être tenus pour responsables de la mort de votre mère, de Joan et de Marie.

Mary consulta Lenihan du regard. Il secoua solennellement la tête :

— L'idée est déplorable, Mary. Déplorable. Si ce procès tourne à la guerre sainte contre les SSA, ils lanceront la plus redoutable campagne de relations publiques jamais vue.

Et vous savez ce qu'ils raconteront : que le Président est derrière tout ça. Qu'il se sert de Mary Costello pour salir et punir les partisans des droits de détention d'armes, parce qu'il ne peut pas y arriver en passant par le Congrès. Pour le public, votre procès basculera dans le domaine de la politique politicienne.

Bien vu, admit mentalement Sarah.

— Bob a raison, dit-elle à Mary. Mais jusqu'à un certain point seulement. Ma thèse est différente : votre famille n'a pas été assassinée seulement par John Bowden ou Lexington, mais à cause des SSA.

— Mais est-ce que cela ne va pas être plus difficile à plaider ? demanda Mary, qui paraissait toute menue sur son siège.

— Beaucoup plus difficile, intervint Lenihan. Juridiquement et même moralement. Nous allons exciter un adversaire fanatique et très puissant. Nous allons devoir affronter des légions d'excellents avocats suffisamment rétribués pour être férocement motivés, ainsi que toutes les tactiques dilatoires imaginables.

— Ça sera le cas de toute façon, observa Sarah. Du moins si vous admettez comme moi que les SSA choisiront et paieront les avocats de Lexington Arms. Ils tiennent cette firme et le Congrès dans leur poigne. La seule façon de les désarmer est de les démasquer.

— Mais comment ? s'écria Lenihan d'un ton suraigu, exprimant son exaspération et sa désapprobation. Ceci est un procès pour obtenir des dommages pour Mary Costello, pas une croisade politique contre les SSA. En tant que citoyens, Sarah, vous et moi avons le droit de détester les SSA et leur influence. Mais nous sommes des avocats, pour l'amour de Dieu ! Dites-moi comment les SSA auraient enfreint la loi. Certainement pas par le lobbying, ou alors vous êtes également coupable : le centre Kilcannon en fait aussi. Pas non plus en menaçant de boycotts. Martin Luther King boycottait les restaurants pratiquant la ségrégation raciale.

— En violant les lois antitrust, coupa Sarah. Alors, écoutez-moi, Bob, pour la grâce de notre cliente.

— Je ne comprends rien de tout ça, dit Mary à Sarah. Qu'ont fait les SSA ?

— Considérant ce qu'ils ont infligé à Martin Bresler, répondit Sarah, j'estime qu'ils ont conspiré contre Lexington par l'entremise des autres manufactures.

— Et de quelle manière ? demanda Lenihan.

— En menaçant les entreprises, en organisant la résistance contre le Président, en promettant aux autres manufactures qu'elles pourraient se partager la part de marché de Lexington après sa faillite. C'est une infraction aux lois sur la concurrence.

— Ce sont des fables, dit Lenihan. Même Bresler ne nous a pas dit ça. Pour que nous puissions soutenir cette thèse, il nous faudrait une confession des SSA. Ou bien il faudrait que les autres manufactures les dénoncent. Ou encore un témoignage dévastateur de George Callister.

— C'est exact, dit Sarah. Nous allons donc tenter de mettre la main sur les dossiers des SSA, sur les traces de leurs rapports avec Lexington et les autres compagnies. Et, pour cela, la meilleure tactique est de poursuivre les SSA eux-mêmes.

— Mais sur quelle base ? demanda Lenihan. Sur des spéculations ?

— Pour moi, les SSA sont moralement responsables de milliers de morts, si ce n'est légalement. Ça sera difficile à prouver, comme le dit Bob, déclara Sarah à Mary. Mais il faut que vous sachiez quelles sont les options qui s'offrent à nous. En tout cas, quoi que nous fassions, il nous faut accélérer la recherche de documents.

— Parce que Fasano accélère la présentation de la loi de réforme de la justice ?

— Oui. Plus vite nous aurons les informations sur les relations entre Lexington et les SSA, et plus ce sera difficile pour eux de faire passer cette loi. Si c'est nécessaire, nous prendrons les dépositions de gens comme Dane et nous les communiquerons à la presse.

Pour la première fois, Lenihan se prit à sourire, comme s'il s'amusait.

— De temps en temps, Sarah, vous me donnez de l'espoir. Mais comment proposez-vous d'accélérer les réquisitions des éléments du dossier[1] ? En disant au juge que vous êtes pressée de consulter les documents pour les communiquer à la presse ?

— Non. En demandant une injonction libératoire pour prévenir une menace à la sécurité publique.

Lenihan parut abasourdi.

— Quelle menace ? Pardonnez-moi, mais la famille de Mary est déjà morte…

— Et d'autres mourront, si cette loi passe, répondit Sarah. Il y a bien plus que l'argent en jeu dans ce procès, Bob. Aucune somme ne peut dédommager Mary de ce qu'elle a perdu.

— Ça, c'est de la politique, pas du droit, insista Lenihan. Sur quelle base allons-nous demander au juge une réquisition des pièces du dossier en urgence ?

— Lexington constitue une nuisance à l'ordre public, répondit Sarah. Vous l'avez reconnu vous-même, Bob : nous pouvons montrer que cette manufacture inonde l'État de Californie d'armes vendues de l'autre côté de la frontière du Nevada. Je pense aussi que nous pouvons démontrer qu'un nombre anormal de Californiens trouvent la mort sous les balles de P-2, comme la famille de Mary. Et nous savons déjà que Lexington et les SSA indiquent très clairement comment acheter des armes au Nevada sans passer par les contrôles du fichier.

S'adressant à Mary, elle ajouta :

— Ce n'est pas un procès si difficile, vous savez. La mort de votre famille fait partie d'un cercle vicieux qui consiste à vendre des armes à des criminels de façon détournée. C'est un système qu'il faut détruire.

Mary se redressa.

— Si c'est le cas, dit-elle à Lenihan, et si nous pouvons faire quelque chose, je veux qu'on le fasse.

— Vos intentions sont honorables, observa respectueusement Lenihan. Mais accélérer la réquisition des pièces risque d'aggraver nos problèmes. Sarah connaît la routine aussi bien

---

1. C'est la notion juridique de *discovery*, spécifique du droit américain et qui désigne la saisie conservatoire de toutes les pièces pouvant intéresser l'instruction d'un dossier. Il n'existe pas, rappelons-le, de juge d'instruction dans le système anglo-saxon : ce sont les parties adverses qui effectuent les enquêtes. *(N.d.T.)*

que moi. Nous allons demander une ordonnance de réquisition temporaire, que nous n'obtiendrons probablement pas. Puis le juge fixera une audience sur une injonction préliminaire dans les dix jours. Il nous faudra de soixante à quatre-vingt-dix jours pour réaliser notre collecte de documents, Dieu sait dans quelles difficultés. Ça laissera le temps aux avocats des SSA de dissimuler des documents et ça nous contraindra à interroger Dane sans disposer des preuves nécessaires. Nous serons alors poussés vers le jugement avant d'y être prêts.

— Bob, déclara Sarah, vous avez attaqué en justice IBM, AT & T et la moitié des cinq cents plus grosses firmes américaines. À quoi servent donc tous les avocats de votre cabinet ?

— Mon cabinet a des bureaux dans cette ville et nous connaissons la plupart des juges. Si nous déposons plainte à la cour de l'État, le dossier passera devant le juge Fineman ou le juge Rotelli, répondit Lenihan, avec un grand sourire satisfait. Ce sont tous deux des amis et ils doivent être bientôt réélus. Comme tous les partenaires de mon cabinet, j'ai contribué financièrement à leur campagne.

Il y a vraiment quelque chose qui cloche dans l'élection des juges, songea Sarah

— Et vous pensez donc qu'ils seront objectifs ?

— Même si ce n'étaient pas des amis, à qui donc supposez-vous qu'un juge élu donnera la préférence : la sœur de la First Lady ou un marchand de mort ?

Mary fit une grimace.

— Et le juge d'instance ? demanda Sarah. Il est choisi par tirage au sort.

— Les circonstances sont les mêmes, répondit Lenihan avec assurance. Et d'ailleurs, pourquoi laisser les choses au hasard ? Le président du tribunal, le juge Morrissey, est un autre vieil ami, de la vieille lignée des libéraux. Nous pouvons aller le voir et lui dire : « Votre Honneur, ceci est une affaire complexe. Elle requiert un juge spécialement désigné pour la suivre, des audiences préliminaires au jugement final. » Le spécialiste local des affaires complexes est le juge Weinstein, qui est très ouvert. Je pense que c'est lui que désignera le juge Morrissey.

Sarah trouva fascinant, sinon quelque peu troublant, d'entendre Lenihan décrire comment il manipulait le système.

— Vous ne voyez donc pas de raison de porter notre affaire devant un juge fédéral ?

— Seigneur, non ! Nous ne savons pas sur qui nous pourrions tomber. La moitié d'entre eux sont des conservateurs et ils sont nommés à vie. Le genre de juges qui nous écraseraient sans pitié. À ce propos, Sarah, vos théories risquent de nous poser un autre problème : nos adversaires pourraient trouver un argument pour porter cette affaire devant un juge fédéral.

— Ils n'ont aucun motif pour cela, objecta Sarah, secouant la tête.

— C'est vous qui le dites.

Il se carra dans son fauteuil, considérant d'un air majestueux Sarah et Mary.

— Bon, quelle que soit la plainte que nous déposerons en cour d'État, nous la formulerons en des termes tellement retentissants que les médias et les faiseurs d'opinions seront poussés à y faire écho. Tout de suite après, nous donnerons une conférence de presse. Et nous utiliserons ma réputation pour lancer une campagne de relations publiques.

— Si les SSA sont responsables, dit Mary, ils doivent expier.

À la surprise de Sarah, Lenihan haussa les épaules avec une expression fataliste.

— Quand déposons-nous plainte ? demanda-t-elle.

— Après-demain matin, dit-il avec force.

16

Ce jour-là, à 9 h 15, après en avoir informé Lexington, les SSA et les médias, Lenihan et Sarah déposèrent leur plainte. Peu après 14 heures, ils pénétrèrent dans la salle d'audience du juge Angelo Rotelli.

Bourrée de reporters, la salle bourdonnait de conversations. Déjà assis à la table des inculpés, John Nolan, associé de Kenyon & Walker, l'ancien cabinet d'avocats de Sarah, dévisageait ses adversaires avec un mépris non dissimulé. Assis près de lui, Harrison Fancher, vétéran d'un autre cabinet d'avocats, Hartman & Miles, arborait le masque sinistre qui, avec son mode de plaidoirie féroce, lui avait valu le surnom d'« ange de la mort ». Si la présence de Fancher annonçait que le procès serait aussi déplaisant que Lenihan l'avait prédit, c'était Nolan que Sarah craignait le plus. Elle connaissait sa persévérance acharnée et sa conviction que tous les moyens étaient bons pour défendre ses clients ; deux traits dissimulés sous un masque indéchiffrable de mandarin.

Sarah et Lenihan se dirigèrent vers la table de la partie civile, l'avocat adressant un vaste sourire à ses adversaires.

— John ! s'écria-t-il, de cette voix de basse profonde qui plaisait tant au public. Et Harry aussi ! Quel plaisir ! Lequel d'entre vous s'occupe des maniaques du pistolet, et lequel des marchands de mort ?

Nolan lui rendit un mince sourire qui réduisit ses yeux à des fentes.

— Nous revoici donc dans l'arène, répondit-il.

Puis il s'adressa à Sarah :

— Ça faisait longtemps qu'on ne s'était pas vus, Sarah. Vous êtes ici pour vous instruire aux pieds de vos maîtres ?

Cette pique témoignait de la haine que Nolan lui portait depuis qu'elle l'avait forcé à accepter qu'elle s'occupe de Mary Ann Tierney, en déclenchant une fronde chez les femmes du cabinet.

— Lequel de vous deux sera donc mon maître ? demanda-t-elle avec un sourire forcé.

Puis le juge Angelo Rotelli entra dans la salle, et le brouhaha cessa. Massif, les cheveux frisés, le juge fit un signe de tête bonasse aux avocats, gagna sa place et embrassa du regard les masses de reporters présents.

— Ceci est l'affaire Costello contre Lexington Arms *et alia*, enregistrée ce matin. La requête que j'ai devant moi est celle d'une ordonnance de réquisition temporaire dans le but d'empêcher les défendeurs de mettre en péril la vie des Californiens. Qui prend la parole pour la plaignante ?

Lenihan se leva et Nolan fit de même.

— Pardonnez-moi, votre Honneur, John Nolan pour le défendeur Lexington Arms. Avant de commencer, je voudrais attirer l'attention de la cour sur un point qui nous exclurait de poursuivre.

Visiblement surpris, Rotelli hocha la tête.

— Monsieur Nolan, je vous connais. Qu'avez-vous pour nous ?

— Une pétition pour transfert devant une cour fédérale.

Nolan s'avança et tendit une liasse de documents à Rotelli puis, avec un sourire que le juge ne pouvait voir, il tendit les copies à Lenihan.

— Ceci est fallacieux, protesta Lenihan à l'adresse du juge. Pour justifier un tel transfert, il faut que l'objet des poursuites soulève des questions qui sont exclusivement du domaine de la loi fédérale. Tel n'est pas le cas. Visiblement, la défense présente une pétition spécieuse dans le seul but de retarder le jugement.

C'était en effet le but recherché. La réplique de Nolan fut calme et raide.

— En dépit des commentaires péjoratifs de maître Lenihan, sa plainte, si l'on peut appeler ainsi un document truffé de rhétorique, mais indigent en droit, soulève bien des questions fédérales importantes. Et nommément des thèses hétérodoxes sur les trusts et la malfaisance publique, qui relèvent de la clause de commerce de la constitution des États-Unis et qui, à notre humble avis, menacent les droits garantis par le Deuxième amendement de la déclaration des droits...

Sarah se rendit alors compte qu'elle avait fait une erreur : même si l'argumentation de Nolan était erronée, les théories qu'elle avait imposées à Lenihan lui prêtaient une apparence de vérité.

— De toute façon, poursuivit Nolan, une pétition de retrait déclenche automatiquement les conséquences suivantes : une fois qu'un défendeur l'a soumise à une cour fédérale, comme nous l'avons fait, c'est celle-ci qui doit statuer. Dès cet instant, cette cour-ci n'est plus compétente pour poursuivre.

Bon sang, il a raison, songea Sarah.

— Ceci est une motion de mauvaise foi, objecta Lenihan. Elle appelle une sanction...

Mais Rotelli leva la main et coupa Lenihan. Il fourragea dans la liasse que lui avait soumise Nolan, visiblement contrarié d'avoir perdu son auditoire. Puis il leva la tête :

— Sans accepter l'interprétation de maître Lenihan, j'avoue, maître Nolan, que votre argument semble bien mince. Cependant, vous avez raison sur le point de ma compétence.

Il tourna son regard vers les médias :

— Si cette plainte revient devant cette cour, comme je pense qu'elle le devrait, il faudra qu'un juge fédéral me la renvoie.

Puis il se leva, s'inclina à gauche et à droite et sortit. Rouge de colère, Lenihan murmura à Sarah :

— Voilà ce que ça coûte d'attaquer les SSA. Comment allons-nous nous en sortir, maintenant ?

Cependant, lors de la conférence de presse, l'avocat offrit l'image même de l'assurance. Assis entre Sarah et Mary Costello, il caressait le micro comme si ç'avait été la main d'une femme. L'observant sur CNN, Kerry dit à Lara :

— Pour Bob, c'est une expérience quasi érotique que d'affronter la presse.

— Ici commence la fin de la violence par armes à feu en Amérique, déclara Lenihan.

— Je voudrais bien le croire, murmura Lara, et Kerry opina.

La pétition de retrait obtenue par les avocats adverses les avait dégrisés tous deux. À l'écran, Lenihan posa une main paternelle sur le bras de Mary.

— La plaignante le sait bien. C'est pourquoi nos adversaires ont incité leurs protecteurs du Congrès, y compris le sénateur Fasano et le président Jencks, à recourir à une astuce juridique honteuse, destinée à dépouiller Mary Costello et tous ceux qui sont dans son cas du droit de demander justice.

Kerry savait depuis le début que les choses commenceraient ainsi. Mais il se demandait quelles en seraient les répercussions sur Mary et sa sœur. Il posa la main sur l'épaule de Lara.

Peu après 19 heures, heure de la côte Ouest, les SSA tinrent à leur tour une conférence de presse. Dane trônait sur une estrade, la mine sombre. Il s'exprima avec une indignation contenue, très convaincante, confirmant le magnétisme qu'il exerçait sur ses partisans. Fasano le regardait, assis devant son écran de télévision en compagnie de Macdonald Gage, tous deux sirotant du bourbon.

— Ce procès est un outrage moral, déclara Dane. Il s'agissait d'un meurtre. C'est le meurtrier qu'il faut blâmer. Si d'autres blâmes sont requis, que nos accusateurs s'adressent au système juridique, qui a laissé Bowden en liberté, et aux puissants parents des victimes, qui n'ont pas su les protéger.

Gage gloussa. Évidemment, tout ce que Dane pouvait dire ou faire pour persécuter Kilcannon l'enchantait.

— Mais qui veut-on blâmer maintenant? Les SSA et Lexington Arms, l'un des plus honorables fournisseurs d'armes de ce pays amoureux de la liberté.

— Un peu pompeux, remarqua Fasano. Ce n'est pas un discours officiel.

— Les SSA représentent quatre millions d'Américains qui exercent légalement les droits qui leur ont été consentis par les

Pères fondateurs. Nos membres ne connaissaient pas John Bowden. Ils ne contrôlaient pas ses actions. Kerry Kilcannon utilise une cabale d'avocats de mèche avec un groupe de gauche, chargés d'exploiter une tragédie qu'il n'a pas su prévenir...

— Il est à cran, dit Fasano. Espérons qu'il ne dira pas que Kilcannon a du sang sur les mains.

— Pourquoi pas, finalement? rétorqua Gage. Il a *mon* sang sur les mains.

— Notre défense contre cet abus de justice pourrait nous coûter des millions. Mais nous ne céderons jamais. Nous nous battrons jusqu'au bout et, si nécessaire, devant la cour suprême. Nous défendrons cette liberté fondamentale qui garantit toutes les autres : le droit de détenir et de porter des armes. Nous demandons à nos membres de nous soutenir. Nous demandons aux Américains de se dresser pour protester. Nous demandons au Congrès de mettre fin à cet outrage, conclut Dane sur un ton solennel, en regardant la caméra.

Il est au pied du mur, songea Fasano. *Et Kerry Kilcannon aussi.*

Le procès, partie visible du conflit entre Kilcannon et les SSA, était lancé comme une machine infernale, susceptible de s'emballer à tout moment. Les conséquences risquaient d'être pires que prévu. Seul un homme comme Macdonald Gage pouvait en être satisfait.

— Prêt, Frank? demanda-t-il avec entrain.

17

Le lendemain matin, Sarah Dash et Bob Lenihan se retrouvèrent dans la salle d'audiences du juge de district des États-Unis
Gardner W. Bond. L'expression de Lenihan en disait long : sur
les quatorze magistrats que l'ordinateur aurait pu tirer au sort,
ils étaient tombés sur le pire. Bond était un idéologue conservateur fanatique qui, du temps où il était avocat, avait plaidé
gratuitement contre les guides scouts homosexuels, et en
faveur de manifestants anti-avortement qui harcelaient des cli-
niques. L'homme ne tolérait pas qu'on pense autrement que
lui, dans la vie professionnelle ou dans la vie privée.

Telle était l'une des raisons pour lesquelles tant de voix
s'étaient opposées à sa nomination à la cour suprême. Une
autre raison était son appartenance à deux clubs de réactionnaires qui se vantaient de ne pas accepter de femmes ; de surcroît, il appartenait à la Société fédéraliste qui, dans un
singulier activisme judiciaire, faisait nommer autant de juges
que possible dans les tribunaux fédéraux pour combattre ce
qu'ils appelaient les excès du libéralisme. Pour Gardner Bond
et ses alliés, Kerry Kilcannon était la bête noire par excellence.

Tiré à quatre épingles, Bond était assis à l'extrémité de sa
table de conférence. À sa droite se trouvaient Fancher et Nolan,
l'air satisfait. Nolan ne faisait-il pas partie des mêmes cercles et
clubs politiques que Bond ?

Pour Sarah, toutefois, la pétition de retrait ne valait guère
plus qu'une mauvaise farce : elle avait passé la nuit à analyser
les textes de loi et à rédiger une riposte, avec un associé
de Lenihan. Gardner Bond, en effet, n'avait pas plus de motifs

juridiques que Nolan pour retenir la plainte de Mary Costello dans sa compétence, et il était assez avisé pour le savoir.

Après quelques saluts aux personnes présentes, il déclara :

— J'ai lu le mémoire du défendeur et l'objection de la plaignante. À moins que l'un de vous n'ait quelque chose de déterminant à dire, je suis préparé à juger cette affaire.

C'était là une invitation au silence.

— Selon la pétition, reprit Bond de sa voix de baryton, les thèses sur les trusts et la malfaisance publique comportent des problèmes exclusivement solidaires de la clause de commerce, y compris le fait que les plaignants requièrent d'une cour d'État de Californie de contrôler les prétendues manœuvres de Lexington dans un autre État, à savoir le Nevada. La pétition se réclame par ailleurs de droits garantis par le Deuxième amendement de la Constitution. Pour ces raisons, je conclus que cette cour est compétente.

Sarah fut saisie, comme si elle ressentait les premières secousses d'un tremblement de terre.

— Votre Honneur…

Bond se tourna vers elle, le regard clos.

— Il me semble, maître Dash, vous avoir demandé auparavant si vous aviez quelque chose à dire…

— Je dois relever un point concernant vos prémisses. Les cours d'État disposent de la juridiction sur les affaires antitrust. Les cours d'État traitent ordinairement des requêtes invoquant la déclaration des droits. Les cours d'État ont le pouvoir de protéger leurs citoyens d'actes qui mettent leur sécurité en péril, même s'ils ont lieu dans un autre État. Et les plaintes en homicide et en malfaisance publique de notre action sont du domaine exclusif de la juridiction d'État. Nous avons soigneusement exploré la jurisprudence : il n'existe aucun précédent à la pétition de maître Nolan.

Les yeux de Bond se firent glacés derrière ses lunettes à monture dorée.

— Vous avez le droit d'appel, semble-t-il ? répondit-il avec raideur.

— Il est limité, votre Honneur. Mais je demande à la cour de reconsidérer sa décision. Si Mlle Costello faisait appel, cela entraînerait un retard de plusieurs mois…

— C'est votre problème. Vous avez décidé d'inclure les plaintes citées par maître Nolan, apparemment dans le but de jeter un filet assez large pour attraper les SSA.

Il se ressaisit, sans doute pour modérer son langage :

— Personne ne doute que cette affaire dérive d'une tragédie. Que ce procès soit le moyen approprié d'y remédier, c'est une autre question. Mais si la plainte est fondée, je dis bien *si*, la nature du tribunal n'a pas d'importance.

Le cynisme de la déclaration outra Sarah. Bond retournait sa propre tactique contre elle ; il avait bien compris qu'elle et Lenihan n'avaient pas choisi une cour d'État par hasard, et il avait décidé de les contrecarrer.

— De toute façon, reprit-il, je rejette votre requête de retourner à une cour d'État. À moins que la cour d'appel en décide autrement, cette affaire restera ici. Pour la même raison, dit-il en se tournant vers Nolan et Fancher, je rejette la requête d'une réquisition temporaire. La plainte soulève des questions trop complexes pour recourir à une mesure aussi péremptoire, et je trouve le motif de malfaisance imminente insuffisamment convaincant.

Bond regarda à droite et à gauche et conclut :

— L'injonction préliminaire et l'audition des motifs de non-lieu auront lieu dans dix jours. Entre-temps, la partie plaignante ne pourra se faire communiquer aucune pièce. Jusqu'à ce que nous déterminions quelles demandes subsistent, s'il y en a, les avocats de Mlle Costello ne devront pas abuser du temps des défendeurs pour obtenir ces documents. Des questions ?

— Oui, votre Honneur.

Lenihan avait retrouvé sa voix :

— Les nouveaux règlements autorisent la présence de la télévision aux audiences. Étant donné l'intérêt public de cette affaire, je demande que ces audiences soient télévisées…

— Rejeté, coupa Bond. Vos plaintes, si elles sont retenues, seront entendues exclusivement par un jury. La télévision ne peut qu'influencer les jurés qui, à mon avis, l'ont déjà été suffisamment, ici et à Washington. Ceci est une affaire de droit et non de politique.

Nolan n'avait pas eu à articuler un seul mot.

Assise avec Lenihan dans la cafétéria du tribunal devant un café, Sarah conclut tristement :

— Nous sommes coincés.

— Coincés ? Le mot est faible ! rugit Lenihan. Ce fils de pute réactionnaire nous refuse l'accès aux documents. Nolan et Fancher vont nous faire danser à leur guise et nous forcer à prendre des dépositions sans documents pour les approfondir. Et, si ça se trouve, dans dix jours, Bond déclarera notre plainte irrecevable.

— Nous ne pouvons pas nous débarrasser de lui, dit-elle d'un ton morne. Il sait très bien que nous ne pourrons faire appel qu'après le jugement. À moins que nous ne fassions une requête extraordinaire ou que nous ne lui demandions de certifier lui-même l'appel.

— Laissez tomber, conseilla Lenihan. Bond est assez filou pour que, s'il le faisait, il mette notre plainte sous le boisseau jusqu'à ce que l'appel soit décidé. Ce qui prendrait des mois. Il sait très bien que Fasano a lancé à toute vapeur la loi de réforme de la justice civile et qu'il a plus de chances de réussir si nous sommes immobilisés.

Cela paraissait vraisemblable : Gardner Bond avait quasiment kidnappé la plainte.

— Tout de même, dit Sarah, Bond ne pourra pas toujours en faire à sa guise, comme aujourd'hui. Cette affaire connaît une grande notoriété, qui dépasse largement les manigances d'un juge. Et puis Mary jouit d'un capital de sympathie extraordinaire.

— Pas sûr, coupa Lenihan avec une fureur froide. Si Bond veut que le prochain président républicain lui donne sa promotion, il est forcé de se ranger du côté des SSA. Sans leur soutien, c'est un homme fini.

— C'est vrai, admit Sarah. Mais il ne peut pas nous bloquer trop ouvertement sans avoir l'air partial.

— Les nuances n'intéressent pas Bond, répondit Lenihan. Il est aussi diabolique que Nolan. Les fascistes font rarement dans la dentelle.

18

Dans le décor pompeux de l'ancienne Caucus Room du Sénat, Lara Costello Kilcannon affrontait la commission du commerce. À sa droite était assise Mary, morose, sans doute contrariée par la prééminence de sa sœur aînée ; à sa gauche, la veuve d'Henry Serrano, Felice. Derrière elle : le fils et les filles de Felice, les parents de Laura Blanchard et Kara Johnson, la mince jeune femme qui aurait dû être en ce jour l'épouse de David Walsh.

La salle était inondée de lumière. Les caméras de télévision étaient braquées sur Lara. Juchés sur une estrade, dix-sept sénateurs dominaient la scène. En tant que président de la commission, Chad Palmer siégeait au centre, huit Républicains à sa droite, huit Démocrates à sa gauche. Ancienne journaliste du *New York Times*, Lara connaissait parfaitement tout cela ; la seule différence était sa place dans cette salle.

Le sénateur Palmer, quant à lui, donnait l'impression qu'il aurait voulu être ailleurs. Il écoutait avec une courtoisie compassée les propos de ses collègues. Ce ne fut que lorsque le sénateur Paul Harshman prit la parole que l'atmosphère changea.

Harshman éprouvait de la peine à dissimuler son profond mépris pour les époux Kilcannon. Incarnant la droite dure, il considérait ce couple comme un produit d'une société laxiste, oublieuse des rôles et des règles qui, jadis, avaient assuré la décence aux États-Unis. Après un préambule de circonstance, il déclara :

— Autant que je sache, madame Kilcannon, vous n'êtes pas avocate. Vous ne prétendez donc pas connaître les excès que la loi de réforme de la justice civile entend corriger.

Lara considéra la calvitie et le visage émacié de son interlocuteur avant de répondre :

— En effet, sénateur. L'excès dont j'ai cependant connaissance me semble résider dans la formulation même de cette loi, dont je crois savoir que vous êtes partisan et dont l'objet est d'annuler rétroactivement les droits de ceux qui ont perdu des êtres chers, tués par balles, et de les empêcher de se défendre devant...

Harshman l'interrompit sur un ton condescendant :

— En tant qu'avocat et législateur, je ne suis pas d'accord avec votre interprétation de ce...

— Je ne pense pas, coupa Lara à son tour, que vous prétendiez nier ici, devant Mme Serrano, que votre loi n'annule pas son droit de demander des dommages à Lexington Arms. Veuillez, je vous prie, me laisser parler.

— J'avais recommandé à Paul de ne pas la contredire, dit Fasano à Gage.

— C'est l'inconvénient d'avoir des convictions trop fortes, répondit ironiquement Gage. Mais le vrai problème, c'est Palmer.

— Qu'est-ce qu'il pourrait faire ? demanda Fasano, sceptique. S'en prendre publiquement à la First Lady des États-Unis ? Nous savons tous que les Kilcannon sont mêlés au procès de Mary Costello. Même Paul, je l'espère, sait que ce n'est pas le moment de soulever ce problème.

— Felice Serrano, poursuivit Lara Kilcannon à l'écran, a un fils de douze ans et deux filles de sept et quatre ans, et la modeste assurance-vie que pouvait entretenir son mari. Sa sécurité matérielle et celle de ses enfants ont disparu avec son mari. Et vous, sénateur, vous entendez proposer une loi qui leur interdirait de bénéficier d'un minimum de sécurité financière, de quoi assurer l'entretien de leur maison et les frais de collège.

— On peut objecter, intervint Harshman, que John Bowden a tué cette sécurité en tuant le père.

— Ce qui sera certainement vrai, sénateur, si vous faites passer cette loi.

Lara parcourut du regard les autres sénateurs et le ramena à Harshman.

— Vous mettez en cause ma compétence pour parler de ce sujet. D'une certaine manière, elle n'est pas différente de celle de Felice Serrano, de ma sœur Mary, de la famille Blanchard et de Kara Johnson. Aucun de nous n'est avocat.

— Mais qu'est-ce que Harshman a donc à s'acharner! murmura Fasano. Est-ce qu'il a oublié qui elle est?

— Mais j'ai une autre compétence, dit Lara. Quand j'étais journaliste, je couvrais le Congrès. Et c'est ainsi qu'assez tôt dans ma carrière, j'ai découvert ce qu'on appelle les législations d'intérêt spécial. Et votre projet de loi en est un exemple particulièrement répugnant, qui insulte la mémoire des disparus...

— Ça, déclara Fasano à Gage, c'est ce qui va faire toutes les unes de ce soir. La mise à mort publique de Paul Harshman.

Enflammée par son indignation, Lara se tourna vers le sénateur Chad Palmer.

— En foi de quoi, sénateur Palmer, nous demandons qu'avant d'envoyer ce projet de loi au Sénat, vous procédiez à un vote pour savoir s'il faut immuniser les manufactures d'armes contre les victimes qui demandent réparation. Si vous le faites, je veux croire que ce honteux morceau de législation n'arrivera jamais au Sénat.

Du haut de l'estrade, Chad Palmer soutint le regard de Lara. Un mois plus tôt, il assistait à sa réception de mariage.

— Tout ça est tellement emmêlé, dit Lara à Kerry.

Il était minuit passé. Lara avait tenté de calmer les craintes de Mary concernant le procès. Maintenant, c'était elle qui ne trouvait pas le sommeil.

— J'ai l'impression d'avoir été entraînée dans un trou à rats, avec Mary, avec toi...

— Le trou à rats, dit Kerry, où nous faisons les lois et où la réalité se dissout. Jusqu'à ce que personne ne sache plus ce qui est réel.

— Et nous, nous sommes réels ? demanda-t-elle.

— Moi, je veux l'être, en tout cas, répondit-il en l'attirant vers lui.

19

En arrivant au bâtiment fédéral où devait avoir lieu leur audition par le juge Gardner Bond, Sarah et Lenihan furent accueillis par une meute de journalistes et des manifestants qui s'invectivaient furieusement par-dessus une double haie de policiers. Des *marshals* de la police fédérale montaient la garde aux portes de la salle d'audiences. Les bancs de la salle étaient également encombrés de journalistes et de partisans.

Le moral de Sarah en prit un coup lorsque Bond prit place et déclara :

— Le cour commence en rejetant l'injonction préliminaire demandée par la plaignante.

Donc, pas de discussion, songea-t-elle.

D'un ton mécanique, Bond poursuivit :

— Le sujet suivant soumis à la cour est la requête du défendeur pour rejeter les accusations de responsabilité d'homicide, d'infraction à la loi antitrust et de malfaisance publique. Nous les examinerons tour à tour. Maître Nolan, vous avez dix minutes pour plaider le rejet de l'action intentée par Mlle Mary Costello contre Lexington Arms pour responsabilité dans les meurtres de sa mère, de sa sœur et de sa nièce.

Nolan gravit prestement le podium.

— Laissez-moi invoquer deux principes, dit-il. D'abord, la cour doit statuer que les faits invoqués par Mary Costello sont avérés. Ensuite, et même si ces faits sont avérés, elle doit établir qu'ils sont ou non condamnables par les lois de Californie, que cette cour aussi est chargée d'appliquer. Si ce n'est pas le cas, la cour doit rejeter la plainte de Mary Costello en responsabilité d'homicide.

Il posa les mains sur le pupitre et leva un regard respectueux et calme sur Bond.

— Cette affaire a commencé, poursuivit-il, par un massacre au cours duquel John Bowden a mortellement blessé ses victimes. Nous espérons dans nos cœurs qu'il y aura un moyen de soulager une douleur que beaucoup d'entre nous ont trouvée insupportable. Mais la loi confirme ce qu'indique la raison : les meurtres à l'aéroport de San Francisco ont été causés par un seul homme, manifestement dérangé.

Bon début, songea Sarah. Lenihan, près d'elle, prenait furieusement des notes pour la réfutation.

— Mais la vérité derrière tout cela, c'est que ce procès n'est rien d'autre qu'une opération de publicité au service de la politique, ce qui est contraire à la loi.

— Maître Nolan, interrompit le juge de sa manière hautaine, veuillez laisser la politique aux politiciens et vous expliquer sur les termes « contraire à la loi ».

— Très bien, votre Honneur, convint Nolan, comme si ce rappel avait été un encouragement. La plaignante demande à cette cour de tenir le fabricant d'une arme à feu pour responsable de son usage par un criminel, que le fabricant n'a jamais vu et dont les actes étaient incontrôlables. Cela, déclarons-nous, est contraire à la loi. Le Congrès est formel sur ce point. Les armes à feu sont un produit légal. La vente d'un Patriot-2 et de balles Eagle's Claw au Nevada est parfaitement légale. Même si John Bowden a acheté l'arme et les munitions dans une foire d'armes, hypothèse que nous acceptons pour le moment, le fort éloquent conseil juridique de la plaignante ne peut établir que Lexington ait quoi que ce soit à voir avec ça. Votre Honneur, nous ne punissons pas le fabricant de Ferrari parce qu'un conducteur dépasse les limites de vitesse, ni une distillerie de whisky parce que le même conducteur de la Ferrari était ivre. Les lois de Californie établissent que la responsabilité de l'excès de vitesse et de l'état d'ébriété incombe à l'individu. Dans les meurtres de la famille Kilcannon, la responsabilité incombe à John Bowden. Le propriétaire d'une voiture volée qui a causé un accident ne peut pas en être tenu responsable, même s'il a, par inadvertance, laissé la clef sur le contact.

Bond leva la main :

— La différence, maître Nolan, réside dans la publicité dite incitatrice. Selon la plainte déposée, la publicité de Lexington dans la revue des SSA était une incitation à l'achat et au mauvais usage par le meurtrier.

— Tout ce que nous savons, votre Honneur, est que Bowden possédait effectivement la revue. Mais nous ne savons ni comment elle est arrivée en sa possession, ni ce qu'il faisait à Las Vegas. Sans cette preuve, la plaignante n'a pas de motif de plainte.

— Ce qui pourrait être exact, coupa Bond. Dans ce cas, l'action de la plaignante serait fondée sur une spéculation.

Cela ressemblait à un menuet, où chacun des partenaires effectuait son pas de danse.

— Mais, reprit le juge après un bref regard à Lenihan, comme vous l'avez vous-même reconnu, la cour doit prendre en considération l'allégation de la plaignante : c'est que la publicité de Lexington a incité Bowden à acheter son arme. Cela étant posé, Lexington ne pouvait-il pas prévoir que sa publicité encouragerait des actes criminels ?

Nolan écarta les bras dans un geste théâtral.

— Certes, un industriel pourrait prévoir qu'en un lieu indéterminé, et à un moment indéterminé, une personne indéterminée soit en mesure de déclencher une tragédie. Mais c'est le rapport de cause à effet qui régit la plainte de Mary Costello : selon elle, Lexington aurait été la cause des meurtres commis par John Bowden. Mais Lexington ne l'a pas plus poussé à cela qu'à user de violences contre sa femme.

Habile, songea encore Sarah.

— Ce procès, conclut Nolan, est fondé sur le fait que la plaignante n'aime pas les lois sur les armes votées par le Congrès ; elle demande donc à la cour d'en créer d'autres. Mais le rôle de la cour n'est pas de créer des lois : cela, c'est le fait du Sénat et du Congrès.

Et de Fasano et des SSA, songea Sarah.

— Qui prendra la parole pour la plaignante ? demanda Bond.

Lenihan alla prendre la place de Nolan.

— Une Ferrari, déclara-t-il, n'est pas une arme de mort. Ni une bouteille de scotch. Mais un P-2 garni d'un chargeur de quarante balles Eagle's Claw, oui. C'est une arme destinée à tuer le maximum de gens dans le délai le plus court. Un P-2 n'est pas comparable à une voiture rapide ni à une bouteille de scotch.

Le style de Lenihan était aux antipodes de celui de Nolan : passionné et sans fioritures.

— Sur ce point, je suis tout à fait d'accord avec mon confrère Nolan : l'arme n'était pas défectueuse. Elle a fonctionné aussi bien que l'assurait sa publicité. À quoi sert donc un P-2 ? Pas à chasser le cerf, on le sait. Et une balle Eagle's Claw ? À s'assurer que la victime a le moins de chances possibles de survivre. Telle est la raison pour laquelle elle a été pourvue de six pointes mortelles, qui ont déchiqueté la veine cave de Marie Bowden. Et la volonté de tuer est la raison pour laquelle le P-2 est compatible avec un chargeur de quarante balles. Il est donc clair, votre Honneur, que Lexington a commercialisé et lancé le P-2 comme une arme destinée à tuer.

Sarah vérifiait une fois de plus la raison du succès de Lenihan auprès des jurés. Mais il était loin d'être garanti que Gardner Bond laisserait ce procès parvenir devant un jury : il regardait Lenihan d'un tout autre œil qu'il n'avait suivi Nolan.

— Les faits n'étaient pas prévisibles ? reprit Lenihan. La défense de Lexington se réduit donc à ceci : nous fabriquons peut-être nos armes pour des criminels, mais nous ne sommes pas responsables de leurs méfaits, puisque nous ne connaissons pas leurs noms.

— Voudriez-vous dire que la publicité de Lexington serait trompeuse ? demanda Bond.

— Bien au contraire, rétorqua Lenihan, sarcastique. C'est justement le point que je veux démontrer.

— Mais, insista Bond, même si elle vous déplaît, cette publicité n'est-elle pas protégée par le Premier amendement en tant que discours commercial ?

— Non, votre Honneur, et pour deux raisons. D'abord, le discours commercial est beaucoup moins protégé que le discours politique proprement dit. Ensuite, la liberté de parole n'est pas illimitée, comme l'a rappelé le juge Holmes[1], quand il a déclaré : « On n'a pas le droit de crier "au feu" dans une salle bondée. » La liberté de parole est limitée par les méfaits qu'elle peut causer.

— Mais il est permis de crier « au feu » s'il y a le feu. Si la vente de P-2 n'est pas légale, n'est-ce pas là un problème pour le Congrès ? Et ce procès ne serait-il pas, comme le suggère maître Nolan, une usurpation du rôle du Congrès ?

— Pas du tout, rétorqua Lenihan. Comme notre mémoire le démontre, ce procès est fondé sur la loi de Californie des dommages de réparation…

— J'ai lu votre mémoire, coupa brusquement Bond. Il est temps d'écouter la réfutation des SSA quant à la plainte les concernant.

Sarah se trouva une fois de plus démoralisée.

La voix de l'avocat Fancher était sans volume, mais âpre. L'homme était un tacticien hors pair, obstiné et irrémédiablement amer.

— Ceci est un procès inspiré par le dépit, déclara-t-il à Bond. Que je sois clair : le centre Kilcannon et ses alliés politiques n'ont pas réussi à discréditer les partisans du droit de détention d'armes. Maintenant, ils voudraient que cette cour dénie aux SSA les droits de défendre le Deuxième amendement.

— Alors, résolvez ce point, intervint Bond : si Lexington peut être poursuivi à cause de sa publicité, les SSA peuvent-ils être également poursuivis pour l'avoir imprimée ?

— Pas du tout. Les chefs d'accusation contre Lexington sont fantaisistes. Les rattacher aux SSA est un scandale. Les avocats de Mary Costello prétendent que John Bowden aurait vu une publicité de Lexington. Autant dire que si le *San Francisco Chronicle* publiait l'annonce d'un fabricant de pesticides et que si une femme mettait le produit dans la soupe de son mari, ce journal

---

1. Oliver Wendell Holmes (1841-1935), juge de la cour suprême des États-Unis, considéré avec John Marshall comme l'un des plus éminents juristes américains. *(N.d.T.)*

en serait responsable et pourrait être poursuivi par les enfants du défunt. C'est grotesque. En désespoir de cause, ces avocats ont imaginé une conspiration dans laquelle les SSA auraient forcé Lexington à vendre le P-2 et les balles Eagle's Claw aux foires d'armes. Ce serait la première fois dans l'histoire que des opérations parfaitement légales seraient qualifiées de conspiration.

— La plaignante, rectifia Bond, accuse les SSA d'avoir inspiré Lexington dans des opérations menant aux meurtres de la famille Costello.

— Sur quelles bases ? demanda Fancher. Parce que les SSA défendent avec vigueur, au Congrès et ailleurs, les droits de détention d'armes ? C'est notre droit de citoyens, de même que c'est notre droit de cesser d'acheter les produits d'une certaine marque, parce qu'ils n'ont plus la qualité désirée.

Fancher se tourna alors vers Sarah :

— N'est-ce pas le droit défendu par le centre Kilcannon lorsqu'il a attaqué les très méchants industriels du tabac ?

— L'acte d'accusation, dit Bond, prétend que les SSA ont encouragé les autres manufactures d'armes à isoler Lexington dans le cas d'un boycott, de telle sorte qu'elles puissent ensuite se partager la part de marché que détient cette firme. Cela est-il une infraction à la loi antitrust ?

— Je regrette, répondit Fancher avec une grimace, que dans les motions de rejet, la présomption de vérité soit accordée au faux comme au vrai. La cour est donc contrainte d'examiner ces fables. Mais les avocats de la plaignante sont également censés avoir des bases raisonnables pour prouver ce qu'ils affirment. J'espère que cette cour demandera donc aux avocats en question s'ils n'ont pas fait défaut à cette obligation.

— Soyez sûr, observa Bond avec hauteur, que cette cour n'autorisera jamais une allégation frauduleuse. Pour le moment, elle ne peut que se poser des questions.

Il se tourna vers Lenihan et Sarah :

— Lequel de vous veut répondre à cela ?

Au podium, Sarah respira profondément. Bond la transperçait du regard.

— Votre Honneur, commença-t-elle, si le *San Francisco Chronicle* insérait une publicité de pesticides ainsi conçue : « Mortel pour les maris en soixante secondes », le *Chronicle* serait passible de poursuites juridiques.

— Est-ce cela que les SSA ont fait, maître Dash ? demanda Bond. Je ne me rappelle pas que la publicité incitait au meurtre.

— Elle le faisait. Elle vantait la capacité mortelle du Lexington P-2. Elle rappelait aux criminels et aux maris violents que le P-2 est interdit en Californie. Et, en plus de cette annonce, la revue des SSA indiquait à ses lecteurs où acheter ces produits sans contrôle du fichier.

— Les SSA, interrompit Bond, seraient donc responsables de deux publicités, celle de Lexington et celle des organisateurs de la foire d'armes ?

— Qui étaient placées côte à côte, dit Sarah, gagnée par l'irritation. Les éditeurs ne lisent-ils donc pas leur propre magazine ? Ce rapprochement augmentait considérablement la probabilité qu'un John Bowden se rende à Las Vegas.

— Selon votre théorie.

— Que je maintiens, votre Honneur.

Après une brève hésitation, Sarah aborda le point le plus délicat :

— De même que je maintiens que les SSA ont conspiré avec d'autres fabricants pour récupérer la part de marché de Lexington après déclenchement d'un boycott.

— Maître Fancher, coupa Bond, estime que vous n'avez aucune preuve de cette allégation. Personnellement, je n'en ai pas non plus. Vous êtes assermentée, maître Dash. Selon l'article 11 du règlement, chaque point de votre plainte doit s'appuyer sur une base de bonne foi. Si ce point-ci n'en a pas, vous pouvez être astreinte à payer les honoraires légaux et les frais du défendeur. Voire, dans les cas extrêmes, être radiée du barreau.

Comme il n'était pas retenu par la présence d'un jury, Bond pouvait la persécuter à son gré. Sarah se maîtrisa cependant et répondit :

— L'article 11 ne requiert pas que nous fournissions les preuves *avant* que nous en ayons eu l'occasion. À ce point-ci, il nous faut aussi avoir une base de bonne foi pour croire que cette occasion nous sera fournie, si la cour laisse ce procès se poursuivre. Si ce n'était le cas, je ne serais pas ici, votre Honneur, conclut-elle.

Bond la foudroya du regard.

— Nous allons suspendre la séance pour quinze minutes, maître Dash. Je voudrais ensuite vous entendre sur un autre point : cette théorie de nuisance publique et la hâte avec laquelle vous la développez. Et, particulièrement, je voudrais savoir si ce n'est pas un prétexte pour accélérer la réquisition des documents.

— Palmer joue serré, dit Chuck Hampton au Président.

Seuls dans le Bureau Ovale, les deux hommes analysaient les jeux politiques de plus en plus tendus autour de l'audition de Palmer.

— Je ne peux pas croire qu'il ait fixé le vote de la commission à 15 heures, dit Kerry.

— Et avec le minimum de préavis. Il n'a même pas voulu dire à Frank Ayala s'il organiserait un vote séparé sur l'immunité pour les armuriers.

Kerry ne s'habituait toujours pas à l'opposition de Chad, et surtout à la façon dont il l'exerçait :

— Il y a trois semaines, Chad dînait ici, et maintenant il se bat pour le compte de Fasano comme s'il était un autre Paul Harshman. Le vote que Lara a demandé est parfaitement coutumier.

— Un président de commission peut faire presque tout ce qui lui plaît.

— De quelque manière que cela se passe, dit Kerry avec force, il me faut un vote des huit Démocrates contre cette loi. C'est notre première épreuve de force et je ne veux pas montrer de faiblesse.

Hampton hocha la tête.

— Alors vous devrez appeler Vic Coletti, monsieur le Président. Je ne parviens pas à le joindre.

20

— La théorie de nuisance publique de la partie civile vise deux buts, déclara Nolan au juge Bond, et elles sont toutes deux abusives. D'abord, en demandant une injonction permanente contre cette prétendue menace aux Californiens, à savoir la vente légale d'un produit légal dans un autre État, la partie civile tente de créer un semblant de crise alors qu'il n'y en a aucune.

— Dans quel but ?

La question posait un problème à Nolan, Sarah le voyait bien : s'il accusait la plaignante de vouloir obtenir un jugement avant le vote de la loi de réforme de la justice, il avouait du même coup l'intérêt de la défense à freiner la procédure.

— Pour exciter les médias, dit enfin Nolan. C'est à cela que devraient servir les dépositions requises.

— Pas dans cette cour, objecta Bond. Et quel est l'autre but ?

— C'est qu'en incluant une responsabilité d'homicides dans une nuisance publique, l'avocat de la plaignante a créé un monstre qui avalerait toutes les lois sur les homicides.

Nolan hésita un instant, comme s'il craignait de révéler une vérité dévastatrice, mais nécessaire :

— Pour être clair, la famille de Mary Costello est déjà morte. Ordonner à Lexington de ne pas vendre d'armes au Nevada n'y changera rien.

— La partie civile allègue, interrompit Bond, qu'il existe une sorte de danger permanent.

— Pure spéculation, dit Nolan avec mépris. Et, de surcroît, il n'existe aucun précédent qui enjoindrait de suspendre des ventes soi-disant excessives dans un État, en l'occurrence la Californie. Même si l'on admettait les allégations de la partie civile, elle ne peut pas prétendre que Lexington contrôle les ventes qui ont lieu dans les foires d'armes du Nevada ou ailleurs, allégation qui reste à démontrer dans le cadre de la loi sur les nuisances publiques. Laquelle existe, d'ailleurs, pour protéger les biens, pas les personnes.

— Bien. L'avocat des SSA a-t-il autre chose à ajouter?

Harrison Fancher se leva.

— Une plainte en nuisance publique contre les SSA est plus qu'une nouveauté, votre Honneur, c'est une véritable innovation. Cette affaire montre mieux que n'importe quel argument la nécessité de protéger des organisations légitimes contre le chantage juridique organisé par des avocats d'affaires.

Bond esquissa un sourire.

— Lequel des avocats de la partie civile désire répondre? demanda-t-il.

Sarah regagna le podium, plus motivée que jamais.

— L'année dernière, dit-elle, plus de deux mille Californiens ont été tués par des armes à feu. Près d'un tiers des pistolets utilisés pour ces crimes étaient vendus hors de Californie, principalement dans le Nevada et en Arizona.

— Les crimes, objecta Bond, sont commis par des criminels.

— Que Lexington n'a pas besoin de contrôler, continua Sarah, que Gardner Bond n'impressionnait plus. Nous soutenons que le P-2 de Lexington est une des dix armes les plus employées dans les crimes et que Lexington le sait. Nous soutenons également qu'un nombre anormalement élevé de P-2 vendus au Nevada sont utilisés pour tuer des Californiens, que Lexington le sait et en tire profit. Et que Lexington est assisté, sinon contrôlé par les SSA.

Elle fit une légère pause pour se calmer, puis poursuivit:

— Mary Costello n'est pas contrainte de se limiter à demander des dommages pour sa terrible perte. Elle a le droit, selon la loi de Californie, de protéger d'autres personnes qui pourraient mourir à cause de la conduite préméditée du défendeur.

287

— Que voulez-vous que je fasse ?

— Nous autoriser à aller en jugement. Après quoi nous vous demanderons d'interdire à Lexington d'inonder la Californie de P-2 et de faire de la publicité pour cette arme dans l'État, enfin d'interdire la vente de P-2 dans n'importe quel État sans un contrôle du fichier.

— C'est un remède draconien, maître.

— Trop c'est trop, affirma Sarah. Nous avons accepté trop longtemps des formules creuses telles que « ce ne sont pas les armes qui tuent les personnes, mais les personnes elles-mêmes ». Si c'était vrai, on irait à la guerre sans fusil. Maître Fancher a beaucoup utilisé le mot non-sens. Le vrai non-sens, c'est l'argumentation du défendeur qui se résume à ceci : empêchez les avocats de la partie civile de s'attaquer à moi. Veuillez prendre en considération que le P-2 de Lexington ne sert qu'à tuer. Que sa publicité ne parle que de tuer. Que la famille de Mary Costello a été tuée. Que beaucoup de Californiens vont être tués. Et demandez-vous, votre Honneur, qui a besoin de la protection de cette cour.

Bond plissa les yeux, mais ne dit rien.

— Les défendeurs, ajouta-t-elle en regardant Nolan et Fancher, ont demandé à la cour l'immunité contre des poursuites. Cette cour devrait rejeter leur demande et laisser Mary Costello poursuivre.

Quand elle alla se rasseoir, Lenihan esquissa un sourire.

— La cour annoncera son verdict sous peu, annonça brusquement Bond.

— Il semble maintenant approprié, déclara le sénateur Frank Ayala, de voter pour ou contre la clause de l'immunité pour les fabricants d'armes, ainsi que l'a requis Mme Kilcannon.

Kerry et Clayton suivaient la séance sur CNN. Dans son fauteuil de président de la commission, le sénateur Palmer se redressa.

— Je respecte profondément la First Lady, déclara-t-il. Mais si nous procédons par pièces détachées, nous risquons de déstructurer toute la loi.

— Sénateur, intervint Ayala, indigné, il ne s'agit pas de décortiquer toutes les clauses. Mais le texte prévu donnerait une portée fédérale à la loi sur les homicides en protégeant des compagnies telles que Lexington Arms et en annihilant tous les recours actuellement offerts par les lois d'État.

— Attendez ! interrompit le sénateur Paul Harshman. Ce genre d'arguments n'a pas sa place au Sénat des États-Unis. Si vous voulez amender cette loi, c'est au Sénat même que vous devez le faire. Laissez les cent sénateurs analyser cette question, et pas seulement dix-sept d'entre nous.

Kerry fut envahi par une bouffée de colère.

— Tout ça, c'est organisé, dit-il à Clayton. Palmer va forcer le passage de la loi.

À l'écran, Palmer abattit son marteau.

— La manière de voter, déclara-t-il sèchement, est une prérogative du président. Nous voterons maintenant sur la totalité de la loi de réforme de la justice civile telle qu'elle a été révisée par cette commission.

21

Gardner Bond ajusta ses lunettes et toussota. Sarah, déjà nerveuse elle-même, déduisit de ces tics que le juge se trouvait également sous tension. À l'autre extrémité de la salle, les avocats Nolan et Fancher étaient silencieux et attentifs.

— La cour, annonça gravement Bond, souhaite exprimer la peine causée par les événements qui nous ont amenés ici. Le fait que nous devions les considérer à travers le prisme de la loi n'implique nullement que nous voulions minimiser cette tragédie. Mais ceci est un tribunal. Notre tâche se limite à décider si les faits présentés par la partie civile constituent, selon la loi de Californie, un motif de poursuite de la procédure.

Sarah jeta un coup d'œil à Lenihan ; l'impassibilité de celui-ci laissait penser qu'il tenait les précautions oratoires de Bond pour le prélude d'un rejet de plainte.

— En bref, poursuivit Bond, les accusations de la partie civile contre le défendeur n'existent qu'en marge de la loi et reposent sur des faits qu'il sera très difficile de prouver. Mlle Costello devra ainsi établir que les actions de Lexington ont bien poussé John Bowden au crime. Que les SSA contrôlaient ces actions d'une façon qui violait la loi antitrust. Et que cette cour devrait ou pourrait émettre une injonction d'une ampleur sans précédent.

Où veut-il en venir ? se demanda Sarah.

Toujours raide sur son fauteuil, Bond poursuivait :

— Cela étant, ce que cette cour ne peut dire, du moins avant la réquisition des documents, est que, selon la loi, il n'existerait pas de faits avérés sur lesquels la partie civile puisse fonder sa plainte.

Lenihan poussa un soupir.

— Pour ces raisons, la cour doit refuser la requête des défendeurs de rejeter les plaintes.

Devant leur écran, Kerry et Clayton virent le sénateur Palmer annoncer :

— Par un vote de dix voix contre sept, cette commission recommande que la loi de réforme de la justice civile soit soumise au Sénat.

— L'étape suivante, déclara Bond à Lenihan et Sarah, est celle de la réquisition des documents. Comment la plaignante entend-elle établir sa cause ?

Apparemment ragaillardi, Lenihan répondit :

— Nous avons besoin de tous les documents et témoins liés à la conception et à la commercialisation du Patriot P-2 et des balles Eagle's Claw, aux ventes de P-2 dans les États voisins de la Californie, à l'usage des P-2 dans les crimes et aux négociations de Lexington avec l'administration Kilcannon.

— Et en ce qui concerne les SSA ?

— Entre autres, répondit prudemment Lenihan, toutes les pièces relatives aux contacts entre Lexington et le président Kilcannon, et entre le Président et l'industrie des armes.

— Ce qui, objecta Bond, pourrait bien constituer une intrusion dans les activités politiques légitimes telles que le lobbying, qui sont protégées par le Premier amendement.

— Pas nécessairement. Mais c'est pour nous le seul moyen de prouver que les SSA étaient le centre de la conspiration.

— Je suppose que les défendeurs auront un avis différent. Entre-temps, quelles dépositions attendez-vous ?

— Celles des représentants des autres manufactures, des décideurs aux SSA tels que Charles Dane, des dirigeants de Lexington et certainement de George Callister, son PDG.

— Et de qui attendez-vous des dépositions, maître Nolan ? demanda Bond.

— Pour commencer, répondit Nolan en se levant d'un bond, de tous les témoins que la partie civile entendrait interroger. Nous souhaitons que la cour demande aux avocats de déposer en temps utile une liste de ces personnes, pour que nous ayons le temps de programmer les dépositions.

La liste comprendrait évidemment Martin Bresler.

— Quelles autres personnes ? s'enquit Bond.

— Celles qui s'imposent. Mary Costello, l'inspecteur de police Charles Monk, le Dr Callie Hines, qui a opéré Marie Bowden. Et puis, toute personne intervenue dans les relations entre Joan Bowden et son mari, y compris le président Kilcannon et la First Lady.

Sarah fut stupéfaite : l'interrogation sous serment des Kilcannon était une procédure hautement politique et un coup d'éclat pour les SSA. Mais Gardner Bond ne parut pas impressionné :

— En ce qui concerne le Président et Mme Kilcannon, il est possible qu'ils demandent à être consultés sur le temps et le mode de la déposition.

— À l'évidence, concéda Nolan. Toutes les dépositions et recherches de documents devront également être soumises à une stricte discipline établie par la cour. Nous demandons d'en exclure le lobbying, la stratégie politique et toutes autres activités protégées par le Premier amendement. Y compris les relations entre les SSA et Lexington.

— Ça, observa Bond avec ironie, ça semble être la cheville maîtresse de la conspiration présumée par la partie civile.

— Est-ce que le centre Kilcannon, demanda Nolan, voudrait que Lexington ou les SSA aillent fouiller dans son lobbying, sa stratégie politique ou ses rapports avec les hommes politiques ? La prétendue réquisition de documents souhaitée par la partie civile n'est que de l'espionnage politique.

— Que proposez-vous donc ? demanda Bond.

— Que la cour nomme un contrôleur spécial de la réquisition. Ainsi, avant de communiquer à la partie civile n'importe quel document qui aurait trait à des activités politiques légitimes, qu'il s'agisse de la plainte, fortement douteuse, concernant l'aspect antitrust ou de la réaction de l'industrie aux propositions du président Kilcannon, ce contrôleur vérifiera qu'ils ont bien trait à ces prétendues activités illégales.

— Votre Honneur! protesta Lenihan. Ce n'est pas à un tel contrôleur qu'incombe de décider quels documents ou quels témoins intéressent notre affaire.

— Et vous, coupa Bond, prenez garde à ne pas vous servir de cette plainte comme d'un permis de chasse. Requête accordée, maître Nolan. Autre chose?

— Oui. Notre conviction est que l'objet de cette plainte est politique et non juridique. Nous demandons à la cour d'interdire à la partie civile de communiquer les documents réquisitionnés à n'importe qui d'étranger à cette affaire, et que tous les documents et dépositions soient mis sous scellés jusqu'au jugement.

— Ainsi en sera-t-il fait, décida Bond.

Bond a réussi à isoler l'enquête du public, se dit Sarah.

Lenihan se leva de nouveau pour protester, mais Nolan le prit de vitesse :

— Les avocats de la plaignante, dit-il posément, ont évoqué la déposition de M. Callister, PDG de Lexington. Nous estimons qu'une telle déposition serait une perte de temps inutile pour cette personne, alors que la plaignante peut obtenir les mêmes informations d'autres témoins.

— La partie civile, objecta Lenihan, a le droit d'interroger tous les témoins concernés.

— Et qui détermine s'ils sont concernés? riposta Nolan. Nous demandons à la cour d'exclure la déposition de M. Callister jusqu'à ce que tous les autres témoins possibles aient été interrogés, et seulement si la plaignante peut démontrer que M. Callister détient des informations exclusives.

Excédée, Sarah se leva :

— Puis-je être entendue, votre Honneur?

— Parlez, maître, lui consentit Bond.

— Il est ridicule que maître Nolan se propose de prendre le temps du président des États-Unis et qu'il prétende que celui du président de Lexington Arms est trop précieux.

— Le président Kilcannon peut parler en son nom, mais maître Nolan parle pour M. Callister.

— M. Callister, rétorqua Sarah, a traité avec le président Kilcannon. Toute pression dont il aurait été l'objet ne peut avoir été appliquée que par les SSA ou Lexington.

— Excusez-moi, maître Dash, mais est-ce que vous prétendez que M. Callister aurait conspiré contre lui-même ? Selon votre propre théorie de conspiration, le caractère unique de M. Callister comme témoin devient alors contradictoire, s'amusa Nolan.

— C'est un fait, déclara Bond avec emphase. Votre requête est accordée.

Il se tourna vers Sarah et lui dit sur le ton le plus catégorique :

— Quelque tournure que prenne cette affaire, maître, elle ne sera pas un instrument de harcèlement, une source d'indiscrétions pour les médias ni une pâtée pour les politiciens. Les requêtes de maître Nolan sont maintenant les ordres de cette cour. Tout avocat qui violerait ces ordres commettrait un outrage à la cour et s'exposerait à des sanctions disciplinaires.

Désarmée, Sarah s'assit.

— Maintenant, reprit Bond, nous allons décider du calendrier. Selon votre plainte, les défendeurs sont coupables de nuisance constante menaçant tous les citoyens de cet État. Si c'est effectivement une affaire de vie et de mort, cette cour s'estime contrainte d'accélérer la procédure. La réquisition s'effectuera donc selon le calendrier suivant : d'ici à sept jours, les deux parties présenteront toutes les requêtes de documents. Dans les quatorze jours, tous les documents seront soumis. Dans les soixante jours, pas un de plus, les parties auront achevé de recueillir les dépositions.

— Votre Honneur, déclara Sarah, pour obtenir des dépositions de quelque substance, nous avons besoin des documents des défendeurs. Ce calendrier permettrait aux défendeurs de les détourner.

— Cela, interrompit Bond, supposerait de la mauvaise foi de leur part. Moi, je ne la suppose pas. S'il y a un problème, vous pouvez présenter une requête à la cour.

Lenihan vit Sarah blêmir.

— Même en supposant la bonne foi, insista-t-elle avec un calme précaire, il y aura des milliers de documents. Une inspection par le contrôleur spécial réduira encore notre délai d'analyse.

— C'est vous qui avez requis l'injonction, maître Dash. Je vous en donne le bénéfice : une réquisition accélérée.

Il croisa les bras et se pencha vers elle.

— Non seulement je jugerai de votre injonction proposée, mais aussi des motions des défendeurs. Si la plaignante ne présente pas assez de faits pour soutenir ses accusations, il n'y aura pas de jugement.

Puis il se leva, salua les avocats et annonça :

— Demain, la cour rendra son ordre par écrit.

— Veuillez vous lever ! cria l'huissier.

La séance était donc levée.

Sarah et Lenihan se retrouvèrent seuls dans l'ascenseur. Elle s'appuya contre la paroi, sonnée.

— Rejeter la plainte aurait paru arbitraire, dit Lenihan. Mais il a fait très fort : il nous a donné la corde pour aller nous faire pendre. À cause de votre foutue théorie de nuisance publique. Même vous, vous pouvez voir ce qui nous attend ! tonna-t-il dans la cabine de l'ascenseur. Avec ce calendrier, Nolan et Fancher vont nous neutraliser, sous prétexte d'un embargo sur la presse. Nous ne pourrons démontrer notre affaire ni dans la presse ni au tribunal. À supposer que Fasano n'ait pas fait passer sa loi de réforme de la justice entre-temps.

L'ascenseur s'arrêta. Une foule de reporters attendait.

— Madame Dash, lança une femme, la commission du Sénat a voté pour la loi de réforme de la justice civile et le président Kilcannon a dénoncé cela comme « une vitesse record pour l'injustice ». Quelle est votre réaction ?

— Nous aurons complété notre enquête dans soixante jours, répondit Sarah. Si le Congrès fait passer cette loi avant ce délai, le public verra bien qu'il y a tentative d'obstruction.

Le duel entre le judiciaire et le politique venait de commencer.

Quatrième partie

Les trahisons

De la mi-octobre au début novembre

1

En témoignage de courtoisie, et bien qu'il fût chef de la majorité, Frank Fasano alla rendre visite à Chuck Hampton.

Ils bavardèrent de choses et d'autres, de leurs familles et de leur tâche, qui consistait à gérer des ego surdimensionnés aux ambitions conflictuelles.

Mais ces civilités ne changeaient rien aux évidences : l'affaire du meurtre de la famille Costello et l'avenir du président Kilcannon allaient bientôt se jouer dans l'enceinte du Sénat.

— Nous avons à faire, dit enfin Fasano.

— Programmer un vote sur la loi du Président, par exemple ? demanda Hampton avec un léger sourire.

— Nous aurons au moins un débat, Chuck.

Hampton savait ce que ces mots laconiques recouvraient : d'abord, une menace de *filibuster* sur la loi de Kilcannon ; puis un rappel du fait que c'était Fasano qui décidait du calendrier ; enfin, le fait que la commission judiciaire n'avait encore communiqué au Sénat aucun projet de loi sur les armes et pouvait bien être en train de mijoter un contre-projet.

— Si vous retardez les choses, dit Hampton, le Président ne restera pas inactif. Et moi non plus.

Fasano le dévisagea, comme pour sonder sa détermination.

— La réforme des dommages passe en premier, répondit-il de façon abrupte. Soit nous la faisons ensemble, soit nous entrons en guerre.

— En guerre ? releva Hampton, sans plus d'aménité. À cause du procès Costello ?

Fasano hésita, puis il prit le taureau par les cornes :

— En poursuivant les SSA, les avocats de Mary Costello ont rendu la situation dix fois pire pour les deux camps. Si un Démocrate vulnérable votait contre notre loi, Dane le prendrait en chasse.

— Et qu'est-ce que vous suggérez ? demanda Hampton, avec un sourire rusé.

— Kilcannon aime la guerre, dit Fasano, penché en avant, les coudes sur les genoux et l'air candide. C'est dans sa nature. Ce qui est advenu à la famille de sa femme aurait dû l'abattre. Mais il est toujours debout. C'est probablement à cause de sa nature combative qu'il a été élu par un parti qui ne l'aurait jamais choisi comme chef.

— Et c'est la raison pour laquelle je suis sûr que je ne deviendrai jamais président.

— Nous avons tous deux nos problèmes, Chuck, répondit Fasano. La réquisition des faits dans l'affaire Costello est close : il n'y aura plus de révélations spectaculaires. Le Président et sa femme vont devoir se faire à cette amère réalité. Dans trois mois, le film sur les meurtres des Costello sera devenu ennuyeux. Même maintenant, les gens pensent que c'est une erreur que de poursuivre Lexington en justice, sans parler des SSA. Mais ceux-ci ne pardonneront jamais à un sénateur qui aurait voté contre eux.

Fasano ouvrit les mains, dans un geste de paix :

— Je suis venu vous offrir une porte de sortie. Car, sur ce problème, le Sénat, déjà imprévisible par nature, se montrera sûrement agressif.

Hampton savait déjà tout ça. Il avait flairé l'inquiétude de sénateurs qui se sentaient en péril, tels que Vic Coletti.

— Et quelle porte de sortie avez-vous donc à l'esprit ? s'enquit-il.

— Planquez-vous. Ne proposez pas d'amendement concernant l'immunité des fabricants d'armes. Vous n'aurez jamais assez de voix pour le faire passer, et n'importe quel Démocrate qui voterait avec vous serait descendu en flammes. Dites-le à Kilcannon. Laissez toute la loi sur la réforme de la justice civile passer telle qu'elle est, car elle passera, de toute façon. Si Kilcannon veut opposer son veto, libre à lui. Mais ce sera à vous de décider si vous voulez l'aider à obtenir les trente-quatre voix nécessaires pour ça.

— Je vois que vous avez beaucoup réfléchi à la question, répondit Hampton avec un sourire. Et vous craignez donc qu'avec quarante et une voix, je puisse monter un *filibuster* et empêcher la loi d'être votée.

— Vous le pourriez. Mais vous ne le ferez pas, répliqua Fasano. Parce que vous perdriez. En dépit de la pression, à coup sûr considérable, des avocats de Mary Costello, vous n'aurez pas assez d'hommes pour vous opposer à la réforme la plus radicale des procès abusifs qui se déroulent depuis une génération, même si elle contient une clause favorable aux fabricants d'armes. Aucun de mes sénateurs ne votera contre. Y compris Cassie Rollins.

— Et c'est pourquoi vous voudriez que je vous aide à assener à Kilcannon une loi qui contienne la clause sur l'immunité des fabricants d'armes. Vous pensez que vous aurez assez de voix, y compris quelques-unes des miennes, pour mettre en échec le Président.

Fasano hocha la tête.

— Kilcannon perd, dit-il. Moi, je gagne et vos Démocrates vulnérables survivront. Mais si vous prenez le parti de Kilcannon, vous n'avez aucune chance.

Hampton mesura alors l'habileté avec laquelle Fasano avait accédé aux exigences exorbitantes des SSA, monté une coalition en faveur de la loi sur la réforme de la justice et rallié Chad Palmer.

— Vous m'avez donné matière à penser, répondit-il. Maintenant, laissez-moi vous donner matière à mon tour. Parce que, si j'étais à votre place et que j'aie à en découdre avec Kerry Kilcannon, je serais beaucoup plus inquiet que vous prétendez l'être.

Hampton observa une pause et reprit, de son ton le plus aimable :

— Je me rappelle comme si c'était hier votre prédécesseur illustre, Macdonald Gage, m'invitant dans son bureau et me pressant de ne pas aider le Président à élire Caroline Masters. Je l'ai envoyé promener avec beaucoup de ménagements. Puis

Masters a été nommée ministre de la Justice et Mac a perdu son poste de chef de parti. Et vous voilà ici, me prodiguant de nouveau des raisons de ne pas aider Kilcannon.

Hampton regarda Fasano d'un air ironique.

— Kilcannon a sous les yeux la même carte électorale que vous, Frank. Et il se dit que vous ne pouvez pas gagner, en tout cas pas à long terme, en flattant les fondamentalistes et les amateurs d'armes à feu, pas plus que l'Église catholique n'a pu indéfiniment tenir Galilée en échec. Je crois qu'il est assis à la Maison-Blanche et qu'il se dit : « Je vous en prie, Frank, ne vous arrêtez pas en si bonne voie. Annulez le droit de ma belle-sœur d'intenter un procès. Allez cracher sur la tombe d'une fillette de six ans. Désignez-moi comme cible de votre prochain massacre. S'il vous plaît, Frank, faites ce que les SSA vous demandent. » À votre avis, Frank, de quel côté vaut-il mieux se trouver ?

Fasano avait écouté ce monologue avec un calme louable. Seule sa voix trahit une certaine tension quand il demanda :

— Si je comprends bien, Chuck, vous gardez toutes les options ouvertes ?

— Un jour viendra, Frank, où vous me demanderez de vous sortir de là.

2

Trois semaines plus tard, Sarah Dash faisait le pied de grue dans un entrepôt de la banlieue de Hartford, Connecticut, où une escouade d'auxiliaires juridiques fouillait dans les masses de dossiers archivés dans des rangées de classeurs métalliques. Ils étaient censés lire tous les documents, mais Sarah avait le sentiment que Lexington n'avait donné accès qu'à des papiers sans intérêt. Restait cependant la possibilité de tomber sur une pièce prouvant la thèse qu'elle défendait et incriminant les SSA.

Les trois dernières semaines avaient confirmé la prédiction de Lenihan : un cauchemar. Nolan avait déployé toutes ses ruses pour paralyser la réquisition des documents, présentant des liasses de papiers sans intérêt, organisant des dépositions inutiles auxquelles les assistants de Lenihan étaient tenus d'assister, et produisant des centaines de pages de questions écrites auxquelles les mêmes assistants devaient répondre. Tout cela pour enfler les frais du procès, rendre la procédure complètement creuse et obliger Lenihan à demander un arrangement à l'amiable.

Démoraliser la partie adverse était également un des buts recherchés. Nolan se vengeait en forçant Sarah à passer des journées dans un entrepôt mal éclairé.

Cinq jours plus tôt, lors d'une audience sur cette réquisition, Sarah avait dû écouter Bond faire une lecture solennelle : celle du premier rapport du contrôleur spécial de la réquisition, le professeur Ian Blaisdell, de la faculté de droit de Stanford.

— Le contrôleur spécial, entonna Bond, a examiné les documents produits par Lexington et les SSA concernant leurs

303

communications, ainsi que celles effectuées avec d'autres manufactures. Il n'y a trouvé aucune preuve que les SSA aient cherché à empêcher Lexington d'aboutir à un accord avec l'administration Kilcannon, qu'ils aient exercé un contrôle sur Lexington ou d'autres manufactures ou qu'ils aient joué un rôle dans la conduite des affaires de Lexington. Le contrôleur n'a donc communiqué à la partie civile aucun des documents examinés.

— Notre problème, votre Honneur, déclara Lenihan, n'est pas dans le rôle du contrôleur, mais dans le fait que les avocats de la défense soient les seuls arbitres des documents à lui soumettre.

— Suggéreriez-vous que les avocats de la défense soient de mauvaise foi ? demanda Bond, se raidissant.

— Ce que je suggère, répondit Lenihan, est qu'un effort systématique est en cours pour paralyser cette affaire.

Les bancs de la salle étaient saturés de reporters. Si la réquisition était close, la seule arme de Lenihan consistait à démontrer l'obstruction de la défense.

— Nous sommes contraints, poursuivit Lenihan, de dénoncer une litanie d'abus et de manœuvres dilatoires. On nous oblige à recueillir les dépositions de témoins sans avoir consulté les documents relatifs, à prendre des dépositions sans intérêt pour nous faire perdre du temps, tout en continuant à soutenir que le temps de M. Callister est plus précieux que celui du président des États-Unis et de la First Lady.

— Votre Honneur, intervint Nolan d'un ton conciliant, puis-je faire une proposition ? Si cela peut atténuer la controverse, nous serions heureux d'ouvrir aux avocats de la plaignante l'accès à tous nos dossiers, sans encourir les délais nécessaires pour les examiner et les copier.

— Ce serait encore plus frauduleux que ce qu'ils font maintenant, protesta Lenihan, au comble de l'indignation. Ils vont nous inonder de paperasse sans aucun rapport avec notre plainte.

— C'est vous qui étiez les plus pressés, coupa Bond. Vous avez demandé une injonction et étendu la plainte pour englober des théories mystérieuses de conspiration et d'activités monopolistiques. Vous avez accablé les avocats des défendeurs de demandes massives de documents et, maintenant, vous les couvrez de sarcasmes quoi qu'ils fassent. Rien ne semble vous plaire, maître. Il est temps d'apprendre à vivre avec vos choix.

Sarah se retrouva donc au milieu de cet entrepôt, cependant que le temps lui filait entre les doigts.

Le lendemain, elle partit pour San Francisco et déjeuna au Farallon avec Lenihan. Celui-ci écumait de fureur et ressassait les mêmes reproches.

— J'ai déjà entendu vos critiques, Bob. Cent fois. Le seul vainqueur reste John Nolan. Nous pouvons continuer à nous lamenter, mais il vaudrait bien mieux trouver un moyen de nous procurer ce dont nous avons besoin.

— Ce qu'il nous faudrait, c'est un miracle du feu de Dieu ! Ou bien quelqu'un de Lexington ou des SSA qui serait hostile à leurs manœuvres.

— C'est pourquoi je leur ai demandé une liste de leurs anciens employés. J'espérais y trouver un râleur en désaccord avec eux. Vous connaissez la suite : Nolan et Fancher ont refusé de me communiquer cette liste et Bond a refusé de les y forcer.

— Que Bond aille se faire foutre, grommela Lenihan en contemplant le reste de son thon en sauce. Nous ouvrirons un site Internet demandant des informations sur Lexington et les SSA et nous le ferons connaître à Hartford et à Washington. Et, pour trouver d'anciens employés, nous recourrons à un détective privé. Nolan ne contrôle que la procédure officielle de la réquisition de documents. Tout ce que nous trouverons en dehors de lui, nous pouvons le communiquer à la presse.

— Si Bond remonte la filière, il se vengera, prévint Sarah.

— Et si nous continuons à nous plier à ses ordres, nous ne trouverons rien. Nous avons besoin d'une taupe et de publicité. C'est aussi simple que ça.

— Regardez ce qui est advenu à Bresler : on peut imaginer ce que les SSA ou même Lexington feraient à un employé infidèle. Licenciement, divorce, faillite, les amis qui vous tournent le dos...

Lenihan resta de marbre.

— Demain, nous ouvrirons le bal sur le Net.

3

Le même jour, et comme il le faisait depuis trois semaines, le sénateur Chuck Hampton prit la parole pour l'oraison funèbre d'une victime d'armes à feu tombée la semaine précédente. Il avait initié ce rituel après sa rencontre avec Frank Fasano : c'était la meilleure manière de coincer les Républicains en leur rappelant, ainsi qu'à la presse et au public, que le vote de la loi sur les armes de Kilcannon n'était pas encore programmé.

À la fin de chaque oraison funèbre, Hampton citait le nombre de morts par balles depuis le massacre de la famille Costello : il en était arrivé à quatre mille cent vingt-neuf.

— Si le projet de loi du Président avait été voté, Scotty Morris serait, à cette heure-ci, en train d'être habillé pour aller à la maternelle, déclara-t-il.

Puis il céda sa place et fixa du regard Frank Fasano. Comme il le faisait depuis trois semaines, le chef de la majorité était demeuré impassible. Hampton avait bloqué la loi de réforme de la justice civile en menaçant de la farcir d'amendements empoisonnés, d'en supprimer la clause sur les manufactures d'armes ou d'y insérer tout le projet de loi de Kilcannon. Or, certains Républicains modérés, comme Cassie Rollins, n'avaient aucune envie de voter une pareille loi après la tournée de la First Lady et sa confrontation avec la commission du commerce. D'autres, démocrates centristes, n'avaient pas non plus envie que la loi dénaturée soit votée, parce qu'ils redoutaient la rétorsion des SSA ou qu'ils étaient favorables à une réforme des dommages. Les indécis, eux, attendaient de voir ce qu'il resterait, avec le temps, de l'émotion causée par le massacre des Costello.

Fasano guettait donc son heure et Hampton guettait Fasano. Pendant ce temps, les Américains continuaient de mourir sous les balles.

— Mes partisans ont besoin d'une couverture, rappela le même jour Fasano à Charles Dane. Voilà des semaines que je vous le dis.

Comme la fois précédente, la rencontre avait lieu dans le bureau de Kelsey Landon. Les trois hommes étaient assis dans d'élégants fauteuils d'acajou.

— Quoi que vous fassiez, répondit Dane, cela devra correspondre à notre message : le problème ne réside pas dans les armes, mais dans la violence et le laxisme de notre culture populaire.

— Scotty Morris n'a pas été assassiné avec un DVD, contra ironiquement Fasano. Je ne sais pas quelle est votre culture, Charles. Mais, dans la mienne, Chuck Hampton est en train de gagner des points.

— Alors, montez une offensive morale, pour l'amour de Dieu ! Même Lara Kilcannon admet que nos films, notre télévision et notre musique pop sont pourris jusqu'à l'os. Vous devriez écouter quelques-uns des airs de rap à la mode, qui incitent à battre les femmes et tuer les flics.

— Je connais ces saletés, répondit Fasano. Bernadette et moi ne permettons pas aux enfants d'en écouter. Parlons plutôt du Sénat.

— Je crois que Charles a une proposition à vous faire, Frank, annonça Landon avec entrain.

— Une loi, déclara Dane. Il faut constituer une commission pour étudier les effets de la violence sur la jeunesse américaine et exiger des puces équipant tous les postes de télé, pour que les parents puissent contrôler ce que les enfants regardent. Et il faudrait un classement moral de tout ce qui est destiné aux jeunes. Comment notre société peut-elle à la fois glorifier la violence et blâmer les fabricants d'armes ?

Fasano se mit à rire :

— Peut-être parce que certains fabricants d'armes produisent leurs propres vidéos pour montrer aux gamins comment se servir de leurs pistolets.

Il se tourna vers Landon :

— Mis à part le fait qu'une telle campagne ne serait qu'un trompe-l'œil, pourriez-vous informer Charles au sujet du lobby des industries de la télé, du cinéma et du disque et lui expliquer qu'en dépit de ses bons sentiments le Sénat ne votera jamais une telle loi ?

— Mais alors, de quoi avez-vous donc besoin, Frank ?

— D'une initiative qui colmate la faille des foires d'armes.

Dane sembla réfléchir et dit :

— Alors, laissez-moi proposer ceci.

Dès ce préambule, Fasano flaira le subterfuge.

— Foires d'armes est une expression élastique, poursuivit Dane. Il faudrait la redéfinir pour exclure les foires sur la chasse, la pêche et les marchés de vente d'armes.

— Une faille dans une faille, commenta laconiquement Fasano.

— Les foires d'armes ont lieu pendant les week-ends, poursuivit Dane, imperturbable. Si l'on impose un contrôle du fichier qui suspend la vente pendant soixante-douze heures, cela freinera abusivement le commerce. Au lieu de cela, nous pouvons organiser un contrôle qui ne prendrait que quelques minutes.

— C'est impossible, objecta Fasano, parce que nous ne disposons ni des données de base, ni de la technologie. Mais je suppose que c'est votre sujet.

— Notre projet de loi, continua Dane, suppose que quatre-vingt-dix-neuf pour cent des actes criminels soient inscrits dans le fichier.

Le regard de Fasano alla de Landon, imperturbable, à Dane.

— Vous vous souvenez, je le suppose, dit le sénateur, du discours de Kilcannon. Il constatait que les données disponibles sont très éloignées des taux que vous indiquez. Et il proposait d'allouer des millions à la création d'un tel fichier. Combien proposez-vous pour le financement ?

— Zéro, répondit Dane. C'est aux États d'assumer les frais.

Fasano refréna son agacement.

— Au Sénat, répondit-il, nous assignons des limites au cynisme.

— Vos modérés et vos Yankees[1] peuvent voter un tel projet sans se poser de questions, rétorqua Dane en croisant les bras. En prétendant nous y opposer, nous vous aiderons à le faire passer. Du coup, nous aurons l'air de perdre du terrain.

— En bref, Charles, coupa Landon, vous voulez que Frank soutienne la loi sur la réforme des dommages, qu'il protège Lexington et qu'en même temps il retarde le projet de loi de Kilcannon jusqu'à ce que l'opinion publique se soit calmée. Mais ce que Frank vous dit, lui, c'est que Kilcannon et Hampton lui rendent la tâche difficile. Il a donc besoin d'un élément de plus.

— Spécifiquement, interrompit Fasano, j'ai besoin d'une loi sur la sécurité des armes qui paraisse acceptable à nos modérés, tout en étant très au-dessous de ce que demande Kilcannon. Si nous pouvons mettre sur pied un pareil projet, je le ferai voter avant la réforme des dommages. Ça donnerait ainsi une couverture à nos modérés. Et si Kilcannon opposait son veto, nous l'accuserions d'être un extrémiste.

— Et s'il l'approuvait ? demanda Dane, sceptique.

— Il ne l'acceptera pas. Je le connais.

---

1. Terme dédaigneux appliqué par les Américains du sud à ceux du nord, notamment le nord-est, considérés comme des citadins décadents. (*N.d.T.*)

4

Dans une salle de conférences, à l'un des cinq étages occupés par son ancien cabinet d'avocats, Sarah écoutait John Nolan interroger l'inspecteur Charles Monk.

La transcription de l'interrogatoire s'effectuait en sténographie avant d'être reprise en clair, afin de pouvoir éventuellement servir à un contre-interrogatoire du témoin devant le tribunal. Sarah savait que plus d'une affaire avait été gagnée ou perdue à cause d'une pareille déposition et, à l'évidence, Nolan le savait aussi.

Il avait délibérément choisi de s'asseoir le dos au panorama qu'offraient les grandes baies vitrées de la salle : une vue de la baie de San Francisco par une lumineuse journée d'octobre, avec l'île d'Alcatraz, une flottille de bateaux à voile et, à cet instant, un cargo entrant dans la baie d'Oakland. Son calme désinvolte pouvait induire un témoin à baisser la garde. Lors d'une déposition, il n'y avait pas de juge et seul l'avocat du témoin, à supposer qu'il y en eût un, pouvait conseiller à ce dernier de ne pas répondre à une question. Sans contrôle juridique, les règles d'une déposition étaient donc à peu près les mêmes que celles d'un combat au couteau : tous les coups y étaient permis. Et Nolan était particulièrement dangereux dans ce genre d'exercice.

Monk n'avait pas d'avocat. Noir, de stature imposante, il penchait son buste sur la table, impassible, les mains jointes et apparemment pas intimidé. Sarah observa Nolan l'entreprendre :

— Le Président a-t-il jamais requis la protection de la police pour Joan Bowden ou sa famille ?

— Pas à ma connaissance, répondit Monk, après avoir cherché dans ses souvenirs.

— Quelle est votre impression concernant la société de sécurité que le Président avait choisie pour les protéger ?

— Impression ? releva Sarah. À quel sujet ? Leur façon de s'habiller ?

Nolan l'ignora.

— Quelle est votre impression, demanda-t-il à Monk, de la capacité de la société à protéger de façon adéquate Joan Bowden d'une agression ?

— Objection, coupa Sarah. Question sans fondement. Rien dans les faits n'indique que le témoin ait des raisons de connaître la réponse.

Nolan continua à ignorer Sarah.

— Vous pouvez répondre, dit-il à Monk.

Celui-ci haussa nonchalamment les épaules.

— Il y a plein de détectives privés. D'après ce que je sais des deux hommes tués à l'aéroport, ils n'avaient pas d'expérience de terrain. Juste le genre d'entraînement qu'il faut pour obtenir une licence.

— Est-ce que vous auriez confié la garde de votre famille à ces deux hommes ?

— Moi ? répondit Monk avec une pointe d'ironie. J'aurais fait le boulot moi-même. Mais le Président n'était pas dans une position semblable, évidemment.

Nolan ne laissa paraître aucune irritation.

— Est-ce que vous auriez choisi ces deux hommes pour protéger votre femme et vos enfants ?

— Non, répondit Monk au bout d'un temps.

Cette fois, une lueur de contentement brilla dans les yeux de Nolan.

— Au cours de votre enquête sur ces meurtres, inspecteur Monk, est-ce que vous vous êtes intéressé au passé de Bowden ?

— Jusqu'à un certain point. Notre principal souci était de savoir s'il avait des complices.

— Avez-vous établi ses motifs ?

— Nous n'avons pas pu l'interroger, comme vous le savez.

Après un moment, Monk ajouta :

— Le Président nous a communiqué une lettre.

Nolan tira un document d'une chemise cartonnée et Sarah y reconnut la photocopie de l'écriture erratique de Bowden. De sa voix impersonnelle, il dit au greffier :

— J'ai un document d'une page que je vous prie d'enregistrer comme pièce à conviction Lexington n° 3. Est-ce là une copie de la lettre, inspecteur Monk ?

— Oui.

— Avez-vous établi que le motif des meurtres était la haine de Bowden pour le Président et la First Lady et, particulièrement, le fait qu'ils l'aient dénoncé comme mari abusif ?

— Objection, déclara immédiatement Sarah. La lettre parle pour elle-même et l'inspecteur Monk ne s'est jamais entretenu avec Bowden.

— C'est exact, admit Monk, posant un grand doigt sur le document. Tout ce que je sais, c'est ce que contient cette lettre. À notre connaissance, Bowden n'a jamais parlé à personne de ses intentions ni de ses motifs.

— Et vous ne lui connaissez pas d'autre motif ?

— Quel autre motif ? s'indigna Sarah sur un ton de dérision. Sa femme l'avait quitté, l'empêchait de voir sa fille et l'a accusé à deux reprises de mauvais traitements.

Pour la première fois depuis le début de la séance, Nolan fit face à Sarah et lui dit d'un ton glacé :

— Dans votre inexpérience, maître Dash, vous avez négligé le fait que vous avez fait un discours et non une objection, dont l'effet a été d'influencer le témoin. C'est ma prérogative de poser les questions que je veux poser.

À cette tentative d'intimidation, Sarah comprit qu'elle avait réussi à énerver Nolan et à casser le rythme de questions qu'il avait tenté d'imposer à Monk.

— Veuillez me pardonner, dit-elle avec un sourire. Dans mon inexpérience, j'avais imaginé que vos questions auraient un sens.

Nolan, crispé, garda les yeux baissés sur sa liste de questions. Moment délectable. Enfin, il leva les yeux.

— Dans votre enquête, avez-vous établi si Bowden avait des rapports avec Lexington Arms ? demanda-t-il à Monk.

— Établi ? releva Sarah. Ou bien *tenté* d'établir ?

— Vous pouvez répondre, dit Nolan à Monk, ignorant Sarah.

— Ce n'est pas une question que nous avons approfondie, dit Monk.

Sarah se retint de sourire.

— Vous avez trouvé un lien ? insista Nolan.

— Non.

— Est-ce que Lexington était lié d'une manière ou d'une autre à la vente du P-2 ?

— D'une manière ou d'une autre ? releva Sarah. Ils ont fabriqué le pistolet. Ils en ont fait la publicité. Je ne comprends pas la question.

— Je pourrais essayer d'expliquer ma question, mais la compréhension est une grâce divine, répliqua Nolan, sarcastique. Vous pouvez répondre à la question, inspecteur Monk.

— Vous voulez dire : qui a vendu le pistolet à Bowden ? Ça, je ne sais pas.

Sarah s'assombrit : la réponse de Monk constituait le fond de l'affaire. Nolan s'adossa et posa un doigt sur sa lèvre :

— Est-il vrai, inspecteur Monk, que Bowden a fait un aller et retour à Las Vegas la veille des meurtres ?

— Oui.

— Quel était, selon vous, le but de ce voyage ?

Monk coula un regard fugitif vers Sarah, comme pour lui signaler de quel côté ses sympathies penchaient.

— Nous pensons que c'était pour se rendre à une foire d'armes.

— Sur quelles bases le déduisez-vous ?

— Plusieurs. D'abord, avant qu'il parte pour Las Vegas, la police avait fouillé son appartement et n'y avait pas trouvé d'armes. Ensuite, il y avait une foire à Las Vegas où l'on vendait des P-2. Enfin, parmi les effets personnels de Bowden, il y avait un exemplaire de *The Defender* contenant une publicité pour le P-2 à côté d'une autre pour la foire.

— Avez-vous d'autres raisons de déduire que le but du voyage de Bowden à Las Vegas était d'aller dans une foire d'armes ?

— Non, répondit formellement Monk.

— Disposez-vous d'informations, inspecteur, sur l'emploi du temps de Bowden à Las Vegas ?

— Non.

— Avez-vous une preuve, demanda Nolan, se rapprochant imperceptiblement de Monk, que Bowden s'est rendu dans cette foire ?

— Non.

— Quels efforts avez-vous faits pour établir qu'il y est allé ?

— Ils étaient limités, répondit Monk après réflexion. Le problème est que, dans ces foires, les marchands ne tiennent pas un registre des acheteurs et que beaucoup d'armes sont payées comptant par des gens qui ne veulent pas s'adresser à des vendeurs patentés.

Exactement, songea Sarah.

— Avez-vous interrogé des gens en rapport avec cette foire ? demanda Nolan.

— Oui. L'organisateur et les employés qui collectent l'argent des visiteurs. Nous leur avons montré une photo de Bowden, mais personne ne se souvenait de l'avoir vu. Ce qui nous intéressait, ce n'était pas la foire, mais les complicités que Bowden aurait pu avoir. Nous n'avons donc pas poussé plus loin : des milliers de visiteurs sont allés à cette foire, et elle comptait des centaines de marchands, pour la plupart sans patente.

C'était là le cœur de l'affaire : Lexington prétendait n'avoir plus trace de l'ordre original d'expédition de l'arme de Bowden. La façon dont celui-ci avait obtenu son P-2 restait un complet mystère.

— Bref, dit Nolan, Bowden aurait pu acheter son P-2 dans la rue en Californie.

— On ne peut pas l'exclure, répondit Monk en haussant les épaules.

— Ou chez un marchand qui avait décidé de ne pas contrôler le fichier.

Monk regarda Nolan en face, comme si celui-ci avait poussé le bouchon trop loin :

— Le P-2 est interdit en Californie. Ce serait donc un marchand en infraction avec deux lois, au moins. Je ne connais pas les chiffres exacts, monsieur Nolan, mais je peux vous dire qu'un bon nombre de P-2 sont utilisés dans les meurtres à San Francisco. Les marchands de drogue semblent les apprécier. Et les ventes de la plupart d'entre eux sont faites en Arizona ou au Nevada.

Sarah remercia mentalement Monk. Nolan, lui, semblait piqué.

— Mais vous n'avez pas les chiffres des statistiques, dites-vous. Vos preuves sont donc invérifiables.

— Oui.

— Est-ce que vous en avez jamais discuté avec Lexington ?

— Non.

— S'il y a là un problème, comme vous le savez, Lexington n'en est pas informé.

Monk prit son temps pour répondre et choisit ses termes :

— Monsieur Nolan, ils prétendent avoir perdu les traces de l'expédition de ce pistolet. Je ne sais pas ce que ces gens savent ou ne savent pas. Et vous ?

— Bref, inspecteur, vous ne pouvez pas me dire où Bowden a obtenu son pistolet ?

— Non.

— Et cependant la partie civile prétend que les deux annonces dont vous avez parlé auraient poussé Bowden à l'acheter. Puisque vous ne savez pas où il l'a acheté ni chez qui, disposez-vous d'éléments qui confirmeraient cette allégation ?

— Je vous l'ai dit : nous avons trouvé la revue des SSA dans ses effets et il est allé à Las Vegas. Il n'avait aucune autre raison de faire ce voyage que d'acheter cette arme.

— Vraiment ? Vous avez enquêté auprès des casinos ?

— Non.

— Tenons-nous-en donc aux faits. Vous avez mentionné le magazine *The Defender*. Avez-vous trouvé d'autres magazines spécialisés dans les armes dans la chambre de Bowden ?

— Oui.

— Combien ?

— Peut-être une vingtaine. Je ne les ai pas comptés.

— Est-ce qu'il y en avait qui faisaient la publicité pour la foire d'armes de Las Vegas ?

— Oui, l'un d'eux publiait la liste des foires d'armes de septembre.

— Est-ce que Bowden était abonné au *Defender*? demanda Nolan, plus à l'aise.

— Non.

— Était-il membre des SSA?

— Non.

— Savez-vous où il a acheté le magazine?

— Non.

— Savez-vous s'il l'a lu?

Monk le regarda un moment.

— Par déduction seulement. La publicité disait que le P-2 est efficace pour tuer des gens et c'est ce que Bowden a fait.

— Je vous demande, répéta Nolan d'un ton comminatoire, si vous savez ou non si John Bowden a lu *The Defender*?

— Non.

— Donc, vous ne pouvez pas savoir non plus s'il a vu cette publicité.

Monk se radossa.

— Selon les règles du bon sens, monsieur Nolan, je le sais. Et vous le savez aussi.

Nolan esquissa un sourire et adressa un long regard à l'inspecteur. Puis il s'adressa à Sarah:

— Le témoin est à votre disposition, maître Dash.

5

Lorsque Kerry était tombé amoureux de Lara, il s'était par moments trouvé émerveillé rien que d'être avec elle : par cette promptitude avec laquelle elle souriait, sa façon de tourner la tête pour le regarder et le sentiment de comprendre et d'être compris, d'être enfin accepté tel qu'il était. Lara était ainsi devenue son refuge et elle lui était tellement vitale qu'il en était souvent inquiet.

Il était alors marié à Meg. Cela lui avait coûté la vie de l'enfant de Lara. Puis il n'avait plus vu Lara pendant deux ans et il avait rassemblé son énergie pour sa course à la présidence. Quand Lara était revenue, il avait divorcé et s'était rendu compte qu'il voulait faire sa vie avec elle aussi intensément qu'il aspirait à la présidence. Depuis lors, il regrettait souvent de n'avoir pas divorcé plus tôt de Meg pour épouser Lara. Il le lui dit un soir.

Elle se brossait les cheveux devant le miroir de la salle de bains, avant de se coucher. Vêtu d'un jean et d'un chandail, allongé sur le canapé, il était plongé dans les calculs ténébreux des voix au Sénat et les labyrinthes de la législation sur les armes. Puis il avait levé les yeux et vu l'image de Lara dans le miroir. Le changement qui se produisit en lui l'étonna : il en oublia instantanément ses calculs. Il la contempla un moment, le regard caressant la nuque, puis les yeux sombres. Il se leva et alla vers elle.

Elle parut surprise par l'image de Kerry dans le miroir. Elle esquissa un sourire. Il lui embrassa la nuque et elle s'appuya sur lui.

— Qu'as-tu ? demanda-t-elle.

Il lui avoua son regret. Elle appuya alors son front contre son menton.

— Je sais, murmura-t-elle. Mais nous n'y pouvons rien.

Il la serra contre lui. Elle glissa les mains sous le chandail et dessina des courbes sur son dos. Elle recula pour le regarder, défit la ceinture de sa robe de chambre et laissa tomber celle-ci par terre.

— Viens, murmura-t-elle.

Ils étaient éveillés dans le noir, les mains lovées l'une dans l'autre, évoquant le passé et ces signes qui leur avaient indiqué qu'ils étaient amoureux sans être encore amants.

— Quand il m'advenait quelque chose, un bonheur ou une contrariété, tu étais celui que je voulais appeler. Ou bien un événement s'imposait à l'actualité et je voulais savoir ce que tu en pensais. C'était ridicule, tu étais marié, sénateur et peut-être candidat à la présidence, et moi, j'étais une petite journaliste très fière d'elle. Et, soudain, tu as cessé d'être un sujet pour moi et tu es devenu une personne.

— Je n'avais pas le choix. C'était la seule manière de coucher avec toi.

— Vraiment ? Et quand t'es-tu donc flatté d'y parvenir ?

— Une minute avant que cela advienne. Je me suis estimé chanceux. Je n'ai pas changé d'avis.

— La nuit où nous avons fait l'amour pour la première fois, je te désirais tellement que je ne parvenais plus à mettre mes idées en place.

— Et maintenant ? demanda-t-il après une hésitation.

— C'est encore plus fort.

Ils demeurèrent silencieux un moment. Puis elle reprit :

— Et quand tu étais allongé sur le canapé, à quoi pensais-tu ?

— Tu m'observais ?

— Je le fais souvent, surtout quand tu es trop absorbé dans tes pensées pour t'en rendre compte. Ce qui est assez fréquent.

Il lui expliqua ses calculs. Elle ne dit plus rien pendant un moment, mais il savait qu'elle analysait minutieusement les problèmes qu'il avait exposés.

— La clef de la situation est Lenihan, dit-elle. Tiens-lui bien la bride et les SSA sont dans le fossé.

Le lendemain matin, Kerry était à bord d'Air Force One, en route pour Chicago, où il devait prononcer un discours sur les cellules souches et le clonage thérapeutique. Sujet délicat! Son message – « le respect pour la vie exige que la médecine soit au service du vivant » – enflammerait la droite religieuse et ses alliés au Sénat et au Congrès. Mais Kerry n'avait pas le choix. Pour lui, la souffrance des gens atteints d'Alzheimer, de Parkinson et autres maladies dégénératives pesait d'un poids infiniment plus lourd que la destinée présumée d'un embryon surgelé déjà destiné à la destruction. Il lut et relut donc soigneusement son discours, changeant un mot, une expression.

Lorsqu'il eut terminé, il contempla le paysage par le hublot. Il survolait l'Ohio, l'État de Chad Palmer. Les derniers ors de l'automne s'émiettaient dans le paysage. Kerry essaya d'imaginer les vies des gens habitant dans ces villages et ces fermes. C'était à bord d'Air Force One qu'il ressentait le plus profondément ses responsabilités à l'égard du pays qu'il aimait et du peuple qu'il avait fait serment de servir. Il y réfléchit longuement, puis il appela Robert Lenihan.

— Le Congrès votera la loi de réforme des dommages cette semaine, lui dit-il. Au Sénat, il y a un bouchon, surtout à cause de l'immunité des fabricants d'armes. Mais il peut sauter d'un jour à l'autre et, dans ce cas, la loi passera assez vite.

— Elle n'est jamais passée jusqu'ici, objecta Lenihan, fatigué, mais obstiné, du ton de quelqu'un qui a trop de soucis pour écouter de mauvaises nouvelles.

— Cette année, c'est différent, reprit Kerry. Fasano a réussi à concilier les intérêts des SSA avec ceux de la communauté des entrepreneurs. Nous devons les diviser de nouveau.

— Qu'est-ce que vous suggérez?

— Que nous offrions aux entrepreneurs une version atténuée de la loi sur les dommages.

— N'importe quelle version est un cadeau pour ces pachas, objecta Lenihan, indigné. Mais qu'est-ce que les Démocrates défendent donc, si ce n'est l'Américain moyen?

— Je n'ai pas besoin d'une conférence, Bob. Dans ce contexte particulier, j'ai besoin de faire de Fasano le nouvel allié de l'Américain moyen.

— Qu'est-ce que ça veut dire ?

— Ça signifie que je veux le mettre en demeure de choisir entre les SSA et les entrepreneurs. Et je sais quel camp il choisira.

— Lenihan a signé ? demanda Chuck Hampton au Président.

Même dans le vacarme des sirènes du cortège qui se dirigeait vers le Blackstone, Kerry perçut la surprise dans la voix de Hampton.

— Avec une certaine réticence, répondit-il laconiquement.

— Je l'imagine. Lui avez-vous dit ce que vous projetiez ?

— Pour l'essentiel, y compris le fait que vos collègues démocrates ne seraient pas mécontents de se sentir couverts en ce qui concerne la réforme des dommages. Pas tous, certes, dit Kerry en regardant les rues de Chicago à travers les vitres teintées de la voiture. Mais ce dont j'ai vraiment besoin, c'est de mobiliser les entrepreneurs.

C'était la première fois depuis l'élection de Kerry que Tony Calvo, président de la chambre de commerce, était invité à la Maison-Blanche. Il parut très étonné de se retrouver en tête à tête avec le Président dans le Bureau Ovale.

— Vous disiez, monsieur le Président, répéta-t-il, que vous proposez de limiter les dommages et les honoraires de rigueur pour les avocats des parties civiles ?

— J'espère ne pas vous avoir trop surpris, dit Kerry, souriant. Cela fait des années que vous vous plaignez de ces dommages astronomiques et des honoraires des avocats cupides. Je pensais que vous étiez sérieux.

La voix de Kerry se fit plus froide.

— Le projet de loi que soutient Fasano est illusoire. Je serai contraint d'y mettre mon veto, même si ce n'est pas un alibi pour les fabricants d'armes. Votre dernier espoir de faire passer une loi dans ce sens, c'est moi qui vous l'offre. Sinon, vous devrez attendre trois ans que les électeurs m'excluent de la présidence. Ou peut-être sept.

Calvo parut rêveur.

— Et les avocats d'affaires sont vraiment d'accord? demanda-t-il.

— Oui. Particulièrement Bob Lenihan et son cabinet. Je n'ai plus besoin que de vous, Tony, et nous faisons passer cette loi.

— Je suppose qu'il y a un prix, répondit Calvo.

— Oui. Une clause stipulant que la loi ne s'applique pas aux procès concernant les armes. J'espère que vous y souscrirez.

Le désarroi envahit les yeux de Calvo.

— Et les SSA? demanda-t-il.

— Ils sont devenus beaucoup trop exigeants. Et ils ont essayé de se faufiler dans la loi qui vous intéresse. Je trouve ça intolérable.

Calvo pesa le pour et le contre d'un air morne.

— Je ne peux pas vous répondre en mon seul nom. Pas à ce sujet.

— Bien sûr, concéda Kerry. Parlez-en donc à vos partenaires. Et puis à Fasano. Et demandez-lui s'il veut vraiment faire quelque chose pour vous ou s'il veut simplement servir les SSA. J'espère ne pas être votre seul allié dans cette ville.

6

Le décor était celui de la grande salle de conférences des SSA. Un de ses murs s'ornait d'une panoplie d'armes de poing et de fusils. C'était là que Sarah Dash interrogeait Charles Dane.

Avec sa face de faucon momifié, Harrison Fancher veillait aux côtés de Dane, guettant avec vigilance les pièges que pourraient comporter les questions de Sarah. La stratégie de celle-ci, plutôt risquée, s'inspirait d'un simple fait : dans une semaine, la partie civile devrait convoquer ses témoins à la barre et, parmi ceux-ci, Martin Bresler. Et Sarah espérait inciter Dane à des déclarations que Bresler réfuterait au tribunal. Cela présentait deux avantages : discréditer Dane comme témoin, y compris dans ce qu'il aurait dit sur ses rapports avec Callister, puis démontrer qu'il était impératif de requérir la déposition du PDG de Lexington.

John Nolan était présent, mais en tant que simple observateur. Face à lui siégeait un clerc du greffe, aux lunettes à monture d'écaille et au col orné d'un nœud papillon. Dane regarda l'exemplaire de *The Defender* que Sarah venait de faire glisser sur la table. Il répondit d'un air las :

— Bien sûr que j'ai vu ce numéro du magazine, madame Dash. Et la publicité aussi.

— Est-ce que quelqu'un des SSA a vérifié le texte de ces annonces ?

Majestueux et désinvolte, Dane répondit laconiquement :

— Je ne sais pas.

— Comment voyez-vous les obligations de ce magazine de contrôler le contenu de ses annonces ?

— Je n'en vois pas.

Sarah demeura impassible.

— À votre avis, est-ce qu'une annonce qui décrit le P-2 comme « mortel en une fraction de seconde » est acceptable ?

— Oui.

— Et que c'est « l'arme de style militaire la plus mortelle existant sur le marché » ?

Dane parut amusé.

— Voudriez-vous insinuer que ce n'est pas vrai ?

— Et vous, voudriez-vous insinuer que la seule obligation des SSA est de vérifier le potentiel létal du P-2 ?

— Nous n'avons pas d'obligation, répliqua Dane avec une pointe d'impatience. Sauf de nous assurer qu'il ne s'agissait pas d'une publicité mensongère.

— Alors, observa Sarah, dire que la balle Eagle's Claw « opère une perforation massive » ne vous dérange pas non plus ?

— Si elle ne le fait pas, c'est à Lexington qu'il faut le reprocher, rétorqua Dane en haussant les épaules.

Nolan s'autorisa un petit sourire qui énerva Sarah.

— Êtes-vous tenu de reproduire l'assertion de Lexington que le pistolet P-2 est « une espèce en voie de disparition, interdite en Californie » ?

— C'est la vérité, non ?

— Alors une publicité incitant Bowden à aller au Nevada pour acheter un pistolet interdit en Californie est acceptable pour le magazine des SSA ?

— Madame Dash, répondit Dane, avec une pointe de hauteur, la vente du P-2 au Nevada est autorisée par la loi fédérale. Vous suggérez que nous devrions vous aider dans votre tentative de désarmement de l'Amérique ?

— J'essaie de définir vos critères. Si vous en avez. Est-ce que vous êtes en train de dire que la description faite par Lexington des capacités mortelles du P-2 et de l'Eagle's Claw ne vous poserait de problème que si elle était inexacte ?

— Sarcasme mis à part, oui, répondit Dane en se penchant vers Sarah. L'information dans cette publicité est protégée par le Premier amendement. Les Américains ont le droit d'en être informés. Tout comme ils ont le droit d'acheter ce pistolet et ces balles.

— Avant les meurtres, est-ce que vous avez discuté avec George Callister de l'opportunité de continuer à vendre le P-2 et les Eagle's Claw?

Dane hésita.

— Objection, intervint Fancher. Votre question dépasse le cadre de votre propre plainte. Je conseille au témoin de ne pas répondre. Vous pourrez en référer au juge Bond.

— Est-ce que vous avez discuté avec M. Callister, poursuivit Sarah, de l'éventualité d'un accord qu'il pourrait conclure avec le président Kilcannon concernant les ventes d'armes dans les foires?

— Même objection, intervint Fancher. Le droit d'association politique est garanti par le Premier amendement. Nous ne sommes pas tenus de révéler nos discussions sur les droits de vente et de détention d'armes.

L'argument de Fancher était fragile, Sarah le savait, et n'aurait pas tenu dans le cabinet du juge Bond. Mais, ici, personne ne pouvait forcer Dane à répondre. Sarah se tourna alors vers Nolan :

— Il me semble que cette question vous intéresse, John. Est-ce que vous êtes disposé à laisser George Callister répondre aux questions que M. Dane élude?

— Nous ne le sommes pas, répondit Nolan, après un regard inquiet à Fancher.

— Ainsi, vous refusez tous deux de communiquer toute information sur le fait que M. Dane et M. Callister aient ou pas discuté de la proposition du Président?

— C'est l'évidence, répondit Nolan, visiblement contrarié.

— Je voulais juste m'en assurer, dit Sarah. Voyons jusqu'où va tout cela. Monsieur Dane, avez-vous menacé M. Callister de boycott s'il coopérait avec le Président?

— Les boycotts sont légaux, répondit Dane, sirupeux. Si nos membres sont mécontents d'une compagnie ou de ses produits, ils ont le droit d'acheter ailleurs. Nous n'avons besoin de menacer personne.

— Ça vous dérangerait qu'on vérifie cela avec Callister? demanda-t-elle à Nolan.

— Vous connaissez notre position sur ce point.

— Avez-vous, monsieur Dane, reprit Sarah, discuté avec d'autres fabricants le fait qu'un boycott pourrait ruiner Lexington ?

— Nous refusons de répondre, s'écria Fancher. Votre question met en cause des conversations parfaitement légales et protégées par le Premier amendement.

— Alors, essayons d'une autre manière, dit Sarah à Dane. Avez-vous discuté avec d'autres fabricants des bénéfices qu'ils tireraient d'un boycott de Lexington ?

— Objection ! s'écria Fancher. Il n'y a rien d'illégal à discuter de ce qui peut advenir dans l'ensemble d'une industrie.

Sarah, souriante, se tourna vers Nolan :

— Mais Lexington voudrait peut-être avoir une réponse à cette question. Selon ma théorie, elle devrait intenter un procès aux SSA.

Le sourire de Nolan s'évanouit.

— Vous pouvez garder vos conseils, Sarah.

— À propos d'honoraires, demanda-t-elle, qui paie les vôtres ? Lexington ou les SSA ?

— La question est totalement déplacée, répondit Nolan avec colère.

— Mais elle est compréhensible. Cela vous ennuierait que je la pose à M. Callister ?

Nolan comprit sans doute que les nombreuses réponses refusées pourraient inciter Bond à exiger une déposition de Callister.

— Si vous voulez faire perdre du temps à la cour, ne faites pas perdre le sien à M. Dane, répondit-il au bout d'un moment.

— M. Dane est tellement serein que je n'ai guère le sentiment de l'importuner, dit-elle. Monsieur Dane, avez-vous discuté avec les autres fabricants le partage de la part de marché de Lexington dans le cas d'un boycott des SSA ?

Dane lança un regard à Fancher et prépara sa réponse avec circonspection :

— Si vous voulez dire par là que j'ai recommandé ou tenté d'imposer une telle décision, la réponse est non.

Elle était certaine du contraire, mais elle n'aurait le loisir d'approfondir ce point que lorsqu'elle saurait si c'était le

Président ou le sénateur Fasano qui l'emporterait sur l'immunité des fabricants d'armes. Elle adopta un ton d'indifférence pour la question suivante :

— Est-il exact que vous ayez été au courant de l'entretien de George Callister avec le Président sur la question des foires d'armes ?

— C'était dans les journaux, répondit Dane, après une hésitation.

— Était-ce votre seule source d'information sur ces entretiens ?

— Non, murmura Dane, mal à l'aise.

— Callister figurait-il parmi vos informateurs ?

— Même recommandation, coupa Fancher. Maître Dash, vous avez posé la même question de vingt façons différentes.

Mais elle savait bien qu'elle avait marqué un point. Il était temps de brancher Dane sur Martin Bresler.

— Est-ce que les SSA avaient une position déterminée sur l'accord qu'un ou plusieurs fabricants d'armes pouvaient conclure avec le Président sur les foires d'armes ?

— Oui, répondit Dane, nous y étions catégoriquement opposés.

— Étiez-vous informé qu'avant ses entretiens avec Callister le Président négociait avec un groupement de fabricants dirigé par Martin Bresler ?

— Je me souviens d'un accord, en effet, sur les crans de sûreté.

— Quelle était la position des SSA sur ce point ?

— Nous y étions opposés. Essayez donc de débloquer un pistolet pendant qu'un violeur est en train de défoncer la porte de votre chambre à coucher !

— Avez-vous menacé M. Bresler de le démettre s'il acceptait la clause des crans de sûreté ?

— Comment l'aurais-je menacé, puisqu'il ne travaillait pas pour moi ?

Sarah se demanda un instant si elle n'allait pas interroger Dane sur les menaces qu'il avait agitées contre le sénateur Fasano, mais il aurait fallu révéler qu'elle avait été informée par Bresler.

— Saviez-vous que M. Bresler négociait avec le Président sur les foires d'armes ?

Dane hésita de nouveau.

— Je n'en suis pas sûr, répondit-il enfin. À un certain moment, M. Bresler a cessé de jouer un rôle dans la politique des fabricants d'armes.

— À quel moment ?

— Quand le groupement qu'il dirigeait a considéré qu'il divisait ses membres et qu'il poursuivait surtout des ambitions personnelles. Ce groupe s'est alors dissous.

— Avez-vous discuté de ce démembrement avec des gens du groupe ?

— Je conseille de ne pas répondre, déclara Fancher, sur la base du Premier amendement.

— La liste des réponses prohibées sera bientôt plus épaisse que l'annuaire du téléphone, dit Sarah. Monsieur Dane, connaissez-vous un nommé Jerry Kirk ?

— Jerry travaille pour nous.

— Pour qui travaillait-il auparavant ?

— La Gun Sports Coalition, je crois, le groupe de Bresler.

— M. Kirk vous a-t-il informé alors que M. Bresler discutait avec le Président d'un contrôle du fichier dans les foires d'armes ?

— Madame Dash, dit Dane avec lassitude, j'ai toutes sortes de discussions avec toutes sortes de gens. Quelque désir que vous en ayez, je ne peux pas me les rappeler toutes.

— Permettez-moi de résumer, dit Sarah. Vous détestez le président Kilcannon. Vous détestez sa politique en ce qui concerne les armes. Vous vous êtes férocement opposé aux contrôles du fichier dans les foires d'armes. Et vous ne pouvez pas vous rappeler si Kirk vous a appris que Bresler discutait de ces contrôles avec le Président ?

— Non.

— Dites-moi, monsieur Dane, est-ce que vous considérez que le groupe de Bresler est un élément de discorde ?

— Oui. Et je le considère, lui, comme traître au Deuxième amendement.

— Et pourtant vous avez offert un poste à M. Kirk, observa Sarah, goguenarde.

— Oui.

— Était-ce avant ou après le démembrement du groupe ?

— Quel est l'intérêt de cette question ? coupa Fancher. Je n'en vois pas.

— Vous pouvez répondre, monsieur Dane, dit Sarah.

— Pas avant que vous n'expliquiez le sens de cette question, intervint de nouveau Fancher, saisissant le bras de Dane.

— Très bien, concéda Sarah. Je veux savoir si M. Dane a chargé Kirk d'espionner Martin Bresler en échange d'un poste.

Elle s'interrompit et reprit avec calme :

— Si vous voulez plus d'explications, maître Fancher, je crois que les SSA contrôlent l'industrie américaine des armes, y compris Lexington, qui faisait partie du groupe de Bresler. Je crois que les SSA ont mis Bresler sur la touche. Je crois que les SSA ont menacé Callister. Je crois que les SSA ont cajolé ou menacé d'autres fabricants d'armes pour les empêcher de suivre l'exemple de Callister. Bref, je crois que M. Dane et les SSA sont en dernier recours responsables des meurtres de la famille Costello.

Elle s'adressa une fois de plus à Dane :

— Dans le processus qui a mené à ces trois meurtres, monsieur Dane, mon opinion est que vous avez engagé M. Kirk pour vous aider à empêcher les fabricants d'armes de prendre librement leurs décisions politiques et économiques, telles que l'approbation des contrôles du fichier aux foires d'armes, qui aurait pu éviter une tragédie. Je vais donc prier le greffier de relire ma question et vous prier d'y répondre.

Fancher se leva soudain.

— C'est du harcèlement, protesta-t-il. La déposition de M. Dane est terminée. Si vous voulez l'interroger de nouveau, demandez-le à la cour.

Sur ce, l'avocat et son client quittèrent la salle.

— Je pense qu'il va nous falloir interroger George Callister, dit-elle aimablement à Nolan, resté seul avec elle.

7

Dès le début, Fasano avait compris que la réunion serait difficile. Dans les trois autres fauteuils disposés autour de son bureau avaient pris place Tony Calvo, de la chambre de commerce, Mary Bryant, de l'association nationale des industriels et, ce qui était moins rassurant, John Metrillo, de la fédération nationale des entreprises indépendantes : assureurs, fabricants de chaussures, propriétaires de pizzerias et autres entreprises individuelles que les Républicains se flattaient de représenter.

Brun, rond et intense, Metrillo s'exprimait avec un débit de mitraillette.

— Voilà des années que nous demandons la réforme des dommages, déclara-t-il à Fasano. Maintenant, Kilcannon nous offre quelque chose de concret. Jusqu'à ce qu'il soit parti, et Dieu sait quand ce sera, c'est le mieux que nous puissions espérer.

Fasano se trouvait le dos au mur.

— Pas pour les SSA, rétorqua-t-il. C'est Dane qui a lancé ce projet de loi. Kilcannon veut le récupérer à son profit.

— Écoutez, Frank, nous soutiendrons l'immunité des fabricants d'armes, ce que nous n'avons jamais fait. Vous pouvez dire ça à Dane. Mais il faut que ce soit dans une loi séparée.

— À laquelle Kilcannon opposera impunément son veto.

— Ce n'est pas notre problème. Nos membres finissaient par se demander si nous aboutirions jamais à un résultat. Quels que soient ses motifs, le Président nous offre...

— ... une coupe de poison, coupa Fasano. Vous savez très bien l'objet de sa manœuvre : il se sert de vous pour séparer les SSA de la communauté des entrepreneurs !

— Du calme, Frank, déclara Metrillo d'un ton ferme. Je n'ai pas honte quand je gagne et je me fiche de savoir par quels moyens.

Fasano tourna son visage vers Calvo et Bryant, pour élargir le débat.

— Alors, définissons ce qu'il faut entendre par gagner. Pour moi, c'est une loi qui vous accorde ce que vous voulez.

— Kilcannon nous délivre des avocats d'affaires, déclara Mary Bryant. Nous voulons que vous nous délivriez des SSA.

Fasano ravala son irritation.

— Depuis que je suis arrivé au Sénat, vos organisations ont joué sur les deux tableaux, Démocrates et Républicains. Sur le plan national, les SSA ne soutiennent que les Républicains. Et maintenant, je serais supposé vous les sacrifier ?

— Avant de les sacrifier, dit Metrillo, vous pourriez peut-être leur parler. Nous espérons qu'ils voudront bien prendre en considération le fait que nous sommes leurs alliés.

— J'essaierai, répondit Fasano avec un rire creux. Malheureusement, Charles Dane tire sa légitimité de l'histoire des États-Unis.

Non sans cabotinage, Charles Dane tourna la tête vers l'horloge de son bureau.

— À la même heure, hier, dit-il à Fasano, Sarah Dash essayait de me clouer sur la croix. Et vous voudriez que je vous fournisse les clous et le délai nécessaire pour qu'elle les enfonce ?

— Ne soyons pas mélodramatiques, Charles, répondit Fasano avec un sourire moqueur. Vous ressusciterez, vous verrez !

Dane lui lança un regard sans aménité.

— Vous n'y étiez pas, répondit-il. Et vous avez une chance de cocu qu'elle n'en sache pas assez sur vous et Marty Bresler. À moins qu'elle n'ait essayé de me bluffer.

Là, Fasano s'inquiéta :

— Toutes ces questions sur Bresler... Quelle en est la source ?

— On verra, grommela Dane. C'est vous qui avez amené ces gens, Frank. Et maintenant, c'est nous qu'on poursuit en justice. Et des lâches comme Calvo et Metrillo ne peuvent pas vous aider à contrôler le Sénat.

Les discours impérieux de Dane cachaient mal son anxiété : il ne pourrait conserver son autorité à l'intérieur et à l'extérieur des SSA que si Fasano obtenait l'immunité pour les fabricants d'armes contre des demandes de dommages exorbitantes. Il saisit un coupe-papier d'argent sur la table basse de Dane et en examina la poignée ouvragée.

— Metrillo promet de nous soutenir pour le vote d'une loi séparée, reprit-il.

— Qu'il aille se faire foutre. Et vous avec lui, pour gaspiller mon temps avec ces fariboles.

Fasano reposa le coupe-papier.

— Modérez vos propos, Charles, dit-il calmement.

— Vous et moi savons que ces gens n'ont pas d'autres interlocuteurs que nous. Si vous leur dites que la seule loi de réforme des dommages que vous soutiendrez sera celle qui protégera l'industrie des armes aussi bien que les leurs, et pas ce torchon que Kilcannon leur a jeté, ils rentreront dans le rang et feront de leur mieux pour outrepasser son veto.

— Il nous faut envisager l'option suivante : si Kilcannon acceptait l'immunité pour l'industrie des armes, nous pourrions rendre les armes conformes à la loi sur la protection du consommateur. Il se lamente tout le temps qu'il n'y a pas de critères de sécurité pour elles.

— Non, coupa Dane. Point final. Soumettre les armes à l'approbation des consommateurs serait le premier pas vers la fin du droit de détenir des armes en Amérique.

— Tout est un premier pas vers tout, objecta Fasano avec impatience. Selon votre logique, l'impôt sur le revenu serait le premier pas vers la confiscation de notre argent, et la peine de mort le premier pas vers les fours crématoires.

Dane se radossa, impassible.

— Vous connaissez notre prix : cette loi. Si Kilcannon veut y opposer son veto, il creusera sa propre tombe.

— Électoralement, vous voulez dire, repartit Fasano en scrutant son interlocuteur.

— D'une façon qu'il n'a pas encore imaginée. Et, quand il la découvrira, ce sera trop tard.

— Les SSA vous accusent de les livrer pieds et poings liés à Kilcannon, déclara Fasano à Tony Calvo, au téléphone. Et Dane trouve scandaleux que je serve d'intermédiaire.

Le silence qui suivit fut le seul indice de la réaction de Calvo.

— Est-ce que vous avez envisagé l'angle de la protection du consommateur ? demanda enfin ce dernier. Vous pouvez faire passer cette loi. Kilcannon la signerait…

— Elle ne lui sera pas soumise, parce que je ne la soutiendrai pas. À partir de maintenant, vos recherches de compromis sont nulles et non avenues.

— S'il en est ainsi, repartit Calvo en haussant le ton, il faudra que j'en informe le Président et que je lui explique pourquoi.

— Faites-le donc, Tony. C'est ce qu'il attend de vous. Et après, je vous invite sincèrement à vous rallier à *ma* loi.

Le lendemain après-midi, à la surprise générale, Kit Pace annonça que le Président donnerait une conférence de presse. Fasano et Gage la suivirent à la télévision.

— Les chefs du parti républicain au Congrès, déclara David Bloom, de NBC, au président Kilcannon, demandent l'interdiction du clonage soi-disant thérapeutique. Quelle est votre opinion sur leur projet de loi ?

— Beaucoup moins favorable que celle que j'ai du bon sens du peuple américain, répondit Kerry en souriant. La distinction entre le clonage d'êtres humains, que nous rejetons tous, et l'utilisation de la science pour lutter contre les lésions de la moelle épinière ou le diabète a échappé aux auteurs de ce projet de loi. Mais je doute qu'elle échappe à l'Américain moyen. Et encore moins aux millions de gens que ce nouveau domaine de la science pourrait un jour soulager.

— Avec ce type, tout paraît toujours simple, ricana Gage.

À l'écran, Kilcannon tendit le doigt vers John King, de CNN :

— Selon des rumeurs, monsieur le Président, vous auriez offert à la communauté des entrepreneurs un compromis sur la loi de réforme de la justice civile. Est-ce vrai et pourriez-vous nous dire où en sont les négociations ?

— C'est un coup monté, dit Gage. La Maison-Blanche a dû dicter la question à King.

— Toute la conférence est un coup monté, rectifia Fasano. Il ne s'est pas réveillé ce matin en se disant que c'était une belle journée pour une conférence de presse.

— Au point mort, répondit Kilcannon. C'est bien dommage. La proposition que j'avais faite, et qui tendait à imposer un plafond aux honoraires des avocats et aux dommages punitifs, aurait offert une véritable protection aux centaines de milliers d'Américains qui dirigent de petites entreprises et aux millions de gens qu'ils emploient.

— J'hallucine, s'exclama Fasano.

— Tous les représentants des principaux secteurs étaient favorables à ce compromis, poursuivit Kilcannon. Il n'y avait qu'un problème : ce projet n'annulait pas les droits des victimes de la violence par armes à feu de demander des dommages aux fabricants d'armes et aux SSA. Ceux-ci, qui constituent la circonscription unique du sénateur Fasano, lui ont alors demandé d'empêcher la loi d'être votée. Comme les SSA subventionnent son parti à hauteur de plusieurs millions de dollars, le sénateur Fasano s'est plié à leurs ordres.

— Et les avocats d'affaires ? s'écria Gage, soudain debout et ivre de rage.

— Les propriétaires de petites entreprises ont appris une amère vérité : ceux qui prétendent parler en leur nom sont en fait une succursale des SSA. Et la hâte apparente du sénateur à faire voter cette loi n'est qu'un prétexte pour servir une catégorie d'intérêts précise.

J'aurais dû m'en douter, songea Fasano.

— Les SSA l'ont voulu, ils l'ont eu, murmura-t-il. Ils en ont même plus qu'ils n'en demandaient.

— Pour ma part, conclut le Président, j'opposerai mon veto à toute prétendue limitation des dommages qui ne serait qu'un écran de fumée pour cacher le jeu des SSA. Je demande au chef des Républicains de mettre fin à cette course indécente et de se joindre à nos efforts lents et patients pour soulager les entrepreneurs honnêtes de ce pays du fardeau des procès.

Fasano éclata de rire.

De retour dans le Bureau Ovale, Clayton dit à Kerry :

— Ce pauvre vieux Frank, dans quel embarras tu l'as jeté ! De combien de temps penses-tu le retarder ?

— Des jours, répondit le Président avec un sourire. Peut-être des semaines. Le sénateur Coletti va se sentir bien seul pendant quelque temps.

8

Cela faisait bien dix minutes que John Nolan l'interrogeait, mais le Dr Callie Hines conservait tout son calme. Elle semblait lire dans les pensées de l'avocat.

Lorsque Sarah l'avait interrogée, cette femme à la beauté impérieuse lui avait répondu avec un détachement voisin de la hauteur ; elle avait dédaigné ces réactions ordinaires dans les rapports sociaux que sont la chaleur, destinée à s'attirer la sympathie de l'interlocuteur, ou, au contraire, la timidité qui trahit l'inconfort. Sarah avait tenté de comprendre les raisons de ce comportement : le rempart d'une Noire exposée aux préjugés racistes, d'une femme dans un métier dominé par les hommes, ou la distance d'une virtuose dans une pratique exigeant précision et sang-froid constants. Quelle qu'en soit la raison, Callie Hines n'avait en tout cas aucun besoin des commodités de la conversation.

À la fin de l'entretien, cependant, le médecin avait fait quelque chose de surprenant : tout en chantonnant, elle avait fouillé dans un classeur, en avait tiré un dossier et l'avait tendu à Sarah, comme si de rien n'était.

Nolan, après d'infructueuses tentatives de charme, avait renoncé à établir un rapport personnel avec la chirurgienne et la soumettait à un rythme de questions soutenu. Sarah se demanda si le temps que Hines mettait à répondre n'était pas destiné à déstabiliser Nolan.

— Quelle est votre expérience en matière de blessures causées par armes à feu ?

— Étendue, répondit-elle au bout d'un moment. À San Francisco, la violence par armes à feu est la deuxième cause de mortalité par traumatisme.

— Pourriez-vous évaluer le nombre de fois où vous êtes intervenue sur des blessures causées par balles ?

— Une fois par jour en moyenne, tous les jours ouvrables, depuis six ans. Ça doit faire environ mille cinq cents interventions.

Nolan leva les sourcils.

— Dans votre expérience, êtes-vous devenue familière de certains types d'armes ?

— Les armes de poing.

— Pourquoi ?

— Elles causent quatre-vingt-quinze pour cent des morts ou des blessures que je soigne. La majorité de celles-ci sont causées par des armes semi-automatiques, comme le Lexington P-2.

Le ton de Nolan se fit imperceptiblement hostile :

— Sur quelle base dites-vous cela, docteur ?

— Mille cinq cents interventions, répondit Callie Hines, elle aussi imperceptiblement agacée de devoir rappeler des évidences. Les semi-automatiques tirent plus de balles. Ça cause plus de blessures et de morts.

— Êtes-vous personnellement familiarisée avec le P-2 ?

— Non. Seulement avec les balles.

Le regard de Nolan se durcit :

— Quelle est votre expérience de la balle Eagle's Claw ?

— Celle de quelqu'un qui doit la retirer.

Nolan s'agita sur sa chaise. Sarah attendait la première mention de Marie Bowden. La tâche de Nolan était de prévenir les déclarations fâcheuses, et Callie Hines pouvait être le témoin le plus dangereux pour Lexington.

— Combien de fois avez-vous dû la retirer ?

— De vingt-cinq à trente.

— Quelles ont été vos observations chirurgicales concernant l'Eagle's Claw ?

— Qu'elle enseigne l'humilité.

Nolan fut surpris.

— Veuillez vous expliquer.

Une fois de plus, Callie Hines prit son temps :

— L'Eagle's Claw est conçue pour déchiqueter les chairs humaines. Le résultat est équivalent à l'action d'une scie sauteuse : un maximum de lésions aux tissus, plus d'hémorragies, de plus grands traumatismes aux organes internes et des blessures qui sont plus difficiles à réparer. Pour un traumatologue, ces difficultés sont accrues du fait des lames tranchantes de la balle, qui peuvent sectionner les tendons du chirurgien et mettre fin à sa carrière. Comme c'est advenu à l'un de nos internes.

Le ton égal sur lequel la chirurgienne s'exprimait rendait ses réponses aussi tranchantes que les balles.

— Pourriez-vous décrire les blessures de Marie Bowden ? demanda Nolan.

Nous y voilà, songea Sarah.

— La patiente portait une blessure au bas de l'abdomen. En ouvrant la cavité, j'ai trouvé un hématome, c'est-à-dire un amas de sang, de la taille d'un pamplemousse. Il a immédiatement crevé, ce qui a compliqué nos efforts pour retirer la balle et localiser la lésion. La blessure était grave. Une balle ordinaire aurait percé un simple trou. Cette balle-ci avait déchiqueté la veine cave.

Nolan inclina la tête de côté.

— Veuillez expliquer ce que vous entendez par déchiqueté.

— À l'impact, la pointe de l'Eagle's Claw se change en six lames de rasoir. Elle avait déchiré la veine cave en trois endroits différents et les bords des blessures eux-mêmes étaient déchirés.

La description imposa une pause à Nolan.

— En tant que chirurgienne, quelle a été votre réaction ?

— Elle a été limitée. La pression sanguine de la blessée s'effondrait, sa température aussi et son sang avait perdu sa capacité de coagulation. J'ai décidé d'enrober la blessure et de refermer l'abdomen de mon mieux, pour permettre à sa température de remonter, pour la stabiliser et l'opérer vingt-quatre heures plus tard. Je n'en ai pas eu le temps.

Nolan ne parut pas impressionné :

— Pourquoi n'avez-vous pas essayé de réparer la blessure ?

Hines darda son regard sur l'avocat.

— Parce qu'elle était en train de mourir. S'il s'était agi d'une balle ordinaire, j'aurais pu l'opérer sur-le-champ. Un adulte aurait eu quatre-vingt-dix pour cent de chances de survivre, et une fillette de six ans environ cinquante pour cent. Mais l'Eagle's Claw avait parfaitement fait son travail.

La dernière phrase reflétait les sentiments de Callie Hines et Nolan se redressa.

— Nourrissez-vous une antipathie personnelle contre Lexington Arms ?

— Je suis médecin, repartit Hines. J'ai décrit les causes de la mort exactement comme je les ai constatées. En tant que médecin, je considère donc votre client comme complice d'un meurtre. Il n'y a rien de personnel en cela.

Nolan la fixa du regard.

— Il est 10 heures, dit-il. Prenons une pause de quinze minutes.

Callie Hines se leva et lança enfin un regard à Sarah, teinté d'un sourire amer et complice.

9

Après une brève apparition lors d'une réception destinée à lever des fonds pour son collègue républicain Paul Harshman, le sénateur du Maine Cassie Rollins alla dîner au Cosmos Club avec son prédécesseur, Warren Colby.

Toujours tiré à quatre épingles, Colby possédait des yeux bleus et des cheveux très noirs qui le faisaient paraître plus jeune que son âge. Exceptionnellement cultivé, connaissant Washington comme sa poche, l'homme jouissait d'une réputation d'intégrité et de modération qui lui avait valu le portefeuille de ministre de la Justice sous la précédente administration démocrate, bien qu'il fût lui-même un Républicain. Ce brillant état de services lui permettait seulement, à présent, d'aspirer à la présidence de la commission du base-ball. Membre d'un cabinet d'avocats éminent et marié en secondes noces à une beauté qui dirigeait le plus important cabinet de relations publiques de Washington, sa vie avait pris des directions assez étonnantes, comme il le fit humoristiquement remarquer à Cassie.

Le rite de leur dîner mensuel avait commencé avec l'élection de Cassie au siège de sénateur. Auparavant, elle avait été simple assistante dans le bureau de Colby et, en dépit de ses airs campagnards, avait acquis assez d'expérience pour devenir chef du personnel. Elle n'avait été élue que par une faible majorité et, depuis lors, naviguait entre les tendances modérées de ses électeurs du Maine et les exigences d'un Sénat beaucoup plus conservateur ; elle appréhendait donc les prochaines élections.

Après le dîner, Colby humait un verre de cognac quand il déclara tout à trac :

— Vous avez un admirateur secret.

— Et qui donc ?

— Chuck Hampton. Nous discutions l'autre jour de l'entrée des États de la nouvelle Europe dans l'OTAN, puis il a parlé de vous en termes chaleureux. Et avec inquiétude.

— À propos des armes ?

— Il a entendu dire que Fasano compte sur vous pour voter selon la ligne des SSA et il s'est demandé si cela ne vous ferait pas de tort dans le Maine.

— Fasano ! soupira-t-elle. Avec ses manigances, une conspiration des Borgia ressemblerait à une partie de dames.

— Et il vous couperait le cou sans scrupule, au nom d'une cause supérieure, ajouta Colby. J'apprends qu'il entend se rendre dans tous les États où des sénateurs sont sur la touche.

— Les menaces et les sollicitations se multiplient ces temps-ci. Dane demande une réunion, sans trop de courtoisie, dois-je dire.

— J'imagine. Il se croit tout permis, maintenant qu'il est quasiment devenu homme d'État. Vous, pourtant, vous ne devriez pas avoir trop de problèmes, Cassie. Je ne crois pas que vous ayez jamais tiré un coup de feu, et cette photo de presse vous montrant en train de pêcher était une idée de génie. Les derniers sondages vous donnaient plus de la moitié des voix et je ne vous connais pas de concurrent sérieux. À part Abel Randolph, s'il décide de se présenter.

— Il se présentera, affirma Cassie. C'est un bon gouverneur, il a la même cote de popularité que moi et il ne sait pas quoi faire quand son mandat sera arrivé à échéance.

— Oui, mais la base ne changera pas, dit Colby. Vous gagnerez les conservateurs de l'intérieur et Randolph emportera Portland et la plupart des autres villes. La vraie partie se disputera dans les faubourgs. Ils sont surtout peuplés de modérés, ce qui n'est pas l'idéal pour vous. Mais vous êtes bien placée pour gagner les conservateurs sur les impôts et la défense, et les modérés sur des questions telles que l'avortement, surtout que vous êtes une femme. Mais le joker, la carte qui peut vous faire perdre votre siège, ce sont les armes, conclut-il en la regardant dans les yeux.

Elle posa sa serviette sur la table.

— Les SSA me tolèrent mais ne m'aiment pas, déclara-t-elle. Et le Maine est le deuxième État où l'on compte le plus de propriétaires d'armes à feu. Charles Dane ne me laissera aucune marge. Je ne sais pas comment me sortir de là. La dernière élection m'a montré combien je suis prisonnière : je menais sur Bill Poole de trente pour cent. Puis, dans le débat final, il m'a poussée à une déclaration favorable à l'interdiction des armes d'assaut. Les SSA ont alors posté aux électeurs cent mille tracts portant l'avertissement : « Alerte au vote ! » et dénonçant ma « déviation » à gauche. Mes sondages sont tombés en chute libre, avoua-t-elle avec une grimace. Je n'ai gagné que de six pour cent. Une semaine de plus et j'aurais pu perdre.

— Peut-être, mais vous avez gagné les élections générales.

— Grâce aux SSA, répondit-elle. Les Démocrates ont poussé Sam Towle : non seulement il a voté au Congrès pour l'interdiction des armes d'assaut, mais il a patronné un projet de loi sur les crans de sécurité et l'interdiction de munitions comme l'Eagle's Claw. Nouvel envoi de tracts : Towle a été désigné comme l'auteur de la « loi de protection des cambrioleurs ». Mais j'avais appris ma leçon. Je n'ai pas ouvert la bouche.

Elle observa un silence et reprit :

— Quand je pense à la famille de Lara, j'ai un peu de mal à ne pas me sentir un peu coupable. Mais j'ai battu Sam Towle de quatre pour cent.

— C'est un type bien, observa Colby. Mais il est fini dans le Maine.

— Je sais. Et Hampton a raison : j'ai un problème.

— Si vous ne deviez prendre en considération que ce que vous estimez juste, que feriez-vous ?

— Je ne sais pas vraiment, répondit-elle, le regard voilé par la perplexité. J'ai toujours été partisane de la réforme des dommages. Pour moi, des gens comme Lenihan sont des parasites. Je me demande aussi si le procès des Costello n'est pas plus politique que juridique et je pense qu'on abuse de la loi dans les procès contre les fabricants d'armes. Mais qui peut avoir besoin de balles comme les Eagle's Claw? soupira-t-elle en secouant la tête. J'apprécie Lara depuis le temps où elle était journaliste politique, et j'apprécie aussi Kerry. Il sait être impitoyable quand il faut l'être. Mais il me donnait, lui, le sentiment que ce qu'il avait enduré l'avait rendu plus sensible et plus ouvert à autrui que les autres. Pendant des années, il m'a posé des questions sur ma situation avec un réel intérêt et il est le seul, avec Chad Palmer, auquel je me confierais.

— Ça ne change rien, observa Colby.

— Je sais, dit-elle d'un ton fataliste. Si je m'oppose au Président, j'en subirai les conséquences. Il pourrait venir dans le Maine pour aider Abel Randolph. Mais, d'autre part, j'ai Dane et les SSA sur le dos.

— Que comptez-vous faire, alors?

Elle prit un air contemplatif.

— Il y a ce pays qu'on appelle la Sibérie, répondit-elle. Peut-être ont-ils besoin d'un sénateur, là-bas.

— Tenez-moi informé, sourit Colby.

10

Quand Martin Bresler commença sa déposition, Sarah éprouva une grande anxiété : le témoignage de cet homme était essentiel à la plainte de Mary Costello contre les SSA. Mais certains détails troublaient Sarah. Depuis qu'il avait été cité comme témoin, Bresler avait pris un avocat, Evan Pritchard, un homme du Sud, grand, mince, aux yeux vifs et à la voix posée, qui avait prévenu Sarah que tout contact entre elle et Bresler compromettrait la crédibilité de ce dernier. Elle ne pouvait donc plus parler à son principal témoin.

Et puis l'attitude de Bresler avait changé. Au Sea Ranch, elle avait été frappée par son regard expressif et les gestes qu'il faisait pour ponctuer chaque phrase. Mais là, dans la salle de conférences de la firme de Nolan, il était aussi immobile que les avocats qui l'observaient. Robert Lenihan, de son côté, le considérait d'un œil dubitatif.

Nolan commença par poser une série de questions neutres, puis en arriva aux rapports de Bresler avec le président Kilcannon.

— Avant votre rencontre avec le Président, avez-vous discuté d'un accord possible sur les crans de sûreté avec des représentants des Républicains au Congrès ?

La question surprit Sarah, mais elle en connaissait la réponse : Bresler avait, de son aveu, vu Frank Fasano et Paul Harshman. Bresler regarda la table d'un air absent.

— Je n'en suis pas sûr, répondit-il. Pour le moment, je ne m'en souviens pas.

Sarah se crispa et Lenihan poussa un soupir bruyant. Nolan reprit :

— Dans ce cas, vous ne vous rappelez pas avoir discuté avec aucun Républicain du Congrès de la réaction des SSA à un pareil accord ?

— Non.

— Foutaises, murmura Lenihan avec une fureur froide.

— Vous n'avez pas non plus discuté de votre approche des Républicains avec aucun fabricant d'armes ?

Bresler secoua la tête.

— Pardonnez-moi, insista Nolan, mais pour le greffier, votre réponse doit être audible.

— La réponse est non, dit Bresler en s'éclaircissant la voix.

Les derniers vestiges de confiance de Sarah tombèrent en poussière.

— Avez-vous discuté de votre initiative auprès du président Kilcannon avec quiconque des SSA ?

— Oui. Avec Charles Dane, juste avant de me rendre à la Maison-Blanche.

— Pouvez-vous répéter cette conversation ?

— Charles a exprimé son désaccord sans ambages. Pour lui, un compromis avec Kilcannon encouragerait ce dernier à d'autres attaques contre le droit de détention d'armes.

— Était-ce votre avis ?

— Certainement pas, répondit Bresler, relevant la tête pour la première fois.

Sarah se reprit à espérer : Bresler ne voulait pas s'aliéner les Républicains, mais il était peut-être prêt à dire la vérité sur les SSA.

— Durant cette conversation, questionna Nolan, est-ce que M. Dane vous a menacé de quelque façon ?

— Non, dit Bresler, croisant les bras.

— A-t-il menacé des gens de votre groupe, tels que Lexington Arms ?

— Non.

— Comment résumeriez-vous cette conversation ?

Bresler se reprit à regarder la table.

— Très professionnelle, répondit-il. Le ton de Charles était plus celui de la déception que de la colère. J'y ai été sensible.

Lenihan secoua la tête de consternation et fixa Bresler du regard.

— Le greffe enregistrera, maître Lenihan, que vous avez fait des apartés et des gestes discourtois à l'égard du témoin, déclara l'avocat Evan Pritchard. Je vais vous demander de vous comporter de façon professionnelle.

— Qu'est-ce que vous entendez par « professionnelle »? rétorqua Lenihan avec irritation. Vous regarder suborner le témoin sans rien dire?

Bresler ferma les yeux.

— J'espère, maître Lenihan, que vous êtes prêt à soumettre ces accusations au barreau. Sinon, j'aviserai le juge Bond que vous les avez faites sans preuves et il prendra les sanctions appropriées.

— Laissez tomber, dit Sarah, mettant sa main sur celle de Lenihan. Vous faites empirer les choses.

— Comment pourraient-elles être pires? chuchota Lenihan d'un ton accusateur en se tournant vers elle. Vous avez fondé toute votre plainte sur les aveux de ce chacal.

Nolan demeurait impassible, comme si rien ne s'était passé. Pritchard fusilla Lenihan du regard.

— Avez-vous discuté avec le président Kilcannon de la possibilité d'un accord sur les contrôles volontaires du fichier aux foires d'armes?

— Oui.

— En avez-vous discuté avec quelqu'un des SSA?

— Je n'en avais pas besoin, répondit Bresler en secouant la tête, je savais que Charles y était opposé.

— Pour quelle raison le Président et vous n'êtes-vous pas parvenus à un accord?

Bresler se mordit la lèvre :

— Mon groupement s'était dissous.

— Pour quelle raison?

— J'avais perdu le soutien de ses membres, dit Bresler d'un ton mécanique. Je m'étais emballé. Les compagnies que je représentais s'en inquiétaient.

— Comment le savez-vous?

— Trois PDG m'ont téléphoné. Ils estimaient que je semais la division dans le mouvement et que j'accaparais la vedette. Rétrospectivement, je leur donne raison.

Parjure digne d'un procès stalinien, songea Sarah.

— Est-ce que l'un de ces PDG a mentionné l'influence des SSA dans son attitude ?

— Non.

— Avez-vous une raison de penser que les SSA soient intervenus pour dissoudre votre groupement ?

Bresler secoua la tête en signe de dénégation :

— Non.

— Avez-vous discuté des SSA avec M. Callister ?

— Non.

— Bref, monsieur Bresler, voyez-vous quelque fondement à l'allégation de la partie civile selon laquelle les SSA contrôleraient Lexington Arms ?

Voûté sous le regard d'Evan Pritchard, Bresler répondit :

— Je n'en vois aucune.

— Espèce de salaud, chuchota rageusement Lenihan.

Cette fois, Pritchard ignora l'interruption.

— Au fait, les SSA n'ont-ils pas engagé votre bras droit, Jerry Kirk ? demanda Nolan.

— Si, en effet, répliqua Bresler, d'une voix presque inaudible.

— Comment cela s'est-il passé ?

Il prit son temps pour répondre :

— Charles Dane a engagé Jerry pour me faire plaisir. Je m'inquiétais pour sa famille.

Sarah était abasourdie. Mais Bresler ne la regardait pas.

— Donc, pour autant que vous le sachiez, la seule action de Charles Dane en rapport avec le démantèlement de votre groupement a consisté à engager Jerry Kirk ?

— Oui.

— Est-ce que vous avez pris contact avec les avocats de la plaignante, maître Lenihan et maître Dash ?

Bresler leva à peine le visage : un geste de robot.

— C'était au Sea Ranch. Peu avant qu'ils déposent plainte.

— Qui en avait pris l'initiative ?

— Mme Dash m'a téléphoné.

On pouvait lire la satisfaction sur les traits de Nolan.

— Et qui a payé vos frais de déplacement ?

— L'avocat de la plaignante.

— Quel était l'objet de la rencontre ?

Bresler serra plus fort ses bras croisés, comme pour se protéger.

— D'après ce que j'ai compris, ils voulaient poursuivre les SSA.

— Qu'est-ce qui vous le fait supposer ?

— Ils ne m'ont interrogé qu'à leur propos.

— Et que leur avez-vous dit ?

Bresler s'accrocha au regard de Nolan, comme pour reprendre courage et s'enhardir dans ses mensonges.

— Exactement ce que je vous ai dit.

— À tous égards ?

— Oui.

— Avez-vous discuté d'une déposition signée avec les avocats de la plaignante ?

— M. Lenihan m'a dit qu'il souhaiterait en avoir une. Puis nous n'en avons plus parlé.

— Étiez-vous disposé à leur fournir une telle déposition ?

— Oui.

Lenihan se leva, indigné. Sarah était pétrifiée de rage, impuissante devant l'énormité de la trahison de Bresler. Nolan affichait un petit sourire :

— Merci, monsieur Bresler.

À l'extérieur de la salle de conférences, Lenihan et Sarah, tout en chuchotant, étaient engagés dans une conversation véhémente.

— Pas de déposition signée, gronda Lenihan. Depuis le moment où Bresler avait dit ça, nous aurions dû l'envoyer au diable. Au lieu de ça, vous nous avez mis sur le dos un procès sans fondement.

— Il y a un fondement. Bresler ment. Ils l'ont fait chanter. Ou alors ils lui ont offert un poste à condition qu'il revienne sur ses déclarations.

— Ça signifie que Pritchard fait partie du complot.

— Je vais faire le contre-interrogatoire...

— Non, trancha Lenihan. C'est moi qui le ferai. Il est à moi. Je les aurai.

Les bras appuyés sur la table, Lenihan se pencha vers Bresler. Celui-ci paraissait misérable.

— Avez-vous, avant aujourd'hui, discuté de cette affaire avec quelqu'un des SSA ? demanda Lenihan.

Pritchard leva le bras, pour faire signe à son client de ne pas répondre.

— Vous voulez dire : avec d'autres personnes que les avocats ?

— Soit, consentit Lenihan avec un sourire cynique.

— Non, répondit Bresler, après une hésitation.

C'est certainement faux, se dit Sarah.

Lenihan le pensa aussi :

— Comment avez-vous choisi maître Pritchard pour vous représenter ?

— Je le connaissais de réputation, répondit Bresler après avoir consulté Pritchard du regard.

— Vous ne l'aviez jamais rencontré ?

— Non.

— N'est-il pas vrai que les SSA vous l'ont indiqué ?

— Non.

— Qui paie ses honoraires ?

— Objection, intervint Pritchard. Je recommande de ne pas répondre.

— Pour quelle raison ? lança Lenihan.

— Parce que ce point n'entre pas dans le cadre de la réquisition d'informations et qu'il est protégé par la relation avocat-client.

— Pas dans le cadre de la réquisition ? répéta Lenihan, incrédule. Pas si les SSA paient vos honoraires.

— Même objection. Mêmes instructions. Poursuivez.

— Vous voulez-vous dire chez le juge ?

— Avez-vous d'autres questions, maître Lenihan, ou bien l'interrogatoire est-il terminé ?

Lenihan se contrôla :

— Avez-vous, demanda-t-il à Bresler, discuté de cette affaire avec maître Fancher ou maître Nolan ?

Bresler consulta Pritchard du regard et ce dernier hocha la tête :

— Oui, répondit Bresler.

— Avec qui ?

— Avec les deux.

— Où et quand ?

— Dans cette salle. Hier.

— Et qui a payé vos frais pour venir ici ?

— Objection, dit Pritchard. Hors du cadre de la réquisition.

— Nous n'avons pas objecté quand vous avez posé cette question.

— Tant pis pour vous. Vous pouvez soumettre ça aussi au juge.

Lenihan mit un moment à se ressaisir.

— De quoi avez-vous parlé avec MM. Fancher et Nolan ?

— De mon témoignage.

— Et qu'en disent-ils ?

— Objection, intervint Nolan. La teneur de notre conversation pourrait refléter la stratégie légale des avocats, elle est donc protégée par le secret professionnel.

— Ce n'est pas absolu.

— C'est exact. Mais, avant que vous obteniez une réponse, il faut prouver que vous ne pouvez pas obtenir l'information par d'autres moyens, déclara Nolan avec un petit sourire provocateur. Mes questions ont déjà dégagé les informations utiles. Vous êtes simplement mécontent des réponses. Pour moi, le fait que vous ayez désigné M. Bresler comme témoin est un profond mystère.

Pritchard prit alors la parole :

— En accord avec ce qu'a dit mon confrère, déclara-t-il à Lenihan, je suis tenu d'honorer sa requête. J'enjoins le témoin de ne pas répondre à des questions relatives à ses entretiens avec la défense. Finissons-en, Martin, déclara-t-il brusquement à l'adresse de Bresler. Est-ce que quelqu'un, dans cet entretien d'hier, vous a demandé de mentir ou de changer votre témoignage ?

— Non. Tout ce que M. Nolan m'a conseillé, c'était de dire la vérité.

Sarah, accablée, savait qu'il y avait plusieurs façons de suborner Bresler, et que Nolan et Fancher avaient dû y participer activement, dès qu'il avait été inscrit dans la liste des témoins. Dane avait alors traité directement avec lui et avait chargé Pritchard d'arranger le coup avec Fancher et Nolan.

— L'entrevue du témoin avec les avocats de la défense touche au cœur de notre affaire, déclara Lenihan, c'est-à-dire au contrôle que les SSA exercent sur l'industrie américaine des armes, et en particulier sur Lexington Arms.

Fancher, qui avait observé le silence jusqu'alors, se tourna vers Lenihan, venimeux :

— Vous avez porté plainte contre les SSA sans aucune preuve, dit-il. Si vous ne le saviez pas jusqu'ici, M. Bresler vient de vous le confirmer. Vous avez le choix entre exclure mon client de cette affaire ou bien affronter notre requête au juge Bond que votre cabinet et le centre Kilcannon paient chaque sou de nos honoraires. Et nous demanderons que maître Dash et vous-même soyez sanctionnés par le barreau pour faute professionnelle.

Sarah comprit alors que le piège des SSA s'était refermé sur eux.

11

— La journée a été un désastre, déclara Sarah à Lara au téléphone. Martin Bresler est revenu sur tout ce qu'il nous a dit.

— Tout?

— Oui, confirma Sarah en se dirigeant vers la fenêtre de son bureau. Nous n'avons plus aucune preuve contre les SSA. Est-ce que le Président ne peut pas demander à la division antitrust de faire une enquête sur eux?

— Non, répondit calmement Lara. Je regrette, Sarah, mais, pour des raisons politiques, Kerry ne peut rien faire.

Sarah fut tentée de rappeler à Lara que c'était cette dernière qui avait donné le nom de Bresler. Mais elle ne pouvait tout de même pas rendre la First Lady responsable du retournement du témoin.

— Nous sommes en grande difficulté, dit-elle. En ce qui concerne les SSA et Lexington. Monk n'a pas pu prouver que Bowden s'était rendu à la foire d'armes. Nous non plus. Lexington prétend ne pas savoir où ils avaient expédié le pistolet. Selon la loi, la première vente d'une arme à feu doit être faite à un revendeur patenté, lequel peut avoir vendu le pistolet à la personne qui l'a ensuite revendu à Bowden. Il nous faut trouver cet homme, sans quoi nous sommes paralysés.

Lara demanda :

— Et vous pensez que Kerry peut faire quelque chose?

— Je ne sais pas, admit Sarah. Mais j'espérais que l'ATF[1] pourrait trouver quelque chose. Nous possédons le numéro de

---

1. Alcohol, Tobacco and Firearms : bureau de l'alcool, du tabac et des armes à feu. *(N.d.T.)*

série de l'arme, et remonter ce genre de filière fait partie de leur travail.

Elle regarda les lumières éparses du quartier South of Market, les rues désertes et les constructions basses autour du centre Kilcannon.

— Si nous ne pouvons pas prouver que Bowden a acheté le pistolet dans une foire d'armes, nous ne pourrons pas prouver juridiquement que Lexington et les SSA sont responsables des meurtres de votre famille.

Lara ne répondit qu'après un long silence.

— Merci, dit-elle enfin. Pour tous vos efforts. Je vais faire de mon mieux pour vous aider.

— Parle-moi de Leo Weller, demanda Kerry.

— C'est encore pire que ce que nous pensions, répondit Clayton, avec un sourire navré. Pour Leo, je veux dire. Et pour quelques-uns de ses administrés. Il y a une mine de vermiculite à Libby, dans le Montana. La vermiculite est un minerai qui sert à faire de la poterie.

— Et alors, quel rapport avec l'amiante ?

— Il se trouve que la vermiculite est une forme d'amiante. Mais la compagnie minière qui l'exploite, Montana Mines, avait assuré ses employés que la vermiculite n'était pas dangereuse. Les mineurs rentraient donc chez eux avec leurs vêtements imprégnés de cette substance et ils y exposaient aussi leurs femmes et leurs enfants. Il en découle que toute la ville souffre d'asbestose. Plus de cinquante personnes sont déjà mortes et beaucoup de celles qui ne le sont pas vivront avec des respirateurs jusqu'à leur dernier souffle.

Kerry secoua la tête de colère.

— Voilà ce qui se passe quand on suit la politique de l'autruche. Un malheureux va travailler pour faire vivre sa famille et, finalement, il tue tout le monde à petit feu, lui compris. Et qu'est-ce que Leo a fait ?

— Tout ce qu'il ne fallait pas faire. Quand un groupe de victimes de Libby a demandé à le rencontrer, il a envoyé un assistant. Et il a ajouté une clause au projet de réforme des dommages qui immunise Montana Mines. Car il se trouve, ajouta Clayton, que le PDG de cette mine est le chef du groupe de soutien de Leo et son grand collecteur de fonds.

— Je savais que Leo est l'un des plus bêtes représentants que compte le Sénat, observa Kerry. Mais, s'il est de surcroît cynique et corrompu, il a un bel avenir devant lui.

— Comme tu le sais, Leo est devenu une vedette de la télé.

— Je me demande comment les avocats du groupe de Bob Lenihan réagiraient à une bourde comme celle de Leo.

L'intercom de Kerry bourdonna.

— La First Lady vous demande, annonça la secrétaire.

Clayton quitta la pièce.

— Je viens d'apprendre quelque chose qui va t'intéresser, dit Lara.

— Moi aussi. Mais je t'écoute.

Le lendemain matin, Kerry interrogea Clayton du regard et répéta, incrédule :

— Le pistolet de Bowden avait été volé ?

— Après les meurtres, répondit Clayton, Lexington a prétendu à l'ATF qu'ils n'avaient pas de bordereaux d'expédition. Mais la loi stipule que les négociants patentés doivent signaler tout vol à l'ATF dans les quarante-huit heures, avec tous les numéros de série des armes volées. En fouillant dans ses archives, le bureau a découvert que le numéro du pistolet de Bowden faisait partie d'un lot de cinquante P-2 volés à un grand armurier de Phoenix.

— Quand ?

— Il y a six mois.

— Active donc l'ATF, dit Kerry. Celui qui a vendu son arme à Bowden pourrait être un trafiquant d'armes. Et quel meilleur lieu qu'une foire d'armes pour écouler sa marchandise !

Clayton croisa les bras :

— Je suppose que ça va servir au procès. Il vaudrait mieux être prudent.

Les souvenirs pénibles du massacre revinrent à l'esprit de Kerry. Il se rappela les visages d'Inez et de Joan, et Marie qui dansait avec lui. Maintenant, il serait peut-être possible de retrouver celui qui avait mis l'arme dans les mains de Bowden.

— Active l'ATF, répéta-t-il. Je m'occupe du reste.

— Ce n'est qu'un commencement, dit Lara à Sarah Dash. Dès que j'en saurai davantage, je vous informerai.

Sarah la remercia et raccrocha, puis le téléphone sonna de nouveau.

— Ici Sarah Dash, dit-elle.

Un silence suivit.

— Est-ce que cette ligne est protégée ? demanda enfin une voix d'homme, haute et un peu éraillée.

— Pardon ? s'exclama Sarah.

— J'ai visité votre site Internet, dit l'inconnu.

Un nouveau silence s'établit.

— Je travaille chez Lexington Arms, dit-il. Je sais des choses.

— Quelles choses ?

— Si je vous le dis, je risque de perdre mon poste. Peut-être même…

Prise au dépourvu, Sarah ne sut que répondre. Elle avait peut-être affaire à un paranoïaque. Lenihan l'avait prévenue : il y a des énergumènes qui se disent investis d'une mission divine, d'autres qui voient du mal là où il n'y en a pas. Mais il en est encore d'autres qui peuvent changer le cours d'une affaire juridique.

— Je peux vous assurer que, sans autorisation, je ne me servirais pas de ce que vous diriez.

— Comment pouvez-vous m'en assurer ?

— Je suis avocate. Si vous me demandez un conseil juridique, la déontologie exige que je n'en fasse état dans aucun cas. Parce que je pourrais perdre mon droit d'exercer.

— Si je viens à vous, je ne veux pas être dévoilé. Je ne veux pas perdre mon travail.

Sarah songea immédiatement à Bresler et se demanda si elle n'allait pas tomber sur une autre planche pourrie.

— Il y a un risque. Est-ce que Lexington vous a fait signer une clause de confidentialité sur les informations que vous seriez amené à connaître ?

— Oui, répondit l'homme. Tout le monde a signé.

— Ça n'a d'intérêt que si Lexington peut vous menacer d'un procès, répondit-elle. Mais, selon la loi du Connecticut, vous pourriez à votre tour poursuivre Lexington pour licenciement abusif si cette firme est en contravention avec les lois de l'État. Si vous me dites ce que vous savez, je pourrai au moins vous conseiller.

Elle s'aperçut qu'elle avait pris, malgré elle, un ton suppliant.

— Pouvez-vous au moins me dire votre nom? reprit-elle. Ou me donner un numéro de téléphone où je puisse vous appeler?

— Pas encore, dit l'homme. Il faut que je réfléchisse.

Et, avant qu'elle puisse reprendre la parole, il raccrocha.

Cinquième partie

L'empoignade

Du début novembre au début décembre

1

Certains jours, hélas rares, le sénateur Chuck Hampton partait au travail dans un esprit combatif proche de l'allégresse.

C'était le cas aujourd'hui. Et, comme d'habitude, sa fierté de chef se tempérait de plusieurs facteurs. L'un d'eux était la complexité des rapports avec les quarante-six ego du *caucus* démocrate. Un deuxième était la férocité de son duel avec un adversaire rusé et impitoyable, le sénateur Frank Fasano, détenant l'avantage en tant que chef de la majorité. Un troisième était la conscience du fait qu'il ne passait qu'après Kerry Kilcannon, seul véritable garant de la survie du groupe mené par Hampton. Certains jours, Chuck avait envie de dire aux Démocrates envieux de son poste qu'il leur abandonnait volontiers cette foutue charge ; il ne le faisait pas, car il ne voyait pas qui pourrait faire mieux que lui.

Mais, ce jour-là, il prit la parole à la séance du matin avec un sentiment de puissance, de conviction et d'indignation :

— Il y a trois jours, déclara-t-il à la poignée de sénateurs dispersés sur les bancs, nous avons atteint le chiffre de cinq mille Américains tués par balles depuis le massacre de la famille de la First Lady.

Il pointa le doigt vers la photo d'un jeune Afro-Américain aux cheveux en brosse et à l'expression alerte, en dépit du sourire forcé d'une photo scolaire de groupe.

— Antonio Harris avait douze ans. Il vivait à Philadelphie avec sa mère et ses deux sœurs aînées, qui l'adoraient. Il a été assassiné par un garçon de seize ans qui l'avait pris pour le frère du membre d'un gang rival. Le meurtrier avait acheté son arme à un membre d'un gang qui l'avait lui-même volé à son oncle, lequel était un mari brutal qui n'avait pu se procurer son pistolet que parce que son casier judiciaire n'avait jamais été inscrit dans le fichier central. Si les propositions du Président avaient été votées, Antonio serait peut-être encore vivant. Mais l'heure tourne et d'autres Antonio sont menacés. Leurs vies sont entre nos mains. Leurs morts pèseront sur nos consciences. Ou du moins les consciences de quelques-uns d'entre nous, ajouta-t-il en regardant Fasano.

Ce dernier était figé. Hampton remarqua aussi l'air préoccupé de Cassie Rollins, qui avait été la cible principale de son attaque.

— Et que nous offre la majorité ? Rien. Ou moins que rien, comme le déplorable projet de loi que le sénateur Fasano nous a présenté hier. Que contenait-il ? s'écria Hampton avec mépris. Une commission, une de plus, pour étudier les causes de la violence chez les jeunes. S'il était vivant, je pense qu'Antonio aurait été fasciné par ses conclusions.

Du coin de l'œil, Hampton nota le sourire contraint de Chad Palmer.

— Mais on ne dira cependant pas que la loi du sénateur Fasano ignore le problème des foires d'armes, reprit Hampton. Elle prévoit un contrôle instantané du fichier une fois que quatre-vingt-dix-neuf pour cent des crimes, méfaits et brutalités conjugales auront été inscrits dans le fichier informatique national. Et comment financera-t-on cet exploit ? À la différence du projet de loi du Président, qui propose d'y consacrer les millions de dollars nécessaires, le sénateur Fasano estime qu'il suffirait de mettre à jour le fichier de Rhode Island, par exemple, ou encore de mon propre État, le Vermont. Mais pas de l'État du sénateur, la Pennsylvanie, où Antonio Harris a été assassiné.

Un coup d'œil suffit à l'orateur pour relever chez Fasano cette expression butée qui cachait le plus souvent de la contrariété ou de la fureur.

— Mais il y a des moyens beaucoup moins coûteux pour prévenir une mort telle que celle d'Antonio Harris, poursuivit Hampton : des serrures à combinaison, pour empêcher ceux qui volent des armes de s'en servir. Solution que n'a même pas mentionnée le projet du sénateur.

Hampton se tourna vers Fasano :

— Peut-être suis-je injuste à l'égard de mon collègue de Pennsylvanie. Peut-être aussi ne souhaite-t-il pas, malgré les soupçons de quelques cyniques de notre *caucus*, que sa loi serve de paravent à ceux qui ne veulent pas réduire juridiquement la violence par armes à feu. Et peut-être, après tout, n'a-t-il pas l'intention de faire voter sa loi rien que pour faire obstruction à celle du Président et annuler le procès de Mary Costello. Peut-être enfin sa loi est-elle aussi dénuée d'intentions dissimulées qu'elle est mal conçue et mal rédigée.

Le ton de Hampton se fit cinglant pour la conclusion :

— Telle est la raison pour laquelle je soumettrai un amendement à la loi du sénateur. J'entends m'assurer que la mise à jour du fichier national sera pleinement financée et que la limite des dommages ne s'appliquera pas aux procès intentés à des fabricants d'armes. Je pourrais même introduire le projet du Président comme amendement à la loi du sénateur. Et si le sénateur entendait nous empêcher de discuter de ces amendements, les obstinés de notre *caucus* empêcheront également sa loi d'être débattue. À moins qu'il ne nous laisse discuter du projet du Président.

Fasano prit une mine sceptique, comme s'il doutait que Hampton, qui s'était rassis, puisse rassembler les quarante voix nécessaires à un *filibuster*.

À la fin de la séance, Hampton traversa l'allée pour s'adresser à Fasano. Ce dernier avait abandonné son masque d'impassibilité : la contrariété se lisait dans ses yeux.

— Belle performance, dit-il. Presque digne de KFK lui-même.

— Je vais finir par prendre ça pour un compliment, Frank, répondit Hampton, surtout après la raclée qu'il vous a administrée sur la réforme des dommages. Je suis venu vous communiquer un message de nous tous. Oui, même ceux que le projet de loi du Président rend nerveux.

— Et quel est le message ?

— Débattez loyalement de la loi de KFK, conseilla Hampton de son ton le plus aimable. Ou bien nous vous étriperons, exactement comme nous l'avons promis.

361

Déstabilisée par le discours de Hampton, Cassie Rollins retourna à son bureau, en retard d'un quart d'heure pour une entrevue avec Charles Dane.

— Quelle journée ! s'exclama-t-elle après quelques mots d'excuse pour le retard. Chuck a dû prendre des vitamines.

— Je l'ai entendu, répliqua Dane. Ne tournons pas autour du pot, Cassie : c'est un vote crucial.

— Quel vote est-il crucial ? demanda-t-elle, plissant les yeux. Celui contre le projet Kilcannon ? Ou bien celui en faveur de votre loi d'immunité ?

— Les deux, répondit-il. C'est le même vote. C'est l'épreuve du feu. Nous verrons là qui sont nos amis et qui sont ceux qui veulent le demeurer. Où vous situez-vous, sénatrice ?

Le fait qu'il l'appelle par son titre indiquait qu'il était prêt à la considérer comme un adversaire. Cela lui déplut, mais elle garda un ton détendu.

— L'immunité contre les dommages abusifs est une chose, la loi du Président une autre. Son but est d'empêcher les armes de finir dans les mains d'irresponsables.

L'attitude de Dane trahit sa nervosité.

— Pourquoi des citoyens respectueux des lois devraient-ils subir des contrôles, que ce soit dans les foires d'armes ou ailleurs ? C'est le premier pas vers la confiscation des armes par harcèlement. Un voisin ne pourra plus vendre une arme à l'autre, ni un père la donner à son fils.

Cassie écoutait, assise dans son fauteuil, le menton dans la main.

— Avant que j'admette cela, Charles, il faudra me convaincre que c'est bien le cas. Vous en aurez le temps, si j'en juge par le discours de Hampton. En ce qui concerne les dommages, vous connaissez ma position : j'estime que la plupart des procès en dédommagement sont abusifs. Mais il est un procès auquel tout le monde pense, et c'est celui de Mary Costello. Vous me demandez donc de voter contre Lara Kilcannon et sa famille assassinée. Mais pourquoi demander ce vote si vos avocats peuvent convaincre le juge de rejeter la plainte, comme les experts pensent qu'il le fera ? Attendons ce moment, et nous n'aurons pas à meurtrir la First Lady.

— Elle n'est pas seulement la First Lady, rétorqua Dane. Elle est aussi l'épouse de notre plus grand ennemi. Sa sœur, qui est leur otage, a intenté un procès aux SSA. Vous ne pouvez pas tout à la fois les soutenir et être notre amie.

En dépit de la courtoisie du ton, Cassie trouva les propos de Dane simplistes, mélodramatiques et pleins d'angoisse ; ça ne lui ressemblait pas.

— Je suis toujours votre amie, répondit-elle d'un ton amène. Chaque fois que les droits de détention d'armes sont mis en cause, je vous suis toujours favorable.

— Mais pas sur l'interdiction des armes d'assaut, coupa Dane. Ça vous a presque coûté la nomination par votre parti.

L'entretien s'annonçait comme réellement déplaisant. Cassie s'efforça de sourire.

— Vous avez beaucoup de mémoire, Charles. Moi aussi. C'était il y a cinq ans, et il y a eu beaucoup de votes au sujet des armes, remarqua-t-elle avec une pointe de défi. J'ai parfois le droit de montrer un peu d'indépendance. Mais je conçois que ce vote soit fondamental pour vous. Je prendrai votre demande en considération avant de voter. Ma porte vous est toujours ouverte, à vous et à vos partenaires.

Dane s'assombrit. Il tenait ses deux index pressés l'un contre l'autre et pointés sur elle comme un pistolet.

— Je regrette de vous dire ceci, dit-il. Mais si vous votez contre nous sur l'une des deux lois, nous présenterons George Bolt contre vous lors des primaires.

Elle fut stupéfaite. Bolt était un ancien gouverneur, toujours en lice, modéré à bien des égards, sauf sur les droits de posséder des armes, et un adversaire beaucoup plus dangereux qu'un quelconque parachuté de droite.

— George Bolt, répondit-elle froidement, a assez d'heures de vol pour savoir qu'à soixante et onze ans, et alors qu'il n'a pas fait campagne depuis dix ans, il appartient au passé. Il n'a plus d'organisation. Pourquoi se ridiculiserait-il ?

— Pour sauver le Maine de la honte d'un sénateur qui aurait trahi le Deuxième amendement. Quant à l'organisation, nous y pourvoirons sans peine.

Elle savait qu'ils le feraient. Elle se demanda, soudain alarmée, pourquoi son mentor Warren Colby n'avait pas senti ce coup venir.

— George ne peut pas me battre, dit-elle. Et, s'il le faisait, il serait battu par Abel Randolph. Prendre parti contre moi dans les primaires ne fera qu'inciter Randolph à se jeter dans la mêlée. Il ne vous restera plus qu'à m'échanger contre Randolph.

— Ça n'a rien de personnel, Cassie, dit Dane d'un air de regret. Mais je tenais à vous prévenir de cette possibilité avant que cela advienne. J'espère sincèrement que cela n'adviendra pas.

Elle le fixa longuement du regard.

— Je l'espère aussi.

2

— Avant que votre sœur quitte John Bowden, demanda Nolan à Mary Costello, avez-vous pris une initiative quelconque pour lui venir en aide ?

Au bout de la table, Harrison Fancher regardait Mary Costello avec l'air obtus d'un oiseau de proie. La tension accumulée depuis le début de l'entretien avait figé la plaignante dans une attitude rigide et crispée.

— Jusqu'à ce que Lara découvre les ecchymoses sur le visage de Joan, répondit-elle, nous n'étions au courant de rien.

— Vous n'aviez jamais vu ces ecchymoses ? s'enquit Nolan, les sourcils levés.

— Non. Nous ne la voyions plus souvent. Nous pensions qu'elle était prise par sa famille.

— Vous *pensiez* ? Vous ne lui aviez jamais posé la question ? insista Nolan, incrédule.

— Non.

Sarah s'apprêta à intervenir : la première ligne d'attaque de Nolan était évidente. La famille de Joan avait failli à son devoir de protection et, en attaquant Lexington et les SSA, Mary tentait de se décharger de sa culpabilité.

— Donc, John Bowden tenait votre sœur et sa fille prisonnières virtuelles et vous ne vous êtes jamais demandé si c'était normal ?

— Objection, coupa Sarah. Ce n'est pas une question, c'est du harcèlement.

Encouragée, Mary leva les yeux et adressa un regard de reproche à Nolan. Ce dernier s'en avisa sans doute, car il se fit plus conciliant :

— Dans votre cœur, mademoiselle Costello, ne saviez-vous pas que la situation au foyer de votre sœur était terrible ?

— Vous ne savez pas à quel point John pouvait se montrer charmant. Nous ne nous doutions vraiment de rien.

— Nous ? N'avez-vous jamais évoqué avec votre mère la possibilité que Bowden la maltraitait, ou du moins isolait sa femme et sa fille ?

Mary détourna le regard.

— Nous ignorions ce qui se passait jusqu'à ce que Lara nous le révèle. Puis nous avons appris que Kerry avait parlé à Joan et lui avait donné de bons conseils.

— Mais vous habitiez San Francisco. Vous et votre mère n'avez pas offert à Joan et à sa fille de les accueillir quand vous avez découvert les faits ?

L'intention de Nolan était donc de démontrer que la négligence de Mary avait permis à Bowden de tuer trois membres de sa famille. Sarah chercha une raison d'objecter et n'en trouva pas.

— Joanie savait qu'elle pouvait toujours venir chez nous. Mais elle comptait sur Lara et Kerry.

— Ne vous êtes-vous pas demandé si la dénonciation de Bowden à la télévision nationale ne risquait pas de le pousser à bout ?

— Si. Mais Kerry et Lara avaient plus d'expérience que moi. Je leur ai fait confiance.

— Et que pensez-vous de tout cela maintenant ? demanda Nolan presque avec compassion.

Autre tactique, se dit Sarah : *diviser Mary et Lara en exploitant les regrets de la jeune sœur.*

— Le mauvais goût n'a décidément pas de limites, maître Nolan, dit-elle. Le témoin a perdu la plus grande partie de sa famille. Elle a vu Marie succomber aux lésions infligées par l'Eagle's Claw conçue par votre client.

Une lueur d'énervement clignota dans les yeux de l'avocat.

— Vos commentaires sont déplacés et indignes d'une professionnelle, riposta-t-il. Si vous continuez, je vais devoir les signaler au juge Bond.

Puis il se tourna à nouveau vers Mary :

— Votre sœur Lara a-t-elle mentionné le fait que la dénonciation de John Bowden était destinée à éviter des embarras politiques au président Kilcannon ?

— Je suis tenue de faire objection, intervint Sarah. Votre question implique que la calomnie citée dans votre question serait un fait.

— Calomnie envers qui ? s'exclama Nolan. Les Kilcannon ? Je pensais que vous représentiez ici Mary Costello.

— Je relève que vos questions manquent de fondements dans les faits, répondit Sarah, d'un calme précaire.

— Fondements par rapport à quoi ? Les motifs de l'interview du Président ? Ou bien vos propres allégeances ?

Se tournant une fois de plus vers Mary, il demanda :

— Est-ce que votre sœur a discuté avec vous du fait que la dénonciation de votre beau-frère pouvait servir les intérêts du Président ?

— Ce dont je me souviens, c'est que le *Chronicle* a publié son article parce que Kerry était le Président et qu'il s'occupait du cas de Joan. Nous avons discuté de la meilleure manière d'affronter cette situation.

— Mais comment le fait de dénoncer Bowden pouvait-il être utile à Joan ?

— En mettant un terme à la situation, je pense.

Nolan changea brusquement de sujet :

— Vous avez été à l'université de San Francisco, qui est privée. Qui payait vos frais de scolarité ?

Sarah se demanda quel pouvait être le but de la question, mais elle sentit qu'elle devait y objecter :

— Quel est l'intérêt possible de cette question ? s'enquit-elle d'un air faussement surpris.

— Conseillez-vous à votre cliente de ne pas répondre ? demanda Nolan.

Cela risquait d'exposer Mary à une nouvelle déposition devant un jury.

— Je vous autorise à poser la question, maître, mais jusqu'à un certain point. Une déposition ne vous autorise pas à fouiller à votre gré dans la vie de Mlle Costello.

— Je payais une partie de mes frais, répondit Mary.

— Et le reste ?

— Lara le payait.

— Vous a-t-elle aidée après vos études ?

— Elle m'a aidée à acheter mes meubles et à payer la garantie et le premier mois de mon loyer.

— Vous lui en êtes reconnaissante ?

— Oui. Bien sûr.

— Diriez-vous que Lara Kilcannon est riche ?

— Qu'est-ce que la fortune de la First Lady vient faire ici ? interrompit Sarah.

— Vous pouvez répondre, déclara Nolan, ignorant Sarah.

— Je crois qu'elle est à l'aise.

— Vous a-t-elle couchée sur son testament ?

— Je suppose, oui.

— Et vous lui en êtes reconnaissante, je présume ?

— Monsieur Nolan, se rebiffa Mary, j'ai été couchée sur le testament de ma mère. Il ne me viendrait jamais à l'esprit de lui être reconnaissante qu'elle soit morte.

La réplique cloua Nolan quelques instants.

— Ce que je voulais dire est que votre sœur continue de veiller sur vous financièrement. Est-ce la raison pour laquelle elle ne s'est pas portée partie civile dans ce procès ?

— Je demande au témoin de ne pas répondre, déclara Sarah.

— Pour quelle raison ?

— Vous avez vous-même reconnu que Mme Kilcannon ne pouvait pas se porter partie civile dans ce procès, ou bien dans une plainte en son nom contre votre client. Cela créerait une collusion entre les litiges.

Nolan demanda à Mary :

— Vous suivez les instructions de votre avocat ?

— Oui.

— Mais vous reconnaissez que vous seule bénéficierez de toutes informations et de tout règlement ?

— Oui.

— En excluant vos avocats, bien sûr, ajouta Nolan avec un sourire acide. À propos d'avocats, comment avez-vous choisi maître Lenihan ?

— Il a offert ses services.

— Quelle surprise. Et maître Dash ?

— Par ma sœur.

— Est-ce que Mme Kilcannon vous a informée que maître Dash exécuterait ses recommandations et celles du Président dans la conduite de ce procès ?

— Je recommande de ne pas répondre, dit Sarah.

— Ou bien est-ce que Lara vous donne personnellement ses recommandations ?

— Même conseil.

— Lara ne me dit pas ce que je dois faire ! s'écria Mary, énervée.

— Alors, dit Nolan, doucereux, vous pouvez ignorer les conseils de votre avocat. À moins que vous ne préfériez que j'en réfère au juge Bond ?

La tactique de Nolan était évidente : séparer Mary de Lara et de Sarah, jusqu'à ce qu'elle renvoie ses avocats ou laisse tomber sa plainte.

— Même conseil, répéta Sarah.

— Vous persistez à suivre les ordres de votre avocat, mademoiselle Costello ?

— Oui, répondit Mary, rigide.

Nolan la considéra un moment, puis haussa les épaules. Il avait échoué.

— Il faudra donc que j'interroge votre sœur, dit-il.

3

Quand il entra dans le vestiaire des Républicains, Frank Fasano avait espéré évaluer les réactions de ses collègues à la critique exceptionnellement agressive de Chuck Hampton. Il n'y trouva que Chad Palmer et Leo Weller, regardant Kerry Kilcannon à la télévision. Il se joignit à eux et comprit que l'attaque de Hampton faisait partie d'une vaste offensive organisée par Kilcannon en personne.

Le Président s'était, en effet, aventuré en territoire ennemi : il avait décidé de s'adresser à la convention de la chambre de commerce à Atlantic City. Cela faisait partie d'un raid médiatique d'un jour consacré aux armes. Confronté à une audience qui risquait d'être hostile, Kilcannon se montrait pourtant plus détendu que jamais.

— Un peu d'antagonisme lui rend l'existence moins morne, releva Palmer.

— Il ne faut certes pas encourager les procès spécieux, déclara Kilcannon. Mais une partie des arguments contre les avocats d'affaires, utilisés en faveur de la limitation des dommages se fondent sur de la désinformation préméditée. Pour parler franc, il est plus facile de s'en prendre aux cupides avocats qu'à un quadriplégique condamné à la chaise roulante à cause d'un pneu défectueux.

— Pour être franc... répéta Fasano avec un sourire ironique.

Néanmoins, ces attaques ouvertes pouvaient être mortelles.

— Beaucoup de gens détestent les avocats, sauf celui dont ils ont besoin, poursuivit Kilcannon, goguenard. Les avocats sont aussi exécrés que les hommes politiques. En fait, comme l'a dit hier un de vos orateurs parlant de moi, on prétend que les avocats achètent les hommes politiques.

L'orateur, Fasano le savait, était Paul Harshman.

— Cet homme a employé sept fois de suite les mots Kilcannon et avocats d'affaires dans la même phrase, de façon aussi peu flatteuse. Mais il n'a pas prononcé une seule fois le mot de victime. Ce sont pourtant des victimes qui résultent d'un pneu défectueux, d'un réservoir d'essence qui explose ou d'un avion qui se désintègre en vol. Les avocats ne créent pas ces victimes. Mais les victimes ont besoin d'avocats. Parce que, sans représentation légale, les gens ordinaires n'ont pas de recours contre les organismes dont la négligence ou la malhonnêteté ont saccagé leur vie à jamais.

— Populisme de bas étage, ricana Leo Weller. On croirait que nous sommes une nation de victimes.

— Mieux vaut ne pas le dire en public, Leo, conseilla Fasano. Du moins pas avant que les gens ordinaires du Montana t'aient consenti un second terme.

— Et maintenant, poursuivit Kilcannon, voyons d'autres questions que le sénateur Harshman a omis de mentionner. Il a déploré que les frais de poursuites inutiles soient répercutés sur le consommateur. Mais les poursuites sont-elles inutiles quand elles assurent les soins constants dont un quadriplégique de dix ans aura besoin pour le reste de sa vie ? N'est-ce pas à cause de ces poursuites inutiles que l'industrie automobile a amélioré la sécurité de ses véhicules ? Et pourquoi les avocats des parties civiles seraient-ils plus à blâmer que ceux des industries du tabac et de l'amiante, industries fort prospères, rappelons-le, qui gagnent cinq cents dollars de l'heure à plaider contre des plaignants atteints de cancer ou d'emphysème ?

— Je donnerais cher pour entendre ce que dirait Paul Harshman, ricana Palmer.

— Le sénateur Harshman a clamé à maintes reprises que vous représentiez les Américains et les Américaines. Mais qui donc finance vos industries et vos commerces ? Ce sont les Américains. A-t-il oublié que les procès se terminent trop souvent en faveur des riches et des puissants contre les infirmes, les faibles et, peut-être, vos propres familles et vos amis ?

Leo Weller était scotché à l'écran.

— Trop souvent, ces attaques simplistes contre les avocats servent à manipuler les processus législatifs pour protéger les grands patrons et empêcher les gens ordinaires de demander justice. Si vous trouvez que j'exagère, demandez-vous pourquoi nous avons des lois qui protègent les enfants contre des pistolets-jouets et des cigarettes en chocolat, mais pas contre les vrais pistolets et les vraies cigarettes.

— Ce n'est pas un mystère, ironisa Palmer. C'est parce que ceux qui créent les vrais problèmes nous ont achetés. C'est le problème du financement des campagnes politiques.

Leo Weller grommela son désaccord.

— Dans ces cas-là, poursuivait Kilcannon, l'action en justice est le dernier moyen de défense des gens ordinaires. La question n'est pas de savoir si les avocats sont abusifs, mais si les gens ordinaires ont le droit de se défendre légalement. Et là réside la question fondamentale que le sénateur Harshman, et son chef, le sénateur Fasano, ont omis de poser.

Fasano tenta de se détacher du contexte pour évaluer son adversaire. Le talent que Kilcannon déployait dans la confrontation et la rhétorique agressive lui valait instantanément des admirateurs fervents et des détracteurs enragés. Et sa capacité de volte-face lui permettait de se faire soudain conciliant, avec une indéniable puissance de persuasion. De surcroît, il était déconcertant : à la différence de tant d'hommes politiques que la télévision réduisait à deux dimensions, il restait aussi présent à l'écran qu'il l'était en tête à tête.

— Il nous faut donc trouver un équilibre. La loi que je propose limiterait les honoraires des avocats aussi bien que les dommages punitifs, qui peuvent être catastrophiques. Vos propres chefs ont accepté ce compromis. Mais le sénateur Fasano l'a refusé.

— Attendons-nous à des amabilités, dit Fasano.

— La raison en est simple. Enfouie dans le texte de la loi de réforme de la justice civile soutenue par le sénateur Fasano se trouve une clause protégeant les fabricants d'armes contre les procès. J'ai demandé que cette clause soit supprimée. Vos responsables en ont été d'accord. Le sénateur Fasano a une fois de plus refusé. Il faut donc vous demander si les priorités des Républicains sont aussi les vôtres. Et peut-être demander au sénateur Fasano pourquoi les volontés du lobby des armes prennent le pas sur les vôtres.

— Parce que le droit aux armes des patriotes américains devrait être sacré pour tous ! répondit Palmer.

— Il est aussi curieux que le sénateur Fasano et ses collègues se présentent comme ardents défenseurs des juridictions des États et qu'ils se proposent pourtant de réécrire les lois de cinquante États pour protéger les fabricants d'armes contre les procès de victimes.

Kilcannon parcourut l'assemblée d'un regard ironique.

— Ils envisagent même d'annuler tous les procès déjà en cours ! La direction des Républicains ne devrait pas sacrifier vos intérêts juste pour faire en sorte que les victimes d'armes à feu ne reçoivent jamais un sou de dédommagement.

— Il n'a jamais entendu parler de l'assurance-vie ? demanda Weller.

— Seigneur ! s'écria Chad Palmer. Ne ressors pas cet argument dans ton État. Tes adversaires te feraient botter le cul sans même sortir de chez eux.

— Les gens du Montana n'aiment pas ceux qui veulent confisquer leurs armes. Ils n'aiment pas non plus les avocats des parties civiles, ou les libéraux de la côte Ouest comme ton copain Kilcannon.

Et, d'un geste de dégoût vers l'écran, Weller quitta le vestiaire.

— J'opposerai mon veto à cette loi, conclut Kilcannon. Je ne peux pas accepter l'inacceptable. Mais le compromis que je vous ai offert est toujours valable. Dites au sénateur Fasano qu'il peut m'appeler quand il le voudra.

— Tu es toujours avec moi ? demanda Fasano à Palmer.

— Nous avons échangé notre parole, répondit Palmer, et nous la tiendrons tous les deux.

Au retour de son entrevue avec Cassie Rollins, Charles Dane alluma le téléviseur et choisit CNN. Kilcannon avait quitté Atlantic City pour Newark, sa ville natale, où, en compagnie de la First Lady, il visitait une école élémentaire située à Vailsburg, son ancien quartier. Près d'eux, l'air déconfit, on reconnaissait le sénateur démocrate James Torchio, qui comptait parmi les partisans de la loi de Fasano. Ils étaient assis au milieu d'un cercle d'enfants noirs, blancs et hispaniques. Sans prévenir, un gamin de sept ans commença à raconter le meurtre de sa sœur par un camarade de jeux armé d'un pistolet chargé. Quand il eut fini, il se tourna vers Lara :

— Ils ont tué ta sœur aussi. Je l'ai vu à la télé. Elle saignait de partout.

La First Lady parut saisie. Le garçon sembla se demander s'il avait dit quelque chose de déplacé. Puis Lara se leva et alla le prendre dans ses bras.

— Alors, tu sais ce que je ressens, lui dit-elle. Et je sais ce que tu ressens.

Dane donna un coup sec sur la télécommande et l'écran devint noir.

4

Sarah en croyait à peine ses yeux : le président des États-Unis était assis en face de John Nolan, dans le bureau de Washington du cabinet de ce dernier.

Près du Président se trouvait le professeur Avram Gold, de la faculté de droit de Harvard. Kilcannon n'avait pas résisté, comme l'avait prévu Lara, à la demande de comparution formulée par Nolan, et Sarah avait approuvé la décision : elle ne ferait que rendre plus incongrue la réticence de Lexington à laisser Callister déposer. Nolan cachait mal son agressivité envers le Président. Lenihan, Sarah, Harrison Fancher, ses associés et ceux de Nolan étaient également présents.

Pour commémorer cette déposition historique, mais aussi pour s'assurer que les embarras ou les colères du Président seraient enregistrés, Nolan avait obtenu du juge Bond que la séance fût filmée.

Kilcannon était entré dans la salle, considérant les personnes présentes avec détachement, mais s'était arrêté un instant devant Sarah pour lui faire un compliment sur sa plaidoirie dans l'affaire Tierney. Il était maintenant assis et prêt à affronter le feu roulant des questions de Nolan.

— Étiez-vous conscient que Joan Bowden s'en remettait à vos conseils pour réagir aux mauvais traitements de son mari ?

— Tout à fait conscient.

— Lui avez-vous conseillé de renoncer à son mariage ?

— Oui.

Nolan fixa son regard sur le Président.

— En votre qualité d'ancien procureur chargé des violences domestiques, admettez-vous que le moment où une femme battue interrompt sa vie au foyer est celui où sa vie est le plus en danger ?

— Pas nécessairement, monsieur Nolan. Le moment le plus dangereux peut être aussi celui où son mari la bat à mort avant qu'elle quitte le foyer.

Nolan hésita avant de reprendre :

— Cependant, vous savez d'expérience que les maris violents réagissent souvent à leur éloignement du foyer en passant des mauvais traitements au meurtre ?

— Souvent ? Je ne peux pas en juger. Mais ça peut advenir.

— Est-ce que votre premier procès en mauvais traitements ne s'est pas terminé par le meurtre de l'épouse ?

— C'est enregistré dans les archives juridiques.

— L'avez-vous mentionné à Joan ?

— Je ne crois pas.

— Parce que vous avez craint qu'elle ne quitte pas le foyer ?

— Cela faisait des années que son mari la battait, répondit le Président, et cela affectait leur fille de six ans. La veille de son départ, Bowden a placé un pistolet sur son front et menacé de la tuer. Je n'ai pas cru nécessaire de lui rappeler qu'elle était en danger. Elle n'en était que trop consciente. Elle et sa fille devaient être libérées de Bowden avant qu'il ne soit trop tard.

— Mais vous saviez qu'en partant elle allait exaspérer Bowden au point qu'il pourrait la tuer ?

— Je l'ai envisagé, oui.

— Et vous ne l'avez quand même pas prévenue ?

Lenihan s'agita. Mais Kilcannon ne parut pas ému par la question :

— Joan et Marie vivaient dans des conditions atroces. Je n'ai pas trouvé approprié de faire peur à Joan pour qu'elle reste.

— Vous avez donc décidé d'assumer le risque pour elle ?

Kilcannon lança un long regard à Nolan.

— Je ne pense pas avoir couru quelque risque que ce soit, monsieur Nolan. Ou peut-être ai-je mal compris votre question ?

Le calme imperturbable de Kilcannon avait fait monter la tension dans la salle.

— N'est-il pas vrai, monsieur le Président, que l'escalade des menaces de Bowden a commencé après que Joan fut allée trouver la police sur votre conseil ?

— C'est exact. Et c'était prévisible. Je n'y pouvais rien.

— Et qu'avez-vous fait ?

— J'ai appelé le procureur du district, je me suis assuré que la police avait saisi le pistolet de Bowden et qu'une procédure d'éloignement était en cours. Quand les menaces ont persisté, j'ai veillé à ce que la police fouille de nouveau l'appartement de Bowden et j'ai engagé des détectives privés pour protéger Joan et Marie. Malheureusement, le *Chronicle* a demandé à mon attachée de presse si j'usais d'une influence spéciale en faveur de Joan et de Marie.

— Et c'est pourquoi la First Lady et vous avez choisi de dénoncer Bowden comme mari violent sur ABC ?

— Choisi ? répéta Kilcannon, considérant Nolan avec hauteur. Je pense que vous n'êtes pas en mesure d'apprécier ceci, monsieur Nolan. Dans ses rapports avec la presse, un président dispose de peu de recours. Confrontés à l'imminence des révélations du *Chronicle*, nous avons décidé qu'il valait mieux aller au-devant des faits.

— Dans l'intérêt de qui ?

— De Joan, à mon avis, répondit le Président en fixant Nolan du regard. Si nous n'avions pas pris les devants, la presse les aurait traqués pendant plusieurs jours, elle et son mari.

Nolan parut sceptique.

— Avec le respect que je vous dois, monsieur le Président, l'un de vos soucis n'était-il pas de présenter votre rôle dans cette affaire sous son jour le plus favorable ?

— Avec le respect que je vous dois, monsieur Nolan, cette question est même indigne de mépris.

Nolan se radossa, mais reprit :

— Quelles que soient vos émotions, je souhaiterais une réponse.

— Vous n'avez pas compris ma réponse précédente, monsieur Nolan ? rétorqua Kilcannon.

Lenihan laissa échapper un rire sarcastique. Nolan se figea, sans regarder Lenihan. Avram Gold, qui semblait avoir pour instructions de ne pas intervenir, regarda Nolan d'un air surpris. Puis il n'y tint plus et lui demanda :

— Voudriez-vous que le greffier relise la réponse ?

Nolan consulta sa montre, puis il passa à une autre question :

— En accordant votre interview, monsieur le Président, n'avez-vous pas songé qu'elle pourrait pousser Bowden à la violence ?

— Au meurtre ? Je ne pouvais pas le prévoir.

— Cela étant, avez-vous pris des mesures supplémentaires pour protéger Joan et Marie ?

— Elles se trouvaient avec nous, à ce moment-là, sous la protection des services secrets. Je m'étais assuré que les détectives privés que nous avions engagés pour surveiller la maison de Joan les accueilleraient à l'aéroport.

Kilcannon s'interrompit et reprit, sur un ton de regret :

— Ce que je n'avais pas pris en considération était que la publicité de votre client induirait Bowden à se rendre dans une foire d'armes à Las Vegas, où un mari brutal et condamné pouvait acheter un Lexington P-2 et des balles Eagle's Claw. Et que ces risques menaçaient aussi la mère de Lara.

Nolan parut atteint en plein vol, incapable pendant un moment de reprendre le fil de son interrogatoire. Puis il tira d'un dossier à sa droite un document que Sarah reconnut comme la lettre de John Bowden, demanda au greffier de classer le document comme pièce à conviction Kilcannon n° 1, puis le glissa sous les yeux du Président :

— Pouvez-vous identifier ce document ?

— C'est la lettre de Bowden, répondit Kilcannon, pâle. Elle est suffisamment explicite.

— John Bowden vous y rend responsable des meurtres qu'il va commettre.

— Oui.

— Sachant cela, l'auriez-vous dénoncé devant quelque quarante millions de téléspectateurs ?

— Je crois vraiment que j'ai fait tout ce que je pouvais pour protéger la famille de Lara, y compris faire désarmer Bowden, répondit Kilcannon. Mais je ne pouvais pas, monsieur Nolan, les protéger intégralement contre votre client.

Désarçonné un instant, Nolan répliqua avec une nuance de colère dans la voix :

— N'est-il pas vrai, monsieur le Président, que vous essayez de rejeter sur Lexington Arms l'erreur que vous avez commise en provoquant un homme que vous saviez enclin à la violence ?

— Non, répondit Kilcannon, d'un ton froid. Je blâme Lexington pour sa propre décision de commercialiser des armes exclusivement destinées aux criminels et aux maris violents. Je blâme aussi Lexington pour n'avoir pas fait le moindre effort de prévention. Si ce n'est de vous engager, *vous*, pour détourner le blâme qu'ils encourent de la part d'une famille qui est encore en deuil. C'est pourquoi *vous* m'avez fait venir ici, bien que vous sembliez reconnaître que je suis le président de ce pays et que je suis donc un homme occupé. Peut-être plus occupé que le président de Lexington Arms. Et je me demande alors : où est donc M. Callister ? Je n'ai plus de ses nouvelles. Il a disparu. Le professeur Gold m'informe que vous refusez de le laisser déposer. De quoi avez-vous donc peur, monsieur Nolan ? Que l'épreuve soit trop pénible pour lui ? Assurez-le donc qu'il sera traité avec les égards qui lui sont dus.

Sarah se dit qu'à la place de Nolan elle aurait fait brûler la vidéo avant que quiconque la vît. Nolan releva la tête et, d'un ton où ne subsistait plus trace de courtoisie, demanda :

— N'est-il pas vrai que M. Callister a refusé vos demandes de changement de politique commerciale de Lexington ?

— Non, ce n'est pas vrai. Il a refusé d'autres demandes.

— N'est-il pas vrai que vous blâmez les SSA pour l'impuissance du Congrès à voter le genre de lois que vous proposez ?

— Dans une certaine mesure, oui. Mais j'essaie d'y remédier.

— En fait, est-ce que ce procès ne fait pas partie de vos efforts pour y parvenir ?

— Quels efforts ? Je ne suis pas un parti. Et s'il y a quelque chose qui nuit à votre client, ce sont les faits que vous essayez d'occulter.

— Est-ce que Mary Costello n'a pas intenté ce procès sur vos recommandations ?

— Mary n'a jamais discuté avec moi de ce procès.

Nolan fit une grimace d'incrédulité.

— N'en avez-vous pas discuté avec maître Dash ?

— J'admire le travail de maître Dash. Mais je ne lui ai jamais adressé la parole jusqu'ici.

— N'en avez-vous pas discuté avec maître Lenihan ?

— Une fois, après les meurtres. Il m'a demandé si Mary aurait besoin d'un avocat. Je lui ai répondu que, si c'était le cas, je ne connaissais personne de plus qualifié que lui. Puis j'ai appris qu'elle l'avait engagé.

— Savez-vous comment Mary Costello a engagé maître Dash ?

— Je pense que Lara le lui aura suggéré. Qu'en dit Mary ?

Nolan revint à la charge :

— Avez-vous discuté avec la First Lady du choix de maître Dash ?

Le Président se redressa et considéra Nolan.

— Lara est ma femme, monsieur Nolan. Trois des membres de sa famille ont été assassinés. Vous pouvez supposer sans témérité que nous en parlons de temps en temps, de même que du procès de Mary. En fait, il est même possible que nous parlions de cette déposition à dîner. Mais ça ne vous regarde pas.

— Vous refusez de répondre ?

Avram Gold s'apprêtait à prendre la parole, mais le Président le retint d'une main sur le bras.

— Lara et moi sommes des personnages publics, mais nous avons droit à notre vie privée comme n'importe quel autre couple.

— Dirigez-vous ce procès par l'entremise de Mme Kilcannon ?

— Diriger ? Non, il me semblait que c'était la tâche des avocats.

— Alors vous pouvez éclaircir la question en me disant si vous vous servez de votre femme comme messagère de vos instructions à Mary Costello et aux avocats.

— Il me semble qu'il faut, en effet, diriger certaines choses, intervint Gold, et c'est moi qui le ferai. Votre dernière question vise à dépouiller le Président de ses prérogatives maritales,

380

maintenant et dans le futur. Je conseille au Président de ne répondre à aucune de vos questions sur ses entretiens avec la First Lady. C'est la loi et c'est aussi une affaire de simple décence. Il est honteux que je doive vous le rappeler.

— Vous refusez donc de répondre à ma question ? insista Nolan en s'adressant au Président.

— Oui, répondit Kilcannon avec un sourire. Par respect pour le professeur Gold. Et pour ma femme, bien sûr.

Nolan se rebiffa :

— Je dois vous prévenir, monsieur, que nous pourrions être forcés de présenter une requête visant à rouvrir votre déposition. Et que cela retardera l'ouverture du procès de votre belle-sœur.

— Nous sommes tous deux avocats, répondit le Président, et nous savons tous deux qu'une telle requête constituerait un effort de votre part pour causer un retard. Vous avez, je crois, réussi à empêcher tous les faits de la réquisition d'être communiqués au public. Je vois bien pourquoi. Mais il faudra alors que vous présentiez votre requête en séance publique, devant le public et la presse, sous le prétexte que Lexington aurait le droit de s'immiscer dans notre vie privée encore plus que vous ne l'avez déjà fait. Je serai alors heureux de répondre, et Lara aussi.

L'argument avait cloué le bec à Nolan pour de bon : il savait que sa requête ne verrait jamais le jour.

— Bon, vous avez fini, John ? intervint Lenihan. Nous avons autre chose à faire.

Cette nuit-là, pendant que Lara dormait, Kerry se rendit au Bureau Ovale. Il prit dans un tiroir une liasse de notes de sa propre main : conversations avec Joan, le procureur du district et l'agence de détectives privés. Puis la copie de la lettre de Bowden. Il les relut d'un trait, essayant de chasser les images des meurtres qui s'imposaient à son esprit.

5

Le lendemain matin, de retour dans le Bureau Ovale, Kerry y emporta un exemplaire du *Defender*. La couverture s'ornait d'une caricature de lui-même, en tenue de gala et buvant du champagne, avec le titre suivant :

« Est-ce que cet homme a jamais mis les pieds dans une foire d'armes ? »

L'article exaltait les foires en question comme le lieu où « les familles américaines vont retrouver les traditions sportives qui font partie de notre mode de vie ». Kerry avait corné une page publiant le calendrier des manifestations de ce genre.

Il avait souligné en rouge une foire d'armes se tenant à Las Vegas ; il posa la revue près de l'agenda des deux jours à venir et téléphona à Kit Pace :

— Je veux changer l'agenda de demain, annonça-t-il.

Bernadette Fasano devait accoucher dans une semaine. Bien qu'il haïsse les téléphones portables, son mari en avait, pour cette raison, glissé un dans sa poche ; l'appareil y était donc pendant que le sénateur mangeait un sandwich avec Charles Dane dans la salle de conférences des SSA.

— Je vais vous montrer une des bonnes œuvres des avocats d'affaires, dit-il en enclenchant le magnétoscope.

Sur l'écran apparurent des photos de Henry Serrano, David Walsh et Laura Blanchard, les autres victimes de la tuerie de l'aéroport de San Francisco. Au-dessous défilèrent les mots de la publicité de Lexington dans *The Defender*. Puis une voix demanda :

— Mais quelle est vraiment l'espèce menacée?

— C'est le cabinet de Lenihan qui a payé ça? demanda Fasano.

— Ouais, dit Dane. Ils ont lancé une grande campagne de pub. Nous les collectionnons.

L'image suivante fut celle de Felice Serrano tenant une photo de son mari jouant avec les enfants.

— Je prie pour que chaque membre du Congrès se souvienne du visage de George avant de voter contre la loi sur les armes.

— C'est honteux, dit Dane. On voit bien que c'est Lenihan qui lui a dicté ses mots.

Brusquement, le visage de Felice fut remplacé par ceux de nombreux enfants dont les âges étaient indiqués, avec la mention : « Tué par un camarade de classe. »

— Ce sont quelques-uns des quatre-vingts enfants tués chaque semaine par armes à feu, reprit la voix. Mais le sénateur Fasano estime que les crans de sûreté qui pourraient sauver leurs vies menacent notre liberté. A-t-il oublié la liberté de vivre?

En dépit de son blindage psychologique, Fasano se rendit compte qu'il se crispait.

— Tu es devenu la cible, commenta Dane.

Et par la faute de qui? eut envie de répondre Fasano.

Son attention fut alors détournée par l'image d'un homme et de sa femme. L'homme avait été victime d'une tentative de meurtre et avait souffert de graves dommages crâniens. Il déclara, d'une voix hachée mais distincte :

— Tout ce que je veux est que notre pays soit plus sûr.

— C'est pourquoi, reprit sa femme, nous avons été choqués quand le sénateur Paul Harshman a dit à la convention des SSA que, après Kilcannon, mon mari était le principal ennemi des propriétaires d'armes en Amérique.

— Fais-moi une faveur, dit Fasano. Cesse d'inviter Paul à prendre la parole. C'est comme donner de l'essence et des allumettes à un pyromane.

Le portable bourdonna.

— Pardonne-moi, dit Bernadette d'une voix lasse, mais, si je ne me trompe, notre dernière production va bientôt être prête.

Un sourire perça à travers l'anxiété de Fasano. Ce serait leur sixième enfant en neuf ans ; elle savait de quoi elle parlait.

— Ne te fais pas trop attendre, ajouta-t-elle.

— Promis.

— Un autre Fasano en route ? demanda Dane.

— Oui, je dois filer.

— Dommage, tu rates le clou : un coup de poignard dans le dos de Leo Weller.

— Garde-le-moi au frais.

Le lendemain, après un discours de Kilcannon au Commonwealth Club de San Francisco sur la responsabilité des industriels, Kit Pace surprit les journalistes en leur annonçant que le Président ferait une étape de trois heures à Las Vegas, mais refusa d'en dire davantage.

— Je doute que ce soit pour jouer aux machines à sous, ajouta-t-elle.

Dans l'avion, Kerry téléphona au chef de la majorité pour le féliciter de la naissance de son cinquième garçon et sixième enfant.

— Vous lui avez trouvé un nom ? demanda-t-il.

— Francis Xavier junior, répondit Fasano. Nous étions à court de prénoms.

— Je suis content pour vous. En ce qui me concerne, je pense que le monde ne verra jamais un Kerry junior.

— Pour certains d'entre nous, Kerry senior est déjà plus qu'il ne nous en faut, rétorqua Fasano.

Puis Kerry visionna les publicités préparées par le cabinet de Lenihan. Une ville pittoresque, vrai décor de western, apparut sur l'écran. La voix du narrateur annonça :

— Nous sommes à Libby, Montana. Ici, les gens travaillent dur et ne rêvent pas. Mais, aujourd'hui, beaucoup de gens y meurent d'asbestose, la maladie de l'amiante. Leurs familles se battent désespérément contre les compagnies minières qui tirent profit de grosses donations, de publicités trompeuses et de lobbies puissants pour obliger les élus de l'État à les protéger.

— Lenihan n'a pas traîné, observa Kerry.

Les images pittoresques firent place à des visages sombres. D'abord une femme au visage doux, encadré de cheveux gris :

— Ils ont tué mon mari, et mes quatre garçons sont en train de mourir.

Puis un homme aux yeux cernés et au visage émacié déclara :

— Ils nous ont menti. Nous ignorions que cette poussière était mortelle.

Une jolie jeune femme :

— Trois membres de ma famille sont morts. Mon frère Hank, mon oncle Lee et mon cousin Alex. N'importe qui irait en prison pour une chose pareille !

— Pas s'il avait donné cent mille dollars à Leo Weller, dit Kerry.

Comme par hasard, le visage de Weller apparut à l'écran. La voix de la jeune femme poursuivit :

— Le sénateur Leo Weller soutient une loi qui nous empêcherait de tenir la société minière pour responsable.

Le visage du sénateur fut remplacé par celui d'un homme équipé d'un respirateur :

— J'attends des excuses... de Leo Weller. Mais il ne veut même pas... nous voir. Je voudrais savoir... avant de mourir... pourquoi les profits d'une... société minière sont plus importants... que ma vie.

— Qu'est-ce que ça a coûté ? demanda Kerry.

— Deux millions, répondit Kit Pace. Au Montana, ça passera tous les soirs sur toutes les chaînes pendant trois semaines.

L'avion se préparait à atterrir. On distinguait Las Vegas par les hublots.

— Vous voulez vraiment y aller ? demanda Kit Pace. On ne sait vraiment pas ce qui peut arriver.

— Tenez-vous simplement un peu en arrière de moi, répondit Kerry avec un léger sourire. Comme ça, les balles seront pour moi.

6

À 14 heures, Lara et Avram Gold pénétrèrent dans la salle de conférences de Nolan.

En tant qu'ancienne correspondante de guerre, la First Lady pensait avoir les nerfs solides. Pourtant, l'estomac noué, elle n'avait rien pu manger depuis le petit déjeuner. Elle dévisagea Nolan, face plate, front dégarni, obséquieux et très élégant, et décida d'être glaciale. On verrait bien qui craquerait le premier.

— Veuillez décliner votre nom pour l'enregistrement, dit-il.

— Lara Costello Kilcannon.

— Quand vous êtes-vous rendu compte que John Bowden battait votre sœur ?

— Durant un voyage à San Francisco avec mon mari, peu avant qu'il soit élu. Quand j'ai rendu visite à Joan, elle avait des bleus sur le visage.

— Depuis combien de temps cela durait-il ?

— Je l'ignore. Quelque temps, sans doute.

— Comment cela se fait-il ?

Et voilà, ça commence, se dit Lara.

Nolan voulait lui faire admettre que, par sa négligence, la famille de Joan avait semé les germes de sa propre tragédie. La colère en elle le disputa aux larmes.

— Seule Joan aurait pu y répondre.

— Pourquoi pensez-vous que cela durait depuis quelque temps ?

— Joan l'a dit à mon mari.

— En votre présence ?

— Non.

Gold se pencha entre Lara et Nolan et leva la main :

— Dans la mesure où les questions porteraient sur les conversations entre le témoin et son époux, qui sont couvertes par le secret conjugal, le témoin n'y répondra pas.

— Est-ce votre décision, madame Kilcannon, demanda Nolan, vexé, de refuser de fournir des informations sur les mauvais traitements subis par votre sœur, ou les circonstances qui ont mené à son meurtre, si vous les avez discutées avec votre mari ?

— M. Gold a défini ma position. Voulez-vous que le greffier relise sa réponse ?

Nolan jaugea Lara, afin d'ajuster sa tactique.

— Existait-il des tensions entre vous et Joan ? demanda-t-il.

— Pas de ma part. Je regrette d'avoir été si loin d'elle, à Washington ou à l'étranger.

— Et de sa part ?

— Joan savait que je l'aimais. Je regrette qu'elle ne soit pas ici pour vous l'assurer.

— Pour quelle raison n'avez-vous jamais discuté avec elle du cauchemar qu'elle vivait ?

— Justement parce que c'était un cauchemar et qu'elle en était humiliée. Kerry faisait désormais partie de la famille, il avait l'expérience juridique des brutalités conjugales et il était le plus qualifié pour en parler avec elle et l'aider.

Elle observa Nolan s'efforcer de déceler une faille dans ses propos.

— Et comment, exactement, l'avez-vous aidée ?

— Par l'entremise de mon mari.

— L'avez-vous envoyée chez un avocat ?

— Non.

— Avez-vous appelé la police à son sujet ?

— Non.

— Le procureur de district ?

— Non.

— Et sa protection ? Avez-vous joué un rôle dans cela ?

— En dehors de conversations avec mon mari ? Pas directement.

— Croyez-vous que sa protection était appropriée ?

— À ce moment-là, oui. Mais nous ne pouvions pas imaginer l'intervention de votre client, comme mon mari vous l'a sans doute dit.

Nolan posa les paumes sur la table.

— Soyons clairs, madame Kilcannon. Que croyez-vous que mon client ait fait ?

— Il a attiré un mari brutal dans une foire d'armes à Las Vegas, où il pouvait acheter un pistolet sans contrôle du fichier, pour mieux tuer ma mère, ma nièce et ma sœur. Pour autant que je sache, votre client continue à le faire et d'autres victimes tomberont à cause de lui. À moins qu'il ne se décide à protéger des personnes comme Joan...

— Avez-vous...

— Pouvez-vous répondre à ma question ? coupa-t-elle.

— Je regrette, madame Kilcannon, dit Nolan avec un sourire, mais le professeur Gold vous aura sans doute dit que votre déposition est à sens unique.

— Étant donné que vous n'avez pas la responsabilité morale de ce que fait votre client, aurez-vous la décence d'être embarrassé quand vous le découvrirez ?

Le sourire de Nolan s'évanouit.

— Avez-vous transféré à votre mari votre obligation d'aide à votre sœur ?

— Pas du tout. Mon mari a agi en notre nom commun.

— Et au nom de ses intérêts politiques ?

— Je regrette, monsieur Nolan, je ne comprends pas votre question, répondit-elle, glaciale.

— Je la formulerai donc en d'autres termes : est-ce que la décision de dénoncer à la télévision les violences de John Bowden était dictée par la politique ?

— Non.

— Afin d'éliminer une ombre fâcheuse à votre mariage et aux bénéfices politiques qu'il offrait ?

— Mais laissez donc tomber, interrompit Lenihan, avec dégoût.

Avram Gold se pencha en avant :

— Cette question n'est pas seulement hors cadre, monsieur Nolan, elle est offensante, insultante et scandaleuse.

— Et très bête, ajouta Lara.

— Votre mari n'a-t-il pas décidé de dénoncer Bowden pour évacuer un embarras familial et récuser des accusations d'influence déplacée dans une affaire de violences conjugales?

Lara regarda le plafond.

— Ça ne ressemble pas à Kerry, répondit-elle. Lui avez-vous posé la question?

— Je vous la pose à vous.

— Alors posez-moi des questions qui ne soient pas idiotes.

— Pourquoi idiotes? N'avez-vous pas joué un rôle dans cette décision?

— C'est Joan qui l'a prise.

— En avez-vous parlé avec elle?

— Pas directement.

— Vous ne saviez donc pas qui avait décidé de dénoncer Bowden, ni qui le ferait?

— Je n'étais pas présente.

— Après les meurtres, en avez-vous discuté avec votre mari?

— Je rappelle, reprit Gold, que les conversations conjugales sont légalement couvertes par le secret

— Êtes-vous au moins disposée à discuter de vos conversations avec maître Dash? s'obstina Nolan.

— Ces conversations sont également couvertes par le secret professionnel. Mme Kilcannon a droit aux conseils juridiques de maître Dash.

— Est-ce votre position, madame Kilcannon?

Oui.

Il est cependant vrai que c'est vous qui avez suggéré à votre sœur de se faire représenter par maître Dash?

— Maître Nolan, coupa Gold avec lassitude, on vous l'a déjà expliqué. Comme Mme Kilcannon et sa sœur sont liées par l'intérêt, leurs conversations concernant cette affaire sont couvertes par le secret.

— Y compris les incitations à engager maître Dash?

— Oui, répondit Gold. S'il y en a.

— Est-ce votre position? demanda Nolan à Lara.

— Oui.

— Vous n'êtes pas disposée non plus à me dire si c'est votre mari qui a suggéré le nom de maître Dash ?

Lara voyait bien le piège de Nolan : démontrer aux assises qu'elle était la sœur froide et calculatrice qui avait laissé la charge de sa sœur à un mari également calculateur, puis avait manipulé Mary pour le bénéfice politique de ce même mari.

— Je ne suis disposée à rien vous dire, jamais, de mes conversations avec mon mari, ou même à vous dire si ces conversations ont eu lieu. Idem pour Mary.

Elle regarda Nolan un moment :

— Ma famille est très réduite, maintenant. Et ce qui en reste est trop précieux pour que je le partage avec un individu comme vous.

Ce soir-là, elle pleura, seule dans sa chambre. Elle n'avait pas flanché et Nolan s'était trouvé à court de questions. Mais il avait démontré sa thèse et rouvert de vieilles blessures. Elle se demanda ce qui adviendrait si elle et Kerry continuaient cette course infernale contre leurs ennemis.

À travers ses larmes, elle vit la pendulette de chevet : dans dix minutes, elle devrait redevenir la First Lady et, en l'absence de Kerry, présider une réception pour les vainqueurs des Olympiades des handicapés et leurs entraîneurs. Elle n'y aurait manqué pour rien au monde.

7

Les crêtes déchiquetées de la chaîne montagneuse, au-delà de la ville, se découpaient sur une bande de ciel clair. Pour Kerry, ce paysage chatoyant accentuait l'impression que Las Vegas était une ville irréelle, un décor importé de la lune par un metteur en scène délirant, sous l'emprise du crack. Le cortège automobile présidentiel longea le Strip, succession d'hôtels babyloniens et de décors anachroniques : Paris, Venise, New York reconstitués, la Rome des Césars, Louxor et Camelot regroupés sur la même avenue.

Puis il réfléchit à son plan.

Deux heures plus tôt, une équipe discrète s'était répandue dans la foire d'armes, sans être repérée, communiquant par portables ce qu'elle voyait. Quand la limousine de Kerry s'arrêta devant les portes de verre des lieux, les services secrets se dispersèrent à l'intérieur, parmi les badauds stupéfaits. Les reporters qui suivaient, intrigués, descendirent des deux cars mis à leur disposition.

Kerry ne descendit de la voiture qu'au dernier moment, s'apercevant soudain des risques de son initiative. Des gardes du corps l'entourèrent. Un visiteur portant un tee-shirt décoré d'une croix de fer allemande grommela une obscénité.

Des passerelles et des armatures d'éclairages dominaient des centaines de tables, sur lesquelles des panneaux proposaient des armes de toutes sortes. Le public ne remarqua d'abord pas l'arrivée de Kerry ; c'étaient des Blancs, presque tous des hommes, visiblement des banlieusards barbus et tatoués transportés par l'excitation d'une foire d'armes. On y aurait probablement trouvé peu de supporters de Kerry Kilcannon.

— Par ici, monsieur le Président, dit Peter Lake.

Et le petit groupe se dirigea vers la cible que visait Kerry. Sous un panneau proclamant : « Sans les SSA, pas de foires d'armes », deux hommes et une jolie femme le dévisagèrent avec un déplaisir évident.

L'agitation des gens qui reconnaissaient le Président se mua en protestations. Kerry parcourut une allée bordée de présentoirs contenant fusils de tireur d'élite, armes de poing, épées, poignards, baïonnettes et revolvers de plastique pour tromper les portiques de détection. Il sentit une haine ambiante l'envelopper. Un stand vendait des grenades à main, un autre des AK-47 avec des chargeurs de quarante balles, un autre des rations de survie congelées et des masques à gaz sous une bannière prévenant : « Vous ne pouvez pas vous battre si vous ne pouvez pas respirer. »

Une foule s'était amassée autour du groupe. Une femme accompagnée de deux enfants vociféra des injures inaudibles, sous une bannière proposant des munitions Eagle's Claw.

Kerry imagina Bowden dans ces lieux et frémit. Il arriva à une table où un barbu avait déployé des balles à percer les blindages, des chargeurs de haute capacité et une rangée d'armes noires devant un carton ainsi libellé : « Lexington P-2. L'arme de choix du patriote. » Derrière lui se dressaient des photos collées sur carton, grandeur nature, de Kerry et Lara, avec des cibles collées sur leurs torses.

Les agents des services secrets cernèrent la table. La mini-caméra de télévision se braqua sur le stand.

— Retourne à Washington ! cria quelqu'un.

Le Président examina un chargeur de quarante balles, des balles Eagle's Claw, des auto-collants libellés « Kilcannon – Traître à l'Amérique » et « Lara – pute traîtresse ». Sur un téléviseur portable, une vidéo exposait comment adapter un P-2 au tir automatique. Kerry put ainsi voir une pile de pastèques se liquéfier en un geyser rouge. « Achetez-le pendant que vous le pouvez encore », conseilla la voix du narrateur. Puis une photo du Président remplaça la pile de pastèques.

Kerry se tourna enfin vers le vendeur.

Un rictus déforma la face agitée et haineuse de l'homme. Kerry saisit une boîte de balles Eagle's Claw et attendit que le regard de l'homme se fixe dessus. Puis il la lui lança au visage. L'homme stupéfait attrapa le projectile de justesse.

— Veinard, lui dit Kerry. Vous avez eu le temps, vous.

Le regard de l'individu fut attiré par la caméra.

— Il y a trois heures, vous avez vendu à un ami personnel deux boîtes de balles Eagle's Claw, un chargeur de quarante balles et un Lexington P-2, exactement ce qu'avait acheté John Bowden. Et vous n'avez pas demandé son nom.

L'homme était incapable de répondre. Kit Pace souleva alors les silhouettes du Président et de la First Lady et les jeta sur la table.

— Mais moi, vous semblez savoir qui je suis, poursuivit Kerry. Combien voulez-vous pour nos silhouettes ?

L'homme était médusé. Kerry mit la main dans sa poche, en tira son portefeuille et y prit quelques billets de vingt dollars, qu'il posa sur la table.

— Dites-moi si ça vous suffit.

L'homme regarda les billets. Puis Kerry s'empara des silhouettes et s'éloigna.

Fasano, dans sa maison, observait les dernières minutes de la retransmission, le téléphone à l'oreille.

— Du cinéma, disait Dane. La plupart des gens prendront ce numéro pour ce qu'il est : un président et ses sbires intimidant des Américains qui croient dans le Deuxième amendement pour se faire de la mousse politique.

Mais sa voix semblait quand même troublée. À l'écran, Kilcannon parcourait l'allée entre les étalages d'armes. Fasano eut alors le sentiment que les événements échappaient à son contrôle.

— Ce dont les gens se souviendront, répondit-il, c'est d'un homme qui défend sa femme et sa famille assassinée. Quelle riposte avons-nous contre ça ?

— Croyez-moi, assura Dane avec un calme alarmant. Il y en a une.

Dans la limousine, Kerry regarda par la fenêtre :

— C'était peut-être le vendeur de Bowden.

L'ATF allait évidemment interroger l'homme.

— Vous en avez assez fait pour aujourd'hui, conseilla Kit Pace.

8

Pour Frank Fasano, la mauvaise nouvelle du jour fut incarnée par le sénateur Betsy Shapiro.

Cette femme impérieuse, démocrate modérée, s'était trouvée coincée entre sa défense du contrôle des armes à feu et ses liens avec les seigneurs de la Silicon Valley, qui lui offraient d'importantes contributions et pour lesquels la limitation des dommages était essentielle. Fasano avait donc espéré qu'elle soutiendrait sa loi sur les dommages, bien qu'elle fût dans le camp de Kilcannon.

Il leva les yeux vers l'écran de télévision : Betsy Shapiro était interviewée en direct. La mise stricte et le cheveu discipliné, comme à l'ordinaire, elle déclarait :

— En mon âme et conscience, je me demande si l'on peut donner le nom de réforme à une loi visant à accorder une immunité légale aux balles Eagle's Claw.

Assise à côté de lui, Bernadette tenait dans ses bras Frank junior.

— Je n'ai pas d'idées bien précises en politique, dit-elle, mais je trouve que ces cibles sur les Kilcannon, à la foire, étaient immondes.

Cette remarque et les propos de Betsy Shapiro apparurent à Fasano comme les ricochets de la visite de Kilcannon à Las Vegas : dans un coup de génie, le Président avait fait basculer la question de l'immunité des armes de concept vague à un problème concret.

— Les types qui fabriquent ce genre de choses sont des tordus, convint-il.

Puis il téléphona à Lance Jarrett. Il n'était que 6 heures du matin en Californie mais, comme Fasano l'avait supposé, le plus gros fabricant de puces électroniques au monde était déjà debout.

— C'est à propos de Betsy ? demanda Jarrett, d'un ton brusque.

— Ouais. Elle semble vous avoir oublié.

— Betsy Shapiro déteste les armes. Comme des tas de Californiens. Tout votre blabla contre l'avortement et pour le droit aux armes ne fonctionne pas, ici.

Fasano s'autorisa un petit rire.

— Nous apprécions vos contributions, Lance. Mais si nous voulons contrôler le Congrès, il nous faut arracher des votes à ces États que vous survolez quand vous allez faire du ski à St Moritz : le Kansas, le Maine, l'Arkansas. Ces États dans lesquels les partisans des armes et les chrétiens conservateurs pèsent lourd aux élections. En Californie, vous avez essayé d'assurer vos arrières en soutenant des Démocrates comme Betsy. Il est temps de vérifier si votre stratégie est payante.

— En d'autres termes, vous voudriez que je fasse pression sur notre sénateur.

— Vous êtes son plus gros financier. Elle serait intéressée par vos opinions et celles de vos amis dans la vallée.

Jarrett demeura silencieux un moment, puis :

— Kilcannon vous a vraiment secoués, non ? Vous n'arrivez pas à vous en remettre.

— Vous préférez souscrire à ce compromis débile qu'il est allé proposer à la chambre de commerce ? répondit Fasano, apparemment tendu.

— Bien sûr que non. Mais je ne parviens pas à comprendre comment votre loi a été perçue dans l'opinion comme une loi de protection des armes.

— C'est comme ça, répliqua Fasano. Je ne viens pas vous expliquer comment fabriquer des puces, alors ne venez pas m'apprendre comment vous protéger contre des procès qui dureront pendant des générations. La communauté high-tech est trop importante pour que Betsy l'ignore. Vos copains PDG, actionnaires et banquiers d'investissement seraient bien inspirés de la harceler d'appels téléphoniques nuit et jour.

Fasano attendit quelques secondes la réaction de Jarrett.

— Bon, dit enfin celui-ci. Je m'en occupe dès ce matin.

L'après-midi, Fasano laissa Bernadette et son dernier-né pour retrouver le *whip* de la majorité, Dave Ruckles. Ils firent l'inventaire des votes en buvant des sodas dans le bureau du chef de la majorité.

— Quels sont les dégâts ? demanda Fasano.

Ruckles, grand, vif, mais pas assez futé pour porter ombrage à Fasano, répondit :

— Je ne sais pas encore. Je crois que l'offensive de Kilcannon sur la réforme des dommages agite les indécis, certains des nôtres et certains Démocrates comme Shapiro, Torchio, Coletti et Slezak.

— Il nous faut faire passer la réforme avec les soixante-sept voix dont nous aurons aussi besoin pour repousser le veto de Kilcannon. Or, la clause sur les armes nous bloque à soixante. Mais, pour commencer, il faudra empêcher Hampton d'obtenir les cinquante et une voix nécessaires à l'élimination de la clause sur les armes.

— Pour le moment, c'est serré, répondit Ruckles.

Fasano poussa un soupir.

— Commençons par le début et voyons parmi les indécis : celui qui a besoin d'argent pour sa campagne, qui aspire à être nommé dans une commission ou qui est vulnérable aux SSA…

— On devrait récupérer des voix, en effet, fit Ruckles. Mais vous devez faire de ce vote un test de votre autorité. Si nos gens pensent que ce serait un affront personnel que de vous contrarier, ça sera dur pour eux de vous dire non. Kilcannon exploite les émotions, c'est vrai. Mais nous avons entendu tant de collègues tenir des discours déchirants sans arriver à influencer un vote… L'instinct de survie est plus fort que la sympathie.

Fasano hocha la tête, pensif : faire de ce vote un test de son autorité élèverait énormément les enjeux. S'il perdait, il deviendrait beaucoup plus vulnérable à la concurrence de Ruckles. S'il gagnait, il rallierait des soutiens et renforcerait son statut de candidat à la présidence, ce qui ouvrirait la voie à la promotion de Ruckles. Ils avaient donc tous deux les mêmes intérêts.

— C'est un test pour nous deux, Dave, dit-il. Si nous faisons de ce vote une question inconditionnelle, nous gagnerons probablement. De notre côté, nous n'avons plus qu'une poignée d'indécis à convaincre : Dick Stafford, Kate Jarman, John Smythe et Cassie Rollins.

— On peut biffer Smythe, dit Ruckles. Ça nous apprendra à élire un type de Rhode Island. Mais Stafford est valide et Kate Jarman ne va pas quitter le bercail. Pas après avoir voté pour Caroline Masters…

— Cette fois-ci, Palmer est de notre côté, observa Fasano. Il servira d'alibi aux modérés.

— Reste donc Cassie Rollins. Je ne crois pas que la journée d'hier l'ait beaucoup encouragée.

— Elle traînasse, dit Fasano. Et plus ça dure, plus elle risque de nous péter dans les doigts, comme pour l'élection de Masters. Il est temps de lui expliquer que c'est pour elle une affaire de survie.

9

Dans les premières fraîcheurs du soir, le Président se dérouillait les jambes sur la pelouse, pour se nettoyer les poumons après trop d'heures passées dans des lieux confinés. Il humait l'odeur des feuilles mortes lorsqu'il reconnut une silhouette familière qui se dirigeait vers lui.

— La boutique est fermée, prévint-il d'un ton moqueur. Quel que soit le problème, occupe-t'en.

Clayton hocha la tête :

— Même si l'ATF a retrouvé le vendeur?

— Tu veux dire cette charogne que je suis allé défier? demanda Kerry, surpris.

— Probablement pas. Mais, il y a deux semaines, un type libéré sous caution a cambriolé une boutique à Oklahoma City, sous menace d'un P-2 issu du même lot volé que celui de Bowden.

La lassitude quitta instantanément le corps et l'esprit de Kerry.

— Sait-on où il avait acheté son arme?

— Dans une foire à Phoenix, répondit Clayton. La semaine dernière, une foire se tenait à nouveau dans cette ville. La police y a emmené le prévenu, qui a identifié son vendeur. Par acquit de conscience, un agent de l'ATF a acheté un autre P-2, et le numéro de série correspondait également à celui du lot volé. L'ATF a fouillé le camion du vendeur et a retrouvé neuf autres pistolets du même lot.

— Qui est-ce?

— Il s'appelle George Johnson et appartient à un groupe nommé Liberty Force, des racistes blancs des campagnes de l'Idaho. Pour l'ATF, ils financent leurs activités en vendant des armes plus cher aux gens qui ne veulent pas de contrôle du fichier.

— Ce Johnson, il a fait des aveux ?

— Par l'entremise de l'avocat qu'on lui a commis d'office. Il a avoué le vol des P-2, mais il dit qu'il n'est jamais allé à Las Vegas.

Kerry secoua la tête.

— De toute façon, il doit savoir qui a fourni l'arme à Bowden.

— Sûrement, admit Clayton, mais il n'y a aucun registre des stands ni des vendeurs à Las Vegas. Nous sommes à la merci d'un agité qui déteste le gouvernement américain.

On pouvait le craindre : Johnson se doutait désormais qu'il détenait la clef des meurtres des Costello. Il allait sûrement se servir au maximum de cet avantage.

— Il me faut ce Johnson. Par tous les moyens, murmura Kerry.

— Oui, mais...

— Clayton, coupa Kerry avec autorité, ce vendeur est le lien entre Bowden et la foire de Las Vegas. Un vendeur qui fait partie d'une milice paramilitaire est la preuve vivante que la lie de notre société a pleinement exploité les annonces de Lexington et la possibilité de vendre des armes sans contrôle du fichier. Ça renforce mon projet de loi. Et je me demande maintenant si Lexington n'avait pas compris depuis des mois que le pistolet de Bowden appartenait au lot volé. Et qu'ils ont décidé de le dissimuler à Lenihan et Dash.

— Très possible, admit Clayton. Mais Johnson a déjà commis trois crimes. Il écopera donc d'une peine minimale de quinze ans. S'il parle, il sait que sa vie sera en danger, qu'il soit ou non en prison.

— Tu veux dire qu'il demandera une grâce présidentielle, soupira Kerry. Et le statut de témoin protégé.

— Ça me semble évident, dit Clayton, ancré dans son rôle de chien de garde. Pense aux conséquences juridiques, morales et politiques : quel président remettrait un type comme Johnson en liberté ?

— Il faut qu'il parle. À tout prix.

Sarah avait un rendez-vous. Le fait était exceptionnel depuis qu'elle était plongée dans le procès Costello. Pour une fois, la perspective d'un dîner avec Jeff Weitz, un vieil ami qui aspirait à devenir plus que cela, la rendait impatiente de quitter le bureau. Quand le téléphone sonna, elle consulta le numéro d'appel affiché et hésita avant de répondre.

— Sarah Dash ?

Elle n'avait entendu cette voix qu'une fois, mais elle la reconnut aussitôt.

— Oui.

— Nous nous sommes déjà parlé. J'ai vu ce reportage sur le Président à la foire d'armes. Je crois que nous avons quelque chose en commun. J'ai des choses à vous dire.

Elle comprit qu'elle serait en retard pour le dîner.

10

— Cassie Rollins n'a toujours pas bronché, déclara Dane à Fasano au cours de leur petit déjeuner, au Metropolitan Club. Quand lui avez-vous parlé pour la dernière fois ?

— Ruckles l'a vue récemment. Je veux bien en faire un test de loyauté, mais j'attendais que vous ayez au préalable fait votre travail. Vous l'avez fait ?

Dane secoua le poivrier au-dessus de ses œufs, agacé de n'en obtenir que des grains épars, en dépit de l'énergie qu'il y mettait.

— Bien sûr. Un mailing à tous les habitants du Maine qui ont acquis un permis de chasse, sont entrés chez un armurier, pris un permis de port d'arme non visible ou possèdent un pick-up... Des spots télé, également : nous avons montré le visage de Cassie et demandé si elle défendra les valeurs du Maine. Et nous avons également fait passer son numéro de téléphone à la télé et demandé à ses électeurs de lui exprimer leurs sentiments.

Fasano recouvrit son muffin de confiture.

— D'accord, il faut l'intimider, mais pas l'annihiler. Je ne suis pas disposé à sacrifier un sénateur pour vous assurer l'immunité des dommages.

Dane fit la moue.

— Quand organisez-vous un vote ?

— Je dois en débattre avec Hampton, qui semble avoir pris le parti de Kilcannon. Je pense que la loi sur les dommages passera en premier, dans deux semaines, sans doute.

— On a un bon délai. Et ça vous donnera le temps de traiter avec Cassie.

11

Une chambre de motel, tout près de l'échangeur autoroutier, aux portes de Hartford : c'était là que Sarah attendait son mystérieux correspondant. Il avait choisi l'endroit, exigé qu'elle vienne seule et qu'elle prenne une chambre fumeur.

Elle considéra le tableau représentant un paysage de campagne, le couvre-lit bleu pâle et la fenêtre sale qui donnait sur le parking. Le téléphone sonna :

— Vous êtes seule ?

— Oui.

— Je suis dans le hall. Mais ils ne veulent pas me donner le numéro de votre chambre.

— Deux cent trois, dit-elle, crispée.

Après tout, ce type pouvait très bien être un malade mental se présentant comme informateur. Un maniaque sexuel. Un fanatique de l'anti-avortement. Elle ne s'était jamais sentie aussi vulnérable.

On frappa à la porte. Elle glissa sa bombe anti-agression dans la poche de son manteau et entrouvrit la porte.

La cinquantaine, mince, petit, le cheveu roussâtre. Des yeux bleus inquiets.

— Vous êtes seule ?

Elle fit un pas en arrière.

Il portait un attaché-case fatigué. Il pouvait très bien contenir un P-2.

— Pourquoi toutes ces précautions ? demanda-t-elle.

Il referma la porte et la verrouilla. Elle lui indiqua le fauteuil scandinave et s'assit sur le lit.

— Vous n'avez pas répondu à ma question.

— Il y a longtemps, Sarah, répondit-il avec un sourire pincé, que j'ai appris qu'on ne peut pas faire confiance aux gens. Y compris mes chefs chez Lexington.

— Vous savez qui je suis et j'ai fait exactement ce que vous m'avez demandé, aussi imprudent que ce soit.

— Vous pensez que je pourrais être un pervers…

— On ne sait jamais à qui on a affaire.

Ces mots suscitèrent chez l'inconnu un accès de rire discordant.

— Écoutez, dit-elle. Je serai loyale avec vous. Mais je ne reste pas ici une minute de plus si vous ne me dites pas votre nom.

— Conn. Norman Conn, dit-il avec assurance.

Elle avait vu ce nom dans les dossiers de Lexington, durant les heures passées dans l'entrepôt.

— Vous êtes au contrôle de la qualité.

— Chef du service. Mon département traite aussi les demandes d'information sur les armes utilisées dans des crimes.

Bon, la rencontre commençait à prendre un sens. Sarah respira.

— Pourquoi m'avez-vous appelée?

— Avez-vous connu quelqu'un qui s'est battu au Vietnam?

— Mon père, répondit-elle, interdite. Il n'en parle guère.

— Nous n'aimons pas trop en parler, en général. Mais ça fait trente-cinq ans que j'y pense, Sarah.

Le fait qu'il l'appelle par son prénom mit la jeune femme mal à l'aise. Et pourtant, cela reflétait une certaine confiance. Avec de la patience, elle ferait parler cet homme. Apparemment, il fallait commencer par le Vietnam.

— La guerre? dit-elle.

— Les morts. J'étais dans l'infanterie. Un matin, je marchais sur la pointe des pieds. Je devais rentrer au pays dans douze jours, et ils m'envoyaient toujours détecter les mines terrestres. J'en ai manqué une, dit-il, un tic lui secouant le visage. Trois hommes ont été déchiquetés. Boynton, un Noir, a agonisé pendant deux heures. Il me disait souvent : dans les films, les Noirs meurent les premiers.

— Si ce que vous savez peut nous aider, dit-elle, nous devrons vous inscrire comme témoin. Non seulement vos employeurs le sauront, mais ils vous feront déposer. Vous ne pouvez pas demander le secret.

Le regard de l'autre se fit dur et presque méprisant.

— J'avais dix-neuf ans, dit-il. Je ne peux pas retourner en arrière et sauver trois vies. Maintenant, j'ai enfin une seconde chance. Je ne sais pas combien de vies je sauverai.

— Qu'est-ce qu'il y a dans cet attaché-case? demanda-t-elle.

Il tira un paquet de cigarettes de la poche de sa chemise et fixa Sarah du regard :

— Les documents qu'ils m'ont demandé de détruire.

Sarah appela Lara Kilcannon sur sa ligne privée. Elle se sentait à bout. L'attaché-case était à ses pieds.

— Je suis contente que vous téléphoniez, dit Lara. J'ai quelque chose à vous dire. Nous avons besoin de savoir qui a vendu le P-2 à Bowden, n'est-ce pas?

Le ton était tellement tendu que Sarah décida de remettre sa propre information à plus tard.

— Si, déjà, nous pouvions prouver que Bowden a acheté le pistolet *à cause* de l'annonce de Lexington…

— Je pense que nous avons mieux que ça, annonça Lara. Je vais vous indiquer la piste.

12

La veille de Thanksgiving, par une matinée frisquette, Kerry et Lara s'octroyaient quelques heures de kayak sur l'étang de Chilmark. Par bonheur, pour cette échappée d'un week-end, Martha's Vineyard était ensoleillé. Ils avaient passé le samedi à lire et bavarder, contents de se retrouver à l'écart du monde. Ce dimanche devait être consacré à des activités plus physiques. Seul un bruit de moteur troublait le silence : celui des canots pneumatiques du service secret.

Quand ils en eurent assez de pagayer, ils tirèrent les kayaks sur la berge, gravirent les dunes qui cernaient l'étang et contemplèrent l'océan. Puis ils étalèrent une couverture sur le sable et se servirent du café, gardé bien au chaud dans leur thermos.

— Je sais que ce n'est pas le moment d'en parler, demanda Lara, mais où en est-on de l'immunité des fabricants d'armes ?

— Les SSA vont la faire passer de force à la Chambre, répondit Kerry. Au Sénat, ce sera plus serré. Chuck Hampton estime que nous avons deux semaines devant nous. Je vais lui demander de priver ceux qui veulent voter pour Fasano des fonds de la commission de financement des campagnes et faire pression sur les indécis, comme Torchio et Coletti.

— Je peux faire quelque chose ?

— Joe Spivey voudrait que tu fasses campagne pour lui et que tu effaces l'impression qu'avait laissée son vote contre Caroline Masters.

Ironie du sort : quand elle était journaliste, elle avait suivi Spivey, sénateur du Missouri, pendant sa campagne. À présent, c'était lui qui demandait son aide, afin de perpétuer sa médiocrité pendant un autre mandat.

— Dis au sénateur Spivey que je veux bien l'aider, mais à la condition qu'il fasse mieux que la dernière fois.

Dès le lundi matin, Kerry se mit à téléphoner aux sénateurs, les invitant pour le petit déjeuner, le déjeuner ou un cocktail dans sa résidence ou à la Maison-Blanche. Il promit à James Torchio de téléphoner personnellement à son principal bailleur de fonds ; il demanda à Ben Jasper, de l'Iowa, comment l'aider à faire face aux dégâts d'une inondation ; à Jason Christy, du Maryland, qui visait lui-même la présidence, s'il pensait pouvoir obtenir la nomination de son parti pour la candidature à la présidentielle. Hank Westerly, du Nebraska, constitua un cas spécial :

— J'ai peur de ces gens, finit-il par lâcher.

— Les SSA ? demanda Kerry.

— Oui. Ils peuvent très bien débarquer chez moi, à tout moment.

— J'ai pourtant besoin de votre aide, Hank.

— Je voudrais bien, monsieur le Président, mais je ne peux pas.

Le plus déplaisant fut Jack Slezak, du Michigan, politicien grossier, décidé à amasser de l'argent et éliminer ses rivaux par tous les moyens possibles. Kerry l'avait pris en grippe depuis que, pour récupérer les voix des sympathisants républicains, il s'était transformé en défenseur du Deuxième amendement. Il comptait ainsi également séduire l'électorat ouvrier, constitué de nombreux possesseurs d'armes.

— J'ai besoin de votre vote contre l'immunité des fabricants d'armes, lui déclara Kerry tout de go. C'est aussi simple que ça.

Un regard malin jaillit des yeux verts de Slezak, sertis dans une face camuse de Tatar.

— Ce n'est pas aussi simple que ça, répondit-il. Je suis candidat à ma réélection. Qu'est-ce que je gagne à contrarier les SSA ?

Il allait en effet être très difficile de trouver d'autres bailleurs de fonds pour ce sénateur généralement détesté.

— Ma tolérance, répondit Kerry. Aux prochaines élections, vous affrontez Jeannette Griswold aux primaires. Si vous perdez, vous êtes exclu pour de bon. Je peux m'arranger pour que ça n'arrive pas.

— Le Michigan est mon État, pas le vôtre, répondit Slezak. Je croyais que nous avions réglé cette question la dernière fois.

— Non, objecta Kerry, secouant la tête. Si vous ratez ces élections-ci, d'autres candidats, qui partagent mes idées, se présenteront. Regardez ce qui arrive à Leo Weller, par exemple.

— Vous parlez de ces pubs sur l'amiante?

— Vous êtes donc au courant, répondit Kerry avec un sourire. Vous n'avez évidemment pas de mines d'amiante dans le Michigan. Mais je vais vous raconter une histoire. Un garçon de douze ans, à Detroit, jouait au ballon sur un terrain de jeux quand un adolescent du voisinage lui a tiré dessus. La victime est quadriplégique pour le reste de sa vie. Le tireur avait acheté son arme à un vendeur qui se moquait des contrôles du fichier. Le principal fournisseur du vendeur était un fabricant d'armes de Californie. La mère de la victime a intenté un procès au fabricant. La loi de Fasano, que vous vous préparez à voter, annulerait ce procès et protégerait la compagnie et le vendeur. Si vous votez pour cette loi, Jack, je vous promets ceci : deux semaines avant vos primaires contre Jeannette Griswold, les images du garçon quadriplégique seront sur toutes les chaînes de télé. Moi, je n'y serai pour rien. Mais je débloquerai des millions de dollars pour soutenir Jeannette et faire campagne contre vous partout où ça vous fera le plus mal. Et Jeannette remportera votre siège, conclut Kerry d'un ton glacial.

13

Sarah savait que la déposition du Dr Larry Walters allait être décisive.

John Nolan était assis en face d'elle, sur le point de procéder à son contre-interrogatoire. La jeune femme attendait la fin de la séance pour lui remettre la liste révisée des témoins : celle qui comprenait désormais Norman Conn et un prisonnier fédéral nommé George Johnson.

Dans quelques instants, Nolan interrogerait Walters sans savoir que ses réponses amorceraient les bombes que feraient ensuite exploser Conn et Johnson.

Walters était un universitaire diplômé en criminologie et spécialiste de la violence par armes à feu aux États-Unis. Il était aussi un ancien haut fonctionnaire à l'ATF, et cela suffisait à inspirer de la prudence à Nolan.

Mais celui-ci ne savait pas ce qui l'attendait.

— Le Lexington Patriot-2 est une arme de guerre, déclara d'emblée Walters à Nolan.

Le ton avec lequel il avait prononcé ces mots alerta Harrison Fancher : l'avocat se pencha pour mieux écouter. Nolan se mit sur la défensive :

— Sur quoi fondez-vous ce jugement ?

— Commençons par la description que Lexington en donne dans son manuel, répondit placidement Walters. « Une arme de combat de caractère militaire », qui facilite « l'arrosage » de la cible. Le même manuel définit le P-2 comme une arme qu'on peut utiliser sur « le mode du tir à la hanche à courte distance », et il précise que sa conception « permet des tirs successifs rapides, impossibles avec la plupart des armes de poing ».

— Pourquoi un amateur n'apprécierait-il pas le P-2 simplement en raison de ses qualités techniques de pointe ?

Walters leva les yeux d'un air surpris :

— De pointe ? Sa précision est plus qu'approximative et il est très lourd. Ce pistolet n'est pas conçu pour le tir sportif. Et je ne crois pas qu'il ait été utilisé une seule fois pour la défense du foyer. Ce à quoi il sert, comme le manuel le laisse entendre, c'est à tirer rapidement sur des cibles humaines. Bowden en a fait l'usage qui était prévu.

— Sur quoi fondez-vous cette opinion ?

— Entre autres choses, j'ai analysé le film des meurtres, dit Walters. Si vous le désirez, nous pouvons reprendre l'analyse point par point.

Le regard de Nolan suivit sans enthousiasme celui de Walters vers l'écran vidéo situé dans la salle. Le spécialiste saisit une télécommande et appuya sur un bouton. Sur l'écran, Bowden, agenouillé près du tapis des bagages, tira le P-2 de la boîte de pastels, face à ses victimes. Quand la balle perfora le cou d'Inez, Walters appuya sur le bouton de pause.

— Il s'agit là de ce qu'on appelle, chez les tireurs, un coup de chance. Mais ce qui suit vous démontrera la véritable fonction du P-2.

Le mouvement reprit. Joan Bowden cria. Cinq détonations se succédèrent. Henry Serrano tomba. Puis la jeune étudiante blonde de Stanford, Laura Blanchard. Puis le second garde du corps, David Walsh. Les yeux de Nolan se plissèrent jusqu'à n'être plus que des fentes.

— Les cinq balles étaient destinées à la femme de Bowden, dit Walters. À sa place, il a tué trois inconnus.

Apparut ensuite Mary Costello rampant sur le tapis. Les balles autour d'elle se heurtaient à du métal.

— À cinq mètres de distance, observa Walters, Bowden a tiré trois balles, sans pouvoir l'atteindre. Il s'est alors tourné vers sa femme.

Une balle fracassa le bas du visage de Joan. Sarah fit une grimace d'horreur.

— Remarquez, poursuivit Walters, les dégâts causés par la balle Eagle's Claw. Bowden a alors tiré dix balles et n'a atteint que deux de ses victimes désignées. Cinq balles se sont perdues. Le meurtre suivant révèle la convergence mortelle de la conception de l'arme, de son chargeur de quarante balles et de la conception du projectile.

Dans l'image suivante, Marie regardait avec épouvante le visage détruit de sa mère. Puis elle s'en détourna, serrant sa poupée contre elle.

— Avec un chargeur de dix balles, releva Walters, cette fillette serait encore vivante.

L'objectif se fixa sur le visage de Bowden. Une voix cria : « Arrêtez ! » Le pistolet trembla dans la main du meurtrier.

— À mon avis, dit Walters, Bowden n'avait pas l'intention de tirer. Mais la détente du P-2 fonctionne à la moindre pression. C'est prévu pour.

Marie gisait près des débris de sa poupée. La bouche béante d'horreur, Bowden dirigea l'arme vers sa tempe.

— C'est le douzième coup, conclut Walters. Une fin qui n'est pas rare dans les affaires de violence domestique. Sauf que quatre personnes sont mortes par hasard et que l'une des victimes désignées s'est échappée.

À l'écran, du sang et de la matière grise jaillissaient du crâne de Bowden.

— Prenons une pause de dix minutes, dit Nolan.

— Pour répondre à vos questions sur la conception de l'arme, reprit Walters, une fois la pause terminée, Bowden a pu s'approcher de ses victimes parce que l'arme peut être dissimulée. Quant aux victimes non désignées, vous pourriez considérer, monsieur Nolan, qu'elles sont mortes par malchance, mais moi, je soutiens qu'elles étaient destinées à mourir.

— Destinées par Bowden, rectifia Nolan avec agacement. Mais n'admettez-vous pas que la conception d'une arme est elle-même neutre et que la responsabilité d'un meurtre retombe sur le meurtrier, et pas le fabricant ?

— Non. Lexington commercialise ces armes à l'intention des criminels. Vous êtes au courant du magazine des SSA qu'on a retrouvé dans les effets de Bowden ?

Nolan leva la main :

— Est-ce que vous croyez que Bowden s'est fondé sur cette publicité, docteur Walters, pour acheter le P-2 ? Et tenez-vous pour certain qu'il ait vu cette publicité ?

— Je peux le déduire raisonnablement, mais je n'en ai pas la preuve. Je suis sûr, en revanche, que Lexington a multiplié ses efforts pour placer le P-2 dans des films et le mettre dans les mains de criminels. La police, elle, ne se sert pas de cette arme.

— Quelles autres preuves avez-vous pour avancer que Lexington commercialise ses armes à l'intention des criminels ?

— Les mêmes que celles dont dispose Lexington. À commencer par le fait que la violence par armes à feu a augmenté aux États-Unis avec la diffusion des armes de poing. Le nombre de crimes commis avec des fusils est insignifiant.

— Tous les fabricants d'armes américains fabriquent des armes de poing, coupa Nolan. Est-ce que ça signifie qu'ils visent la clientèle des criminels ?

— Si c'est le cas, monsieur Nolan, répondit Walters, ils y ont beaucoup moins bien réussi que votre client : selon l'ATF, le P-2 est l'arme de poing semi-automatique la plus utilisée par les criminels. Le message est donc très bien passé. Ce qui m'amène à un deuxième point. Étant donné que la Californie impose le contrôle du fichier judiciaire, trente pour cent des armes utilisées pour des crimes en Californie viennent d'un autre État, en particulier l'Arizona et le Nevada. Et Lexington sait qu'il vend un nombre exceptionnellement élevé d'armes dans ces États.

Avoir un bon expert comme témoin, songea Sarah, *c'est comme conduire une Rolls-Royce.*

— Enfin, conclut Walters, il faut rappeler le problème des pistolets volés. C'est une épidémie : on en vole en gros cinq cent mille par an. Les voleurs principaux sont les trafiquants de drogue et les illuminés qui veulent s'armer en vue d'une révolution générale. Selon l'ATF, le P-2 est l'arme de poing semi-automatique la plus volée. Le meilleur endroit de négoce pour les voleurs et les illuminés, ce sont les foires d'armes. Des milliers de clients potentiels passent par là, et ils n'ont pas à s'inquiéter de contrôles du fichier.

Walters fit peser son regard sur Nolan.

— Et Lexington ne peut pas ignorer que ces foires sont un important marché secondaire qui lui assurent des revenus non négligeables.

— Avez-vous une preuve que le pistolet de Bowden provienne d'un réseau de voleurs ou de trafiquants ?

— Non. Mais il est clair que s'il y avait eu un contrôle du fichier en vigueur lorsqu'il a acheté son P-2, à Las Vegas ou ailleurs, il n'aurait jamais obtenu son arme.

Sarah trouva cette fois que même le café de Nolan avait bon goût.

Après le déjeuner, Fancher entreprit à son tour son interrogatoire de Walters :

— Pourquoi avez-vous quitté l'ATF ?

— Parce que votre client en a saboté l'efficacité, répondit Walters en croisant les doigts.

— Veuillez vous expliquer.

— Volontiers. Grâce à leurs amis au Congrès, les SSA ont limité à une par an le nombre des visites-surprises aux armuriers soupçonnés de ne pas respecter les contrôles du fichier. Les violations du règlement ont été réduites à des délits mineurs. Et on nous a menacés de réduire encore plus notre budget si nous nous obstinions à vouloir appliquer les règlements. Mais ça ne leur a pas suffi. À la différence du tabac, les armes peuvent être rendues moins nocives. Mais les SSA se sont opposés aux projets de lois exigeant des crans de sûreté et autres mesures pour prévenir les morts accidentelles. Tout ça sous le couvert du Deuxième amendement.

— Voudriez-vous dire, s'écria Fancher d'un ton coupant, que les SSA n'ont pas le droit de défendre la possession d'armes par des citoyens respectueux des lois, contre des intrusions déchaînées du gouvernement fédéral ?

— Dans ce cas, ils devraient être fiers de leur travail, rétorqua Walters, trahissant pour la première fois de l'exaspération. Pendant des années, le Center for Disease Control d'Atlanta a enregistré la fréquence, le coût et les causes de la violence par armes à feu aux États-Unis. Une fois de plus, grâce à leurs amis au Congrès, les SSA ont fait supprimer tous les crédits de ce centre. Votre client bloque donc la collecte de données qui confirmeraient la nécessité de lois telles que celle du président Kilcannon pour pouvoir prétendre que ces données n'existent pas.

Walters reprit son souffle et poursuivit :

— Lors de sa campagne, le sénateur Paul Harshman a demandé au chef du CDC s'il envoyait de l'argent à un certain Dr Lawrence Walters. Je n'ai jamais rencontré le sénateur Harshman. Mais votre client a fait en sorte qu'il connaisse mon nom. Et le CDC a dû tenir compte de l'avertissement.

Après une autre pause, Walters conclut :

— Les SSA répandent la peur et renforcent l'ignorance. Imaginez où nous en serions si nous avions suivi la même politique en ce qui concerne la polio ou la variole. Le résultat aurait été le même que celui qu'ont obtenu les SSA : des centaines de milliers de morts et d'infirmes.

À la fin de l'interrogatoire, Sarah tendit la liste de témoins à Nolan.

— Ça vous intéressera peut-être, dit-elle d'un ton dégagé.

14

Quand Cassie revint au Capitole lundi matin, après un week-end dans le Maine, elle n'avait pas encore décidé de son vote sur les deux projets de lois. Elle n'était donc pas impatiente de revoir Fasano, avec qui elle avait rendez-vous.

Elle gravit les premières marches, s'apprêtant à emprunter une entrée latérale, quand elle aperçut une foule de manifestants. Puis des rangées de chaussures placées sur les marches du Capitole. Des chaussures de femmes et d'enfants. Les manifestants, surtout des femmes, portaient des banderoles qui proclamaient « Aidez notre président à sauver des vies » et « Pas d'immunité pour les assassins ».

Une femme aux cheveux gris se tenait devant des chaussures de femme noires et une paire de tennis plus petites.

— À qui appartiennent ces chaussures ? demanda Cassie.

— Aux victimes des maris violents. Celles-ci appartenaient à ma fille et à mon petit-fils.

Cassie hocha la tête et posa sa main sur le bras de la femme. Lorsqu'elle pénétra dans la suite de bureaux du chef de la majorité, l'image des chaussures vides la hantait.

— Je les ai vues, dit Fasano sèchement. Dans quinze jours, je présenterai la loi sur la réforme des dommages. J'ai besoin de votre vote.

— Je dois vous avouer qu'elle me pose beaucoup de problèmes, personnellement et politiquement.

— Qu'est-ce que vous voulez ? demanda-t-il en la jaugeant du regard.

— Un compromis avec Kilcannon. Un vrai.

— J'ai fait ce que j'ai pu, répondit Fasano en secouant la tête. Vous le savez.

— Je sais ce que veulent les SSA, dit-elle d'un ton las. Mais faites attention, Frank, vous pourriez finir comme l'homme qui chevauchait un tigre. Vous ne serez peut-être pas dévoré, mais c'est le tigre qui décidera où aller.

— Il n'y a qu'un seul de nous deux qui risque d'être mangé, Cassie, et c'est vous. Trois fois sur dix, vous me laissez tomber pour plaire à une partie de votre électorat. Les sept autres fois, j'ai un sénateur républicain qui nous aide à conserver la majorité et qui me maintient comme chef de cette majorité. C'est le moment de vous manifester.

Il se rapprocha d'elle et conclut d'une voix détachée :

— J'ai besoin de votre vote et sur la limitation des dommages et sur la protection des armes. Les *deux* lois. Notre parti doit tenir ses promesses et le partage des voix est serré. Si vous vous opposez à moi, je ne pourrai pas contrôler les SSA. Je n'essaierai même pas, d'ailleurs. Et, en novembre, vous ne ferez plus partie de la maison.

Elle se rendit compte qu'elle était au pied du mur. Elle remercia Fasano pour sa franchise et lui promit de prendre son point de vue en considération. Mais elle ne lui promit pas son vote.

À la différence de ses collègues démocrates, Leo Weller préférait, dans ces circonstances critiques, se tenir à bonne distance d'un président qui exaspérait l'aile droite de son parti. Pour lui éviter d'être embarrassé, Kerry lui téléphona.

— On m'a soumis les résultats des derniers sondages, dit-il avec une sollicitude moqueuse. Je n'ai jamais vu un sénateur perdre dix-neuf points en quatorze jours. Votre popularité est en chute libre, Leo.

— Phénomène passager, répliqua Weller.

— Passager ? L'asbestose est en train de vous tuer. Et elle réduit aussi votre champ de vision. Oui, je sais, vous jouez au golf avec le président d'une compagnie minière. Il vous explique combien ces procès absurdes l'embarrassent. Et c'est un bon copain : il a déjà mobilisé trois cent mille dollars pour votre prochaine campagne. Vous allez donc voter avec Fasano la loi sur les dommages. L'ennui, Leo, c'est que vos électeurs ne meurent pas assez vite pour ne pas voter. Et qu'ils se mettent à mourir à la télévision. Beaucoup vont mourir d'ici jusqu'en novembre. Et alors vous, vous mourrez politiquement.

— Qu'est-ce que vous voulez ? demanda Leo après un silence.

— Ce n'est pas moi qui fais passer ces publicités. Mais, si j'étais vous, je prendrais immédiatement position contre la loi sur les dommages telle qu'elle est.

Weller était sans doute un personnage falot, mais il avait son amour-propre.

— Je vais y penser, répondit-il enfin.

— Faites-le, Leo. Ces publicités sont vraiment pénibles à voir.

15

La pièce du centre de détention fédéral de Phoenix était sans fenêtre ; on y étouffait. C'était là que Sarah interrogeait George Johnson.

Elle avait imaginé trouver un de ces membres des Hell's Angels, un motard massif, barbu et tatoué ; elle trouva un type mince, pâle, aux cheveux coupés en brosse, aux yeux de furet, dévoré de tics, avec une voix sans timbre.

Nolan exsudait le malaise. En dépit de son arrogance, on sentait que la prison n'était pas un endroit tranquille pour lui.

— Pourquoi êtes-vous en prison ? demanda Sarah à Johnson.

Il consulta rapidement son avocate du regard, une femme au visage sévère et aux lobes d'oreille incongrûment ornés de boucles de turquoise. Lorsqu'elle hocha la tête, Sarah se dit que Lara avait vu juste : l'homme était prêt à avouer sa faute.

— J'ai volé chez un armurier de Phoenix de quoi remplir un camion.

Nolan lança un regard d'alerte à Fancher.

— Dans quel but ? demanda Sarah.

— Les vendre, répondit Johnson, avec un petit sourire.

— Pourquoi aviez-vous besoin de l'argent ?

— Pour Liberty Force. Pour financer notre résistance.

— Résistance à quoi ?

— Aux Juifs, dit-il en regardant Sarah d'un œil fixe et furieux. Cette conspiration qui se sert de notre gouvernement soi-disant démocratique et de notre culture de drogues et de plaisirs pour contrôler notre économie, dévitaliser les hommes et polluer la race chrétienne blanche. Ils veulent nous asservir.

418

— Où avez-vous été arrêté ?

— Dans une foire d'armes, à Phoenix. L'ATF a interrogé un vendeur et il m'a donné.

— Pour quelle raison avez-vous volé des P-2 ?

La tension de Nolan et Fancher était presque tangible. Johnson examina ses ongles manucurés.

— Les P-2 ont la cote. Et on ne peut pas les acheter en Californie. Ce n'est pas une arme assez précise pour la résistance. Mais les clients apprécient ses caractéristiques.

Sarah présenta une photo à Johnson.

— Vous connaissez cet homme ?

— John Bowden, répondit Johnson en éclatant de rire. Il y en a qui le prennent pour un patriote américain.

La hargne de la réponse saisit Sarah.

— Savez-vous où Bowden a acheté son arme ?

L'homme consulta de nouveau son avocate. Puis il se tourna vers Sarah et, tendu comme un arc, il marmonna :

— Il faudra demander à Ben Gehringer. Il a volé les pistolets avec moi.

Sarah fut gagnée à son tour par la tension.

— Pour les vendre dans les foires d'armes ?

— Oui. Moi, je couvrais l'Arizona, et lui le Nevada.

Quand Nolan commença son interrogatoire, l'air de la pièce était encore plus irrespirable. Et Johnson empestait le fanatisme.

— Vous vous rendez compte, dit Nolan, que vous avez passé la matinée à vous accuser d'un crime ?

— Et qui définit le crime ? rétorqua dédaigneusement Johnson. Un gouvernement de Juifs et de bâtards ? Je ne reconnais pas son autorité.

— Avez-vous, demanda Nolan, maîtrisant sa répulsion, conclu un accord avec le gouvernement en échange de votre déposition d'aujourd'hui ?

— Non.

— Vous n'avez pas discuté d'un accord avec quiconque ?

— Si vous répondez à cela, excluez nos entretiens, avertit son avocate.

La frustration se dégageait de Nolan comme la vapeur d'une chaudière ; il était sans doute certain qu'un accord conclu avec Kilcannon était en train de miner la défense de Lexington.

— Non, répondit Johnson. Je n'ai parlé qu'avec mon avocate.

L'aversion du prisonnier pour celui qui l'avait trahi commençait à avoir des aspects très positifs, se dit Sarah : confronté à la possibilité d'une vie en prison, il s'était changé en Judas.

Soudain, Nolan se souvint que Sarah n'avait pas posé de question sur le dénommé Gehringer.

— Où se trouve M. Gehringer en ce moment ? demanda-t-il.

— J'ai entendu dire que le gouvernement l'avait attrapé, répondit Johnson d'une voix morne.

Nolan comprit alors que le désastre était total.

16

Dès le début de son entretien avec Chuck Hampton, Frank Fasano était coincé entre le marteau et l'enclume.

Le marteau avait été brandi sur les premières pages du *Washington Post* et du *New York Times* : la défection de Leo Weller donnait le sentiment que Kerry Kilcannon pourrait bien faire pencher à son avantage la balance du pouvoir ; en tout cas, ce n'était plus impossible. L'enclume, c'étaient les SSA qui accentuaient leur pression pour obtenir un vote le plus tôt possible.

Dane avait téléphoné le matin même, nerveux, sur un ton dénué d'égards pour quelqu'un qui était, après tout, chef de la majorité.

— Nous n'avons pas fixé d'échéance au Sénat, avait répondu froidement Fasano. Pourquoi ? Le procès pose des problèmes ?

Le silence qui avait suivi semblait le confirmer implicitement. Mais Dane se refusait apparemment à révéler ce que ses avocats lui avaient communiqué de contrariant.

— Écoutez, avait repris Fasano, si le procès menace de tourner au désastre, il faut que je le sache avant de faire courir des risques à notre parti.

— Si vous ne pouvez pas faire changer Rollins d'avis, nous le ferons, dit sèchement Dane. Le reste est de votre ressort.

Hampton était allé, ce jour-là, rendre une visite amicale à Fasano.

— Il est temps de décider du vote, lui dit ce dernier.

— Sur la loi du Président ? répondit Hampton avec un léger sourire. Il est temps, en effet, d'arrêter le massacre.

La désinvolture du sénateur mit Fasano aux aguets : il soupçonna que, comme Dane, son visiteur était informé de quelque chose que lui, Fasano, ignorait.

— Si c'est de la loi sur la réforme des dommages dont vous parlez, reprit Hampton, il vous faut l'unanimité des sénateurs. En ce moment, vous n'avez même pas les miens.

— Cessez de jouer au plus fin, répliqua Fasano, énervé. Je peux déposer une requête d'avancement de cette loi, vous pourriez en débattre mais vous perdriez le vote. Qu'est-ce que vous gagneriez au total ? Trois jours, quatre au plus.

— Retard que vous semblez désespérément vouloir éviter, dit calmement Hampton en sirotant son café. Qu'est-ce qui se passe, Frank ? Vous avez vu l'ombre du Président sur le mur ? Ce sont les SSA qui vous relancent ?

Soudain, Hampton perdit son ton enjoué.

— Chaque semaine, des enfants tombent sous les balles. Jusqu'à ce que nous votions la loi du Président, tout ce que je peux faire, c'est exposer leurs photos au Sénat. Inscrivez un vote sur la loi de Kilcannon, poursuivit Hampton. Si nous ne l'avons pas, j'ai l'intention de proposer chaque paragraphe qui déplaît aux SSA comme amendement de votre loi sur les dommages, assorti de quelques nouveautés de mon cru : des contrôles du fichier universel, l'interdiction de fabriquer ou de vendre des balles Eagle's Claw, des crans de sûreté obligatoires et la suppression des failles dans les foires d'armes.

Il posa sa tasse de café et continua sa tirade :

— Je vous forcerai à un marathon de votes ! Et il appartiendra alors à des gens comme Cassie Rollins de choisir entre les SSA et les mesures de bon sens que demande le peuple. Après une dizaine de votes, votre *caucus,* ou ce qu'il en restera, ne sera plus d'aucune utilité aux SSA. Et, si vous tenez encore debout, j'introduirai d'autres amendements, qui feront un tabac aux prochaines élections, comme l'augmentation du salaire minimum, des avantages médicaux pour le troisième âge, peut-être une déclaration des droits du patient...

— Si vous faites ça, coupa Fasano, il y aura un bain de sang au Sénat ! L'atmosphère deviendra tellement irrespirable que le public nous haïra tous ! Vous croyez que ce Président en vaut la peine ?

— Il ne s'agit pas seulement du Président, Frank. Vous avez essayé de nous rouler. Mais je ferai sauter la baraque avant que cela n'advienne. Vous avez le choix : soit vous faites un compromis avec moi, soit vous défendez l'Eagle's Claw. Si vous choisissez cette dernière option, préparez les vôtres à payer leur tribut à Charles Dane, avec les pires résultats électoraux qu'ils auront jamais connus.

Fasano était stupéfait : il avait de toute évidence méjugé Hampton. Les événements avaient changé cet homme pragmatique en un personnage d'acier.

— Un compromis ? répéta-t-il.

— Un vote sur les dommages. Loyal. Sans *filibuster* de notre part. Mais seulement *après* que mon amendement supprimant la clause de protection des fabricants d'armes aura été approuvé.

Fasano s'y était attendu.

— Ce n'est possible que si nous votons sur la réforme des dommages avant de voter sur la loi Kilcannon.

— Combien de temps auparavant ? Je veux une date certaine.

— Nous pouvons voter la réforme des dommages mardi en huit. Nous voterons sur la loi de Kilcannon deux semaines après.

— C'est médiocre, dit Hampton. Mais c'est sans doute tout ce que les SSA vous autorisent à faire.

Au bout d'un moment, il tendit la main.

D'accord ?

— D'accord.

17

À son aspect, on aurait pris Ben Gehringer pour un universitaire quelconque : d'épaisses lunettes à monture rose, un teint livide taché de rouge sur les pommettes, le cheveu rare, se tenant comme une virgule avec une ossature si fragile qu'il en paraissait anémique. Il était même presque attendrissant. Mais ses yeux bleus étaient froids et durs.

L'interrogatoire avait lieu, cette fois, dans une salle de la prison fédérale de l'Idaho. Les acteurs en étaient les mêmes, à l'exception de l'avocat fédéral et d'un greffier de la cour.

— Quand avez-vous été arrêté ? demanda Sarah.

— Il y a une semaine.

— Pour quelle raison ?

— Trafic. Vol d'une caisse de P-2.

— Où l'avez-vous volée ? Et avec qui ?

— Phoenix. Avec George Johnson.

Il prononça le nom comme s'il crachait.

— Où les avez-vous vendus ?

— Dans une foire à Vegas.

— Quand ?

— Aux environs du Labor Day[1].

Sarah posa une photo devant lui. Le silence dans la salle devint si profond qu'il en était irréel.

— Pouvez-vous identifier cet homme ?

— Oui.

— Où l'avez-vous vu ?

---

1. Fête du travail, célébrée le premier lundi de septembre. (*N.d.T.*)

— À la foire.

Son laconisme commençait à user la patience de Sarah.

— Lui avez-vous parlé ?

— Oui.

— De quoi ?

— De l'achat d'un P-2.

— Lui en avez-vous vendu un ?

Il serra sa main droite sur le poignet gauche. L'énormité de la question ne pouvait pas lui échapper : il avait vendu un pistolet à l'homme qui avait tué la mère, la sœur et la nièce de la First Lady. Un sourire étrange s'esquissa sur sa bouche :

— Oui.

La réponse éclata comme une détonation dans la salle.

— Vous a-t-il dit pourquoi il voulait un P-2 ?

— Pas exactement. Il m'a montré une publicité.

Le visage de Nolan passa au degré zéro de l'expression. Sarah ouvrit une chemise et en tira un exemplaire de *The Defender*.

— Est-ce que la publicité se trouvait dans ce magazine ?

— Oui.

— Avez-vous déjà vu ce magazine ?

Gehringer le feuilleta négligemment.

— J'y suis abonné.

— Pour quelle raison ?

— Il publie le calendrier des foires d'armes. C'est comme ça que j'ai été informé de la foire de Vegas.

Fancher griffonnait des notes. Reprenant le magazine des mains de Gehringer, Sarah l'ouvrit à une page marquée d'un trombone :

— C'est la publicité en question ?

— Oui.

— Celle pour Lexington Arms ?

— Oui.

D'un coup, le système de défense de Nolan, selon lequel Sarah ne pouvait pas prouver que la publicité de Lexington avait attiré Bowden à Las Vegas s'écroulait. Sarah devina que Kilcannon avait manigancé tout cela et elle se demanda ce que cela lui coûterait.

— Quand avez-vous appris le nom de Bowden ? demanda-t-elle.

— Quand il est mort. À la télé.

— Pas à la foire ?

— Je ne suis pas un marchand patenté. Je n'ai pas à demander les noms pour des recherches de fichier.

— En avez-vous parlé à Bowden ?

— Oui. Il ne voulait pas de contrôle du fichier. Il disait qu'il n'en avait pas le temps. Et il s'est plaint que Le Palais du pistolet vendait moins cher.

— Pourquoi a-t-il accepté de payer plus cher ?

— Parce que Le Palais du pistolet faisait des contrôles du fichier.

Nolan avait les mains crispées. Sarah regretta alors que personne à l'extérieur de cette salle ne pût avoir connaissance des faits retentissants que le greffier inscrivait sur son bloc, alors que le retentissement public en serait dévastateur. L'interdiction de divulgation ordonnée par le juge Bond l'exaspéra une fois de plus.

— Avez-vous discuté des caractéristiques du Lexington P-2 avec Bowden ?

— Oui.

— Pour quelle raison en a-t-il acheté un ?

— Pour la même raison que nous les avons volés, répondit Gehringer, qui semblait se départir enfin de son laconisme et prenait maintenant le ton d'un expert. Plus de puissance de feu et adaptable à un chargeur de haute capacité.

— C'est ce que vous avez dit à Bowden ?

— Oui. Il estimait que dix balles ne suffisaient pas.

— Avez-vous aussi parlé des balles ?

— Oui.

— Que s'est-il dit ?

— Il a dit que, s'il avait besoin de tirer sur quelqu'un, il voulait s'assurer qu'il le tuerait.

— Pour quelle raison témoignez-vous ? demanda Nolan à Gehringer.

— Objection, dit Sarah. La question est vaste et trop vague. Pourquoi est-ce que n'importe qui témoigne ?

Nolan, furibard, se tourna vers le greffier :

— Veuillez relire la question.

— Pourquoi ? demanda Sarah. Ça ne l'améliorera pas.

— Je suis du même avis, dit l'avocat fédéral. Veuillez reformuler votre question.

— Avez-vous conclu un accord avec l'avocat de la plaignante concernant votre témoignage ici et aujourd'hui ?

— Vous voulez dire, comme vous l'avez fait avec Martin Bresler ? coupa Sarah. Permettez-moi de clarifier cela. Nous n'avons jamais rencontré M. Gehringer. Sauf pour fixer la date de l'interrogatoire, nous n'avons jamais parlé à son avocat. Nous n'avons conclu aucun accord avec aucun des deux. Mais vous, John ? Avez-vous rencontré Martin Bresler ? L'avez-vous aidé à choisir ses avocats ? Avez-vous conclu un arrangement avec l'avocat de Bresler ? Ou bien est-ce maître Fancher qui a organisé tout cela ?

Nolan se détourna, dédaigneux.

— Pourquoi ne répondez-vous pas à mes questions ? insista-t-elle. J'ai bien répondu aux vôtres.

Nolan essaya de se contrôler, puis il se tourna vers Gehringer :

— Avez-vous conclu un accord avec le gouvernement des États-Unis au sujet de votre témoignage dans ce procès ?

— La réponse est dans le domaine de la confidentialité des rapports avocat-client, intervint l'avocat fédéral.

— Non-sens ! s'écria Nolan. Un accord modifie la crédibilité du témoin.

— Il n'y a pas d'accord, répondit l'avocat, c'est tout ce que je peux vous dire.

— Vous savez, *vous,* ce qui se trame ici ! s'écria brusquement Harrison Fancher, pointant un doigt comminatoire vers Sarah. Kilcannon vous a fourni ce témoin. Il a abusé du pouvoir du gouvernement fédéral pour ranimer une affaire défaillante.

— Un tel abus, rétorqua Sarah, faussement candide, devrait être dénoncé. Pourquoi n'allez-vous pas, vous deux, voir Gardner Bond et lui demander de rendre cette déposition publique ?

Puis vous pourrez donner une conférence de presse et en distribuer des copies aux médias. Je suis certaine qu'ils seront aussi scandalisés que vous.

Les bouches de Fancher et Nolan se tordirent dans des grimaces de haine. C'était l'un des rares moments de plaisir de cette affaire.

18

Devant son téléviseur, dans son bureau de Portland, Maine, Cassie Rollins regardait un acteur obèse caricaturant un avocat d'affaires s'efforçant d'arracher les étoiles du drapeau américain.

— Dites à Cassie Rollins, déclara une voix off, qu'il est temps que les avocats cupides cessent de détruire nos emplois.

Un texte courant sous la publicité donnait le numéro de téléphone du bureau de Cassie à Washington et le nom de ceux qui avaient payé pour la diffusion de ce spot : une association prétendument nommée Citoyens pour les droits des consommateurs.

— Dites aux SSA, rétorqua-t-elle à la voix off, qu'il est déloyal de se servir d'un prête-nom.

Elle se tourna vers son directeur de cabinet :

— Combien d'appels ça nous a valu ?

— Près de quatre cents, répondit Leslie Shoop. Et cette publicité ne passe que depuis trois jours.

Mais l'offensive était lancée : des pleines pages sur la réforme des dommages dans les journaux du Maine, des rumeurs sur un candidat favori des SSA qui se présenterait aux élections, des groupes dont personne n'avait jamais entendu parler, comme les Femmes du Maine pour l'autodéfense, des lettres, des fax, des e-mails…

— C'est une avalanche, avait-elle dit à sa collègue Kate Jarman, du Vermont, en quittant la salle du Sénat. Et je baisse de cinq points dans les sondages.

— Ce n'est pas une avalanche, avait répondu Jarman. C'est Frank Fasano. Les SSA veulent cette loi, il ne peut pas se permettre de perdre. Il aspire à être président, continua-t-elle en baissant la voix. Et il sait où se trouvent l'argent et les votes. Moi, je ne me présente pas à la réélection, Cassie. Mais toi, si tu ne veux pas prendre de risques, mieux vaut te ranger à ses côtés.

Ça se discute, songea Cassie.

Soudain, le gouverneur Abel Randolph apparut sur l'écran, brandissant un pistolet.

— Ah, voici notre nouvelle vedette, la prévint Leslie Shoop.

Le film avait été pris au cours d'une conférence de presse destinée à promouvoir les arguments de Randolph pour les crans de sûreté. Mais le gouverneur s'empêtrait dans le mécanisme de sécurité, et l'audience commençait à ricaner.

— Si ç'avait été une tentative de viol, commenta la voix off du présentateur, et pas une conférence de presse, combien de temps auriez-vous eu pour vous protéger ? Appelez Cassie Rollins et dites-lui que ça ne vous fait pas rire.

Cette fois-ci, le texte courant indiquait les Femmes du Maine pour l'autodéfense.

— Bon, au moins, on sait qui c'est, commenta Cassie : Charles Dane en travesti.

— Oui. Mais ils ont donné à Randolph un air vraiment stupide, dit Leslie Shoop en éteignant le poste. C'est à la fois une incitation et un avertissement : « Voyez ce que nous faisons au gouverneur. Faites ce que nous voulons si vous ne voulez pas vous retrouver dans sa situation. »

Cassie contempla l'écran noir, songeuse.

Quatre jours plus tard, au Sénat, le sénateur Charles Hampton présenta sa requête pour exclure les fabricants d'armes à feu du projet de loi sur la limitation des dommages. Puis il traversa l'allée et, en souriant, posa la main sur l'épaule de son ami Chad Palmer.

— Je ne l'ai fait que pour te donner l'occasion de passer à la télé, dit-il. Après tout, ce bijou législatif a été fabriqué par ta commission.

Une lueur d'irritation traversa le regard de Palmer. Puis il se ressaisit :

— Ce sera le plus beau moment de ma vie, dit-il.

— Profites-en bien, dit Hampton. Parce qu'il sera bientôt suivi d'un bain de sang.

Dans son bureau du premier étage du bâtiment Hart, le jeune sénateur du Maine prit l'appel téléphonique d'un ancien collègue.

— Est-ce bien l'artiste connu sous le nom de KFK? demanda-t-elle.

— Oui, répondit le Président avec un petit rire. Kentucky Fried Kilcannon. C'est du moins ce que souhaiterait votre chef. Cassie, je me creuse la tête pour savoir de quoi je pourrais vous menacer. Je n'ai rien trouvé de mieux que les SSA, à moins que ce ne soit d'aider Abel Randolph.

— Pour quoi faire, monsieur le Président? Déverrouiller un cran de sûreté?

— Ça devrait nous servir de leçon, à nous tous. Je m'entraîne la nuit, repartit Kilcannon avec un nouveau rire.

Ce culot et cette capacité de garder le sens de l'humour dans l'adversité avaient séduit Cassie depuis qu'elle avait fait la connaissance de Kilcannon.

— La leçon valait certainement pour moi, dit-elle. Ces gens du SSA jouent leur va-tout. Et ils ont certainement plus d'argent que moi ou Abel Randolph.

— Je sais, admit Kilcannon. Mais je suis contraint de vous demander de voter avec moi, parce que c'est le choix moral.

— Combien de fois croyez-vous que je ferai ce qui est moral? Une fois, ou bien deux?

— Deux. Une fois pour l'amendement de Hampton sur l'immunité des fabricants d'armes et une autre pour ma loi.

— Deux fois, c'est trop, répondit-elle. Même une fois, c'est déjà beaucoup. Avez-vous jamais assisté à un petit déjeuner de chasseurs?

— Non. Qu'est-ce que c'est?

— C'est une tradition du Maine, qui se transmet de père en fils. Le matin de l'ouverture de la chasse, dans toutes les villes, les hommes se retrouvent pour un petit déjeuner copieux avant de se lancer dans les bois avec leurs fusils. C'est plus qu'une tradition, c'est un véritable rituel qui fait partie de la mystique du Maine. Si vous leur enlevez leurs fusils, ces hommes penseront qu'on veut supprimer leurs traditions.

— Je les connais, dit Kilcannon avec lassitude. Mais je suis sûr qu'ils comprendront que la balle qui a tué Marie n'a rien à voir avec leurs traditions.

Cassie constata, une fois de plus, que Kilcannon espérait toujours pouvoir éveiller les bons sentiments de la nature humaine.

— Je réfléchirai à ce que vous m'avez dit, promit-elle.

19

Le vice-président du marketing, Mike Reiner, travaillait chez Lexington Arms depuis vingt et un ans. Bâti comme une barrique, le crâne surmonté d'une touffe grise, il était assis dans la salle de conférences d'un cabinet d'avocats de Hartford, fusillant du regard Lenihan et Sarah, en dépit de son strabisme. De toute évidence, il était très tendu.

L'avocate n'avait pas pu reprendre contact avec Norman Conn et elle craignait qu'il n'eût été réduit au silence, comme Bresler. Ce fut Bob Lenihan qui conduisit l'interrogatoire.

— Pour quelle raison, demanda-t-il, Lexington fabrique-t-il le P-2?

— Pour étendre notre clientèle.

— Par quels moyens?

— En lui offrant une arme de poing semi-automatique qui réponde à sa demande.

— Quelle est la nature de cette demande?

— Une chemise de barillet, par exemple. Elle permet de manier l'arme, même quand le barillet a chauffé.

— Dix coups suffisent-ils à chauffer le barillet?

— Non, il en faut plus de dix.

Lenihan se pencha vers Reiner. Sarah fut frappée par cette confrontation d'ego.

— Pourquoi alors faut-il une chemise de barillet, puisqu'il est illégal de fabriquer des chargeurs de plus de dix balles?

— Il est illégal de les fabriquer, mais pas de les acheter, rétorqua Reiner, pourvu qu'ils aient été fabriqués avant l'interdiction.

— Et pourquoi quelqu'un aurait-il besoin de plus de dix balles ?

— Pourquoi pas ? demanda Reiner en haussant les épaules.

— Il ne vous vient pas à l'idée que, si quelqu'un a besoin de plus de dix balles, c'est pour tuer rapidement beaucoup de gens ?

— Je ne vais pas leur demander leurs motifs d'achat à tous les amateurs d'armes et les collectionneurs !

— Pourquoi ne pas modifier le pistolet de telle sorte qu'il ne soit plus compatible avec des chargeurs de quarante balles ?

— Et pourquoi faire cette dépense ?

— Combien cela coûterait-il ?

— Je ne sais pas. Ce n'est pas mon département.

Lenihan joue au chat et à la souris, songea Sarah.

— Bon, reprit Lenihan, alors on va parler de ce que vous savez. Vous êtes informé que les armes automatiques sont illégales ?

— Oui, répondit Reiner, à la fois amusé et méprisant.

— Admettez-vous que les armes automatiques tuent plus de gens parce qu'elles tirent plusieurs coups d'une seule pression sur la détente ?

— Bien sûr.

— Est-ce que le P-2 n'est pas conçu pour pouvoir être transformé en arme automatique ?

— Je sais qu'il y a des gens qui le font.

Lenihan posa sur la table une vidéo et un manuel qu'il demanda au greffier de classer comme pièces Reiner n° 1 et n° 2.

— Est-ce que cette vidéo et ce manuel, qui sont couramment vendus dans les foires d'armes, n'expliquent pas comment faire d'un P-2 une arme automatique ?

Reiner se remit à loucher.

— Je ne sais pas.

— Vous avez vu ce manuel, monsieur Reiner ?

— Je ne m'en souviens pas.

— Avez-vous aidé l'auteur à le rédiger ?

— Je parle sans cesse à des tas d'amateurs d'armes. Je ne peux pas me souvenir de tous, ni de ce que je leur ai dit.

— Prenons une pause de dix minutes, dit Nolan.

Lenihan reprit tout de go :

— Avez-vous contribué à la conception de l'Eagle's Claw ?

— J'ai donné mon avis. Du point de vue du marketing.

— De ce point de vue, quel est le but de l'Eagle's Claw ?

— Une plus grande puissance de choc, répondit Reiner, montrant ses dents en même temps qu'il louchait. Si vous affrontez des individus dangereux, vous voulez éliminer la menace.

— En les tuant ?

— En les arrêtant, répondit Reiner, d'un ton chargé de dégoût. Quand vous devez défendre votre famille, vous ne perdez pas votre temps en subtilités.

— Connaissez-vous un seul cas où un P-2 ait arrêté un violeur ?

— Objection, intervint Nolan. Cessez de harceler le témoin.

La chemise de Reiner était trempée aux aisselles.

— Le P-2 est conçu pour le tir rapide, monsieur Lenihan, dit Reiner. Si vous tirez assez de balles, le boulot est fait.

— C'est pour ça que nous sommes ici, commenta Lenihan sur un éclat de rire.

À 11 heures, après une deuxième pause, la salle commençait à sentir le renfermé.

— N'est-il pas vrai, monsieur Reiner, que la conception du P-2 dérive du modèle précédent, le P-1 ?

— En principe.

— Pourquoi ne fabriquez vous plus le P 1 ?

— Parce qu'il a été interdit comme arme d'assaut.

— N'avez-vous pas profité de l'interdiction du P-2 en Californie pour le commercialiser au Nevada ?

Reiner, congestionné, dénoua sa cravate.

— L'interdiction avait stimulé la demande, répondit-il.

Nolan pinça les lèvres.

— Et vous avez écrit dans votre publicité, dit Lenihan, pointant du doigt une page du *Defender*, que le P-2 représentait « une espèce menacée, interdite en Californie ».

— C'est vrai. La Californie l'a interdit, et puis Kilcannon a été élu. Il fallait que les acheteurs sachent qu'ils avaient encore une chance de l'obtenir avant une possible interdiction totale.

— Y compris des acheteurs de Californie ?

— Je ne sais pas. Si ce n'est pas l'heure du déjeuner, je demande à aller aux toilettes.

— Je veux l'essorer avant qu'il comprenne à quel point la situation est mauvaise pour lui, dit Lenihan à Sarah en buvant du thé glacé.

— À moins qu'ils n'aient retourné Norman Conn, dit-elle, Reiner et Nolan sont dans un sacré pétrin.

La séance reprit. Lenihan posa son veston sur sa chaise, Reiner et Fancher étaient en bras de chemise. Seul Nolan gardait sa veste.

— Savez-vous que le P-2 est couramment utilisé dans des crimes en Californie ? demanda Lenihan.

— Couramment ? Comment le saurais-je ?

— Mais vous étiez au courant, avant la tuerie des Costello, d'une autre tuerie dans laquelle le P-2 avait été utilisé ?

— Ouais. Au jardin d'enfants à Oakland. La presse nous a téléphoné pour avoir des commentaires.

— Combien d'enfants ont été tués dans cette affaire ?

— Quatre.

— Où le tueur a-t-il eu son arme ?

— Je ne sais pas. Ce n'est pas nous qui la lui avons vendue, en tout cas.

— Vous n'avez pas eu la curiosité de savoir où il avait obtenu cette arme ? Après tout, vous recevez souvent des demandes d'informations concernant des crimes.

— Parfois.

— Les autorités ne vous communiquent-elles pas le numéro de série de l'arme, pour savoir à quel distributeur ou vendeur vous l'aviez expédiée ?

— Si, répondit Reiner d'un ton excédé. Mais ça ne me regarde pas. Nous ne sommes pas légalement tenus de conserver ces demandes d'information.

— Non? Est-ce que l'ATF ne vous a pas spécifiquement demandé par écrit de les conserver?

Si Reiner n'était pas informé de la trahison de Conn, cette question constituerait un premier indice d'une fuite dangereuse. D'ailleurs, Nolan s'agita soudain, flairant les embrouilles.

— Notre coutume est de nous défaire de documents qui ne sont pas essentiels. Mais je n'ai pas souvenir d'une telle lettre.

— Ni d'avoir demandé qu'elle soit détruite?

— Non.

— Et les demandes d'informations provenant de Californie, avez-vous donné l'ordre de les détruire?

— Je ne m'en souviens pas spécifiquement.

Lenihan lui adressa un sourire sceptique et reprit :

— Avez-vous un souvenir plus spécifique du classement du P-2 par l'ATF comme de l'arme de poing semi-automatique la plus utilisée dans des crimes?

— Je n'ai pas fait attention. Nous vendons beaucoup de P-2, ce n'est pas notre faute s'il y en a qui finissent dans les mains de criminels.

— Quand vous êtes-vous rendu compte que le pistolet de Bowden faisait partie d'un lot volé par un groupe paramilitaire appelé Liberty Force?

— Je ne me rappelle pas un rapport entre des armes volées et une personne ou un groupe de personnes spécifiques.

Lenihan ne souriait plus.

— Avez-vous détruit ou fait détruire un rapport signalant que les armes volées par Liberty Force étaient vendues dans les foires?

— Non! Pourquoi le ferais-je?

— Revenons à l'Eagle's Claw. Durant sa mise au point, est-ce que Lexington a procédé à des tests d'efficacité?

— Je le crois, oui.

— Ces tests ont fait l'objet de documents écrits?

— Je crois, oui.

— Avez-vous donné l'ordre de détruire ces documents?

Reiner tendit la main vers la carafe d'eau et se servit.

— Non.

Sarah se pencha vers Lenihan et murmura :

— Callister.

Lenihan indiqua la publicité dans *The Defender*.

— Avez-vous révisé cette publicité avec M. Callister ?

— Non, répondit Reiner d'une voix qui commençait à flancher. La publicité ne dépend que de mon département. M. Callister n'était dans la maison que depuis six mois.

— Vous a-t-il parlé de son entretien avec le président Kilcannon ?

— Non.

— Vous a-t-il fait part de menaces des SSA s'il concluait un accord avec le Président ?

— Je n'en ai pas connaissance.

— Vous n'avez même pas connaissance de ce que vous avez fait vous-même, apparemment, s'écria Lenihan.

Puis il se tourna vers Nolan :

— Ces questions sont d'un intérêt crucial pour notre affaire. Il semble que seul M. Callister puisse y répondre. Ou bien vous le priez de venir déposer, ou bien nous renouvellerons notre requête auprès du juge Bond.

— Pour quoi faire ? demanda dédaigneusement Nolan. Parce que le témoin ne peut pas lire dans les pensées de George Callister pour conforter votre théorie ? Toute cette affaire est vraiment une procédure abusive.

— Avez-vous informé M. Callister de votre destruction de documents ?

— Je ne répondrai pas à des questions aussi absurdes, répondit Reiner en se levant.

— Si j'étais M. Callister, John, dit aimablement Lenihan à Nolan, je souhaiterais clarifier ces questions.

20

Ce soir-là, sur le Mall, deux forces s'affrontaient. Deux groupes de plusieurs milliers de manifestants chacun, les uns contre, les autres en faveur du président des États-Unis.

Les plus calmes étaient rassemblés autour du mémorial Lincoln. À la lumière de chandelles, dans la nuit froide, ils tenaient cinq mille silhouettes de carton représentant des hommes, des femmes et des enfants morts par balles.

Du haut des marches de marbre, entouré par des agents des services secrets, Kerry leur déclara :

— Dans l'heure qui vient et à chaque heure, jusqu'à ce que nous changions nos lois sur les armes, quatre Américains de plus mourront. De l'autre côté, les SSA s'agitent pour notre défaite. Mais comment honorent-ils, eux, la mémoire de ceux qui sont tombés ?

Là-bas, Charles Dane parlait à ses légions :

— Le but du Président est de se servir d'une coalition d'avocats et de tyrans libéraux pour désarmer chacun d'entre vous. Comment le fera-t-il ?

Il donna un coup de poing sur le pupitre :

— En instaurant un climat de haine dans lequel vous passez pour des sous-hommes, une masse de quatre millions d'âmes perverties qui aimez vos armes plus que vos enfants.

Des protestations jaillirent de milliers de gosiers.

— Dites-lui alors que vous aimez assez vos enfants pour les défendre. Dites à cet homme que vous êtes les SSA, fils du Deuxième amendement, les défenseurs de la liberté, le plus grand groupe de défenseurs des droits civils que ce pays ait jamais connu. On ne vous réduira pas au silence. C'est vous, et pas Kilcannon, qui êtes la véritable voix de l'Amérique. Il n'existe que deux partis : le sien et le nôtre. Le Sénat doit choisir.

Dans le grondement de la foule, Dane se sentit transporté par son pouvoir. Il tendit les poings, pénétré par les cris de dévotion. Il demeura ainsi, muet, immobile, comme un acteur, jusqu'à ce qu'ils se fussent dispersés.

Cassie Rollins observait le spectacle à la télévision.

Oui, se dit-elle, *le Sénat doit choisir.*

21

Si l'objet d'une déposition était de permettre à un expert de tresser la corde pour se pendre, Sarah n'était que trop disposée à y aider le Dr Frederick Glass.

Le docteur Fred, comme il s'appelait lui-même, était un conservateur, passé de l'obscurité universitaire à la notoriété grâce à son esprit de contradiction dirigé contre « le vide de l'orthodoxie libérale ». Il avait résumé ses idées sur les droits des armes dans un ouvrage au titre éloquent : *Plus d'armes, moins de morts.*

— À mon avis, déclara-t-il avec force à Sarah, le Lexington P-2 possède une réelle utilité sociale.

— Laquelle ?

— Il est assez petit pour être aisément dissimulé, du moins dans une sacoche. Les lois qui permettent aux citoyens de porter des armes cachées augmentent la sécurité générale.

— Voulez-vous dire qu'Inez Costello ou Joan Bowden auraient dû porter un P-2 dans leur sac à main ?

— Si le droit de porter des armes n'était pas aussi sévèrement restreint en Californie, Bowden aurait alors pu craindre qu'elles ne soient armées. Dans ce cas, la famille de la First Lady serait encore vivante.

— N'est-il pas vrai que l'augmentation du nombre d'homicides est liée à l'augmentation des armes de poing ? demanda Sarah.

— Avez-vous entendu parler du conditionnement opératoire ?

— C'est vous l'expert. Expliquez-nous.

— Dans l'armée, nous apprenons aux nouvelles recrues à tirer sur des silhouettes à forme humaine qui surgissent sans cesse. Les jeux vidéo qui simulent le meurtre ont le même effet. Ce qui m'amène à Bowden. J'ai interrogé ses parents. Dans son enfance, il jouissait d'un accès sans limites à la télévision. Adolescent, il jouait à des jeux vidéo jusque tard dans la nuit. Il y tuait des adversaires virtuels. Et ses parents n'y voyaient aucun inconvénient.

L'implacable certitude avec laquelle s'exprimait le Dr Glass démontra, pour Sarah, combien cet homme était dangereux et irresponsable.

— À votre avis, docteur Glass, les mauvais traitements répétés que Bowden infligeait à sa femme étaient-ils la conséquence de sa passion des jeux vidéo ?

— Toute violence est une réaction acquise. Il est temps pour notre société de contrôler le flux d'imagerie violente dispensée aux enfants, tout comme nous contrôlons leur accès aux armes, à la pornographie, au tabac, à la sexualité et aux voitures. C'était une erreur que de ne pas emprisonner Bowden alors qu'il représentait de toute évidence un danger pour sa femme. Pourquoi vous efforcez-vous d'accuser un fabricant consciencieux qui ne le connaissait même pas ?

Sarah abandonna alors toute prétention d'aménité.

— En ce qui concerne votre carrière académique, combien d'universités vous ont-elles engagé comme professeur ?

— Cinq.

— Et combien vous ont-elles offert une chaire ?

— Aucune. J'expliquerai leur décision par un manque de vraie liberté académique et par ma résistance à l'idéologie libérale dominante. Les raisons qu'ils donnaient étaient que mes recherches manquaient de rigueur. La vérité était que j'exprimais des idées interdites.

— Comme le fait que l'accès des femmes au droit de vote ait causé une augmentation de la criminalité ?

— Il est aisé, madame Dash, répondit le témoin en haussant les épaules, de se moquer d'une conclusion détachée des recherches qui la motivent. Mais c'est un fait évident que, depuis 1920, les attitudes tolérantes des femmes à l'égard de la criminalité ont rejeté la prévention de celle-ci au second plan.

— Je suppose que les SSA ont réservé meilleur accueil à vos idées interdites. N'assurent-ils pas le principal financement de vos recherches actuelles ?

— Oui, je crois que le financement est indispensable à la recherche. Je suis donc sous contrat avec eux.

— Pour combien ?

— Cinq cent mille dollars par an pendant cinq ans.

— Ça financera beaucoup de pensées interdites, observa Sarah, aimablement. Savez-vous quel taux de notre population adulte totale est considéré comme mentalement déséquilibré ?

— Non.

— Trois pour cent. Est-ce qu'il vous est venu à l'esprit que beaucoup des gens qui prétendent avoir recouru à l'autodéfense avec arme pourraient simplement être fous ?

— Je n'ai aucune raison de le croire.

— Êtes-vous informé que, selon le *New England Journal of Medicine*, pour chaque arme dans un foyer, les risques de mort violente d'un membre de la famille sont trois fois plus élevés que s'il n'y avait pas d'arme ? Et que, dans ces foyers, on compte cinq homicides pour un acte d'autodéfense ?

— Assez, maître ! interrompit Nolan. Il a dit non. Poursuivez.

— En fait, John, je crois avoir terminé. Je viens de faire la connaissance d'un martien et je suis impatiente de le signaler.

22

Dans son bureau de Beverly Hills, à Los Angeles, Robert Lenihan consultait son emploi du temps pour les trois mois à venir : le procès de Mary Costello y occupait la part du lion, au déplaisir de ses associés. Le téléphone sonna. Il hésita avant de décrocher.

— Robert Lenihan ? demanda une voix de basse, avec l'assurance de quelqu'un qui sait à qui il parle.

— C'est moi.

— Ici Charles Dane.

C'est une blague, pensa Lenihan.

— Vous téléphonez pour demander grâce ? Les clients le font généralement par l'entremise de leurs avocats.

Mais Dane ne semblait pas d'humeur à plaisanter.

— Nos avocats ne savent pas que je vous appelle. À moins que ceci ne demeure confidentiel, je n'irai pas plus loin.

— D'accord. De quoi s'agit-il, monsieur Dane ?

— Vous allez perdre.

Lenihan se mit à rire.

— Vous avez lu la déposition de Mike Reiner ? demanda-t-il. J'apprends que celle de Fred Glass n'était pas très concluante non plus. Et vous n'avez encore rien vu.

— Ça n'a pas d'importance.

— Pourquoi ?

— Parce que la Chambre vient de voter l'annulation de votre procès. La semaine prochaine, le Sénat aura fait de même.

— Le Sénat débat encore, répondit calmement Lenihan. Grâce à Leo Weller. Et si le Sénat fait passer la loi de réforme de la justice civile avec la clause d'immunité pour les fabricants d'armes, le Président opposera son veto avant que vous ayez débouché le champagne.

— S'il parvient à opposer son veto, répondit Dane d'un ton sépulcral. Kilcannon est un homme fini.

Lenihan se mit de nouveau à rire.

— Cette conversation est proprement surréaliste. Je comprends que vous veuillez la tenir secrète.

— Je ne veux pas que vous la répétiez parce que vous ne savez pas tout sur le Président. Vous êtes un amateur, Robert. Vous croyez qu'émasculer Leo Weller est le nec plus ultra en matière de politique. C'est pourquoi vous allez perdre.

Lenihan comprit que Dane était finalement plus malin que le populiste forcené qui avait harangué la foule sur le Mall.

— Et vous voudriez donc, dit-il, que je sois émotionnellement préparé à une défaite. Ça ne tient pas debout. Vous êtes inquiet au sujet du procès. Et vous avez de bonnes raisons de l'être.

— Inquiet ? Non, je vous donne la chance de faire un choix. Vous risquez de passer pour l'avocat qui, non seulement s'est fait souffler l'affaire Costello, mais a déclenché le vote le plus radical sur la réforme des dommages de notre histoire. Vous auriez donc l'air d'un bouffon.

Lenihan se retint de répondre sur le même ton.

— Et l'autre option ? demanda-t-il.

— Clôturez le procès. Avant que nos alliés au Sénat votent l'immunité pour les armes et rejettent le veto de Kilcannon.

— Je ne peux pas clore le procès de ma propre autorité. J'ai un associé dans cette affaire. Et c'est notre cliente qui détient la décision ultime.

— Nous nous demandions qui est votre cliente.

— Mary Costello.

Dane émit un rire sardonique.

— Si c'est le cas, vous n'avez pas besoin de prévenir Sarah Dash.

— Que voulez-vous ? demanda Lenihan d'un ton insidieux.

— Mary Costello peut continuer son procès comme pantin de sa sœur, dans un procès voué à l'échec. Ou bien elle peut toucher dix millions de dollars, moins les quelque trois millions qui iront à votre cabinet.

— Vous avez *vraiment* la trouille, dit Lenihan.

— Parlez-en à votre cliente. Ou bien, la semaine prochaine, votre procès ne vaudra pas plus que vos premiers caleçons.

23

— C'est l'appel téléphonique que vous attendiez, murmura Janet, l'assistante de Sarah.

Le Dr David Roper, professeur d'hygiène publique à l'université de Columbia, était en train de faire sa déposition dans les locaux du centre Kilcannon. Il était l'exact opposé de Glass : armé de chiffres et démontrant que les taux de détention d'armes étaient proportionnels à l'augmentation des homicides par armes à feu.

Sarah gagna son bureau.

— J'ai refusé de m'entretenir avec leurs avocats, déclara d'emblée Conn.

Sa voix trahissait son stress.

— Qui vous l'a déconseillé ?

— Mon avocat. Il m'a dit que, si j'avais volé des documents, ils me poursuivraient en justice et saisiraient la maison où j'habite depuis vingt ans.

— Je vous ai laissé un message, dit-elle, où je vous donnais l'adresse d'un avocat de Hartford spécialisé dans la protection des dénonciateurs d'irrégularités judiciaires.

— J'allais l'appeler. Mais maintenant, je ne sais plus.

La compassion et le désespoir se partagèrent l'esprit de Sarah. Conn était prêt à perdre son travail. Mais pas sa maison.

— Je suis navrée, dit-elle. S'ils sont au courant de votre déposition, vous serez requis pour témoigner sous serment.

— Et si je dis que je ne veux pas être témoin ?

Sarah songea à Bresler.

— C'est possible. Mais je ne vous lâcherai pas. Je regrette, monsieur Conn, mais j'ai des devoirs envers mon client.

Je suggère que vous demandiez à l'avocat que je vous ai indiqué le moyen de défendre vos droits. Parce que je me servirai des documents que vous m'avez donnés pour m'assurer que vous ne m'avez pas menti.

Menaces creuses, songea-t-elle.

— Je comprends, dit-il d'une voix rauque, mais digne.

Puis il raccrocha.

24

Sous le double poids du décalage horaire et de la tension nerveuse, Sarah observait Nolan interrogeant Norman Conn. Le local
exigu, à Hartford, se trouvait dans les bureaux d'un petit cabinet
dont Joseph Schwab, l'avocat de Conn, était le principal associé.

Sans le témoignage de Conn, la version des faits que donnait Sarah ne tenait pas debout, en dépit des documents qu'il
lui avait donnés : lui seul pouvait la confirmer. Aussi, Nolan
maniait le témoin avec autant de prudence qu'un flacon de
nitroglycérine.

— Avant ce matin, demanda-t-il, avez-vous rencontré l'un
des avocats présents dans cette pièce ?

— Sarah Dash, répondit Conn, sans la regarder.

— Où cette rencontre a-t-elle eu lieu ?

— Une chambre de motel.

— Dans quel but ?

Conn consulta Schwab du regard, puis se pencha pour tirer
de sous sa chaise l'attaché-case fatigué. Il en sortit une épaisse
liasse de papiers.

— Pour lui remettre ceci. Les documents que Mike Reiner
m'avait donné l'ordre de détruire.

Nolan hésita, cherchant sans doute la meilleure tactique.

— Selon vous, quelle en est la signification ?

— Ça dépend, répondit Conn avec un sourire malicieux.
Leur point commun est qu'ils démontrent les atteintes de
M. Reiner à la morale.

Sarah s'inquiéta : le mépris de Conn pour son supérieur risquait de le faire discréditer par Nolan comme employé frustré.

— Voyons donc ces documents, dit l'avocat.

Pendant un quart d'heure, les documents furent numérotés et enregistrés par le greffier. Conn les considéra avec la satisfaction d'un paléontologue devant le squelette d'un animal disparu.

— Quelle est la signification de la pièce numéro un ? demanda Nolan.

— Les documents de un à vingt-sept sont les requêtes de l'ATF sur les numéros de série des pistolets. Dans chaque cas, l'ATF nous a communiqué ce numéro afin d'identifier le distributeur ou le vendeur auquel nous avions expédié l'arme. Ils couvrent une période de six mois et démontrent que Mike Reiner savait que le P-2 était couramment utilisé par des criminels.

— Sur quoi vous basez-vous pour le dire ?

— Après les meurtres de la famille de la First Lady, Reiner m'a demandé de les détruire.

— Où vous trouviez-vous durant cette conversation supposée ?

— Dans le bureau de Mike.

Nolan s'autorisa un sourire d'incrédulité :

— Rien que vous deux ?

— Oui.

— Savez-vous pourquoi M. Reiner vous a désigné pour cette tâche plutôt que de détruire les documents lui-même ?

— Il ne savait pas où ils se trouvaient. Moi, si.

— M. Reiner vous a-t-il expliqué ses motifs ?

— Oui. Il ne voulait pas que Lexington ait des ennuis.

— Pourquoi les documents un à vingt-sept auraient-ils attiré des ennuis ?

— Parce qu'ils montraient que le P-2 est une arme de criminels.

— C'est tout ?

— Le plan de marketing de Reiner, répondit Conn, agacé par cette question obtuse, était d'inonder le Nevada de pistolets que des Californiens achèteraient. Ces documents prouvent que le plan avait réussi et que l'achat de son pistolet par Bowden n'était pas une surprise pour Mike.

— Voudriez-vous suggérer que M. Reiner savait où et comment Bowden avait acheté son P-2 ?

La question était un piège destiné à montrer que Conn nourrissait un ressentiment contre Reiner. Mais Conn le savait aussi. Il répondit avec un doux sourire :

— Oui.

— Lequel de ces documents indique-t-il ou montre-t-il que M. Reiner savait où Bowden avait acheté son arme ?

— Aucun. C'est moi qui le lui ai dit, annonça Conn en mettant le doigt sur la pièce vingt-huit. Ce document contient la liste des numéros de série d'une cargaison de P-2 volée à un armurier de Phoenix. Le numéro du pistolet de Bowden s'y trouvait. Mike m'a demandé de détruire la liste.

— Et quel pouvait bien être son motif ?

Conn consulta de nouveau son avocat du regard, et Sarah comprit que les deux hommes avaient soigneusement établi leur stratégie.

— Il y a deux mois, dit-il, j'ai reçu un coup de téléphone d'un propriétaire de P-2, se plaignant que son arme s'enrayait. Je lui ai conseillé de la rapporter à celui qui la lui avait vendue. Il s'est mis à rire. Puis il m'a demandé si j'avais entendu parler d'une organisation appelée Liberty Force.

— Qu'avez-vous répondu ?

— Que je ne la connaissais pas. Il a alors déclaré que c'était un groupe de suprématistes blancs qui lui feraient sauter la cervelle plutôt que de lui donner un autre pistolet. Je lui ai demandé le numéro de série du sien. Quand j'ai contrôlé nos listes, j'ai trouvé que c'était une des armes volées. J'ai alerté Reiner. Je lui ai dit qu'une milice vendait nos armes volées et je lui ai demandé si nous ne devions pas appeler l'ATF.

Nolan fit une grimace.

— Qu'a-t-il répondu ?

— Il a refusé, arguant que cela nuirait à notre réputation. Je le lui ai rappelé après les meurtres des Costello.

— Pour quelle raison ?

— Je me suis demandé si l'assassin n'appartenait pas à Liberty Force, car il était presque certain que l'arme était passée par les mains de cette milice. Nous devions donc en informer l'ATF.

— Et vous l'avez dit à Reiner ?

— Oui. Il m'a alors donné l'ordre de sortir ces documents des dossiers et de les porter dans son bureau. Ce que j'ai fait, après les avoir photocopiés.

Nolan dévisagea Conn.

— Est-ce qu'il existe, demanda-t-il, un règlement qui vous impose de conserver les documents que Reiner vous a demandé de détruire?

— Non.

— Est-ce qu'il existe une loi qui l'impose?

— Pas à ma connaissance. Excepté la pièce trente-huit.

— Qu'est-ce que c'est que la pièce trente-huit? s'enquit Nolan en fronçant les sourcils.

— Une lettre de l'ATF nous demandant de conserver toutes les demandes d'identification de P-2 utilisés dans des crimes. Après les meurtres, Reiner m'a demandé de la détruire aussi.

— Il était vraiment méticuleux, observa Nolan d'un ton acide. Avez-vous signalé ces anomalies à quiconque chez Lexington?

— Non.

— Pas même à M. Callister?

— Non.

— Et pourtant vous étiez soi-disant scandalisé par les ordres supposés de M. Reiner. Est-ce que la loyauté ne vous engageait pas, après vingt ans de maison, à faire part de votre petit secret à vos supérieurs?

— J'ai d'abord eu peur pour mon travail. Après les meurtres, j'ai compris que l'affaire était grave, mais je ne savais pas à qui m'adresser.

— Et pourtant, vous avez choisi maître Dash, une parfaite inconnue.

Sarah s'inquiéta, craignant que Nolan ne devine la raison de ce choix.

— Pendant cent cinquante ans, tonna Nolan, Lexington a fièrement illustré l'histoire de notre pays. Nous avons armé des Américains dans les deux guerres mondiales, en Corée et au Vietnam. Nos critères étaient exigeants, nos armes impeccables et nos clients, des gens dignes des meilleurs soldats, policiers ou sportifs…

— Le P-2, interrompit Conn, est fabriqué à bon marché. C'était une idée de Mike et elle était indigne de nous, parce que nous savions que nous allions le vendre à des criminels comme Bowden. Et c'est aussi pourquoi Reiner m'a demandé de détruire ceci.

— Qu'est-ce que c'est ? demanda Nolan, sourcilleux.

— La pièce numéro trente-cinq, répondit Conn. Le compte rendu des essais pour la balle Eagle's Claw. Nous avons rempli des mannequins grandeur nature de gélatine, puis nous avons tiré dessus. Un grand moment, monsieur Nolan. Nous avons prouvé que les trous des balles étaient plus grands que ceux de n'importe quelle autre balle sur le marché. Plus qu'il n'était nécessaire pour tuer une fillette de six ans. Vous m'avez demandé pourquoi j'ai choisi Mme Dash. C'est parce que Mike Reiner avait transformé Lexington en une manufacture d'armes pour criminels.

Schwab consulta sa montre et annonça d'un air serein :

— Pourquoi ne nous acorderions-nous pas dix minutes de pause ?

— Je ne suis pas fatigué, déclara Conn, en prenant un verre d'eau. Je veux en finir.

— À quand remonte votre dernière promotion ? demanda Nolan.

— À douze ans.

— Combien de fois avez-vous demandé une promotion depuis lors ?

— Plusieurs fois.

— Et qui vous l'a refusée ?

— Mike Reiner.

— L'un des reproches de M. Reiner n'était-il pas que vous ne suiviez pas ses ordres ?

— C'est ce qu'il prétend.

— Avez-vous eu des différends avec M. Reiner ?

— Nous avons échangé des mots.

— N'avez-vous pas fabriqué ces documents, détruit les originaux et puis imaginé une histoire incriminant M. Reiner pour leur disparition ? demanda Nolan.

— Non.

L'avocat préparait l'estocade finale :

— Si. Parce que vous n'avez appris l'existence de Liberty Force que de la bouche de Sarah Dash.

— Non.

— Si. N'est-ce pas la raison pour laquelle vous n'avez pas alerté Lexington, parce qu'ils ne vous connaissaient que trop bien ?

— Vous insinuez que la liste des armes volées est un faux ? s'écria Conn, le doigt crispé sur un des documents. Et celui-ci, qui montre que l'Eagle's Claw était destinée à faire exploser la victime ? Ou ceux-ci, qui prouvent que Reiner visait la clientèle des criminels ?

— Je ne suis pas ici pour répondre à des questions, répliqua Nolan avec froideur.

— Mais vous pouvez lire, non ? s'écria Conn, avec rage. Vous essayez de détourner l'attention en prétendant que j'ai monté une histoire. Mais vous êtes comme Reiner. Vous vous fichez de ce que vous faites ou dites, pourvu que vous soyez payé.

Les deux hommes se firent face. Sarah attendit la riposte de Nolan.

— Cette pause que j'ai suggérée serait utile pour plusieurs d'entre nous, dit Schwab.

Sarah poussa un soupir de soulagement.

25

Le matin du jour où le Sénat votait la loi sur l'immunité des fabricants d'armes, Chuck Hampton monta au podium pour prononcer le discours final de l'opposition.

La manchette du *New York Times* annonçait : « Le pistolet de Bowden provenait de suprématistes blancs », et l'article rapportait les aveux de Gehringer, qui avait vendu l'arme à Bowden. C'était pain bénit pour Kerry Kilcannon et cela augmentait la pression sur trois sénateurs indécis : Rollins, Coletti et Slezak. L'information échappait aussi à l'embargo du juge Bond sur les informations dévoilées au procès de Mary Costello.

Les cent sénateurs assemblés étaient graves ; à la fin de cette journée, ils auraient voté sur l'immunité des fabricants d'armes et, ensuite, sur la réforme de la justice civile, avec ou sans la clause sur les armes. Votes cruciaux pour le Président et pour Frank Fasano, qui aspirait à lui succéder. Au mieux, Kilcannon pouvait espérer supprimer de la deuxième loi la clause sur les fabricants d'armes. Sinon, il aurait besoin de trente-quatre voix pour soutenir son veto contre cette loi.

— Nous avons beaucoup entendu parler ces derniers temps des avocats d'affaires et des armes à feu, déclara Hampton. Il se trouve que je suis avocat d'affaires et que je possède une vingtaine d'armes, et j'en suis fier. Nos amis républicains se plaignent beaucoup des premiers, qui prendraient des honoraires excessifs et demanderaient des dommages tout aussi excessifs. Mon expérience personnelle m'a appris tout autre chose. Ma plus grande affaire portait sur la mort absurde et atroce d'une fillette de cinq ans qui s'était assise sur la vidange d'un petit bassin public et dont les intestins avaient été aspirés. Ses parents n'avaient qu'elle. Ils étaient pauvres. J'ai fait une enquête : l'accident était advenu parce que la compagnie responsable du bassin avait voulu faire l'économie d'une grille coûtant cinquante cents, qui aurait prévenu l'accident. Cette compagnie a offert un arrangement à l'amiable de cinq millions de dollars. Les parents ont refusé : ils voulaient dénoncer publiquement cette compagnie et s'assurer qu'un tel accident n'adviendrait plus jamais. Ils ont eu raison : le jury leur a accordé vingt-cinq millions. Ils auraient volontiers échangé cette fortune contre la vie de leur fillette. Mais ils avaient au moins la satisfaction de savoir qu'aucun autre enfant ne mourrait jamais de cette façon.

Hampton s'interrompit et regarda Palmer, qui regardait obstinément son pupitre.

— Voyons donc les fabricants d'armes, reprit-il, dont le sénateur Harshman assure qu'ils doivent être protégés de vautours tels que moi.

Cette remarque provocante, inhabituelle chez Hampton, sembla surprendre certains de ses collègues, à l'exception de Jack Slezak, qui le défia d'un sourire goguenard.

— De quelle protection ont-ils donc besoin ? Pas seulement de la limitation des dommages, ni même de celle des honoraires, non, ils veulent être totalement protégés contre tout procès, s'écria Hampton d'une voix indignée. La balle Eagle's Claw est, semble-t-il, plus intouchable que les pneus qui explosent, les réservoirs d'auto qui prennent feu, les pilules amaigrissantes qui tuent. Parce que le Lexington P-2 ne tue pas par accident, mais par dessein. Il n'est donc pas étonnant que la loi en cause veuille interdire toute sorte de procès. Ses partisans ont déjà réduit l'ATF à l'impuissance. Ils se sont opposés aux lois qui accroîtraient la sécurité.

Piqué par les propos de Hampton, Fasano perdit tout espoir de neutraliser l'âpreté du débat.

— C'est nous qui permettons à Lexington de vendre cette arme et ces balles, et sans contrôle du fichier. C'est une honte. Allons-nous persister ? J'apprécie les armes à feu pour le sport.

Mais l'Amérique est devenue la galerie de tir de l'univers. Nous avons du sang sur les mains. Il y a longtemps que nous aurions dû commencer à l'essuyer.

Il s'assit et les applaudissements explosèrent.

— Le Sénat, annonça ensuite la vice-présidente Ellen Penn, salue le sénateur de Pennsylvanie.

Fasano se leva, résolu à calmer l'émotion suscitée par le chef de l'opposition et à présenter un raisonnement qui ferait de lui autre chose qu'un instrument des SSA.

— Mon éminent ami, le sénateur du Vermont, n'avait pas besoin de préciser qu'il est avocat : ses talents émouvraient certainement un jury, comme ils nous ont émus. Mais son point de vue n'est après tout qu'un point de vue. Il y en a d'autres. La qualité de notre système juridique exige de nous plus qu'une reddition aveugle aux passions de l'heure, si sincères soient-elles. Nous devons d'abord rejeter l'idée que l'annulation de procès en cours serait inhabituelle ou anticonstitutionnelle. Les changements dans les lois affectent toujours des droits existants. S'il y a bien un abus de la loi, c'est dans la tentative d'imposer une responsabilité inexistante aux fabricants d'un produit parfaitement légal, les armes, à cause d'un usage illégal qui en a été fait par un tiers inconnu. Multipliez cette tentative dans cinquante États, et vous aboutissez au chaos, à un champ de mines juridique où tout changera selon que le coup de feu sera tiré en Illinois ou dans l'Indiana. Il ne s'agit plus ici d'un pneu défectueux ou d'un réservoir d'essence qui explose, mais d'un produit parfaitement légal.

Après cette introduction, il commença la dissection de la loi en question.

Lara, qui suivait la séance à la télévision, se dit qu'elle ne pourrait jamais plus voir Fasano sans le haïr.

26

Sarah aurait beaucoup aimé suivre la séance du Sénat à la télévision. Mais elle devait se présenter avec Lenihan chez le juge Bond pour demander le droit d'interroger George Callister.

Elle avait espéré que l'audience serait publique, afin de communiquer à la presse des éléments des dépositions de Gehringer, de Reiner et de Conn et d'influencer les débats au Sénat. Mais Nolan avait soutenu qu'une audience publique aurait contredit l'ordre de Bond astreignant toutes les dépositions à la confidentialité.

Élégant, comme à l'accoutumée, le juge était également irrité.

— Sur quelles bases, demanda-t-il à Nolan d'un ton sévère, alléguez-vous que les avocats de la plaignante communiquent des informations à la presse?

— Ce n'est pas une allégation. La nuit dernière, CNN a téléphoné à mon domicile. Ils avaient reçu des documents de Lexington émanant d'un employé mécontent et instable, Norman Conn. Nous estimons que ces documents ne révèlent rien de compromettant pour Lexington. Mais CNN entend les divulguer au public, apparemment aujourd'hui même.

Sarah, surprise, interrogea du regard Lenihan, qui restait impassible.

— Nous n'avons pas fourni ces documents aux médias. Les SSA non plus. Il ne reste donc que Mlle Costello et ses avocats.

— Je ne relèverai pas l'accusation injurieuse de mon confrère, s'écria Lenihan. Je noterai seulement que cela trahit un manque d'imagination déplorable. Ni nous ni Lexington ne contrôlons ces documents et, jusqu'à leur présentation, Lexington n'a jamais admis leur existence. Il en découle qu'ils ne sont même pas soumis à l'ordre de confidentialité de la cour, comme ceux qui ont été recueillis lors de la réquisition. N'importe qui peut donc en avoir connaissance, même CNN.

L'étonnement de Sarah se mua en amusement.

— Votre Honneur, protesta Nolan, cette déclaration enrichit la définition d'outrage à la cour. Celle-ci a été très claire : elle a souhaité que cette affaire ne soit pas jugée par les médias. Pourtant, ce matin, le *New York Times* a publié des informations tirées de la déposition du témoin Ben Gehringer.

— Le *New York Times*, riposta Lenihan, fait état de l'inculpation fédérale d'un suprématiste blanc qui a admis avoir vendu l'arme du crime à Bowden, dans cette foire d'armes où maître Nolan prétendait que le meurtrier n'était peut-être pas allé. Nul doute que cela soit désastreux pour la défense de Lexington. Mais c'est délirant d'affirmer que maître Dash ou moi-même soyons responsables des décisions du procureur de l'Idaho, ou qu'elles soient autres que louables.

— Votre Honneur, rétorqua Nolan, tout le monde sait qui donne ses ordres au procureur fédéral : le beau-frère de Mlle Costello. Un homme qui, en dépit de l'éminence de ses fonctions, est aussi un témoin dans cette affaire, donc astreint aux ordres de cette cour.

Sarah se demanda si Kilcannon avait bien trempé dans cette fuite quand Bond lui demanda d'un ton vif :

— Que savez-vous de tout cela, maître Dash ?

— Rien.

— Votre Honneur, s'obstina Nolan, je requiers une déposition des avocats adverses pour savoir qui a communiqué ces documents à CNN.

— J'ai dit que je ne savais rien, maître Nolan. Vous feriez mieux d'écouter.

— Assez ! cria Bond. Et vous, maître Lenihan ?

— Même réponse : rien.

Il n'avait pas dit « je ne sais rien », et Bond avait l'oreille trop fine pour ne pas avoir saisi la subtilité.

— Je rejette donc la requête de maître Nolan de faire déposer les avocats adverses. Mais si l'un de vous deux communique aux médias des informations assujetties à mon ordre, je conduirai moi-même l'enquête et j'en déférerai au barreau de Californie pour demander sa radiation. Vous êtes prévenus. Bon, venons-en donc au sujet de cette audience : la déposition de M. Callister. Lequel des avocats de la plaignante voudra bien m'expliquer pourquoi cette déposition est si urgente ?

Sarah aurait préféré que ce soit Lenihan qui réponde, mais cela aurait sans doute aggravé l'humeur du juge.

— Pour plusieurs raisons, votre Honneur. Pour commencer se pose la question de savoir ce que Callister savait exactement. Savait-il que Reiner avait ordonné de détruire des documents-clefs ? Savait-il qu'une milice se servait des foires d'armes pour écouler des P-2 volés, dont l'arme vendue à Bowden ?

— Selon M. Reiner, coupa Nolan, M. Callister ne savait rien de tout cela.

— Maître, prévint Bond, attendez votre tour.

— Puis il y a la question de l'entente secrète entre Lexington et les SSA.

— Quelle preuve avez-vous qu'il y ait eu entente ?

— C'est le problème, votre Honneur. Sans M. Callister, nous ne le saurons jamais.

— Le problème, maître Dash, est que votre argument prétend bâtir quelque chose à partir de rien. Maître Nolan ?

— Votre Honneur a parfaitement raison : si les avocats de la plaignante ont des preuves, qu'ils les fournissent. Sinon, pourquoi gaspiller le temps de M. Callister ?

Sarah fut frappée par le refus obstiné de Nolan à laisser interroger Callister. Pourquoi ?

— M. Callister est en voyage, poursuivit Nolan. Que les avocats trouvent des preuves et ils pourront revenir devant cette cour pour demander sa déposition.

— Combien de temps durera ce voyage ? demanda Bond.

— Un peu plus de trois semaines, répondit Nolan, bougon.

— Si nous étions en cour d'État, maître Nolan, déclara Bond, coupant, un témoin absent tel que M. Callister pourrait demander la protection de son État, en l'occurrence le Connecticut. Mais nous sommes en cour fédérale, sur votre insistance, maître, je vous le rappelle. Vous avez deux semaines à partir d'aujourd'hui pour amener M. Callister à déposer.

D'abord ravie, Sarah surprit l'échange de regards entre Nolan et Fancher : deux semaines leur suffiraient pour mener leur projet à bien.

— J'ai une requête finale à déposer, dit-elle : que la déposition de M. Callister soit enregistrée en vidéo.

— Ce n'est pas du tout nécessaire, déclara Nolan à Bond.

— Le président de Lexington n'a pas plus de privilèges que le président des États-Unis, observa Bond.

Il posa l'index sur sa bouche, répugnant, à l'évidence, à conclure, mais forcé de le faire pour ménager son image publique. Il déclara finalement :

— Très bien, vous pouvez filmer M. Callister.

— Votre Honneur, rétorqua Nolan, crispé, vu l'insistance des avocats à enregistrer cette déposition sur vidéo, il serait nécessaire de leur rappeler leurs obligations telles que stipulées par cette cour.

— Dois-je vous les rappeler ? dit Bond à Lenihan et Sarah.

— Non, votre honneur, répondit prestement Sarah, enchantée.

27

À quatorze minutes du vote de la loi sur l'immunité des fabricants d'armes, Palmer et Cassie Rollins observaient Hampton, le chef de l'opposition, entraîner courtoisement mais fermement le sénateur Coletti par le bras et lui présenter ce qui semblait être un document d'une page.

— De quoi s'agit-il ? demanda Cassie à haute voix.

Chad Palmer aussi était curieux.

— Serait-ce possible ? murmura-t-il. La Maison-Blanche a finalement retrouvé cette photographie compromettante de Vic Coletti avec une chèvre ?

— Une chèvre ? releva sèchement Cassie. Rien qu'une ?

— Oui, mais il était mineur.

Quel qu'il soit, le document retint l'attention de Coletti, l'un des trois sénateurs indécis dont le vote était crucial, les deux autres étant Rollins et Slezak.

— Vous vous faisiez du souci pour Lexington, dit Hampton à Coletti. Voici une transcription d'une dépêche de CNN, sur la base de documents cachés par Lexington. Ils montrent que Lexington savait que le P-2 est largement utilisé par des criminels en Californie et ils contiennent les tests balistiques de l'Eagle's Claw. Vous avez dit au Président que vous aviez besoin d'un prétexte : l'obstruction de justice par Lexington devrait vous couvrir.

Coletti plia le papier et le glissa dans sa poche.

— Slezak est au courant ? demanda-t-il.

— Il va l'être, répondit Hampton avec un sourire.

Fasano se dirigea vers Cassie Rollins.

— Coletti ? demanda-t-elle.

— Le Président l'a retourné. C'est le moment de choisir, Cassie.

— Je vote dans trois minutes, dit-elle. Où est Slezak ?

— Je n'en sais rien, dit Fasano, la fixant du regard. Slezak ne fait pas partie de mon équipe. Vous, si. Ne m'embarrassez pas davantage.

— Alors ne m'embarrassez pas, vous non plus, répliqua-t-elle. On nous regarde.

— J'ai dit ce que j'avais à dire, conclut-il en s'éloignant.

Sur l'écran, le décompte annonçait quarante-huit voix contre quarante-huit. Il ne manquait plus que deux votes. Il était 14 h 14.

— La conversation avait l'air vraiment intime, observa Chad Palmer en revenant près de Cassie. Vous et Slezak devez aller voter dans deux minutes. Vous voulez savoir ce qui a retourné Coletti ?

Cassie, hantée par les conséquences d'un défi au chef de la majorité, répondit :

— Sûr.

Palmer lui expliqua.

— Vous savez, dit-elle en secouant la tête, je méprise vraiment ces gens.

— Lexington ?

— Les SSA.

— Et alors ? demanda Palmer, inquisiteur.

— Dites-moi ce qui vous a fait conclure un accord avec Frank.

— Nous avons conclu un marché. Ceci contre une vraie réforme du financement des campagnes électorales. Qu'est-ce que le Président vous a offert ?

— Le choix moral. Pas très motivant, hein !

— Slezak ne bouge pas, la prévint Palmer. C'est à vous dans une minute.

Elle resta pensive pendant ce court laps de temps, puis se leva pour aller voter.

Le clerc du bureau de vote portait des lunettes qui lui faisaient de gros yeux de crapaud.

— Où en est le décompte ? demanda-t-elle.

— Cinquante non, quarante-huit oui.

Les autres sénateurs se pressaient à distance pour savoir si elle voterait oui avec le Président, ou non avec Fasano.

— Enregistrez mon vote comme oui, dit-elle.

Slezak se dirigea avec lenteur vers le bureau du clerc.

— Il ne peut pas flancher, pas maintenant, murmura Chad à Cassie. Il poignarderait Kerry.

Slezak avait voté en dernier pour voir si son vote ferait une différence. Fasano et Harshman se rendirent également au bureau du clerc. Quand Slezak arriva, Fasano s'écarta pour le laisser passer. Le sénateur le regarda un instant et hocha la tête.

Sur l'écran, le décompte était de cinquante à quarante-neuf. Puis un chiffre changea.

Le Président était incrédule.

— Nous avons perdu, constata Clayton. Slezak nous a lâchés.

— Ce n'est pas fini, dit Kerry. Maintenant, il me faut trente-quatre votes pour le veto.

Peu après 20 heures, le Sénat vota, par soixante-six voix contre trente-quatre, la loi de réforme de la justice civile. Les sénateurs Rollins et Coletti votèrent avec la majorité.

Sixième partie

L'équilibre des pouvoirs

Du début décembre à la semaine de Noël

1

Kerry réagit dès le lendemain matin.

Il avait l'intention d'opposer son veto à la réforme de la justice. Et une voix manquait à Fasano. Tous les efforts porteraient sur ce point.

Kerry avait un délai de dix jours pour rédiger son message de veto : devait-il riposter à chaud, en renvoyant sur-le-champ la loi au Congrès ? Ou bien gagnait-il à attendre ? Jack Sanders, son premier conseiller en politique intérieure, et Alex Cole, chargé de liaison avec le Congrès, parvinrent à des conclusions opposées. Le premier penchait pour une réaction rapide, qui montrerait la détermination du Président, et le second estimait que les événements, par exemple l'arrestation de Gehringer, favorisaient les chances de galvaniser les Démocrates du Congrès.

Clayton était indécis.

— Tu peux contrôler ton agenda, fit-il observer au Président, mais pas celui de Fasano. Il attendra le moment opportun, celui où tu es le plus faible.

— J'en suis bien conscient, répondit Kerry. Mais Fasano n'attendra pas non plus indéfiniment.

— À cause du procès de Mary ? demanda Clayton en souriant.

— Oui. Ceux qui tirent les ficelles de Fasano ne peuvent pas laisser la plainte de Mary passer en jugement. Il est coincé entre les SSA et moi.

— Et tu veux que le procès éclate au grand jour avant que Fasano puisse organiser un vote. Peut-être grâce à des bribes d'information tirées de la déposition de Callister... À propos : tu as vérifié nos informations sur Lexington ?

— Oui. Son actionnaire britannique, Shawcross Holdings, a de grands intérêts dans le pétrole de la mer du Nord ; c'est aussi un fervent supporter du Premier ministre. Ce qui n'est peut-être pas un hasard.

— Qu'est-ce qui intéresse le plus Shawcross, les armes ou le pétrole ?

— Le pétrole. Ça représente plus d'argent.

En quittant le Bureau Ovale, Clayton songea à la partie d'échecs à cinq que le Président avait engagée avec les SSA, Fasano, Lenihan et Sarah Dash. Aucun journaliste ne pourrait l'imaginer.

Se retrouvant seul, Kilcannon appela le Premier ministre de Grande-Bretagne. Les deux hommes se ressemblaient, physiquement et psychologiquement. Les échanges préliminaires furent chaleureux et sincères.

— J'ai pris un œil au beurre noir, hier, dit Kilcannon.

— J'ai vu, dit le Premier ministre. Heureusement, dans votre système, on ne vous chasse pas pour avoir perdu une voix à la Chambre.

— Pas encore. Mais je ne voudrais pas perdre de nouveau. À ce propos, j'ai une faveur à vous demander.

— Je vous écoute, Kerry.

— Un homme nommé George Callister semble avoir échoué sur vos rivages. Son employeur suprême est la Shawcross Holdings. Il me semble qu'un mot de vous pourrait accélérer son retour ici.

— C'est bien possible. Que dois-je savoir ?

— Douze millions de dollars, répéta Sarah, d'un ton morne. Si Mary ne me l'avait pas dit, l'auriez-vous fait ?

— Nolan et Fancher eux-mêmes ne le savent pas, répondit Lenihan en croisant les bras. Je n'avais pas de raison de vous le dire tant que Mary ne prenait pas l'offre en considération.

— Ne me prenez pas pour une idiote, Bob. Vous et Dane essayez de boucler cette affaire dans mon dos. Et vous l'auriez peut-être fait si Mary ne m'en avait pas informée.

Leur cliente était assise entre eux, telle une ombre malheureuse dans cette réunion initiée par Sarah.

— Ne me prenez pas non plus pour un allié de ces nazis de SSA. Vous n'avez toujours pas compris comment CNN a eu connaissance de ces documents ?

Le choc de l'aveu secoua Sarah.

— Je suppose que l'offre de Dane vous paraît intéressante, dit-elle.

— Bien sûr. Ne soyez pas naïve.

— Je ne crois pas l'être. Si Mary accepte un arrangement, cela supprime le plus grand obstacle que Fasano aurait à franchir pour rejeter le veto du Président. Pourquoi Dane a-t-il demandé que le montant du compromis ne soit jamais divulgué et que les dossiers demeurent confidentiels ? Parce que, dans ces conditions, l'opinion publique estimera que nous admettons que notre plainte n'est pas fondée. Mary, vous auriez huit millions et la firme de Bob, quatre. Et personne ne poursuivrait plus jamais en justice un fabricant d'armes, ni les SSA. Parce que vous aurez aidé le Président à perdre.

— Le Président va perdre, de toute façon, argua Lenihan. Et vous vous retrouverez alors sans un sou.

Mary semblait si pâle et tellement éprouvée par ce conflit que Sarah éprouva à la fois de la compassion et de l'inquiétude pour elle.

— Je suis entièrement favorable à ce que Mary reçoive une compensation, dit-elle. Mais ce procès n'était-il pas destiné à sauver d'autres vies ?

— Bien sûr, dit Lenihan.

— Bien sûr, répéta Sarah d'un ton sarcastique.

— Ce n'est pas seulement que le Président risque de perdre, c'est que nous risquons de perdre nous aussi, à cause de Gardner Bond. Ce n'est pas une trahison que d'évaluer les risques et l'issue finale.

— Ils ont beaucoup plus peur que nous, répliqua Sarah. Nous les harcelons depuis trois semaines. Callister va finalement témoigner. À moins que Bond ne rejette notre plainte, ce qu'il serait bien en peine de faire en ce moment, nous plaiderons ce procès devant Dieu et le monde. C'est pourquoi Dane s'est adressé à Bob, dit-elle à l'intention de Mary. À moins de supprimer le Président, cette affaire vaut beaucoup plus que douze millions de dollars. Et vous avez le pouvoir de changer toute l'industrie américaine des armes. Avant d'accepter huit millions de dollars pour prix de votre silence, interrogez votre cœur. Parce que c'est le prix du sang. Une fois que vous l'aurez pris, vous ne pourrez plus le rendre.

— Quand dois-je me décider ? demanda Mary, le visage défait par ce dilemme entre l'attrait d'une somme gigantesque et ses aspirations profondes.

— Dans sept jours, répondit Lenihan. Après cela, Dane retire sa mise.

— Sept jours, répéta Mary d'un ton morne.

2

Fasano avait demandé à voir le Président. Ce dernier ne s'enquit pas du motif de cette entrevue, car il n'était que trop évident : l'immunité des fabricants d'armes dépendait de l'équilibre des pouvoirs entre lui et le rival qui aspirait à le supplanter. Le chef de la majorité fut reçu dans le Bureau Ovale.

— Bon, dit Kerry, de quoi s'agit-il ?

— Je crois que vous allez perdre, monsieur le Président, déclara Fasano en fixant du regard son interlocuteur. Vous demandez à trente-quatre sénateurs de voter contre la loi sur les dommages. Il me suffit de vous en enlever un seul.

Kerry consulta sa montre et répondit avec un sourire :

— Alors, ne perdez pas votre temps avec moi, Frank.

Le laconisme brutal de la réponse réduisit Fasano au silence quelques instants.

— Ce n'est pas une affaire personnelle, vous le savez.

— Qu'est-ce que vous proposez ?

— Un compromis.

— Difficile à imaginer. Vos intérêts sont incompatibles avec les miens. Ceci n'est pas une rencontre entre deux hommes politiques : les SSA savent que vous êtes ici. Ils vous ont autorisé à m'appeler. Alors expliquez-moi comment nous pourrions nous accorder tous les trois.

— Bien. La première partie de ma proposition est simple : n'opposez pas votre veto à la réforme des dommages.

— Bien sûr ! Comme ça, vous ne seriez pas accusé de n'avoir pas réussi à protéger Lexington, quand on aura démontré au tribunal qu'il est tenu sous tutelle par les SSA. La suite ?

— C'est également simple, répondit Fasano. Je vous promets un vote loyal de votre loi sur les armes, sans bâtons dans les roues, si vous obtenez les cinquante sénateurs nécessaires.

Tout cela avait été énoncé avec une assurance impressionnante. Accepter la première condition équivalait pour Kerry à annuler le procès, trahir Mary Costello et ses propres idéaux politiques. Accepter l'offre assortie et risquer de perdre équivalait à renoncer à attaquer Fasano et les SSA.

Il n'y avait qu'une réponse possible :

— C'est non.

— Mary, dit Lara au téléphone, si nous acceptions l'argent dans ces conditions...

— Nous, Lara ?

— Excuse-moi, admit Lara, comprenant sa bévue, je voulais parler de notre famille.

— Bon. Tu sais, Lara, huit millions de dollars, ça représente beaucoup d'argent. Peut-être pas pour toi. Mais, en ce qui me concerne, je ne pourrai jamais gagner autant.

— Et tu crois que cet argent va résoudre tous tes problèmes ? C'est comme si tu vendais notre mère à ces gens. Si tu as besoin d'argent, je peux t'aider, Mary. Je peux même t'obtenir un contrat pour ce livre que tu comptais écrire sur notre famille.

— Et si j'acceptais le compromis ?

Lara prit son temps pour réfléchir à sa réponse.

— Ça ferait une très mauvaise fin à ton livre. Et pas très morale, en plus.

Mary fondit en larmes.

Rien qu'à la mine de Clayton quand il entra dans le bureau, Kerry pressentit de mauvaises nouvelles.

— Slezak veut te voir, annonça Clayton.

— Et moi qui croyais en avoir fini avec les surprises... Il a dû entendre parler de sa nouvelle concurrente, Jeannie Griswold.

— Non, il était déjà au courant. Il a dit que c'est une affaire privée, extrêmement délicate. Et urgente. Et que personne ne doit savoir qu'il te rend visite.

Kerry comprit que Clayton avait flairé le danger. Slezak ne venait donc pas présenter sa contrition pour avoir trahi le Président.

— Dis-lui de venir ce soir, répondit Kerry.

3

Un peu inquiet, Kerry fit passer Slezak dans son bureau privé. Le visiteur se laissa tomber dans un fauteuil, les mains jointes, tel un croyant saisi par la conscience de l'impondérable volonté de Dieu.

— Pardonnez-moi, monsieur le Président, mais je devais venir en personne.

— De quoi s'agit-il?

— J'ai reçu un appel téléphonique. Un homme qui s'était annoncé au standard comme le président d'AFL-CIO. Je ne pouvais pas refuser l'appel. Mais c'était un homme que je ne connaissais pas, disant qu'il avait un message pour vous. J'étais tellement agacé que j'ai failli raccrocher. Puis je me suis dit qu'il s'agissait peut-être d'une menace sur votre vie.

Explication douteuse, se dit Kerry.

— Et ce n'en était pas une.

— Non. C'est au sujet de la First Lady. Il a dit que vous aviez eu une liaison avec elle alors que vous étiez marié à votre première femme. Que Lara est tombée enceinte et qu'elle a avorté.

Kerry entrevit soudain la calamité qui allait fondre sur leurs deux vies.

— Il y a plus, ajouta Slezak. Il a dit qu'il était en possession des documents de la clinique d'avortement, et que ces documents confirment que vous êtes le père.

Kerry se rappela combien l'épreuve avait dévasté Lara et combien il l'avait suppliée de garder l'enfant.

— Vous a-t-il dit pourquoi il vous révélait cela? demanda-t-il froidement.

— Pas vraiment. Il a dit que vous seul sauriez que c'est vrai. Et que je le saurais aussi quand je vous l'aurais dit. L'homme a dit enfin que, si vous vous opposiez à la réforme de la justice civile, toute l'Amérique apprendrait cette histoire.

Tout devenait clair : les SSA possédaient les fameux documents et avaient promis l'impunité à Slezak s'il défiait le Président. L'histoire de ce dernier ne tenait pas debout. C'était Dane qui l'avait chargé de porter ce message, qui arrivait au meilleur moment : juste après la proposition de compromis avec Mary et celle offerte par Fasano.

— Pourquoi croyez-vous qu'ils vous aient choisi ? demanda-t-il, sans préciser de qui il parlait.

— Parce qu'ils étaient sûrs que je vous communiquerais le message.

— Sans nul doute. Maintenant, vous pouvez prendre congé, parce que Lara et moi n'aimons pas être en retard au dîner.

Kerry lui raconta tout. Elle réagit avec une violence inattendue, le visage inondé de larmes.

— Je regrette, lui dit-il, que mon accession à la présidence nous ait valu tant de chagrins.

Elle ne méritait pas cela, songea-t-il. Ni ceux qui lui avaient fait confiance et l'avaient élu. Mais il ne pouvait laisser ni l'amour ni la peur de l'avenir occulter l'inéluctable réalité politique.

— Je t'aime, dit-il.

Elle posa la tête sur son épaule.

De nouveau, il songea aux conséquences pour Lara de sa décision de briser les SSA par le biais du procès de Mary. Du commencement à la fin, tout avait été néfaste à Lara et à sa famille.

— Nous connaissons le rituel, dit-elle. Je suivrai le chemin de croix de télé en télé.

— Je démissionnerais plutôt.

— Je ne te laisserai pas me protéger à ce prix-là.

— Nous avons besoin d'un conseiller, dit-il. Nous ne pouvons pas décider seuls.

— Je le sais, dit-elle, les yeux emplis de larmes une fois de plus.

4

1 heure du matin passée. Clayton regardait la moquette du Bureau Ovale.

— Qu'a dit Carlie quand j'ai téléphoné ? demanda Kerry.

— Que tu as de drôles d'horaires.

Depuis dix-huit ans, c'était l'infaillible amie.

— Elle ne sait toujours rien au sujet de toi et Lara, reprit Clayton. En vingt-sept ans, c'est le seul secret que je lui aie caché. Qui est au courant ?

— Kit seulement.

Clayton hocha la tête.

— Elle ne sait rien de Slezak ?

— Pas encore. Je veux son avis sur cette situation. J'ai besoin d'un autre avis. Mais je ne veux pas qu'un collège de sages médite sur l'avortement de Lara comme si c'était la crise des missiles cubains.

— Kit te dira que c'est à toi de le révéler. Veux-tu que je l'appelle ?

— Oui, fais le, s'il te plaît.

2 heures du matin. Lara était présente, en blouse et pantalon de toile, Kit en chandail et pantalon kaki.

— L'histoire de Slezak, c'est du bidon, dit Kit.

— Nous sommes d'accord.

— Si vous pouviez mettre les SSA en cause, vous auriez toutes sortes d'options ouvertes. Mais si nous ne pouvons accuser personne, les options sont réduites.

477

— Je crains que ce ne soit notre cas, répondit Kerry. À moins d'arracher les ongles de Slezak pour lui faire avouer qu'il est l'émissaire de Dane.

— Il faut vous adresser au peuple américain. Vous êtes mariés tous les deux et vous avez assez souffert. Le peuple américain est tout à fait capable de compassion dans un cas pareil. Il comprendra qu'on essaie de vous faire chanter sur des faits que, par principe, vous estimez trop privés pour être divulgués. Si vous ne révélez pas vous-même cette affaire, monsieur le Président, vous devenez complice du chantage.

— L'ère médiatique est tellement imprégnée de vulgarité, intervint Clayton, qu'elle ne sait plus ce qu'est la décence. Comment allons-nous empêcher que les gens voient cela comme un scandale? Monsieur le Président, vous savez ce qu'a été le vote sur les armes pour les Démocrates. Ceux qui auront voté pour vous à leur corps défendant ne se contenteront pas de critiquer votre sens moral : ils rejetteront votre veto.

— Que faire, alors?

— Des tas de gens haïssent les médias. Ils détesteront par ricochet ceux qui publieront ces nouvelles. Une fois cela établi, répondez par une déclaration brève et digne, en espérant que cette affaire s'éteindra par manque d'oxygène.

— Elle ne s'éteindra pas, objecta Kit. La droite et les médias y veilleront.

— Alors, laissez-les mijoter dans leur ragoût jusqu'à ce que le public s'en détourne, par ennui ou par dégoût. Que pourra-t-on faire, une fois que le Président aura reconnu la vérité et regretté les circonstances dans lesquelles ces informations auront été jetées en pâture aux médias?

Il observa une pause avant de reprendre :

— Je crois que cette affaire finira par desservir ceux qui la lanceront. Si j'étais à votre place, je la communiquerais à Fasano, pour qu'elle lui revienne en pleine figure.

— Idée intéressante, concéda Kerry. Et comment finirait tout cela?

— Je suppose qu'il est prématuré d'annoncer une grossesse? suggéra Kit.

Personne ne réagit.

— Il existe une option, reprit-elle. Le rejet de votre veto au Sénat ne dépend que d'une seule voix. Ce scandale pourrait se retourner en votre faveur et permettre une large victoire sur une réforme dont beaucoup de Démocrates ne voulaient déjà pas.

— En d'autres mots, dit Kerry, il faudrait céder au chantage pour le bien du parti. Sans parler du mien.

— Je conçois vos sentiments, monsieur le Président, mais il faut regarder au-delà.

Le silence tomba sur la pièce. Kerry regarda Lara et lui demanda :

— Avons-nous quelque chose à ajouter ?

— Oui, dit-elle d'une voix ferme : que si nous cédons au chantage, cette histoire se prolongera sans fin.

Kerry se tourna vers Kit et Clayton :

— Je vous remercie. Nous vous informerons de notre décision.

5

À 9 heures, le lendemain, Sarah, Lenihan, Nolan et Fancher étaient assis à la table de conférence en acajou du juge Bond. Celui-ci voulait établir un calendrier.

En dépit de sa réserve à l'égard de Lenihan, depuis qu'il avait tenté de régler l'affaire à son insu, Sarah avait conclu un accord avec lui : accroître impérativement la pression sur les SSA et Lexington. Le contexte politique semblait stable : le veto de Kilcannon serait soutenu au Sénat.

— Laissez-nous interroger George Callister, dit Lenihan, nous irons vite. Nous sommes préparés à répondre aux objections de la partie adverse cinq jours après sa déposition et à aller en jugement dans les deux semaines suivantes.

— Le cas est beaucoup trop complexe pour ça, objecta Nolan.

— Vraiment ? riposta le juge d'un ton pointu. Vous m'avez donné l'impression qu'il était simple, au contraire. Vous avez abondamment parlé de procès frivole, sans fondement. Voilà cinq jours, je vous ai donné deux semaines pour faire comparaître M. Callister et les avocats de la plaignante déplorent de n'avoir toujours pas de date fixée.

Sarah s'attendait à ce que Nolan récite une litanie de difficultés de calendrier, destinée en fait à donner à Fasano le temps de rallier des voix pour rejeter le veto de Kilcannon. À sa surprise, il répondit :

— M. Callister est disposé à interrompre son voyage pour satisfaire aux exigences de la cour. Est-ce qu'une entrevue dans cinq jours ouvrables, à San Francisco, vous satisferait ?

Lenihan en resta sans voix. Puis l'on convint que la déposition aurait lieu dans les bureaux de son cabinet, à San Francisco.

Mary, elle, avait pris sa décision. Quand ils la retrouvèrent dans le bureau de Sarah, elle semblait étonnamment calme :

— Ce serait mal de prendre de l'argent de ces gens-là, déclara-t-elle avec une voix dure. Répétez-leur de ma part.

Au jour dit, Kerry Kilcannon entra dans la salle de presse, bondée, de la Maison-Blanche.

— Ce matin, commença-t-il, j'ai opposé mon veto à la loi de réforme de la justice civile...

6

Le lendemain du veto, peu après 8 heures, Kit Pace, le visage défait, entra dans le bureau du Président et lui tendit un exemplaire d'un éditorial de droite, récupéré sur Internet. La teneur en était consternante : Kerry était encore marié quand sa liaison clandestine avec Lara avait commencé. Lara était tombée enceinte, puis avait « avorté de l'enfant du sénateur Kilcannon ». « Leur existence en tant que Premier couple, disait cet éditorialiste, est le résultat d'un infanticide perpétré de sang-froid et d'une dissimulation destinée, non seulement à cacher leur inaptitude morale, mais encore à duper un électorat naïf. »

Le texte était suivi d'une transcription des notes du médecin de la clinique, prises après l'avortement. Kerry ne les avait jamais vues ; il y retrouva l'écho de son propre désarroi d'alors. Il leva les yeux et comprit que Kit avait tout lu.

— J'ai préparé le texte de notre communiqué, annonça-t-elle. Si nous ne le diffusons pas tout de suite, les médias vont se lancer dans une véritable chasse à courre.

— Je ne crois pas que cette déclaration soit adaptée à ce que contiennent ces notes, répondit-il. Elle ne suffit plus.

Quand elle eut quitté le bureau, Kerry appela le chef de l'opposition Hampton, puis il saisit un bloc-notes et commença à rédiger sa déclaration.

À 9 h 15, Kilcannon se rendit à la salle de presse. Stupéfaits, Fasano et Harshman, qui ne connaissaient la nouvelle que depuis vingt minutes, observèrent la scène à la télévision.

— J'ai une déclaration à faire, annonça Kilcannon. Mais je ne répondrai à aucune question. Il y a dix jours, le sénateur Jack Slezak est venu à la Maison-Blanche. Il m'a raconté qu'il avait reçu un coup de téléphone, anonyme assurait-il, selon lequel certains faits de ma vie, datant d'avant mon accession à la présidence, seraient rendus publics si j'opposais mon veto à la loi de réforme de la justice civile.

Dane, pensa Fasano. On ne pouvait décidément pas défier impunément le personnage.

— Hier, j'ai opposé mon veto. Dès ce matin, un éditorialiste a publié sur Internet un épisode de ma liaison avec Lara, datant d'avant nos fiançailles. Mis à part les commentaires, les faits sont vrais.

— Même l'avortement, murmura Fasano.

— Je ne crois pas devoir fournir de justificatifs, et Lara non plus. Je pense que le peuple américain nous jugera sur la manière dont nous assumons nos responsabilités publiques. Nous le ferons de notre mieux. Mais, sur cette affaire strictement privée, nous n'avons plus rien à dire.

— Monsieur le Président, demanda une journaliste, cela signifie-t-il que Mme Kilcannon cessera d'être un porte-parole sur la question des armes ?

— J'ai dit que je ne répondrais à aucune question, répéta Kilcannon.

Et il quitta la salle.

— Vous ne croyez pas que nous devrions en profiter pour fouetter l'opinion publique ? s'écria Harshman.

— Vous ne vous souvenez pas de ce qui est arrivé à mon prédécesseur, le jadis puissant Macdonald Gage ? répliqua Fasano. Si Kilcannon met la main sur celui qui a diffusé cette histoire, il ne lui fera aucun cadeau. Alors, rendez-moi un service, Paul : fermez-la.

Avant que Harshman pût répondre, l'intercom bourdonna :

— Laissez tomber ce que vous êtes en train de faire, lui conseilla son chef de cabinet. Hampton va prendre la parole.

Le sénateur avait déjà commencé à parler :

— Le chantage est bas, tonna-t-il, et celui qui le pratique est méprisable. Les tactiques de caniveau ne feront pas reculer le Président. Aucun maître chanteur, trop lâche pour se montrer en public, ne changera la teneur de la loi de réforme de la justice civile.

Il parcourut du regard la salle, maintenant pleine.

— Kilcannon est foutu, ricana Gage.

Mais Fasano, près de lui, n'en était pas si sûr.

Chad Palmer quitta la salle du Sénat par le tramway souterrain qui passait sous le Congrès. Assise près de lui, Cassie Rollins lui demanda :

— À quoi pensez-vous ?

— Que j'espérais ne jamais assister de nouveau à un tel gâchis.

Elle hocha la tête et posa sa main sur son bras. Parvenus à destination, Chad lui proposa dans l'ascenseur :

— Vous voulez regarder la télé avec moi ?

— Oui, ce sera intéressant de voir la suite des événements.

Le couloir, devant le bureau de Palmer, était encombré de reporters armés de caméras et de microphones.

— Que pensez-vous de la déclaration du Président ? demanda l'un d'eux.

— Chuck Hampton a parlé pour moi, lâcha Palmer. Vous pouvez le citer à ma place.

Puis il entra dans son bureau avec Cassie Rollins.

— Frank n'aimera pas ça, observa-t-elle.

— Au diable Fasano. Tout ce que je lui ai donné, c'est un vote, pas le droit de faire de moi un roquet, comme Harshman.

Après avoir regardé les infos sur CNN pendant une demi-heure, Fasano fut rassuré : les SSA ne se manifestaient pas. C'était le révérend Bob Christy, le vénérable chef de l'Engagement chrétien, qui se chargeait de déclencher les hostilités pour la droite. Depuis son bureau de Charleston, en Caroline du Nord, il répondait à une journaliste :

— Paula, il ne s'agit pas d'une question de vie privée, mais du fondement des politiques immorales défendues par le Président et cette First Lady. Comme nous comprenons maintenant la nomination de la partisane de l'avortement Caroline Masters à notre plus haute cour de justice ! Quelle contradiction entre le souci prétendu de la First Lady de sauver des vies et la destruction d'une vie innocente que Dieu avait placée dans ses mains !

Dane avait formidablement orchestré sa campagne ; il avait mobilisé les légions de la droite, les opposants à l'avortement, les fondamentalistes et les défenseurs des valeurs traditionnelles.

— L'atroce vérité est que Lara Kilcannon s'est servie de sa propre famille pour appliquer un programme athée, cynique et pro-gouvernemental en nous demandant de prendre le deuil de sa nièce de six ans, alors qu'elle a tué son propre enfant avant sa naissance.

Fasano appuya sur un bouton pour faire taire le révérend Christy.

7

À 13 heures, Charles Dane appela Frank Fasano au téléphone :

— Il semble que Dieu nous ait souri, dit-il.

— Il vous a téléphoné ? demanda Fasano, facétieux.

— Non, il me parle par la voix du révérend Christy. Maintenant, poursuivit Dane d'un ton impérieux, nous avons la possibilité de rejeter le veto de Kilcannon. Il faut battre le fer pendant qu'il est chaud et démolir ce petit bâtard pour de bon.

— Mon but est de gagner, pas d'organiser un vote express pour rejeter le veto. Il me manque la voix de Leo Weller. Avant d'organiser un contre-veto, je dois savoir de combien de voix je dispose.

— Votez, ordonna Dane. C'est le moment de cueillir Weller. Ce scandale lui donne l'occasion d'échapper à celui de l'amiante. Fixez une date pour le contre-veto et nous ferons en sorte que vous gagniez. Tout ce que vous aurez besoin de faire, c'est de tenir Palmer et vos foutus modérés en laisse.

La hâte de Dane intrigua Fasano, qui se demanda si le procès de Mary Costello ne commençait pas à lui donner des sueurs froides, ou bien si la filière du scandale de la matinée ne risquait pas de remonter jusqu'à lui. En tout cas, Dane avait réussi à enfermer Fasano et Kilcannon dans un duel à mort, comme deux scorpions dans un bocal.

— Livrez-moi Weller, répondit-il, et je vous obtiendrai rapidement un vote.

Cassie Rollins arriva dans le bureau de Fasano peu avant 18 heures. La nuit d'hiver était tombée.

— Eh bien ? dit-il.

Façon condensée de lui rappeler qu'elle l'avait trahi sur l'immunité des fabricants d'armes et qu'elle devait regagner les bonnes grâces du chef de sa majorité, ou bien être bannie dans une Sibérie sénatoriale, ou plus simplement de la carrière de sénateur.

— Quelle sera votre réaction ? demanda-t-elle.

— Simplement déçu, comme le reste du pays.

Évidemment, songea Cassie.

— Pas de francs-tireurs, ni Paul, ni personne. J'attends que vous tous fassiez écho aux sentiments du chef de la majorité.

— Quelle est la source de cette histoire ? demanda Cassie.

— Ce qui compte est que personne ne nous soupçonne d'y avoir joué aucun rôle.

— Je ne vais pas prendre leur défense, dit-elle. Mais, s'il fallait juger la capacité de servir au Sénat à l'aune de la fidélité conjugale, il ne resterait que vous et moi pour éteindre les lumières à la fermeture. Et encore, c'est parce que je n'ai jamais été mariée.

— Quelle sera votre position sur son veto ?

— La même qu'avant. Je ne suis pas favorable à l'immunité des fabricants d'armes, mais je le suis à la loi finale. Par ailleurs, je n'aime pas ce qui arrive aux Kilcannon. Vous et moi n'avons jamais été d'accord sur le personnage de Kerry. Je soutiens qu'il a une âme, à la différence de beaucoup de nos collègues. En tout cas, il a eu l'habileté de réagir rapidement, et les médias n'essaieront donc pas de démentir ce qu'il a déjà admis. Demain, nous serons fixés sur l'identité du maître chanteur. Et je vous parie des cerises en hiver que ce sera un de nos amis.

— Il y a onze jours, vous m'avez défié sur un vote qui mettait mon leadership en jeu. Le prochain concerne la loi de Kilcannon sur les armes. C'est pour vous un risque de mort subite.

— Parce que les SSA vont pousser un candidat aux primaires ? Ils vont présenter Abel Randolph contre moi ? Et vous ne lèverez pas le petit doigt pour me défendre, n'est-ce pas ?

— Exactement.

— Écoutez, Frank, je respecte votre position. Personnellement, ce soir, je suis beaucoup moins attachée à la mienne que ce matin. Patauger dans la fange ne me tente absolument pas. Si vous ne me soutenez pas auprès des SSA, vous risquez d'avoir un sénateur démocrate qui menacera votre majorité. Ou bien d'avoir une femme, moi en l'occurrence, très indifférente à vos intérêts.

— Certaines personnes, Cassie, aiment être des parias. Ça ne me paraît pas être votre cas.

— Alors, la prochaine fois que vous voudrez mon vote, parlez pour votre compte et pas pour celui de Charles Dane.

8

Un sondage du lendemain révéla que cinquante-trois pour cent des personnes interrogées estimaient que les pouvoirs du Président avaient été diminués. Vingt-sept pour cent pensaient qu'il devait démissionner. Faute d'un démenti qui aurait alimenté les médias, l'intérêt se reporta sur celui qui était à l'origine du scandale : Jack Slezak.

Au Sénat, dès le début de la séance, Fasano demanda un vote rapide pour rejeter le veto du Président. Mais Hampton se rebiffa :

— Quelle est la raison de cette hâte incongrue ? demanda-t-il. Il n'existe pas de date butoir. Les partisans de l'immunité des armes sont-ils tellement pressés d'annuler le procès de Mary Costello ? Ont-ils tellement peur qu'on apprenne sur qui retombe la responsabilité de six meurtres ?

Plus tard, au cours d'une conversation téléphonique, il demanda au Président :

— N'y a-t-il pas moyen de forcer Slezak à dire la vérité ? Si quelqu'un d'aussi important que le président d'AFL CIO lui a téléphoné, sa secrétaire doit s'en souvenir.

— J'y ai pensé, répondit le Président. Mais, si je lâche le FBI sur le personnel de Slezak, ils répondront qu'ils ne se souviennent de rien. C'est l'alibi parfait. Je réserve donc le FBI pour plus tard.

— Comment s'est passée votre conversation avec Dane ? demanda Fasano à Leo Weller.

— Conversation ? Il m'a rappelé que les SSA ont plus d'argent que les avocats d'affaires et que je n'ai aucun moyen de gagner des élections primaires sans leur soutien. Je suis un sénateur américain, Frank, pas l'employé des SSA. Je ne me laisserai pas traiter de la sorte.

— Comment comptez-vous vous sortir de là ?

— Si je vote contre les SSA, c'est du suicide. Si je vote avec eux, les avocats vont faire défiler à la télé les victimes de l'amiante, qui sont aussi mes électeurs.

Et tu voudrais que je te tire de ce mauvais pas, songea Fasano.

Il feignit de réfléchir, puis :

— Supposons que vous votiez la loi de réforme de la justice civile et que vous introduisiez un amendement concernant les victimes de l'amiante ?

— Comment comptez-vous faire ça ?

— Il faudra réfléchir aux détails, mais un fait sera sûr : ni Hampton ni Kilcannon ne pourront s'y opposer. La commission sénatoriale du financement des campagnes pourrait ensuite faire passer des images de vous avec les familles reconnaissantes. Les SSA pourraient même financer quelques-unes de ces publicités.

Weller parut sincèrement reconnaissant.

— Frank, répondit-il d'une voix émue, je crois que ça pourrait marcher.

À 19 heures, Sarah préparait son plan d'interrogation de George Callister. Car ce serait elle qui prendrait sa déposition, ayant convenu avec Lenihan qu'elle avait plus de chances de faire trébucher le PDG de Lexington qu'un avocat célèbre avec lequel Callister serait sur ses gardes.

Le téléphone sonna : c'était Lara.

— Comment allez-vous ? demanda Sarah.

— Je suis écœurée. Furieuse. Embarrassée. Mal à l'aise vis-à-vis de Mary. Et terrifiée pour Kerry, à l'idée que je sois l'une des raisons pour lesquelles on continuera de tuer des gens en Amérique.

Sarah fut surprise par ces aveux, mais leur franchise rendit Lara plus humaine que la femme tellement maîtresse d'elle-même qu'elle avait connue jusque-là.

— Je suis moi-même assez contrariée, admit Sarah.

— Vous avez des raisons de l'être. Ici, la situation se dégrade.

— Le Sénat ?

— Oui. Le vote aura lieu dans trois jours et, telles que sont les choses, nous allons perdre.

— C'est ce que je craignais. Nous avons ici des dépositions qui empêcheraient le Sénat de rejeter le veto du Président. Mais je ne peux pas les rendre publiques, à cause de l'ordre de confidentialité du juge Bond.

— Vous ne pouvez pas lui demander de les rendre publiques ?

— C'est trop tard. Même s'il l'acceptait, ce qui m'étonnerait beaucoup, il faudrait présenter une requête, attendre que les adversaires y répondent et nous présenter devant le juge.

— Vous ne pouvez donc rien faire ? demanda Lara.

— Non. Je ne peux pas dévoiler le contenu des dossiers. À moins de perdre ma licence d'avocat.

9

À 9 heures, le lendemain matin, Sarah était enfin assise face à George Callister. Près de lui, John Nolan et, à un siège de distance, Harrison Fancher, représentant les SSA. Près de Sarah, Lenihan. Entre les deux camps, une cafetière d'argent, pleine. La greffière, une blonde pulpeuse, enregistrerait l'interrogatoire en sténographie. Derrière Sarah, un opérateur de vidéo ajustait sa caméra.

— Quel est selon vous le marché du P-2? commença Sarah.

— Des gens qui veulent de la puissance de feu.

— Y compris des criminels?

— Objection, dit Nolan, posant la main sur la manche de son client. Question prêtant à spéculations.

— Êtes-vous au fait, reprit-elle, que les données recueillies par l'ATF indiquent que, ces deux dernières années, le P-2 a été plus utilisé dans des actes criminels que n'importe quel autre pistolet semi-automatique?

— J'ai vu les chiffres. Mais il faut les interpréter. Le P-2 se vend plus que ses concurrents. Il y a donc, en proportion, plus de gens qui en font mauvais usage.

— Avez-vous consulté les demandes d'information adressées à Lexington sur des armes utilisées dans des crimes?

— Non.

— Pour quelle raison?

Il posa sa tasse de café et se frotta les mains.

— Il faut que vous sachiez une chose, madame Dash : j'ai voulu arrêter la fabrication du P-2 pratiquement depuis que je suis arrivé chez Lexington. Il donne une mauvaise image de la société et nous entraîne dans des procès comme le vôtre.

— Avez-vous chargé quelqu'un de consulter les demandes d'information à propos d'armes employées dans des crimes ?

— Oui. Mike Reiner.

— Quel en a été le résultat ?

— Il m'a répondu que nous n'avions pas pour règle de conserver ces demandes et que les dossiers étaient vides.

— Vous voulez dire : détruits ?

— Oui.

— Avant ou après que John Bowden a tué six personnes ?

— Je n'avais aucun moyen de le savoir. C'était en tout cas avant que vous intentiez ce procès.

Elle fut déçue : il n'y avait donc pas eu obstruction à la justice.

— Avez-vous soupçonné M. Reiner d'avoir lui-même détruit les dossiers demandés ?

— Oui, répondit Callister après quelque hésitation.

— Pourquoi ?

— Parce que d'autres dossiers, dont les bordereaux d'expédition précisant où nous avions expédié l'arme du crime, avaient également disparu.

Le ton méprisant de Callister révéla à Sarah un aspect nouveau du personnage.

— Aviez-vous d'autres raisons de soupçonner que Reiner pouvait vous mentir ?

— Objection, intervint Nolan. Manque de fondement. Je ne crois pas que les faits justifient une accusation de mensonge délibéré.

Callister se tourna vers son avocat.

— Je crois qu'on peut, en effet, s'arrêter là en matière de mensonge. Pourquoi ne pas le dire : Reiner et moi étions en désaccord fondamental sur l'avenir de notre compagnie.

— À quel sujet ?

— Je voulais arrêter la production du P-2 et de l'Eagle's Claw, et il y était radicalement opposé. Le potentiel destructeur de cette arme et de cette balle excédait les besoins de notre clientèle. Reiner, lui, soutenait qu'elle était essentielle à notre position sur le marché. Mais le fait que je sois assis ici tend à confirmer mon jugement.

La portée des réponses de Callister avait excédé celle des questions ; aussi, Nolan suggéra une pause. Sans doute pour inciter son client à plus de réserve.

— Connaissez-vous un nommé Norman Conn ? demanda Sarah.

— Oui, c'est un employé de longue date.

— Saviez-vous que, selon Conn, Reiner a détruit un document montrant qu'un lot de P-2 volés étaient vendus dans les foires d'armes par une milice suprématiste ?

— Je ne le savais pas avant la semaine dernière, répondit Callister, secouant la tête.

— Je conseille à mon client de ne pas révéler ses conversations avec son avocat, dit Nolan.

— Connaissez-vous Martin Bresler ? demanda Sarah.

— C'était le chef d'un groupement de compagnies comprenant Lexington Arms.

— Quel était son but ?

— Établir un compromis entre ceux qui veulent contrôler les armes et les SSA. Le président Kilcannon n'était peut-être pas notre ami, mais on ne pouvait nier son existence. Nous voulions en finir avec ses pressions et les procès, et la meilleure solution était de constituer un groupement pour traiter avec lui. Bresler était donc chargé de négocier. Un accord avec la Maison-Blanche sur les crans de sûreté devait constituer une première étape.

— Et l'étape suivante ?

— Établir des contrôles du fichier.

— Pourquoi n'êtes-vous pas parvenu à un accord avec le Président ?

— Tous les autres PDG ont retiré leur soutien à Bresler. En clair, ils l'ont renvoyé.

— Pourquoi ?

— Ils ont prétendu que Bresler devenait un motif de discorde, répondit Callister avec une grimace.

— L'un d'eux vous a-t-il rapporté qu'il avait été menacé par les SSA ?

— Pas directement, non.

— Les SSA vous ont-ils menacé, vous ?

— Objection ! clama Fancher. La question empiète sur le droit du défendeur à l'association politique, y compris la formulation d'une stratégie législative et politique garantie par le Premier amendement. Pareilles discussions confidentielles ne sont pas sujettes à la réquisition de données.

— Vous pouvez répondre, dit Sarah, sans détacher ses yeux de Callister.

— Il ne le peut pas, insista Nolan. L'objection des SSA est clairement formulée, George, et le droit de non-réponse appartient à Lexington autant qu'aux SSA. Je vous conseille de ne pas répondre.

— C'est de l'obstruction, protesta Lenihan.

— Présentez le cas au juge.

— Avez-vous discuté de la proposition du Président avec quiconque, chez Lexington ? poursuivit Sarah.

— Avec Ray Stipe, notre avocat général. Et avec Mike Reiner, répondit Callister.

— Pourquoi en avez-vous discuté avec M. Reiner ?

— En tant que directeur du marketing, il aurait été responsable de la mise en œuvre de notre accord.

— Quelle a été sa réaction ?

— Il s'est déclaré totalement hostile au projet. Il avait contribué à la mise au point du P-2 et de l'Eagle's Claw, qu'il tenait pour essentiels dans notre résistance à la concurrence. Il a prétendu qu'accepter le plan de Kilcannon équivalait à un suicide. Je lui ai donc dit que j'allais en référer à notre conseil d'administration.

— Quelle a été la réaction de celui-ci ?

— Incertitude et anxiété. Mais le conseil m'a quand même autorisé à rencontrer le Président une fois de plus.

— Cette rencontre a-t-elle eu lieu ?

— Non, soupira Callister.

— Pourquoi ?

— Parce que j'ai reçu un coup de téléphone de Charles Dane.

Nolan et Fancher se dressèrent, soudain aux aguets, prêts à intervenir.

— Comment a-t-il été informé de la négociation ?

— Je ne peux pas imaginer que Stipe ait fait cela. Je pencherais plutôt pour Reiner, ou quelqu'un d'autre.

— Y a-t-il eu une entrevue avec M. Dane ?

— Oui, dans les bureaux des SSA.

— Y avait-il d'autres parties présentes ?

— Non, répondit Callister, impassible. Dane a dit qu'il voulait régler la question seul.

— Que vous a alors dit Dane ? demanda Sarah.

— Même objection, protesta Fancher. La question vise à sonder des discussions confidentielles couvertes par le Premier amendement. Les SSA prient M. Callister de ne pas répondre.

— Moi aussi, dit Nolan.

— Définiriez-vous votre entretien avec M. Dane comme ayant été de nature politique ou législative ? demanda Sarah.

— Pas vraiment, répondit Callister.

— Pouvez-vous, dans vos réponses, distinguer ce qui l'est du reste ?

Nolan saisit le poignet de Callister :

— En tant qu'avocat de Lexington Arms, déclara-t-il d'un ton péremptoire, je vous conseille de ne pas répondre aux questions de maître Dash, ni d'essayer de distinguer ce qui est confidentiel de ce qui ne l'est pas.

Callister regarda la main de Nolan et répliqua :

— Vous m'avez donné votre avis, John. Je suis libre de ne pas le suivre.

Nolan retira sa main :

— Je demande une pause pour m'entretenir avec mon client, dit-il à Sarah.

— Et vous, monsieur Callister ? demanda-t-elle.

— Vous pouvez prendre une pause, dit Callister à Nolan. Moi, je désire continuer.

Fancher, alarmé, s'écria à l'adresse de Sarah :

— Je proteste contre la poursuite de l'interrogatoire sans que nous ayons eu le temps de discuter de vos questions à la lumière des droits des SSA et de Lexington tels que garantis par le Premier amendement.

Callister secoua la tête.

— Continuez, madame, dit-il.

— Durant cet entretien, monsieur Callister, que vous a dit M. Dane ? reprit Sarah.

— Plusieurs choses. D'abord, que quiconque traitait avec le président Kilcannon trahissait le Deuxième amendement. Que si Lexington concluait l'accord en vue, lui, Dane, se servirait de la lettre des SSA, de l'Internet et des organisations locales pour recommander à tous les propriétaires d'armes américains de boycotter tous nos produits, et à tous les armuriers de les refuser. Enfin, que le magazine des SSA refuserait de publier nos annonces et que tous les autres magazines d'armes le suivraient. Dans des procès comme celui-ci, poursuivit Callister, nos frais d'avocat sont assumés par le Heritage Fund, lequel est financé par les SSA. Dane m'a prévenu qu'ils n'assumeraient plus les frais d'une compagnie qui aurait conclu un accord avec Kilcannon.

Callister se tourna alors vers Fancher.

— À la fin de cet exposé, maître, votre client m'a juré qu'un accord avec le Président mènerait à la destruction de Lexington Arms. Je ne crois donc pas qu'il s'agissait là d'une discussion à propos de stratégie politique et législative, protégée par le Premier amendement, comme vous dites.

Sarah était aussi abasourdie que Nolan et Fancher : le discours de Callister était celui d'un homme visiblement à bout de patience, dont les propos exposaient les SSA aux sanctions de la loi antitrust.

Il se tourna vers Sarah et reprit :

— Il m'a demandé si je me souvenais de Martin Bresler. Puis il a réfléchi à haute voix sur le fait que les autres compagnies seraient heureuses de se partager le marché d'une firme qui les avait trahies. Et, pour bien s'assurer que je ne conclurais pas d'accord, quelqu'un a communiqué au *Washington Post* le détail des négociations, ajouta-t-il d'un ton vengeur. Tout d'un coup, des gens sont venus manifester devant le siège de la compagnie. J'ai reçu des menaces de mort sur Internet.

Sarah contempla les hommes assis devant elle : Callister, maintenant dissocié des avocats ; Fancher, qui prenait des notes avec fièvre ; et Nolan, qui s'efforçait de contrôler une situation jusqu'alors inimaginable.

— George, dit Nolan d'une voix tendue, votre témoignage implique des conséquences qui vont bien au-delà des intérêts des SSA. Vous avez des obligations envers votre compagnie.

— Oui, répondit Callister sans le regarder, j'en ai, en effet.

— Après les meurtres des Costello, demanda Sarah, avez-vous pris quelque initiative?

— George, répéta Nolan, je vous implore de prendre une pause.

— Je me suis adressé au conseil d'administration et je leur ai dit que la coupe était pleine. L'assassin avait tiré la onzième balle Eagle's Claw d'un chargeur de quarante pour tuer la petite fille que j'avais vue à Camp David. Il n'était même plus question d'un accord avec le Président, à supposer que c'eût été encore possible. Je savais que Kilcannon se servirait de tous les moyens disponibles pour détruire Lexington Arms s'il n'obtenait pas ce qu'il voulait. Et je le leur ai dit.

— Pourquoi un accord avec le Président n'était-il plus possible, monsieur Callister? s'informa Sarah.

— Avant que le conseil d'administration puisse voter, Dane a téléphoné pour demander une seconde assemblée.

— Monsieur Callister, dit Nolan, je suis contraint de vous inviter à considérer les conséquences légales de vos initiatives. En passant outre à mes instructions, vous agissez contre les intérêts de votre compagnie.

— Il y a quelqu'un, en effet, qui agit contre les intérêts de ma compagnie, répondit Callister sèchement. Vous devriez peut-être écouter la suite avant de conclure que c'est moi.

Sarah devina que ce qui suivrait serait encore plus dévastateur.

— Qu'a déclaré Dane à la seconde assemblée? demanda-t-elle.

— Que l'objectif des SSA était de se débarrasser de Kilcannon. Plutôt que de conclure un pacte avec le diable, je devais donc vider les lieux et laisser Dane conclure un accord avec les Républicains qui nous mettrait hors d'atteinte.

— Qu'avez-vous répondu?

— Que le Congrès n'avait jamais passé une loi sur l'immunité des armes et ne le ferait certainement pas maintenant. Mais Dane a répliqué que les SSA se serviraient de toutes les ressources dont ils disposaient pour faire passer la loi sur la réforme des dommages dans les deux chambres. Puis il m'a dit quelque chose que je n'ai alors pas compris : qu'on pouvait brider Kilcannon s'il devenait gênant.

Les derniers mots atteignirent Sarah comme un projectile. Elle se félicita d'avoir insisté pour filmer l'interrogatoire.

— Dane vous a-t-il dit ce qu'il entendait par là ?

— Pas tout de suite. Quand je lui ai objecté qu'il était fou s'il pensait que Kilcannon pouvait être bridé, il m'a répondu de ne pas m'inquiéter, parce que les SSA possédaient des informations concernant à la fois le Président et la First Lady.

Un silence de plomb s'abattit sur la salle, habité par le seul ronronnement de la vidéo.

— Lui avez-vous demandé de s'expliquer ? murmura enfin Sarah.

— Oui. Mais tout ce qu'il a dit, c'est que les Kilcannon n'y survivraient pas.

Fancher avait cessé de prendre des notes. Nolan se caressait le nez.

— Et vous, savez-vous ce que Dane voulait dire par là ?

— Le jour où l'histoire de l'avortement a éclaté, je l'ai appelé pour lui demander si c'était cela dont il parlait. Il s'est mis à rire et m'a demandé si cela avait de l'importance, maintenant que le Président était devenu un eunuque.

Il se tourna alors vers Nolan.

— C'est vous l'avocat, John, pas moi. Mais j'ai toujours pensé que le chantage était puni par la loi.

Nolan ne répondit pas. Callister poursuivit :

— Le conseil d'administration me renverra peut-être. Mais, avant cela, vous avez l'occasion de vraiment représenter cette compagnie, John, et pas les SSA. Faites-le, ou je vous fous à la porte avec Reiner.

10

— Soudain, dit Sarah, essayant de répéter de mémoire à Mary l'extraordinaire déposition de Callister, je n'étais plus l'avocate et il était beaucoup plus qu'un témoin. Il a jeté bas les masques. Il savait que Nolan et Fancher essayaient de dissimuler les problèmes juridiques des SSA et il s'est refusé à en être complice.

Les deux femmes étaient assises sur un canapé et une pluie d'hiver battait les fenêtres du living de Sarah.

— Croyez-vous que Nolan et Fancher étaient au courant du chantage ? demanda Mary.

— Nolan est un trop bon avocat pour ne pas s'être posé la question. Mais il a pensé que les intérêts de son client coïncidaient avec ceux des SSA. N'oublions pas que c'est après-demain que le Sénat doit mettre un terme à cette affaire.

— Pourquoi Callister a-t-il cassé leur jeu ?

— C'est un homme intelligent. Il n'a pas seulement agi selon sa conscience. Il doit penser que notre procès sert en fait les intérêts de Lexington.

— Comment cela ?

— Parce que c'est sans doute la seule façon de mettre fin à l'emprise des SSA sur l'industrie des armes. Avec ce qu'il nous a dit, les SSA pourraient devenir le principal accusé et Lexington pourrait se retourner contre eux pour se faire rembourser les dommages que vous, vous pourriez arracher à Lexington. Callister pourrait même s'entendre avec vous et poursuivre les SSA. Ainsi prendrait fin leur pouvoir.

— Imaginez la réaction publique si l'on apprenait qu'ils ont voulu faire chanter le Président ! s'écria Mary.

— Mais le juge a interdit toute divulgation, rappela Sarah. Si j'enfreignais son ordre, je risquerais ma licence d'avocate.

Les deux femmes se regardèrent.

— N'oubliez pas que je suis votre cliente, dit Mary avec un petit sourire. En dernier recours, c'est à moi de décider.

Peu avant 11 heures, le lendemain, Sarah Dash et Mary Costello pénétrèrent dans la grande salle de conférences du Mark Hopkins Hotel et allèrent prendre place derrière une table. Un équipement de projection avait été installé. Une armée de journalistes piaffait de curiosité : quel pouvait bien être le « développement critique de l'affaire Costello *vs* Lexington » pour lequel Sarah avait organisé cette conférence de presse ? Surtout quand on connaissait l'embargo imposé par le juge Bond ?

CNN transmettait la conférence en direct. Sarah n'avait pas fermé l'œil de la nuit ; elle tenta d'adopter une attitude détendue.

— Étant donné l'importance des informations que nous allons vous communiquer, Mlle Costello a tenu à être présente en personne.

Elle s'interrompit pour reprendre sa respiration :

— Hier, j'ai recueilli la déposition de George Callister, PDG de Lexington Arms. Dans la boîte que voici se trouvent des copies de la vidéo de cette déposition, qui vous seront distribuées à la fin de cette conférence.

Un reporter de Fox News, la chaîne de droite, saisit son portable et se mit à chuchoter précipitamment.

— Comme vous le savez, reprit Sarah, le juge Bond a imposé l'embargo sur cette affaire. Nous avons donc longuement réfléchi avant de prendre cette initiative.

Convoqué d'urgence par Carla Fell dans la salle de conférences des SSA, Charles Dane la trouva devant CNN.

— Qu'est-ce qui se passe ? demanda-t-il, énervé.

— Sarah Dash vient de contourner le juge.

Plein d'appréhension, Dane se rappela la communication téléphonique alarmée de Harrison Fancher, la décision de veiller à ce que tous les témoignages du procès fussent tenus secrets et celle de contre-attaquer Callister en l'accusant de mentir.

— Qu'est-ce qu'elle dit ?

— Nous ne le savons pas encore.

À l'écran, Sarah Dash déclara :

— L'une des principales accusations de Mlle Costello est que les SSA contrôlent l'industrie américaine des armes. Hier, nous avons appris que c'est effectivement le cas. Mais nous en avons appris bien plus.

Elle se dirigea vers le poste de télévision et appuya sur un bouton ; l'image de George Callister emplit l'écran au moment où il déclarait :

« ... Dane a répliqué que les SSA se serviraient de toutes les ressources dont ils disposaient pour passer la loi sur la réforme des dommages dans les deux chambres. Puis il m'a dit quelque chose que je n'ai alors pas compris : qu'on pouvait brider Kilcannon s'il devenait gênant. »

Dane se laissa tomber sur un siège. Il sentait que Carla Fell l'observait. À l'écran, Sarah Dash demandait :

« Dane vous a-t-il dit ce qu'il entendait par là ? »

11

De retour dans son bureau, Sarah se trouva assiégée de demandes d'interviews de toutes sortes de médias, d'insultes de partisans des SSA, d'encouragements d'amis et même de la proposition d'un metteur en scène. Quand elle en sortit, vers 14 h 30, elle n'avait répondu qu'à deux appels.

L'un était de Lara Kilcannon, qui lui exprimait sa gratitude personnelle et lui demandait :

— Que pouvons-nous faire pour vous ?

— Dites que j'ai agi de ma propre initiative, sinon ma situation sera bien pire.

L'autre appel était du juge Bond, qui annonça d'une voix polaire :

— Je publie un ordre, mais les ordres du tribunal ne semblent pas vous impressionner. Demain, à 16 heures, j'instruirai un cas d'outrage à la cour concernant vos actions de ce matin. Vous devriez envisager d'être présente.

Paul Harshman fut le premier des chefs républicains à se rendre dans le bureau de Fasano ; celui-ci, devant son poste de télévision, regardait un éditorialiste réduire les SSA en charpie.

— Tout ça pourrait bien n'être qu'une opération montée par Kilcannon, s'écria-t-il.

— Vous croyez ? demanda calmement Fasano.

— Qu'est-ce que nous savons de ce type, ce Callister ?

— Paul, occupons-nous plutôt de sauver cette loi, déclara Fasano d'un ton sans réplique. Je ne répondrai pas aux appels de Charles Dane et vous en ferez autant. Dès que nous serons tirés de ce mauvais pas, nous prendrons nos distances avec lui.

Réunis dans le Bureau Ovale, Kerry, Kit et Clayton regardaient Fasano sur leur écran de télévision. Le chef de la majorité s'exprimait dans la rotonde du Capitole.

— Aucun de nous ne sait pourquoi M. Dane a jugé bon de communiquer certaines informations à M. Callister, ni quels seraient les liens de cette information avec la conduite privée du Président antérieure à son élection.

— Vraiment ? lâcha Clayton, ironique.

— Mais nous ne pouvons pas ignorer les implications de ce que nous avons entendu aujourd'hui. Le chantage évoqué par M. Callister doit être exclu de la vie publique et nous condamnons cette tactique méprisable.

— Mais pas les bénéfices que vous en tirez, murmura Kerry.

— Toutefois, les propos attribués à M. Dane ne doivent pas entacher les quatre millions de membres des SSA, tout comme les accusations de M. Callister ne changent rien aux mérites de la loi de réforme de la justice civile. J'ai l'intention de demander un rejet du veto avec autant d'énergie qu'avant ces révélations.

Puis il quitta le podium.

— Cet enfoiré est vraiment malin, dit Kit avec dépit. Il prend ses distances vis-à-vis de Dane, mais pas des SSA, afin de conserver leur argent et leurs votes. S'il parvient à rejeter votre veto, il sera le roi du Capitole.

— Ce n'est pas ce que j'ai prévu, riposta Kerry d'un ton insidieux.

— Vous feriez une déclaration ?

— J'y songe, répondit Kerry.

À 18 heures, heure du Pacifique, Kerry apparut dans la salle de presse de la Maison-Blanche, en direct sur les principales chaînes de télévision :

— Il y a quelques heures, commença-t-il, le sénateur Fasano a avancé que ni lui ni les sénateurs de son parti ne savaient quel message M. Dane avait communiqué à M. Callister. Pour ma part, je trouve que des déclarations telles que « j'ai des informations personnelles sur le Président et la First Lady auxquelles ils ne pourront pas survivre » ou « on peut brider Kilcannon s'il devenait gênant » sont bien moins ambiguës que ne le prétend le sénateur. Le fait est que le chef de la majorité a quand même trouvé ces propos assez gênants pour prendre ses distances avec M. Dane.

— Des calomnies sans preuves, bougonna Harshman, qui regardait Kilcannon avec les autres membres de la direction du parti.

Fasano ne disait rien ; il était le seul à être aussi certain de l'implication de Dane que Kilcannon lui-même. Mais il ne pouvait pas le dire.

— Callister n'a aucune raison de mentir, déclara-t-il. Maintenant, le Président peut lâcher le FBI sur cette affaire.

— Puisqu'il condamne le chantage, je suggère au sénateur Fasano de rendre les deux millions de dollars que la direction des SSA a versés dans les coffres de son parti aux dernières élections, et de refuser ce genre d'argent à l'avenir. Cela permettrait de prêter plus de crédit à ses propos sur les mérites de la loi de réforme.

— La vie était plus douce avant ce type, observa le *whip* Dave Ruckles.

— Mais considérez un fait simple : si le Sénat avait rejeté mon veto il y a deux jours, comme l'espérait le sénateur, cette loi aurait empêché George Callister de témoigner sous serment et de révéler la domination illégale des SSA sur Lexington, ainsi que l'usage du chantage par M. Dane. Du point de vue des SSA, les prétendus mérites de la loi sont désormais évidents : supprimer la vérité et perpétuer l'injustice.

— Quelle est la position de Palmer ? demanda brusquement Fasano à Ruckles.

À ce moment-là, le sénateur Chad Palmer se trouvait chez lui, également devant la télévision en compagnie de sa femme, Allie.

Trois heures plus tard, ils étaient encore assis, regardant cette fois Charles Dane dans l'émission de Larry King.

— Quels sont les motifs de Callister ? demanda Dane. Lexington et les SSA sont les accusés dans un procès déplorable pour l'image de cette compagnie. Alors, Callister rejette la faute sur les SSA au lieu du Président et il essaie de se décharger sur nous de ses failles éventuelles.

— C'est pénible à regarder, se plaignit Allie.

— Mais, dans le monde narcissique des Kilcannon, tout tourne autour d'eux, tout le monde leur en veut et tout le monde est responsable. Alors, appelons un chat un chat. Ils ont eu une liaison. La First Lady s'est fait avorter. Et maintenant, ils voudraient que les quatre millions de membres des SSA paient pour leur conduite immorale.

Le téléphone sonna. Chad consulta le numéro d'appel : c'était le Président.

— Vous regardez Larry King ? demanda Kerry.

— Oui. Dane fait une erreur.

— Je sais. J'ai besoin de votre aide. Ce qui est en jeu est bien plus important que la réforme de la justice civile.

— C'est bien le problème ! Il y a tant de choses en jeu... J'ai besoin d'y réfléchir.

— Nous n'avons que vingt-quatre heures, répondit Kerry avec un petit rire. C'est tout le temps que nous consent Fasano.

12

Pour Kerry, deux événements marquèrent l'aube. Le premier fut que Lara quitta silencieusement le lit et alla s'enfermer à la salle de bains. À travers la porte et un bruit d'eau, il perçut les conséquences d'une forte nausée. Quand ce fut fini, il alla entrouvrir la porte. Lara achevait de se rafraîchir le visage ; elle était pâle.

— Que puis-je faire ? demanda-t-il.

— Rien. Probablement un début de grippe intestinale, expliqua-t-elle.

Il lui posa les mains sur les hanches.

— Ne t'approche pas trop, dit-elle. Je ne veux pas que tu l'attrapes. Fais-moi monter un ginger ale.

Le second événement fut la découverte de la première page du *New York Times*, qui fut livré avec le ginger ale : « Les SSA accusés de chantage sur le Président », annonçait la manchette. Les articles montraient que les milieux politiques étaient secoués. Mais, en dépit de tout ce remue-ménage, le Président manquait toujours d'une voix pour soutenir son veto.

Tony Calvo, de la chambre de commerce, avait demandé une audience ; il fut reçu à 7 heures pour quinze minutes. Il alla donc au fait :

— Nous ne soutiendrons pas le rejet du veto si vous acceptez la loi de réforme amputée de la clause sur les armes.

Kerry devina que Calvo n'était pas certain du triomphe de Fasano et qu'il jugeait le Président assez affaibli pour accepter un compromis. Or, celui-ci comportait ses avantages : il éviterait à Kerry une défaite catastrophique. Néanmoins, il se rebiffa :

— Pour qui me prenez-vous ? Quoi que vous fassiez, vous vous servez des dommages que les SSA nous ont causés, à Lara et moi.

— Monsieur le Président, soyez assuré que je déplore l'offense qui a été faite à la First Lady.

— J'y suis sensible. Mais comprenez que ceci n'est pas une affaire personnelle. Les intérêts que vous représentez sont essentiels pour le pays, mais vous n'êtes pas le pays. Comprenez cela, ou bien le temps vous paraîtra long jusqu'aux prochaines élections.

— Que pouvons-nous donc faire, monsieur le Président ?

— Pour commencer, cessez d'encourager Vic Coletti à demander un rejet du veto.

Le sénateur Coletti, remarqua Hampton, avait rarement eu l'air aussi piteux. Les deux hommes étaient isolés dans le bureau du chef de l'opposition, à l'écart des rumeurs et du désarroi qui agitaient le Sénat.

— Songez-y bien, lui dit Hampton : il ne s'agit plus d'une simple réforme, mais de chantage, et du succès ou de l'échec d'un président démocrate.

— Je vous ai donné mon vote contre l'immunité des fabricants d'armes, se plaignit Coletti, et vous avez perdu. Et cette loi-ci est cruciale pour certains intérêts dans mon État.

— Je me fous des compagnies d'assurances de Hartford, s'écria Hampton. Le fait est que les SSA essaient de détruire le Président. C'est le plus important. Vous feriez bien de consulter Tony Calvo. Mon petit doigt me dit qu'il pourrait vous laisser plus de marge que moi.

Peu avant midi, Hampton se rendit chez Fasano. Ce dernier l'invita à s'asseoir d'un geste courtois :

— Que puis-je faire pour vous, Chuck ?

— Dégagez.

La surprise retarda la réaction de Fasano de plusieurs fractions de seconde.

— Comment ça ?

Hampton se pencha vers lui :

— Vous avez associé la réforme des dommages aux SSA parce que vous n'aviez pas le choix. Mauvais calcul, Frank. Vous vous trouvez piégé, comme l'était George Callister. Maintenant, ce qui peut vous arriver de mieux, c'est que le Président détruise les SSA.

— Vous ne croyez pas que c'est plus complexe que ça ? objecta Fasano. Battre Kilcannon est bon pour nous. Et perdre contre lui aurait des répercussions sur mon avenir.

— Si vous vous retirez de la bagarre, vous ne serez pas écrasés. Ni couverts d'infamie, comme le seront les SSA.

Hampton perçut dans le regard de Fasano un trouble qu'il ne parvint pas à cerner.

— Merci pour le conseil, dit Fasano.

Ils se serrèrent la main et Hampton retourna dans son bureau pour téléphoner à Palmer. Mais la ligne de celui-ci était occupée : le sénateur de l'Ohio était déjà en communication avec Fasano.

13

Deux heures après l'entretien de Coletti avec Hampton, la rumeur courut que Coletti avait changé d'avis.

Quand le sénateur Chad Palmer se leva pour prendre la parole, chacun sut en tout cas à quoi s'en tenir. Y compris le Président, Clayton et l'équipe des relations avec les chambres, qui l'écoutaient à la télévision :

— Quand les faits sont là, il ne sert à rien de les nier. Et les faits sont clairs. Les SSA ont torpillé Martin Bresler. Les SSA ont menacé Lexington de ruine commerciale. Les SSA ont, sous des prétextes mensongers, demandé au Congrès de les placer au-dessus de la loi. Les SSA ont tenté d'éliminer leur dernier obstacle, le Président, par les moyens les plus méprisables.

— À la place de Fasano, je ne serais pas content, observa Kit Pace.

— Maintenant, le président des SSA nous dit qu'il ne faut pas croire le président de Lexington. Il prétend qu'un industriel honorable serait coupable de mensonges. Dans quel but ? Pour ruiner sa carrière ?

— Palmer est très fort pour retourner sa veste, dit Dane.

— Ne prétendons pas que nous ne savons pas qui est le menteur dans cette affaire. Et le maître chanteur ! poursuivait Palmer.

Dane resta impassible : il pourrait surmonter cela. Les messages reçus après son passage chez Larry King montraient que les membres croyaient en lui. C'était cela le plus important.

— Non seulement il retourne sa veste, mais il poignarde Fasano dans le dos, dit Carla Fell.

La voix de Palmer emplissait le bureau de Sarah :

— La réforme des dommages est une cause que je défendrai ultérieurement. Le principe en jeu aujourd'hui n'est pas celui de la réforme des dommages, mais de ce que nous sommes et de la façon de faire des affaires.

— Je crois que nous l'emportons, dit Mary.

— Peut-être, dit Sarah. Mais ça va faire enrager Bond.

— C'est à nous qu'il appartient de mettre fin à cette situation. Je vous demande de vous joindre à moi pour soutenir le veto du Président.

Les applaudissements éclatèrent.

À 17 h 30, après avoir, pour la quatrième fois, refusé de parler à Dane au téléphone, Fasano prit la parole.

— Je crois dans cette loi. Elle ne doit pas être noyée sous un flot d'émotions, d'accusations, de contre-accusations et de spéculations. Que nous soutenions ou non les SSA, le droit des armes aux États-Unis ne devrait jamais dépendre des avocats d'affaires. Je voterai donc pour rejeter le veto du Président. Je vous invite à voter avec moi.

Et il se rassit.

Peu après 18 heures, quatre-vingt-dix-neuf membres du Sénat allèrent voter. Il en manquait un, Jack Slezak, du Michigan, trop malade pour être présent.

Le trente-quatrième vote soutenant le Président fut celui de Cassie Rollins.

Au final, cinquante-six voix soutenaient le Président, contre quarante-trois pour Fasano.

En quittant la Chambre, Palmer rencontra le chef de la majorité. Maintenant, songea ce dernier, ce serait Palmer et non lui qui encourrait la colère de la droite pour avoir administré le coup de grâce à Charles Dane.

— Kilcannon a donc gagné, dit Fasano.

— Oui, dit Palmer. Mais vous, vous avez échappé à une balle, Frank. Une Eagle's Claw, pour être précis.

14

Avec Lenihan d'un côté, Mary Costello et le directeur du centre Kilcannon de l'autre, Sarah Dash se tenait devant un juge Bond raide, enflé de dignité offensée.

— Saviez-vous ce que votre cliente et votre co-avocat préparaient ? demanda-t-il.

— Non. Mais Mlle Costello veut informer la cour que c'est elle qui a pris cette décision.

— Maître Dash est un officier de cette cour et son devoir est d'inciter sa cliente à respecter les ordres. Maître Dash a agi de façon à affecter le processus politique d'une façon néfaste pour les intérêts des accusés, coassa Bond.

Sarah entendit derrière elle la voix de John Nolan :

— Puis-je parler au nom de Lexington, votre Honneur?

Il fit deux pas en avant et déclara :

— À la lumière d'une réévaluation de ses intérêts dans ce litige, notre cabinet se retire de cette affaire. Cependant, M. Callister me charge de dire à la cour qu'il ne demande aucune sanction contre maître Dash, quel que puisse être l'effet de cette requête sur la cour.

Gardner Bond eut l'air ahuri. Sarah fut stupéfaite. Harrison Fancher se leva soudain pour attirer l'attention du juge :

— Je suppose, dit Bond, que vous ne partagez pas l'indulgence munificente de M. Callister?

— Non, s'écria Fancher d'un ton outragé. Les SSA considèrent la déposition de M. Callister comme un tissu de calomnies dont maître Dash s'est servie pour déplacer la responsabilité des meurtres et s'attirer la faveur du Président, qui est l'éminence grise de cette parodie de justice.

Lenihan allait répondre, mais Sarah lui intima le silence. Elle avait suivi le changement d'expression de Bond. Il considérait manifestement ses perspectives d'avancement dans un contexte où les SSA apparaissaient gravement dépenaillés.

— Bien ! s'écria-t-il, sur un coup de marteau. De leur propre aveu, maître Dash et le centre Kilcannon sont coupables d'outrage à la cour. La cour demande donc qu'ils paient chacun une amende de deux mille dollars.

— Levez-vous, ordonna l'huissier.

Bond se leva avec solennité et quitta la salle dans une ultime pose de dignité suprême.

Regardant Nolan et Fancher, Sarah retint un sourire. Le piège de Kilcannon s'était refermé sur eux. Elle se promit d'y enfermer aussi le client de Fancher, puisque Nolan déclarait forfait.

Trois jours avant Noël, Lara et Kerry se rendirent au cimetière. Le soleil matinal perçait la brume et faisait scintiller la rosée sur le gazon. Les médias se tenaient à distance. Mais Lara savait que les photos hanteraient le Sénat quand on y débattrait de la loi sur les armes et quand s'ouvrirait la première audience du procès de Mary. Mais le temps était venu de retrouver sa paix intérieure.

Elle s'absorba dans le souvenir. Puis, au bout d'un temps, épuisée, elle s'éloigna au bras de Kerry.

— Je ne peux pas imaginer comment j'aurais vécu cela sans toi, murmura-t-elle.

— Sans moi, ça n'aurait pas eu lieu, dit-il avec tristesse.

— Non, ce n'est pas à cause de toi. Toute ma vie, j'ai eu peur de m'appuyer sur quelqu'un. Maintenant, je le peux. Et toi sur moi, dit-elle en lui caressant le visage.

— C'est tout ce que je pourrais désirer, répondit-il.

— Tout ?

Il parut surpris. Elle l'observa.

— L'autre jour, ce n'était pas la grippe, dit-elle avec un sourire malin.

Postface et remerciements

La violence par armes à feu aux États-Unis est un problème d'une redoutable complexité. Il comporte des aspects politiques, administratifs, juridiques, médicaux, sociaux et culturels. Je l'ai abordé avec une conviction dictée par le sens commun : il est impératif de la réduire. C'est la position que je défends aux conseils d'administration de la Brady Campaign to Prevent Gun Violence et du Family Violence Prevention Fund. J'ai également pris en compte certains intérêts financiers particuliers qui influencent la politique, ce qui explique mon action en tant qu'avocat de Common Cause, un lobby d'intérêt public. Ces appartenances ont forgé mes idées et stimulé mon action. Je le dis d'emblée, je ne suis d'aucune façon un observateur neutre.

De longues recherches ont nourri ces pages, afin de connaître tous les aspects de ce problème et tous les points de vue, et je veux exprimer ma gratitude à ceux qui m'y ont aidé.

Leurs expériences étaient diverses et parfois même contradictoires, et leur assistance ne signifie aucunement qu'ils souscrivent à ce livre, ni qu'ils sont représentés par tel ou tel personnage. C'est donc à moi seul qu'il faut adresser critiques ou désapprobations sur cet ouvrage.

C'est une œuvre de fiction, ce qui n'en exclut pourtant pas la véracité. Cette histoire est ancrée dans le contexte politique actuel. Ainsi, une loi garantissant l'immunité de l'industrie des armes, dans un esprit semblable à celle qui est décrite dans ces pages, était bien à l'étude lors du dernier Congrès, et ses tenants revendiquaient deux cent vingt-huit partisans, donc une

515

majorité, à la chambre des représentants. Au Sénat, le contrôle revient actuellement aux Républicains ; il est donc possible qu'une loi en ce sens soit votée par les deux Chambres avant que ce livre soit publié.

Le lecteur devrait savoir que les démêlés de George Callister et de Lexington avec le président Kilcannon ne sont pas sans quelque ressemblance avec ceux de Smith and Wesson, quand cette firme avait entrepris des pourparlers – jamais aboutis – avec l'administration Clinton en 2000. De même, la base et les théories légales du procès Costello reflètent les litiges qui ont opposé les victimes de tueries à San Francisco à des fabricants d'armes, notamment sur la nature de l'arme, la publicité dont elle avait bénéficié et le type des blessures infligées.

Enfin, le chapitre où le président Kilcannon visite une foire d'armes à Las Vegas m'a été inspiré par une expérience personnelle dans une foire similaire. J'ai changé les noms d'une arme et de munitions bien connues pour les remplacer par P-2 et Eagle's Claw ; les silhouettes présidentielles qui servaient de cibles d'entraînement ont bien existé, mais c'étaient celles du Président et de Mme Clinton, et non pas des Kilcannon, et je les ai vues dans le New Hampshire et non à Las Vegas.

Il me faut donc remercier tous ceux qui m'ont aidé, au Sénat d'abord : Barbara Boxer, William Cohen, John Edwards, Edward Kennedy, John McCain et en particulier Bob Dole, dont les conseils m'auront été précieux pour trois livres à ce jour. D'autres, y compris des fonctionnaires actuels et passés du Sénat, m'ont éclairé sur le fonctionnement politique et la procédure de cette institution : Melody Barnes, Mark Busey, Bruce Cohen, Meredith McGehee, Ed Pagano, Martin Paone, Robin Toone et Bob Tyrer. J'adresse des remerciements particuliers à l'ancien membre du Sénat Bob Dove, qui a eu de surcroît l'obligeance de contrôler le manuscrit.

J'ai eu le privilège d'être conseillé par des universitaires, des journalistes, des fonctionnaires et des écrivains, qui connaissent le sujet de divers points de vue : Ron Brownstein, le Dr Philip Cook, Morris Dees, les Drs Glen Pierce, Stephen Teret et Jay Wachtel et, plus particulièrement, Matt Bai et Susan Ginsberg. De même, je dois mes informations médicales sur la violence par armes à feu, du domaine chirurgical à celui de la santé publique, aux Drs Beth Kaplan, Arthur Kellerman, Robert Liner, Robert Mackersie, Irene Marquez-Biggs, Sean Reynolds, H. William Taeusch et plus particulièrement aux Drs Margaret Knudson et William Schwab.

Plusieurs fonctionnaires actuels ou anciens du Bureau of Alcohol, Tobacco and Firearms m'ont éclairé sur les règlements souvent complexes et les méthodes d'enquête concernant les armes à feu : Dale Armstrong, Terry Austin, Tara Bedford, Tom Cannon, John d'Angelo, Fanny Hasselbacher, Ed Owen, Jack Patterson et John Torres, que je remercie tous.

Plusieurs personnalités éminentes ont bien voulu m'entretenir des problèmes posés par les armes et des efforts législatifs présents et passés pour réduire la violence causée par celles-ci. Je citerai Harold Ickes, Bruce Reed et Max Stier. Je remercie particulièrement Bruce Lindsey et Cheryl Mills, non seulement pour leurs avis, mais également pour la relecture partielle ou entière du manuscrit, et enfin le président Bill Clinton pour ses observations sur la politique des armes. Rich Bond, Carter Eskew, Peter Fenn, Mandy Grunwald, Ron Kaufman, Joel Klein, Peter Knight, Celinda Lake, Joe Lockhart, Mike McCurry, Bill McInturff, Scott Reed, Don Simon, Tom Strickland et Michael Terris m'ont, eux, éclairé sur des aspects spécifiques de cette question.

La jurisprudence des procès à propos d'armes à feu et le Deuxième amendement constituaient un autre sujet important. J'ai lu toutes les conclusions importantes de ces procès et je remercie les experts juridiques suivants pour leurs conseils : Fred Baron, Arthur Bryant, Leah Castella, Owen Clements, John Coale, Leslie Landau, Linda Lipson et Dennis Henigan. Victor Schwartz et James Wooten m'ont fait des observations précieuses sur la réforme des dommages dans ce domaine.

J'ai eu la chance de pouvoir interroger plusieurs partisans éminents de la sécurité des armes. Je commencerai par mes collègues de la Brady Campaign, Mike Barnes, Ellen Moran et Tony Orza. J'ai beaucoup appris sur le site Internet de celle-ci et de son affiliée locale, la Million Mom March. Je remercie également les membres suivants des Americans for Gun Safety :

Jon Cowan, Jim Kessler, Matthew Bennett, Michael Harrington, Lisa Kimbrough et Meghan Sherman. Enfin, j'exprime ici ma gratitude à deux femmes qui, ayant perdu des êtres chers victimes de balles, sont particulièrement qualifiées pour parler de ce problème : Mary Leigh Blek et Carole Kingsley.

J'ai eu moins de chance avec les partisans des armes à feu. Mes appels téléphoniques et mes lettres aux principaux dirigeants de la National Rifle Association sont demeurés sans réponse ; apparemment, et pour des raisons sans doute compréhensibles, ils ne voulaient pas s'entretenir avec un membre de la Brady Campaign. Néanmoins, je regrette de ne pas pouvoir présenter leur point de vue. J'ai eu deux conversations officieuses avec des personnes affiliées à la NRA et j'ai abondamment lu les publications de celle-ci. Ainsi, un article que j'attribue aux SSA dans ces pages comprend des extraits d'articles de la revue de la NRA, *America's First Freedom*. Pareillement, les propos de Charles Dane devant le Monument de Washington contiennent quelques passages de discours de Charlton Heston, ancien président de la NRA, et de Wayne La Pierre, son directeur exécutif. Je suis reconnaissant à Beth Lavach, très instruite dans le domaine des relations avec le Congrès pour le compte des industries des armes, pour ses avis sur des questions juridiques. Deux partisans des droits des armes, que leurs efforts dans la recherche d'un compromis ont parfois opposés à la NRA, Richard Feldman et Robert Ricker, m'ont aussi été précieux.

L'une des retombées intéressantes de mes recherches est que j'en ai tiré une vraie sympathie pour les dirigeants des fabriques d'armes, dont beaucoup ont la qualité comme premier souci. Ces hommes affrontent un dilemme, partagés entre les partisans de la sécurité des armes et les avocats qui les représentent d'une part, et d'autre part la NRA, dont la présence dominante à Washington D.C. s'étend sur beaucoup de leurs clients. Pour ces raisons, la NRA exerce un pouvoir immense sur l'industrie des armes ; on l'a vu dans le passé, elle représente même une menace potentielle telle qu'une compagnie peut craindre de devoir fermer ses portes. Je remercie donc Paul Januzzo, Ken Jorgenson, Bob Scott et Ed Schultz pour m'avoir fait part de leurs points de vue en tant que dirigeants passés ou présents de Glock et de Smith and Wesson.

Les armes à feu sont la première cause de mortalité dans les violences domestiques. Mes excellents collègues Janet Carter et Esta Soler, du Family Violence Prevention Fund, m'ont permis de reconstituer la dynamique d'un couple en proie à ces violences. Susan Breall, Sarah Buehl et Juan Cuba m'ont informé sur les aspects juridiques et personnels de ces tragédies.

D'autres personnes m'ont renseigné sur d'autres sujets : Laetitia Baldridge, ancienne secrétaire à la Maison-Blanche à l'époque Kennedy, sur les préparatifs du mariage Kilcannon ; le père John Blaker sur les aspects religieux du mariage ; Katie Couric sur la concurrence entre les médias pour l'interview de Lara Kilcannon ; Alan Dershowitz sur les privilèges des Kilcannon ; les Drs Kenneth Gottlieb et Rodney Shapiro sur les composantes psychologiques du mariage Bowden ; l'inspecteur Napoleon Hendrix, de San Francisco, sur les détails des meurtres ; John Phillips et Mary Louise Cohen sur le rôle des témoins dans les litiges complexes ; et Terry Samway, des services secrets, sur les problèmes de la protection des Kilcannon et de la famille de Lara. Ils ont tous permis d'enrichir la texture de ce roman.

Je voudrais enfin remercier ma remarquable éditrice, Gina Centrello, de Ballantine, d'être convaincue qu'il y a place, dans la littérature grand public, pour les romans sérieux traitant de sujets sociaux et politiques. Mes remerciements iront également à Nancy Miller et Linda Marrow, de Ballantine, pour leurs conseils avisés, à Fred Hill, mon infatigable agent et, bien sûr, à ma merveilleuse assistante Alison Porter Thomas, qui commente chaque page jusqu'à ce que le résultat la satisfasse à peu près. Laurie Patterson, ma femme, qui fait de même : quand elle a une question à poser, je sais qu'il vaut mieux l'écouter. Merci à Philip Rotner qui, depuis deux décennies, lit chaque ligne que j'écris d'un œil vigilant.

Étant donné que ce livre est un avertissement à ceux qui abordent la vie publique, je ne peux manquer d'observer que ceux qui veulent y entrer sont bien meilleurs que nous tendons à le croire.

Je pense que ce livre complète la trilogie Kilcannon. L'écrire fut pour moi passionnant. J'espère que la lire le fut au moins autant.

DU MÊME AUTEUR
CHEZ LE MÊME ÉDITEUR

UN TÉMOIN SILENCIEUX

À quarante ans passé, Tony Lord est l'un des avocats les plus brillants de San Francisco. Le procès qu'il vient de remporter, alors qu'on le disait perdu d'avance, confirme sa réputation. Mais, tandis qu'il s'apprête à profiter d'une semaine de vacances en famille, une nouvelle affaire le ramène à une époque qu'il avait tout fait jusqu'alors pour oublier.

Vingt-sept ans plus tôt, lycéen à Lake City, Ohio, il avait été accusé du meurtre de sa petite amie. Il n'avait dû qu'à la détermination de son avocat – et à l'absence de preuves déterminantes – d'échapper à une condamnation. Mais, devant la suspicion des habitants, il avait préféré quitter la ville et enterrer cette histoire.

Aujourd'hui, son ami et rival de lycée, Sam Robb, qui est resté à Lake City, est accusé du viol et du meurtre d'une étudiante. Pour le défendre, Lord devra retourner sur les lieux du drame de sa jeunesse, se replonger dans un passé douloureux – et, pour la première fois de sa carrière, accepter qu'une affaire puisse se révéler fatale pour lui autant que pour son client…

L'un des meilleurs thrillers judiciaires de Richard North Patterson, ménageant suspense et coups de théâtre avec, en toile de fond, la description des rapports complexes entre deux amis d'enfance séparés puis réunis par des circonstances dramatiques.

« [...] Bien construit, un livre ménageant suspense et coups de théâtre. »

Notes bibliographiques

Traduit de l'américain par Élisabeth Luc
ISBN 2-84187-153-3 / H 50-2330-4 / 462 p. / 21,50 €

NULLE PART AU MONDE

Exclus, SDF, chômeurs : en quelques mois, Kerry Kilcannon est devenu le champion des minorités. Et le candidat démocrate le mieux placé dans la course aux primaires en ce début de millénaire.

Sean Burke, lui, n'a que mépris pour une Amérique qui, estime-t-il, a trahi les siens. Pour ce militant anti-avortement, le combat politique est vain. Seule la violence, désormais, peut provoquer l'électrochoc nécessaire.

Et le prochain meeting du sénateur Kilcannon pourrait être le théâtre de son plus sanglant coup d'éclat...

Avec ce récit d'une chasse aux suffrages se transformant peu a peu en chasse à l'homme, Richard North Patterson démontre sa maîtrise de tous les rouages du suspense.

« L'enquête menée par Richard North Patterson auprès de nombreux politiciens – de Bob Dole à George Bush – fait frissonner : *Nulle par au monde* offre une description sans fard des arènes du pouvoir. »

The Washington Post

Traduit de l'américain par Blandine Roques
ISBN 2-84187-216-5 / H 50-2408-8 / 462 p. / 21,50 €

LA DAME DE L'OMBRE

Steelton, Michigan. À quelques mois des élections municipales, deux morts violentes font la une des journaux : Tommy Fielding, entrepreneur richissime dont le dernier projet devait relancer l'activité économique de la ville, est retrouvé sans vie. Une overdose d'héroïne ? Jack Novak, avocat qui mettait tout son talent au service des dealers et de la mafia, est victime d'un meurtre rituel.

À qui profite ces crimes ? Au procureur du comté, Arthur Bright, dont Fielding était le plus sérieux rival dans la course à la mairie ? À son adjointe Stella Marz, qui lui succéderait s'il était élu ?

Tandis que l'enquête suit son cours, Stella prend conscience du danger qui la guette : si le FBI découvre que Novak, il y a plusieurs années, a été son amant, elle peut dire adieu à sa carrière. D'autant que Novak a laissé derrière lui des documents compromettant les personnalités les plus en vue du comté – à commencer par elle.

Dans une Amérique gangrenée par la corruption, les luttes de pouvoir et le crime, celle que ses adversaires ont surnommé la « Dame de l'ombre » risque de perdre plus que sa réputation : la vie.

Traduit de l'américain par Valérie Bourgeois
ISBN 2-84187-294-7 / H 50-2525-9 / 462 p. / 21,50 €

ÉQUATION À UNE INCONNUE

Adam Shaw a du souci à se faire. Voici le jeune avocat avec une morte sur les bras. Et pas n'importe laquelle, puisqu'il s'agit de Lydia – la femme de son meilleur ami –, qui souhaitait, juste avant son décès prématuré, modifier son testament... Et un suspect numéro 1, qui n'est autre que son ami...

Mais qui était vraiment Lydia ? Bien décidé à résoudre par lui-même cette équation à une inconnue, Shaw découvrira vite qu'il met en péril sa propre carrière, son couple et même... sa vie. Car la haute société de Birmingham (Alabama) n'aime pas voir un « Yankee » du Nord, fût-il avocat et membre du sérail, ouvrir les placards où se cachent des cadavres encore tièdes...

« Tout simplement brillant. »
The Washington Post

« L'un des meilleurs auteurs de thrillers
de sa génération. »
Entertainment Weekly

Traduit de l'américain par Karine Laléchère
ISBN 2-84187-352-8 / H 50-2595 / 308 p. / 19,95 €

LA LOI DE LASKO

Prix Edgar Allan Poe du meilleur suspense

William Lasko, le richissime homme d'affaires, l'ami personnel du président des États-Unis, un vulgaire escroc profitant de ses relations pour bafouer les lois ?

Peut-on seulement faire confiance à l'informateur anonyme qui a alerté la Commission des crimes et délits financiers ? Avant d'accuser le milliardaire de blanchiment d'argent, il faut des preuves.

Pour Christopher Paget, le jeune avocat chargé du dossier, un seul mot d'ordre : agir avec tact. La moindre fuite discréditerait la Maison-Blanche. L'enquête s'annonce d'autant plus délicate que les témoins se rétractent… ou meurent.

Traduit de l'américain par Karine Laléchère

ISBN 2-84187-444-3 / H 50-2716-4 / 308 p. / 19,95 €

*Cet ouvrage a été composé
par Atlant'Communication
aux Sables-d'Olonne (Vendée)*

Impression réalisée sur CAMERON par

BRODARD & TAUPIN

GROUPE CPI

*La Flèche (Sarthe)
en février 2005
pour le compte des Éditions de l'Archipel
département éditorial
de la S.A.R.L. Écriture-Communication.*

Imprimé en France
Nº d'édition : 780 – Nº d'impression : 28662
Dépôt légal : mars 2005